新 潮 文 庫

スリープウォーカー

マンチェスター市警 エイダン・ウェイツ

ジョセフ・ノックス
池田真紀子訳

新 潮 社 版

11498

目次　*Contents*

主要登場人物

エイダン・ウェイツ（エイド）………マンチェスター市警巡査部長
アリステア・パーズ……………………　〃　警視
ピーター・サトクリフ（サティ）……　〃　警部補
ナオミ・ブラック………………………　〃　巡査
チェース…………………………………　〃　警視正
ジェームズ………………………………　〃　警部
ルイーザ・ヤンコフスキー……………　〃　巡査
テッサ・クライン………………………失踪した元巡査
マーティン・ウィック…………………一家惨殺犯として服役中の男
フランク・ムーア………………………　〃　事件の遺族
レベッカ…………………………………フランクの再婚相手
リジー……………………………………　〃　長女
ケヴィン・ブレーク……………………元警部補。作家
チャーリー・スローン…………………新聞記者
ショート・バック・アンド・サイド…ドラッグの売人
アダム……………………………………ウィックの元同房者
エスター…………………………………ジャンキーの女
アン（アニー）…………………………ウェイツの妹
ゼイン・カーヴァー……………………麻薬組織フランチャイズのボス

スリープウォーカー

エリザベス・Kに

死の危険を冒す欲求は、我々に残された最後のすばらしい不道徳だ。
人は夜から来て、夜に帰る。ならば、夜に生きる理由がどこにある？

――ジョン・ファウルズ『魔術師』

支度をすませてもまだ、時間には少し早かった。開け放した戸口に立つテッサの頬を優しい夕風がなでていく。暮れなずむ空の下、透き通ったパウダーブルーに染まる街をこうしてただ眺めるなんて、いったい何年ぶりのことだろう。何かの知らせ、地平線にはいまもよいことが並んで自分を待っている証《あかし》と思えて、無意識のうちにおなかに手を当てた。

通りは静寂に包まれていた。隣家の女の子がピアノを練習している。ベートーヴェンの『月光ソナタ』。ここ数カ月でずいぶん上達したようだ。ビギナーのたどたどしい音の連なりにすぎなかったものが、いまは自然な音色、奏者の内側から水のようにあふれ出た調べに変わっている。車のヘッドライトが角を曲がってきて向かい側の家並みを掃射し、まもなくマットブラックのメルセデスが私道の出口に停まった。約束の時間きっかりだ。隙《すき》のないダークスーツに身を包んだ男が運転席から降り、私道をこちらに向かって歩き出した。サングラスをかけていた。

「ミス・クライン？」

「テスと呼んでください」

スーツケースを預かりましょうと男は言った。男のサングラスの表面にテッサが映っていた。目もとに浮かんだ当惑気味の笑みは、運転手つきの車で送迎されるのに慣れていないことを伝えている。男の先導で車に向かった。男はドアを押さえてテッサを先に乗せ、トランクにスーツケースを積みこみ、運転席に乗りこんだ。

「どちらまで？」二人だけに通じるジョークのつもりだろう。

「どこか私が思いつかないようなところへ」テッサは大きな笑みとともに答えた。

男はバックミラー越しにうなずいて車を出した。テッサはウィンドウ越しに外を眺めた。建ち並ぶ家々、明かりを映した窓。テッサがあとにしようとしている暮らし。まぶたが重たくなり、まもなく閉じた。次に目を開けると、外は真っ暗になっていた。車は細い田舎道に入った。タイヤが砂利を噛《か》む。道の先に山荘風の一軒家が見えていた。明かりは灯《とも》っていない。男はその前で車を駐《と》めてエンジンを切った。

「着きましたよ」

あたりは森閑としていた。聞こえるのは自分の息づかいだけだ。男は車を降り、トランクからスーツケースを下ろしたあと、こちらに回ってきてドアを開けた。

男の懐中電灯の光を頼りに玄関に向かった。

「サボテンを探せとことづかってきたんですが」男は壁際《かべぎわ》に並んだ植木鉢を見ながら言

った。

テッサはサボテンを見つけて鉢の下を探り、隠してあったスペアキーを取った。玄関ドアは溜《た》め息とともに開いた。建物全体がずっと息を詰めていたかのようだった。壁に手を這《は》わせて電灯のスイッチを探し、全部をいっぺんに押した。灯ったのは、テッサが好むＬＥＤ電球だった。もしかしたら彼がわざわざ交換してくれたのかもしれないと思い、ひとり微笑《ほほえ》んだ。電球が放つ光はほのかで部屋の隅々までは届かず、もとより広々とした空間をまるで終わりがないかのように見せていた。大きな部屋には仕切りがなく、キッチンからリビングルームまで一続きで、天井には太い木の梁《はり》が通っている。テッサは男の存在を一瞬忘れた。控えめな咳払《せきばら》いが聞こえて、ようやく男のほうを振り返った。

「ごめんなさい。荷物は適当に置いてください」

男は室内に入り、スーツケースをソファの横に置いた。

「何か飲みますか」テッサはそう尋ねてキッチンに向かった。「どこに何があるのかさえわかりませんけど。〝閣下〟がいらっしゃるのを待ったほうが早いかしらね」男の返事はなく、テッサは振り向いた。男はすぐそこまで近づいていた。いつの間に距離を詰めていたのだろう。

「あいにくですが、彼は来ません」

テッサは半歩後ろに下がった。「何かトラブルでも？」

「まあ、そんなところです」サングラスに隠されて、表情は読み取れなかった。「残念ですが、もう終わりなんですよ、ミス・クライン」

「そう」テッサは言った。サングラスにまた姿が映っていた。その顔は不安げだった。テッサは穏やかな声で続けようとした。「そう。それなら私は家に帰りたいわ」

「何もかも終わりなんです」男は言い方を強めた。

「誤解があるみたい」テッサは微笑んだ。答えを思いついてほっとしていた。「だって昨日、会ったばかりだし……」彼のオフィスの床で絡《から》み合う二つの体を思い描く。彼女の耳は、金庫の組み合わせ番号を割り出そうとしているかのように彼の胸に押し当てられていた。「……私は妊娠してるの」

「おっしゃるとおり」男はうなずいた。困難な話題をテッサのほうから持ち出してくれて安堵《あんど》したといった風だった。「おっしゃるとおり。ですから、まずは座っていただかないと」そう言ってテーブルのほうに手を差し伸べた。「一つお願いがあります。それで今夜の用事はすみますから。私はこちら側に座ります」

テッサから一番遠い位置にある椅子《いす》に軽く手を触れた。

「せっかくですけど、立ったままでけっこうです」

「いいでしょう」男は言った。「私もこのままのほうがいい」ポケットからペンと紙を取り出してテーブルに置き、テッサのほうに押しやった。見ると、テッサの家にあったものだった。「さあどうぞ。そこに書いていただきたいことがあります」

「赤ちゃんの話だったら――」

「いやいや」男は言った。「いいからペンを取って。すぐにすみますから」

テッサは男のほうを見ないようにしながらペンを取り、男のほうに掲げてみせた。

「けっこう。では、これを書き写してください」別のポケットを探り、印刷された紙を取り出してテーブルに置き、テッサのほうにすべらせた。テッサは文字を目で追うと同時に後ずさりし、手を口に当てた。

「彼と話をさせて」口を覆《おお》ったままそう言った。男は動かない。「こんなもの書かないわ。書くわけないでしょう」

男はサングラスを取り、テッサをじっと見つめた。その目に浮かんだ悲しげな表情を見て、共感してもらえたのだとテッサは思った。

しかし男は、ジャケットのポケットから別の品物――プライヤー――を取り出した。

「おっと、これじゃない」そう言ってまたポケットを探る。「あった、これです」

分厚い封筒をテーブルに置く。

「お金？」テッサは言った。信じがたい思いがしたが、同時に安堵が胸に広がった。

「あの人、お金で私を追い払えると思ってるわけ」

男は黙って待っていた。その目はもうテッサを見ていない。

テッサは封筒を開いて中身を振り出した。

光沢仕上げの写真だった。

一枚目にはテッサの母親が写っていた。生活協同組合の店で働いている姿だ。二枚目は、車を運転中の父親。続いて、姉や義理の兄、そのあいだに生まれた幼い子供たち、サラとマックスの写真。最後の三枚は、姉夫婦の寝室で撮影されたものだ。子供たちは眠っている。テッサは顔を上げた。言葉が出ない。ふいに息さえできなくなった。

「悪いことばかりではないんですよ、テス」男は言った。「今夜、家族みんなの命が救われるわけですからね。その手紙を書き写すだけで、みんなが救われる」

「信用できない」テッサは言った。息ができない。「あなたの言うことなんか……」

男はポケットから電話を取り出し、スクロールして電話番号を一つ表示させてから、テッサのほうに押しやった。姉の家の固定電話の番号だった。何年もかけたことがなかった番号。アドレナリンのせいで震え出した指で〈発信〉を押し、挑むような目で男の顔を凝視した。呼び出し音が一つ鳴っただけで、相手が出た。

聞き覚えのない男の声だった。「心は決まったか」

「あなた誰？」

「心配すべきは俺の居場所だろうよ。俺はいま、あんたの姉さんが十分後に子供を連れて帰る先にいる。手紙に署名することだな、テス。俺は苦しめずにすむやり方を知らない」

　電話は切れた。手に持った電話がぬるついた。電話を置き、周囲に視線をめぐらせた。それからテーブルにつき、右の掌《てのひら》に浮いた汗をブラウスで拭《ぬぐ》ってから、ペンを取った。初めの二行をぎこちなく書き写し、三行目に取りかかる前に長いことためらった。〈私を探さないでください〉三行目にはそうあった。〈死体は絶対に見つからないようにしてあります〉

　のろのろと長い時間をかけてその一文を書き写し、最後にイニシャルの一文字だけを記した。目を上げると、男はさっきよりもさらに近くに来ていた。肩越しに手もとをのぞけそうな位置に立っている。

「きっと探そうとするに決まってる」テッサは言った。

「探しても何一つ見つからない」男は皺《しわ》を伸ばすような手つきでテッサの肩をなでた。

「何一つ見つかりませんよ。赤ん坊の件がありますからね。そこから彼が浮上しかねない。そうなると……いまの彼には家族がいますから」

　テッサはまっすぐ前を、空っぽの部屋を見つめた。どこか遠くからピアノの音が聞こえたような気がした。

「あれ、聞こえる？」テッサは片手を上げて耳を澄ました。

「空耳はよくあることです」男は言った。「何が聞こえるのかな」

「ベートーヴェン」テッサは答えた。テーブルに置かれたプライヤーに目が吸い寄せられた。「『月光ソナタ』」

男の手が肩に置かれ、テッサは男を見上げて微笑もうとした。男は勇気づけるように手に力をこめ、笑みを返した。

「すてきだ。それはすてきだな」

I
ナイト・ピープル
Night People

1

それはのちに失われた週末と呼ばれた。金曜の午後から日曜の夜にかけて輪番停電が行なわれ、街区《ブロック》単位で数時間ずつ電力供給が絶たれて、歓楽街は刺激に満ちた予測不能なかつての姿を一時的に取り戻した。あたりを照らす高層ビルや街灯のまばゆい光、商店の看板やショーウィンドウの毒々しい光は消え、街ゆく人々は、つい数時間前までは失われたように見えていた純真さを取り戻した。年配の住人はおっかなびっくり私道の先まで出て、こんな星空は何十年ぶりだろうとつぶやき、十代の少年少女は外出自粛を呼びかける警察を無視して足の向くまま街をぶらつき、できたばかりの友人の顔を照らして携帯電話の貴重な充電を費やした。電力が復旧するや街は明々と燃え立ち、華やかなブロードウェイの舞台のように人々の目をくらませ、互いの顔を初めて鮮明に見た者たちははしゃぎ、限られた貴い時間を最大限有意義に使おうとした。

街の明かりがないと、簡単に姿を消せそうに思えてくる。これまでの自分をなかったことにできそうに。いまの人生から抜け出して新しい人生を始められそうに。交代時間に間に合うよう街を歩いていたあのときの俺に訊《き》けばきっと、誰もが同じ感覚を抱き、その気分が街全体を覆《おお》っていると言っただろう。しかしいま思えば、あれはおそらく俺の内側にだけ存在した感覚だ。俺はそれまで三十日以上連続でオクスフォード・ロードそばの聖マリア病院の一室に夜通し座り、大量殺人犯がゆっくりと死に向かっていくのをひたすら眺めていた。

次に停電したとき、俺はその一室にいた。

俺たちは――俺とマーティン・ウィックは、ほかには誰も来ない廊下に面した小さな病室にいた。ウィックはベッドにストラップで拘束されていたが、立ち上がる体力はどのみち残っていなかった。拘束されているおかげで、たとえ俺に手を振ってみせたくなったとしても、手を持ち上げることさえできない。運動の余地をほとんど与えられていない腕は衰えが激しく、急速に痩《や》せていくのに合わせて毎朝ストラップを調節し直さなくてはならなかった。病室がふいに暗くなったからといって、顔を上げて様子を確かめる理由も、不安に思う理由も俺にはなかった。ただ、非常発電装置が起動するまでの数秒の空白に、マーティン・ウィックという男の姿を初めて本当に見たような気がした。

俺の目にはいつも、ウィックは暗闇《くらやみ》のなかでこそはっきり見えるように思えた。奴《やつ》の目は、バックライトが仕込まれているかのように光を放った。その奥で何かが燃えているかのように。肉体が死んだあとも、それだけが消え残りそうな冷たい炎。電力が回復して、俺はためていた息を吐き出す。力ない光が部屋にぼんやりと広がった。

目を上げてマーティン・ウィックを見ると、奴は微笑《ほほえ》んでいた。

一家を殺したことを覚えていないと奴は言う。あだ名の由来はそこにある。ウィックの言い分、目が覚めたら全身が血まみれだったとの主張を信じる者はいない。奴を〝夢遊病犯《スリープウォーカー》〟と呼ぶ新聞の見出し、解説記事、人物紹介記事は、どれもたっぷりと皮肉が利《き》いていた。何をした人間なのか知らなくても、ウィックの前では誰もが不快になった。ウィックといると何か最悪のことが起きそうな予感がすると言った新人看護師がいると聞いたが、その看護師は歴史に疎《うと》すぎる。

最悪のことはとっくに起きたのだから。

　何年も前、それはウィックに道を踏み誤らせ、人跡未踏の地へ誘いこんだ。世のマーティン・ウィックたちのための道路地図は存在せず、したがって彼らは文明世界に二度と戻れない。その結果、本人の言い分を信じるなら、いまウィックはどうしようもなく迷子になって病院のベッドに縛りつけられている。本人の言い分を信じるなら、どうやってここにたどりついたのかさえ思い出せずにいる。

　本人の言い分を信じるなら。

　その目は光を跳ね返しはしても、命は宿っておらず、闇のように暗くて動きは鈍い。眠っているあいだも大きく見開かれているときもある。虹彩《こうさい》と瞳孔《どうこう》の境目はわからない。だから、虚空《こくう》を見つめているのか、こちらをまっすぐに見ているのかも区別がつかない。どちらでもないように思える夜もあれば、その両方と思える夜もある。ウィックの目が動いて視線が合うと、俺のほうが監視されているような錯覚にとらわれ、奴の頭のなかに第三者がいて、俺の弱点を探して映像の一コマ一コマに目をこらしているという妄想を振り払えなくなる。

十時間ぶっ通しで病室に座り、奴が何か言うか何かするのをじっと待ち、奴の動きを細大漏らさず記録するのが俺の仕事だ。ウィックが一言も発しないままシフトが終わると、人はそうやって秘密を守るのだと俺は考える。不吉な場所に来たとき、ポケットの小銭を握り締めるのと同じだ。小銭がよけいな音を立てないよう、生きているあいだにとっておきの手がかりをうっかり漏らしてしまわないよう、用心しているのだ。俺はそう思った。

あとで振り返れば、奴はただ待っているだけだったわけだが。

病室に腰を下ろし、ペーパーバックを読み始めてから一時間ほどしたころ、何か気配を感じて顔を上げると、ウィックがメモ用紙を手もとに引き寄せようとしていた。ペンを持ち上げ、ストラップのせいで思うように腕を動かせないもどかしさに顔をしかめながら何かを書きつけている。奴の筆跡はほかに見たこともないくらい細かい。司法取引記録の各ページの一番下に目をこらし、そこに隠すように記されていた、読むに読めないウィックの署名をあらかじめ見ていなかったら、このときウィックが書いたメモも、俺を椅子《いす》から立ち上がらせるためのいたずらだと誤解していたかもしれない。

「そのままで」俺は本のページに折り目をつけてからベッドに近づいた。

病院の電灯の下に横たわるマーティン・ウィックは、作り物のように血の気がなかった。サティの表現を借りるなら、ヒトラーの精液の染《し》みよりも白い。それは隔離棟で十二年間たばこを吸い続けたのち、末期の肺癌《はいがん》と診断された結果だ。顔はくしゃくしゃのぼろきれのようで、皮膚はトレーシングペーパーのように薄かった。だが、その下に何があるのか見てみたいという気は起こさせない。肺の片方は切除され、残ったほうには無数の腫瘍《しゅよう》がからみついている。ストレンジウェイズ刑務所に送られる前、命知らずのアスベスト除去作業チームの監督をしていたのが原因とされている。

ウィックが書いているあいだ、俺は心拍モニターを見ていた。むらのある山と谷は、嘘《うそ》発見器の不合格パターンのようだった。ウィックがペンをベッドに下ろすのを待ってメモを受け取った拍子に、指先で静電気がはじけた。病院のシーツと相性が悪いのか奴が動くたびに静電気が起き、接触するたびに俺が軽い電気ショックを食らう。奴が発散しているいやな気配に加え、危険な電気が体に流れているかのようだった。そうやって小さな火花が散るたび、何かが俺のなかに流れこんでくるような、奴の何かが伝染しているような気がしてならない。ウィックもそれを知っている。

ちまちました筆記体の文字は〝サテ〟と綴《つづ》っていた。俺はメモをベッドに置いて手渡さずにすませ、元の椅子に戻った。上官のサティとは一時間前に交代したばかりだが、俺たちに与えられている指示は明快だった――この世にあるかぎり、ウィックは望みのものをすべて手に入れる。

「今夜こそサティに話すことが何かあるんだといいな、マーティン」

「話して何が変わる？」

俺は振り向いた。この病室に通って一月《ひとつき》以上になるが、マーティン・ウィックの声を聞いたのは初めてだった。呼吸器が口からはずれていた。ほのかに輝く黒い目をのぞきこんでも、天井を見上げているのか、まっすぐ俺を見ているのか、やはりわからなかった。どちらでもないように思えたし、その両方にも思えた。

ウィックは咳《せき》をした。片方だけ残った肺から砂利が吐き出されるような音だった。

「人生を無駄に過ごせ……」苦しげなささやき声だった。「……人生など、どうせ短い」

俺は一瞬動きを止めた。そうしゃべっただけでウィックは汗をかいていた。俺は一つうなずいて病室を出た。銃器部隊員が配置されたチェックポイントまで廊下を戻るあいだ、無意識のうちに両手をパンツのポケットに押しこんでいた。静電気の火花を思い出す。奴がしゃべったのは俺の空想だったのか。

俺はもう何週間も一度も熟睡できていないし、本当に目が覚めたこともないような気がした。

日々のシフトが始まるたび、すべてがいったん静止するような錯覚にとらわれる。短時間だけ、狂気に閉じこめられたかのような。だからまた停電が起きたときも、壁を手でたどりながらそのまま歩き続けた。銃器部隊員がこちらを向くと同時に、ヘックラー&コッホの銃に取りつけられたライトの光で視界が真っ白に飛んだが、このときの俺はまだ不安を感じていなかった。ふだん以上の無力感も、暗闇に置き去りにされたような感覚も、このときはまだなかった。

2

マーティン・ウィックの逮捕時の映像は何年か前に一度見ただけなのに、鮮烈な印象が残っている。日の出までまだ一時間ほど残した早朝、それまで闇と同化していたウィックが、背後でドアが閉まったとたん、鈍い灰色をした鉄道駅のエントランスを背景にシルエットとなって浮かび上がる。

頭《こうべ》を垂れ、肩を丸めたウィックは、力なくぶら下がったマリオネットのようだ。一方の足を引きずり、重い足取りで光の当たるほうへと歩いてくる。服は黒ずくめに見える。低解像度の動画は細部がつぶれているが、それでもジャケットのボタンがかけ違えられているのはわかる。そのせいで一方の肩が引っ張られて下がっている。ウィックはコマ落としの映像のような足取りで無人のコンコースを横切り、やはり無人の切符売り場へと向かう。

切符売り場の奥から外を見た粒子の粗い映像は、その場面に似つかわしかった。静電気の雲、電気を帯びた水蒸気に取り巻かれているかのように、ウィックの輪郭は白くにじんでいる。まもなくウィックは薄汚れた黄色い光のなかへと進み、そこでようやく明《めい》瞭《りょう》な像が結ばれる。シャツの襟は内側に折りこまれ、ジャケットの袖《そで》は一方だけ手首から押し上げられ、もう一方はきちんと下りている。ズボンのウェストはよじれ、脇《わき》の縫い目がななめに走っている。

記憶違いでなければ、ウィックは靴を片方しか履いていない。濡《ぬ》れて伸びきった靴下を履いた右足が、ウィックの歩いたあとに赤い足跡を残していた。切符売り場のカウンターに来たところで、服が黒っぽく濡れてぬらぬらと光っていること、奇妙な箇所が体に張りついていることがわかる。背後の窓越しに、青い光が亡霊のように遠くから現れ、脈打ちながら近づいてくるのが見える。

マーティン・ウィックは顔を上げ、うつろな目をカウンターの奥に向ける。そうやってカウンターのなかと、アクリル樹脂のパーティションに映った自分の姿を見比べるようにしていたが、やがて一歩後ろに下がる。そこに映っているのが誰であるか気づいて、愕然《がくぜん》とした表情を浮かべている。悪夢から覚めた先が、また新たな悪夢だと悟った男の顔。おぼつかない足取りで後ずさり、自分自身から逃げようとしているさなかに、ウィックの目がふと動いて、コンコースを横切る自分の姿をとらえていたカメラをまっすぐに見る。

この瞬間の映像は、結論の出ない議論を呼んだ。

自分がどこにいるか、何をしているのかわかっていない男の、無意識の反応だったのか。それとも、精神の障害を印象づける計算ずくの行為で、いまの演技がちゃんと記録されていたかどうか確かめたのか。この直後、ウィックは床に崩れ落ち、体をびくつかせて口から泡を吹く。

そのさらに数時間後、被害者一家の自宅が特定される。玄関は開け放たれたままだった。

マーティン・ウィックは、五人分の血を吸った服を着たまま街を延々と横切り、その後の十二年をストレンジウェイズ刑務所で過ごした。

それでもまだ話は終わらなかった。

3

　サティことサトクリフ警部補は電話に出なかったが、俺が最初に探しに向かった場所にいた。ザ・テンプルはグレート・ブリッジウォーター・ストリートの地下にあるこぢんまりとしたバーで、病院からは急ぎ足で二十分の距離にある。ヴィクトリア朝時代に公衆便所だった地下空間が八〇年代に改装され、ロックンロール世代のパブに生まれ変わった。小さなテーブルが窮屈そうに並び、バンドのチラシやツアーのポスター、落書きが壁を埋めている。サティは店の隅っこのほうで、別の男性客に何やら説明して聞かせている最中だった。気を散らさせないためだろう、男の両耳をつかんで足が床から浮くくらい引っ張り上げ、ＢＧＭのビートに合わせて頭を壁に打ちつけている。

　俺に気づくなり、サティの笑みは一瞬で顔から滑り落ちた。

「おう」音楽に負けない声を張り上げる。「なんだ、大恐慌《だいきょうこう》か。パンの配給の列に並ばなくていいのか？　ビールなんか飲んでる場合じゃないだろう」

「ウィックが話したいそうです」

　サティはうなずいて男を床に下ろし、失《う》せろと言った。「趣味がいいのか悪いのか」

「何が」俺は耳をさすりながら立ち去る男の後ろ姿を見送った。

　サティは額を拭《ぬぐ》い、小さく笑ってくすんだ黄色の歯をのぞかせた。「ウィックの奴、おまえより俺がお好みなわけだろ」

「悪趣味のほうですかね。今日は珍しく口数が多いようで……」

「へえ、あいつが」サティはめったに驚かないが、これには目を光らせた。「ひょっとすると、ひょっとするな。何て言ってた？」

「人生を無駄にしろと言われましたよ」

　サティは鼻で笑い、テーブルに向き直ってグラスに残った酒を飲み干した。「おまえの場合は他人様《ひとさま》から言われるまでもないよな」

　サティが飲んでいる姿を見ていると、反論が思い浮かばない。

　俺のパートナーは酒用水筒《フラスク》そのものだ。広い肩の上に肉づきのいい頭がいきなり載っている。息がウィスキー臭いところも符合していた。顔は、一種異様な代物《しろもの》だ。液体が凝固したようといえばいいか。漂白したみたいに顔全体が白く、不思議な塊が点在して皮膚を下から盛り上げている。ただ、その異様な顔がなぜかサティの人格にマッチしている。殺鼠剤《さっそざい》に危険を警告する文言が印刷されているのと同じだ。スーツにアイロンをかけたためしがないが、もともと縫い目がはじける寸前のサイズ感で着ているから、傍目には万全にプレスされているように見える。サティはグラスを叩《たた》きつけるように置き、初対面の相手を見るような目を俺に向けた。

「おまえがシフトをサボりたいだけって可能性もなきにしもあらずだな。おまえの元カノが昔、この店で働いてたんだろ」

「もう辞めましたよ」俺はあちこちのポケットを叩いてウィックが書いたメモを探した。

「入っちゃ辞めるバーテンのうちの一人か。おまえがしじゅう飲みに来るからいやがられたんじゃねえの」

「俺よりあんたがしょっちゅう来るからでしょう」

折りたたまれたメモを見つけて引っ張り出す。

「うぐぅ」サティはメモを穴が空くほど見てからつぶやいた。「奴の手を背中で縛っとけると楽なのにな」スツールからブレザーを取り、拘束着でも着るみたいに体を押しこむ。「さあ行くぞ、ロビン君。ファットモービルに乗れ」

「すみません、歩いてきました」

「ふん、なら俺はタクシーで行くから、一緒に来な。奴が船を漕《こ》ぎ出したらおまえがまたお守り役だから、いてもらわないと困る」

俺はうなずき、サティに続いて出口に向かった。

階段を上って地上に出てタクシーを拾った。乗っているあいだ、二人ともそれぞれウインドウの外を流れていく街を見つめた。据わった目つきの路上生活者に声をかけて回っている慈善団体の職員。孔雀《くじゃく》のように求愛の羽を広げてパブやクラブに向かう泥酔《でいすい》した少年たち。隊形を組み、体を二つ折りにして笑いながら人生を泳ぎ渡っていく少女たち。ふだんならこれが俺たちの持ち場だ。しかし事情が変わった。隣のサティは不満げに何ごとかつぶやきながら除菌ローションを手にすりこんでいる。一日に一瓶消費する勢いなのに、いくら塗りこんでも自分は清潔だと納得できないらしい。毛穴からアルコールを吸収して血中に送りこんでいるのかと思いたくなるときがある。

聖マリア病院に着くと、男が二人、人事不省の十代の少女を丸めた絨毯《じゅうたん》のように抱えて運びこもうとしているところに行き会った。俺たちがなかに入ると同時に受付周辺が一瞬停電したが、すぐに復旧した。俺は周囲を見回した。流血、殴打された傷、刺された傷。呆然《ぼうぜん》と立ちすくんでいる人々。酒に酔い、ドラッグに酔い、一生が変わるような傷を負った人々。病的に太った赤ん坊を抱いた、棒きれのように痩せた母親たち。十代の少女が意識を取り戻し、男たちの手を振りほどいて駆け出し、夜の街へ戻っていくのをサティと俺は目で追った。それはこの一角で唯一《ゆいいつ》良識的な行動と思えた。

4

五月二十二日の自爆テロ事件以来、銃を携帯した警察官の姿は街の風景の一部になった。

それでも、病院内ではやはり珍しい。

当初、病院側は反対したが、それもウィックの記録に載っていた〝オスマン警告〟を提示されるまでのことだった。オスマン警告とは、命の危険があることを知らせて注意を促す通知書で、殺害予告などが届いた場合、警察はオスマン警告を本人に手渡す法的な義務を負う。ウィックはストレンジウェイズ刑務所での服役中に山ほど脅迫を受けていた。病院との会議の一時間ではすべてを提示しきれないほどの数だった。病院側は、もう充分です、わかりましたからと降参し、銃器部隊員をウィックの病室前に即座に配置する許可を出した。

警察の作戦勝ちだ。

受刑者が受け取った殺害予告について議論するのに時間を費やし、実際にどんな襲撃を受けたかを説明せずにすませたのだから。ウィックと同房だった受刑者の一人は、先をとがらせたボールペンでウィックの耳の穴を刺し、別の一人はウィック自身が使っていたシーツで首を吊《つ》って殺そうとした。なかでも独創的だったのは、不特定多数の受刑者が結託し、ウィックを房内の便器で溺死《できし》させようとした一件だろう。こういった集団行動を予期し、刑務所内の便器はトラップを通常より大きくして少量の水で流せる造りになっており、溺《おぼ》れるほどの水はたまらない。報告書によれば、少なくとも成人男性五名の膀胱《ぼうこう》満量分を一度にためないかぎり、一分かそれ以上の時間、ウィックの顔を水中に沈めておくのは不可能だ。このときはぎりぎりで看守が駆けつけて助かったが、諸事情を考え合わせるとウィックが末期癌と診断されて病院棟に移されたときは刑務所側もおそらくほっとしただろう。

サティと俺は、可能なかぎりいずれかがつねにウィックに付き添えと指示を受けていた。奴が他人に危害を及ぼすおそれがあるからではなく、死を前にして口数が増えるのではと期待されているからだ。逮捕から十二年が経過したいまも、マーティン・ウィックの頭上にはクエスチョン・マークばかりが浮かんでいる。

この任務の開始時は、ウィックはもってもせいぜい五日か六日という話だった。さほど長く病院にこもらずにすみそうだと、俺は安堵《あんど》した。

それが五週間前のことだ。

どうやらサティの存在が強壮剤になっているかのよう、サティが俺から生命を吸い出し、そのままウィックに注入しているかのようだった。最初の週が終わるころ、ウィックは次の瞬間にも死ぬに違いないと俺は確信していた。三週目には、ウィックは少し元気を取り戻したらしいと考え、翌週には回復への道を歩み始めたらしいと思った。保護拘置の五週目が終わろうとしているいまは、マーティン・ウィックは永遠に生きるのではと暗澹《あんたん》たる気持ちでいる。

　国民的憎悪《ぞうお》の対象の収容には、いろいろと面倒な問題がつきまとう。病院と警察のあいだには、ウィックが改装中のおんぼろ病棟の四階に収容されている事実は公表しないとの合意がある。四階の廊下の四分の一ほどを専用エリアとし、一カ所を除いて出入ルートはすべてふさがれた。エレベーターの扉はこの階では開かないよう設定され、この一角と病棟の残りの部分とのあいだに仮の仕切り壁が設置された。出入口は非常扉一つだけで、この扉を開けるとコンクリート打ちっぱなしの階段に出る。病院のほかの場所に行くには、非常階段を下りて病棟の受付ロビーを抜け、仕切り壁のすぐ向こう側に位置する中央階段を上る。理屈の上では、マーティン・ウィックの病室に出入りするルートはそれ一つだった。

　現実には、俺は罠《わな》に捕らわれたネズミの気分を味わっている。

　非常階段を上りきって扉を開けると、銃器部隊員のレニックが定位置に見えた。サティは俺からだいぶ遅れて階段を上ってきていた。レニックは、この病棟が稼《か》働《どう》していた当時はナースステーションだったカウンターの奥に座っていた。戦闘服スタイルの制服で全身を固めている。ボディアーマーに指なし手袋、支給されたばかりの黒い野球帽。拳銃《けんじゅう》や救急キット、予備の弾はもちろん、手錠や無線機、スタンガンまで大量の装備が納められたベストでふくれた姿は、そのまま子供向けのアクションフィギュアだ。新聞を読んで一人にやつきながら、G36アサルトライフルの銃口で耳を掻《か》いていた。

　その状態で驚かせたくない。

「レニック」俺はそっと声をかけた。

「ウェイツ」レニックは振り向きもせずに応じた。すぐ前のカウンターに新聞を置いて立ち上がると同時に、流れるような動きで銃口を水平に動かした。射線が俺の体を横切った。

「いま、あやうく自分を撃って永久にセンター分けにするところだったろ」

「安全装置がかかってる」平坦《へいたん》な声だった。

「サティが来るぞ。仕事をしているように見せたほうがいい」

　レニックは俺をじろりと見たあと、ゆっくりとカウンターの奥から出てきた。俺に言われなくてもそうするつもりだったような態度だった。だが、いちいち騒ぐようなことではない。レニックは二十代半ばで、俺より四つか五つ年下だが、階級は同じ巡査だ。俺は少し前に巡査部長への昇任試験に合格はしたが、昇任は期待できない。俺の人事ファイルは汚点だらけで、肥だめに浸《つ》けたかと思うほど真っ黒だ。

勢いよく扉が開いてサティが現れ、つかつかと俺を追い越してナースステーションに近づいた。服のポケットを裏返し、携帯電話を預けたあと、カウンターに上半身を預けて脚を広げた。

「ボディチェックもするんだろ」

レニックは無言で入室簿をサティのほうに押しやった。サティは体を起こし、ぞんざいに署名してから廊下の奥へと歩き出した。サティは他人を不愉快にさせる天才で、それを生きる糧《かて》にしているといっても過言ではない。サティはまもなくウィックの病室に消えた。

「わが勇者のご機嫌はどうだ？」閉まる寸前のドアの隙間《すきま》から、サティの大声が轟《とどろ》いた。

レニックは入室簿に嫌悪の視線を向けた。「昔からああなのか」

「俺が知るかぎりはな」

レニックはウィックの病室のほうを見た。冷めた態度を装《よそお》っていたが、好奇心に降参した。銃をぐっと引き寄せ、俺に向かって顎《あご》をしゃくった。

「二人とも夜勤だったたって話じゃないか」

「罰《ばち》が当たったってやつさ」俺は言った。サティと俺が告解に行ったら、神父はきっと罪のあまりの多さに悲鳴を上げて告解室から逃げていくだろう。夜勤は警察のはしごの一番下に位置している。その段より上にいる連中は、下世話な興味を抱いて見下ろす。

夜勤の固定メンバーは二人しかいない。

俺、そしてサトクリフ警部補。ほかの連中も持ち回りで夜勤に入るが、みな俺たちを敬遠する。悪影響が及ぶのではないか、そのまま夜勤から抜け出せなくなるのではないかと不安がる。結果として俺たちはありきたりで退屈な事件ばかりを処理し、同僚の干渉とも協力とも無縁でいる。俺たちの勤務時間は、表向き、日没後から翌早朝まで。街にきらびやかで魅惑的なナイトライフが花開いている時間帯だ。ときおり問題児が夜勤に回されてくるが、心を入れ替えるか、始末書を提出するかすれば、元のシフトに戻される。しかし俺たちは更生不能と見なされていた。

「ピーター・サトクリフ警部補……」レニックは入室簿の名前を読み上げた。「ずいぶんと不運な名前だな（訳注／十三人を殺害したとされる有名な連続殺人鬼〝ヨークシャー・リッパー〟と同姓同名）」

奥の病室から、くぐもった話し声が廊下伝いに聞こえてくる。

「そうかな、当人に似合ってると俺は思うが」

レニックはにやりとした。「あんたとサティがウィックのお守り役に回されてきたってうちの巡査部長に話したら、聞き間違いじゃないのかって言われたよ。夜勤の人間なんかには便所のドア一枚、安心して預けられないって」

「そう言うおまえだってりっぱに夜勤の一人だろうが、レニック」

「そもそも俺らの年代の奴が夜勤に回されることがあるなんて思ってなかったしさ」俺

の突っ込みを無視してレニックは続けた。「一時の話ならまだしも、あんたたちはずっとだろ……」ここで声をひそめた。「何をしでかすとそんな羽目になる？」

「大したことじゃない」レニックが先を期待しているのを見て、俺は続けた。「正しいことを間違ったやり方でしただけさ」

「俺が聞いた話と違うな」レニックはにやりとした。「あんた、いまはもうクリーンなんだろ？」

　俺が答えずにいると、レニックは話題を変えた。

「今回はなんで異動になった？　夜勤からってことを考えると、大抜擢《だいばってき》だよな」

　大抜擢だと本気で思っているのだろう。なんといっても、自分も選ばれてここにいるのだから。

「サティはウィック逮捕時にその場に居合わせたんだ。十二年前に」

「本当に？」レニックは意外そうだった。「だって、ブレークって刑事だとばかり……」

「ブレークはウィックを有罪にしたが、現場に最初に駆けつけたのはサティだった。通報があったんだよ。全身血まみれの男が街中をふらふらしてるって。それを聞いて、サティは何もかも放り出して現場に駆けつけた」

　レニックは顔をしかめた。「で、ずっと夜勤だったのに、十二年もたって、ウィックが死ぬまでのあいだ手を握っててやる役に抜擢されたわけか。よくわからないな」

「子供の一人がいまだに発見されてない。それは知ってるよな……」

「知ってる」レニックは言った。「リジー・ムーアだろ」

「そうだ」俺は廊下の先に顎をしゃくった。「ウィックはもうじき死ぬ。遺族にとっては、奴がリジーをどうしたのかを知る最後のチャンスなんだよ」

「それはわかる。だけど、どうしてあんたら二人なんだ」

「ウィックを一言で言い表すとしたら？」

「ウジ虫野郎」レニックは即答した。

俺はうなずいた。「サティは同類だ。ウィックと同じ言語を流暢《りゅうちょう》に話す。最初に逮捕したときもウィックと馬が合った。上のほうの連中は、いまウィックの口を割らせるにはサティが適任だと考えた」

「馬が合ったって？」レニックは表情を歪《ゆが》めた。憤《いきどお》って、全身の毛という毛が逆立っているのが目に見えるようだった。「ウィックは女一人と子供三人を殺したんだろ……」

俺はうなずいた。説明は難しい。

うわべだけを見れば、サティには刑事より職業犯罪者との共通点のほうが多い。ただ、犯罪者は怒りなどの感情から、あるいは経済的困窮から行動を起こすが、サティは犯罪を愛していて、しかも低劣な犯罪であればあるほど快楽を覚える。警察官という職業を選んだのは、自由を奪われる気遣いなくつねに犯罪の近くにいられるからにすぎない。

これといったトラブルに遭遇せずに勤務時間が過ぎていくような夜でも、サティがいると、本当に何も起きずにすむことはない。

口には出さなかったが、レニックの指摘は的を射ている。

俺たちの配置転換は異例だった。ありえないことと言ってもいい。だが、その裏にどんな都合があったのか、俺は知りたくない。訊くたびに答えがよからぬものに変わっていくとき、人は途中で訊くのをやめる。

いったい何があって今回の配置転換につながったのか俺はよく知らないが、サティがあの除菌済みの手で何かの糸を引いたに違いない。

「どんな奴だ？」レニックに訊かれて、俺の思考は断ち切られた。

「サティのことか」

レニックはそうじゃねえよと言いたげに天井を見上げた。「マーティン・ウィックだよ」

「俺は知らない」俺は答えた。

レニックが疑わしげにこちらを見た。

「嘘じゃない。俺には一言も口をきかないんだ」

「一回のシフトで十時間も一緒にいるのに？　じゃあ、そのあいだ何してるんだよ……」

「ウィックの行動を逐一メモする。サティを呼べと言われたら、呼びに行く」

「いいな、夜勤より楽そうだ」

「まあな」俺は言った。楽ではあるが、足を床に釘《くぎ》づけされたようで気分が腐る。

俺はレニックの背後に回り、カウンター越しに新聞を引き寄せた。第一面にマーティン・ウィックの写真が印刷されていた。病室のベッドで上半身を起こしてシリアルを食べている。病室の入口から携帯電話のカメラで撮影した写真のようだった。

〈見よ、これがシリアル・キラーだ！〉

「何だよこれ」俺はレニックを見た。

「俺の当直中の話じゃねえよ。いつも朝飯前に交代が来る」

「こんな写真、サティに見つかってみろ。おまえの目を小便の的にされるぞ」俺は新聞の日付を確かめた。日曜の朝刊の早版だ。いまから数時間後、世界が目覚めて最初に目にするのがこの写真になる。「この新聞、どこで手に入れた」

「休憩のとき、ロビーでもらってきた」

「報告すべきだと思わなかったのか」

「俺の当直中の話じゃねえから」レニックはそう繰り返した。

「ここを通る全員のポケットをちゃんと裏返させてるんだよな」身体検査なしには誰もこのチェックポイントを通過できない。病院の用務係や清掃員はもちろん、医者や看護師でさえ、予定表に名前が載っていなければ通れない。全員の持ち物検査をするのがここに配置された銃器部隊員の役割だ。

誰であろうと、このチェックポイントより先には携帯電話を持ちこめない。

レニックは不快そうな顔をした。「してるに決まってるだろ」

そのときウィックの病室からサティが出てきて、俺たちはそろって振り返った。サティは何か困ったような顔をしていた。俺はさりげなくサティと新聞のあいだに移動した。

「ちょっといいか、エイド」サティが言った。

「少し待ってください……」

俺はポケットを引っくり返し、携帯電話をレニックに渡して入室簿に記入した。そうしないとチェックポイントを越えられない。レニックの前を通り過ぎ、廊下の少し先へ進む。サティに悪いニュースを伝える前に、距離を稼いでおきたかった。

壁は大判のビニールシートで覆われている。

コンクリート片や細々した屑《くず》で満杯のバケツが点々と置かれている。ウィックが死ぬまで延期された改装作業の置き土産。

サティはトイレのドアを開け、自分のオフィスに俺を招き入れようとしているみたいに押さえた。俺はなかに入って電灯のスイッチを探った。ここには何週間も誰一人入っていない。おそらくこの建物でいま一番清潔な部屋だろう。俺はシンクにもたれた。サティもなかに入ってドアを閉め、誰も入ってこないよう、そして出ていかないよう、背中からドアにもたれた。

「ウィックがな、俺を呼んでこいなんて頼んでねえって言ってるわけだよ」

「頼まれましたって。あのメモを書いたんですよ。もちろん、俺の読み間違いだったなら謝ります。もう非番なのに呼び戻しちまったわけだから」

無言で俺の言い分を咀嚼《そしゃく》するサティの顔が刻々と変わっていく。

「うぐぅ」しばらくしてようやくそう言った。「おまえを信じるよ。奴はあのメモを書いた。俺を呼んでこいって意味だった。何かあるな」

「ついに死にかけてるんだと思います？」

「もう何カ月も前から死にかけてるさ。それにも慣れたころだろ。いや、今回は何か違う。奴は……何だろうな。怯《おび》えてるみたいだ」

「誰かから接触があったとか」俺は新聞のことを思い出して言った。

サティは黙っている。

俺は声をひそめた。「どうして。どうやって」

サティは少しのあいだ床をにらみつけていた。まもなく体を起こしてドアを開けた。廊下の様子を確かめて首を振る。俺もドアから首を突き出した。レニックはまた新聞を読んでいた。アサルトライフルの銃口で顎を支えている。

「ライフルの使い道を間違えてるな」サティが言った。

俺たちは廊下に出た。サティはドアを力いっぱい叩きつけた。レニックは飛び上がらんばかりに驚き、立ち上がって、あわてた手つきでライフルを構えた。驚いた拍子に自分の頭をぶち抜かなかったのは運がよかった。サティはつかつかとカウンターに近づき、入室簿を見て、レニックの鼻先に顔を突きつけた。

「巡査。俺たちがいないあいだに、誰かウィックに会いにこなかったか」

「はい？」

「〝サー〟はどうした。敬称を忘れるな」サティは言った。「俺たちが二人ともいないあいだに、ウィックは誰かと話をしたようだ。予定表に載ってない医者や看護師が臨時で来たのかもしれないし、おまえがチェックしそこねた奴かもしれない。おまえは好奇心に負けたのかもしれないな。ともかく、十二歳の少女の死体をどうしたのか話す気でいた男が、突然、貝みたいに黙りこんだのは確かだ」

「俺のチェックなしに通った人はいません」

そのとき、サティの目が動いてカウンターの上の新聞を見つけた。病室のベッドにいるウィックの写真に気づき、新聞を手に取る。あの目つきなら知っている。あの視線が照射されているのが自分でなくてよかったと思った。鍋《なべ》をそばで見ているとなかなか煮立たないということわざがあるが、あれはなかなか煮立たない小便が入った鍋をにらみつけているような目だ。サティはカウンターから自分の財布を取って開き、現金を数え始めた。

レニックが鼻を鳴らす。「金をくすねたりなんかしませんよ、警部補《サー》」

「知ってるよ」サティは言った。「おいエイド。ライジング・サンで自分のサービスを宣伝しまくってたアイルランド人《ミック》は何て名前だっけな」

俺は記憶をたどった。「〝パイプ爆弾のウィリー〟」

「それだ。十五ポンドぽっきりで、誰の脚でも折ってくれるってさかんに言ってたな」

サティは財布をカウンターに叩きつけ、レニックの目の前に顔を突きつけた。「俺はそいつの連絡先を知ってるし、財布に二十ポンド札が二枚ある。つまり正直に話したほうが身のためだ」

「朝飯の時間帯に俺が当直だったことは一度もありません。その写真が撮影されたとき、俺はここにいませんでした」

サティはようやく向きを変えた。「いまの弁解、裏を取っといてくれ、エイダン」カウンターから新聞をむしり取り、足音を轟かせてウィックの病室に戻っていった。「それとコーヒー。ブラックで。文字どおり真っ黒なやつな」

俺はドアが勢いよく閉まるのを待ち、誰にともなく一つうなずいたあと、レニックとは目を合わせずに非常階段のほうへと歩き出した。

5

階段を下りる途中で電灯の光がふっと弱まり、薄暗くなったかと思うと、完全な暗闇になった。人が鍵《かぎ》を置き忘れるように、サティは我を忘れる。不注意に。後先などまるで考えずに。二度と取り戻せそうにないように見えることもある。そういうとき、怒りのスポットライトを誰かに向けて立ちすくませ、その誰かがひた隠しにしていたものを照らし出すことがたまにある。ウィックの変心を知ってサティが動揺したのなら、それにはりっぱな根拠があるのだろう。サティの嗅覚《きゆうかく》がまっすぐにレニック巡査を疑わせたとなると、いやな予感がする。

俺たちのシフトはまだ始まったばかりで、しかも銃器の暴発事故は日常茶飯事だ。

非常用発電機が作動し、前回の半分くらいの時間で電力が復旧した。俺は顔をなでて気を取り直し、ドア口を抜けて、都会のど真ん中にある大病院の、週末らしい無秩序状態を呈するロビーに足を踏み入れた。

傷だらけのリノリウムが張られた、入院患者と外来患者でごった返すロビーを急ぎ足で横切る。

中央階段を上ってカオスから逃れた。俺と入れ違いに、救急蘇生チームの医師や看護師があわただしくロビーを突っ切っていった。緊急手術を要する患者を乗せたストレッチャーを押している。病院のこの一角には窓が一つもないが、その時々の患者の様相を見れば、おおよその時刻がわかった。今夜は壁際《かべぎわ》に並んだベッドにバラエティに富んだ容態の患者が横たわり、診察室の空きを待っている。俺は左右をベッドの列にはさまれたせまい通路を歩き出した。また救急蘇生チームが追い越していった。すぐにまた別のチームが通り過ぎた。

サタデー・ナイト・フィーバー。

またも救急蘇生チームがばたばたと通り過ぎていこうとしたとき、ストレッチャーの上の男性患者のうつろな目と視線が合った。頭部に洞窟《どうくつ》みたいにでかい傷が口を開けていた。一行は片側の診察室に吸い込まれていき、両開きのドアが音もなく閉まった。

「ちょっと失礼……」俺がいまの救急蘇生チームの後ろをついてきていた小柄な女性に声をかけ、横を通り抜けようとしたとき、その女性が俺の胸に手を置いた。途方に暮れて焦点を失った顔。額が血で汚れていた。ショック状態にあるようだ。「ここで働いてる人ですよね。彼、助かりますか」

「いいえ」俺は女性の手から後ずさった。「いやその、俺はここの職員じゃありません」

俺は女性を迂回《うかい》し、通路の行き止まりで右に折れた。一度も振り返らなかった。足がおもむくままに歩き続けた。診療科と病棟からなる迷路でわざと迷子になろうとした。

やがて誰もいない通路に来ると、壁にもたれて目を閉じた。

ストレッチャーの男性は、頭が半分なくなっていた。

長いことそうしていてから、コーヒーの自動販売機の前に立ち、ポケットの小銭を探った。マーティン・ウィックの病室がある廊下とはほんの目と鼻の先なのに、仕切り壁があるせいで、その距離を移動するのに十分かかる。

一枚目のコインを入れたとき、黒いプラスチック板に映った自分の姿に目がとまった。下を見ると、シャツの胸にさっきの取り乱した女性の血の手形がついていた。指紋が採取できそうに鮮明だった。汚れを落とそうと、小銭をポケットに戻して、トイレのドアを押し開けた。

6

シンクの上には鏡ではなく光沢仕上げの金属板がかかっている。ジャンキーのなかにはガラスを割って破片をナイフ代わりに使う奴がおり、その対策だ。しかし表面はくすみ、連中の無為な努力の痕跡《こんせき》たる凹《へこ》みが無数にできていて、そこに映った俺はシュールな自画像のよう、別の次元から送られてきた、周波数が微妙に狂って歪《ひず》んだ動画のようだ。自分の顔を見つめた。黒から赤にじわりと変色しかけている目の下のくま。

映っているのは確かに俺であるという証《あかし》。

手前二つの液体石鹸《せっけん》のディスペンサーは空《から》だった。どうせなら全部確かめてやろうと思い、三つ目も試した。やはり空だ。シャツについた血の手形を洗い落とすのはあきらめてジャケットの前ボタンを留めて隠し、トイレを出ようとした。

ドアを開けると同時に、個室の一つから奇妙な音が聞こえた。うがいに似た音だ。振り返って見ると、ディスペンサーからむしり取られた液体石鹸の空き袋が二つ、床に放り出されていた。破れて空になっている。タイル床の上でぬらりと光っている様は、踏みつぶされた巨大なナメクジのようだった。同じ個室からまた音がした。長くて湿ったキスの音。

「誰かいますか」俺は言った。

返事はない。

個室に近づこうとしたとき、電灯の光が揺らいだ。俺は足を止めた。個室で何が起きているか、見当がついたからだ。完全に閉まっていなかったドアを押し開けると、緑色のトラックスーツ（訳注／いわゆる「ジャージ」。ファッションアイテムとして、とくに若年層に定着している）を着てフードをかぶった病的に痩せた女が、便器の蓋《ふた》を閉じた上に座り、袋に口をつけて液体石鹸を思いきり吸い上げていた。聞くところによると、一袋がウォッカ六杯分のアルコールに相当し、かなりがつんと来るらしい。ただし内臓が洗浄されるわけではないし、副作用は激烈だ。記憶喪失。失明。コントロール不能なレベルの下痢《げり》。

万が一の事態が起きても、救急車を呼ぶまでもない場所にいることだけが救いか。

女の爪《つめ》は緑色で、顔にタトゥーが入っていた。大きさの異なる五芒星《ごぼうせい》が両目を取り巻いている。年齢は見当もつかない。体を痛めつける生活を続けていると、実年齢よりずっと早く老《ふ》ける。あるいは、寿命を気前よく削られる。どちらと受け止めるかは人の価値観による。

「失《う》せな」女はまた袋からジェル状の液体石鹸を吸った。俺は哀れに思った。だから、しかるべき対処をしなかった。うなずき、そのまま立ち去った。背後でドアが叩きつけられ、鍵がかけられた。口をすすげと言ってやりたかったが、それさえ気が重かった。

7

コーヒーを二つ持って戻ると、レニックは直立不動の姿勢を取っていた。奴の分のカップをカウンターに置いたが、まっすぐ前を見たままだった。プライドが傷ついたのか。それとももっと深刻な理由か。

「飲めよ」俺は声をかけたが、レニックは答えなかった。

俺はウィックの病室に向かった。背中に標的がテープで留めてあるようで、五感のアンテナを背後に向けたままにした。

病室のドア越しに低い話し声が漏れている。少し聞き耳を立ててからノックし、なかに入った。サティはウィックのすぐそばに椅子を置いて座り、下ネタを締めくくろうとしていた。

「だから言ってやったわけだよ。赤ん坊にキスする聖職者は珍しくないだろうが、舌まで使った奴はほかにいねえだろうよって」

猥談《わいだん》を語るときのサティはいつも生き生きとしているのに、今夜は棒読みに近く、急《きゅう》遽《きょ》話題を変えたのを取り繕おうとしているように聞こえた。

「ブラックです」俺はコーヒーを渡した。

サティは湯気の立つカップを受け取ったものの、口をつけないままテーブルに置き、除菌ローションの新しいボトルの封を切って両手にすりこんだ。

「救急はまだ繁盛《はんじょう》してたか」

俺はうなずいてから、マーティン・ウィックに視線を移した。俺は何かを邪魔したのだろうに、監視カメラのレンズのような奴の目は、ほのかに光を跳ね返してはいるが、俺が入ってきたときから一ミリも動いていなかった。「起きてるんですかね」

「見りゃわかるだろ」サティが言った。

「気分はどうかな、マーティン」

ウィックの表情がかすかに揺れ、あの黒い目が動いて俺を見た。その瞬間、俺はいつもの寒気を感じた。サティが身を乗り出してウィックの口もとに耳を近づけ、ささやくような返事を聞き取った。

「この世に正義ってもんがあるなら、自分は全快するはずだとさ」

「この世に正義があったら、俺たちはそろって失業だな。本当のところ、具合はどうなんですか」

「いまちょうどカルテを確認しようとしてたところさ」サティは新聞を広げてウィックのほうに向けた。改めてよく見ると、第一面に掲載された写真のウィックはいかにも具合が悪そうな顔色をしていた。「〝生《せい》のコスト〟」サティが写真に添えられたキャプションを読み上げた。「〝病院の関係者によると、ミスター・ウィックはまだ生にしがみついているが、余命はおそらく数日とのこと〟」サティは新聞を置いてウィックを見た。「マスコミの書くもんを鵜呑《うの》みにしちゃいけねえぜ、マーティン」

　ウィックの唇が動き始め、サティが耳を近づける。

「ふむ」サティは質問に答えるようにうなずいた。「病院の関係者ってのが誰かなんて、わからねえな。医者、看護師、掃除係。おまえはマスコミに情報を売ったりしないよな、エイド」

「売ろうとしたところで、俺の話なんか誰も信用しませんよ」俺は言った。「その記事、本人に読ませていいんですか」

　サティは笑顔の家族写真が掲載されたページを開いた。「写っているのは五人。母親、父親、女の子が二人に男の子が一人。ムーア一家だ。

「思い出の小道をたどっちゃいけねえなんてことはないはずだ。そうだろ、マーティン」ウィックの唇がまた動き出し、サティが耳を近づける。「おまえは、そのシャツの汚れを洗ってこいよ」

　俺は乾いた血の痕《あと》がついたままのシャツを見下ろした。

「そうします」俺は言い、出口に向かった。「コーヒー、冷めないうちにどうぞ」

サティは俺のこともコーヒーのカップも見ずにウィックに向き直った。廊下に出るとサティのくぐもった話し声が聞こえてきた。ナースステーションのほうをちらりと見ると、レニックが俺を目で追っていた。単なる偶然だろうが、俺をライフルで狙《ねら》っているような姿勢だった。このぴりぴりした雰囲気は何ゆえかと首をかしげながら、俺は廊下の向かい側のトイレに入った。

8

ライトをつけると、液体石鹸の平らになった空き袋があった。仕切り壁の向こう側のトイレで見たのとそっくりだ。少し前にサティとここで話したときにはなかった。シンクに並んだプッシュ式のディスペンサーを見た。どれも空だった。個室のドアが半分開いていて、それを押し開けると、便器の水に液体石鹸の袋が二つ浮かんでいた。一歩下がって天井を見る。個室の真上の天井パネルが一枚、ゆるんでいた。

脈拍が乱れた。俺はトイレを出た。

レニックがこちらをじっと見ていた。

「異常はなかったか」俺は訊いた。

レニックは答えない。

「異常はなかったか、レニック巡査」

レニックはうなずき、俺はその前を通って非常階段に向かった。

「血がついてるぞ」レニックの声が追いかけてきた。

この数週間、階段の上り下りが筋トレになり、歩くのが速くなっていた。俺は階段室に飛びこみ、一階まで駆け下りてドアを開けた。人のあいだを縫ってロビーを突っ切る。

俺の思い過ごしでありますようにと願いながら中央階段を上り、ふたたび救急病棟に入った。混雑はまだ続いていた。人をかき分けて通路を進み、二十分ほど前に女のジャンキーを見たトイレに向かった。小便器を使っている男が一人。俺が個室のドアをがんがん叩いていると、男の視線が突き刺さった。

　個室のなかから反応はない。

一歩下がって見上げると、天井パネルが一枚なくなっていた。肩で押してドアをこじ開けた。無人だった。便器の水に液体石鹸の空き袋が浮かんでいた。ドアの上の隙間はせまい。さっきいた女は、便器に自分を流したか、天井裏に上ったかのどちらかということだ。

「やられたな」俺はつぶやいた。

　小便器の前の男は手も洗わずに出ていった。俺も廊下に出て、行く手の患者や病院職員を押しのけ、突き飛ばしながら中央階段を駆け下りた。大混雑のロビーをようやく通り抜けて非常階段に飛びこむなり電灯はまたも揺らめき、弱まって、まもなく完全に暗くなった。

　手すりを頼りに階段を上り始めた。

　化学薬品の臭《にお》いが鼻を突き、上から下りてくる足音が聞こえたような気がした。心臓が胸のなかを跳ね回っていた。肋骨《ろっこつ》の一本くらい折れそうな勢いだった。まもなく何かひんやりとした感触がかすめた刹那《せつな》、光が瞬《またた》いて電灯がともった。振り返ると、緑色のトラックスーツを着たあの病的に痩せた女が、初めは急ぎ足で歩いて、次には走って、階段を下りていくところだった。

「おい」俺は女の背中に声をかけた。そのとき火災警報器が鳴り出して、飛び上がった。

壁に囲まれたせまい階段室で聞く警報は、左右のこめかみを掘削ドリルで掘られているかのようにやかましい。俺は耳を手でふさいで階段を上った。ドアを押し開けたとたん、異変が起きたとわかった。いつもの場所にレニックがいない。警報のけたたましさを思うと、名前を呼んでも無駄だろう。俺は用心しながら廊下を歩き出した。ナースステーションのカウンター越しに奥をのぞいて、思わず後ずさりした。レニックは床に横たわって両手で喉《のど》を押さえていた。指のあいだから血があふれ出している。まるで溺れかけているようだった。

その刹那、ウィックの病室のドアがはじけるように開いて、サティが飛び出してきた。火だるまだった。こちらの壁に、次にあちらの壁にぶつかる。炎の熱がうなりを上げて廊下伝いに迫ってきた。俺は我に返り、壁の消火器をむしり取って消火剤を噴射した。サティは床に倒れこみ、転げ回って火を消そうとした。スプリンクラーが作動して、二人ともずぶ濡《ぬ》れになった。サティの火がやっと消えた。

俺はサティの横を慎重に通り抜け、ウィックの病室に向かった。猛烈な臭いが殴りかかってきた。

ベッドはまだ炎を上げていた。その炎のなか、ウィックはストラップで縛りつけられたまま身をよじらせていた。黒焦《くろこ》げだ。俺は奴の上半身に消火剤を噴きかけた。火は消えたが、焦げた皮膚と毛髪の臭いは強烈だった。その味が口に入らないよう、俺は腕で顔を守った。逃げ出したいところだったが、ウィックはまだ生きていて、やかましい警報をものともせず、必死に俺の注意を引こうとしていた。

俺はウィックに近づき、目を閉じて奴の口もとに耳を近づけた。

「俺じゃない」そう聞こえた。

「それはわかってるよ、マーティン……」

奴の体から熱があふれ出していた。

「火のことじゃない」ウィックは早口で言った。俺は奴の顔を見た。焼け焦げて水ぶくれができたまぶた。その奥から俺を見つめる黒い目。その目の奥で、怒りが燃えていた。

「ムーア一家」ウィックがささやき、口の周囲の皮膚が破れた。自由がきくほうの手を握り締め、鼓舞するように俺の胸を何度も叩く。きっとほかのことも言おうとしていたのだろうが、ありとあらゆる方向から警報が鳴り響いているようだった。ウィックの体が力を失っていき、くすぶるベッドに沈みこんだ。脈を確かめるまでもなかった。

俺はふらふらと廊下に出た。頭が真っ白になっていた。体はスプリンクラーの水でずぶ濡れだ。サティは床を這《は》い、レニックの喉からあふれ出る血を両手で堰《せ》き止めようとしていた。

レニックの周囲にたまった水は、赤く染まり始めている。

俺は二人の横を通り過ぎて階段に出た。三階下を駆け下りていく人影が見えたように思った。それを追いかけた。濡れた靴で転げるように一気に駆け下り、横すべりしながら踊り場で向きを変え、次の一続きを駆け下りる。

手すり越しに下をのぞくと、ほかにも人影がいくつか見えた。一つ下の階まで下りたところで、横手のドアが勢いよく開いた。

非常階段に人があふれ出た。

人の波をかき分けた。あの女がまた見えた。数秒後には見失った。人をかき分け、喉が破れるほど声を張り上げても、一階まで下りるのに何分もかかった。非常口から外に出ると、そこに集まっていた人々が怯えた顔で目を見開いた。俺の両手、顔、シャツは血だらけだった。スプリンクラーの水を浴びて、血はたったいまついたばかりのように鮮やかな色をしていた。俺は救急車のボンネットに、次にルーフに上り、ナトリウム灯の橙色《だいだいいろ》に輝く駐車場に目をこらしたが、全方位に同じ光景が広がっているだけだった。

人。カオス。それだけだ。

9

時刻は午前四時を回っていた。統計上、死人がもっとも多い時間帯だ。とすると、俺たちのスケジュールは珍しく前倒しで進んでいる。俺は救急車からSOSを発し、ほどなく銃器部隊が到着して現場の安全を確保した。そのあと、俺はトイレで液体石鹸を吸っていたジャンキーの人相特徴を伝え、レニックが襲われる直前の状況を俺が見たとおりに話した。サティが命に関わる火傷《やけど》を負い、マーティン・ウィックが殺害される直前に何があったか。事情聴取に答えていると、俺自身が状況をろくに理解できていないのだと痛感させられた。担当の警部は、そっけなくうなずいて俺を解放した。その辺でバーを探し、つぶれるまで飲もうと思ったが、誰かに肩をそっと叩かれた。パッドつきの手袋をはめた銃器部隊員だった。俺はおとなしくそいつのささやき声を聞いた。

「パーズ警視が」その一言だけだった。

俺は目を閉じた。これまでの人生が走馬灯のように見えるのではと思った。

「わかった。案内してくれ」

銃器部隊員に先導され、またも非常階段を上った。体じゅうが薄汚れたようで、皮膚がむずがゆかった。血や焼け焦げた肉や毛髪の臭いも染みついていた。各階ごとに銃器部隊員が配置されており、俺たちが上っていく気配でライフルを握り直す。最上階のドアはびくともせず、先導の銃器部隊員が肩で押してようやく開いた。薄明かりが目を射《さ》し、風が俺の髪を乱した。

　そこは病院の屋上だった。

　設計にせよ、維持管理にせよ、関係者以外が出入りする前提で行なわれてはいないようだ。通路には砂利が浮き、コンクリートの割れ目を押し分けて雑草が伸びていた。錆《さ》びたコカ・コーラの缶から吸い殻があふれかけている。積まれた煉瓦《れんが》の陰にはジンの空き瓶まで転がっていた。銃器部隊員は、回答者が勝ち取った賞品を披露するクイズ番組の司会者のように腕を広げた。

　その先にある光景は、優勝賞品のようには見えなかった。

　パーズ警視がこちらに背を向けて立ち、投光器に照らし出された地上の混沌《こんとん》を見下ろしていた。灰色の髪、灰色のコート、灰色のスラックス。その輪郭は、黒く沈んだ街のスカイラインに溶けこんでいる。夜が明けるのはもう少し先だが、地平線にほのかな光の筋が横たわっていた。背後でドアが閉まる音がし、俺が来たことを察したパーズの頭がかすかに動いた。銃器部隊員はいなくなっていた。

「エイダン・ウェイツ」パーズが言った。スコットランド訛《なまり》がふだん以上にきつい。「コンクリートブロックで刃物を研いでいるようだ。負傷者が出たと聞いて最初に頭をよぎったのは、なぜかおまえの名前だった……」振り向いたパーズの目は充血で真っ赤だった。あれではきっと視界も真っ赤だろう。「だが、違ったようだ。現にそうやって生きてぴんぴんしている」

「どんな悪いことにもよい面があると言いますから」俺は言ったが、パーズは黙っていた。俺は足もとに視線を落とした。「おはようございます《グッド・モーニング》、警視」

「ご愁傷様《イン・モーニング》とでも言うのが似合っていそうだな、巡査。今回もまた世の期待に応《こた》えて、みごとにしくじったそうではないか」

　俺は無言で白みかけた地平線を凝視した。

「ジェームズ警部から報告を受けた」パーズが言った。

　俺は眉《まゆ》をひそめた。ジェームズ警部とはほんの十分前に話したばかりだ。

「おまえは何一つ知らないようだと言っていた。どうやら本当に何も知らないようだ。とすれば、警部の事情聴取では出し惜しみしたが、私には伝えておきたいようなことは何一つないのだろうな」

　ジェームズ警部には事実だけを話し、俺の個人的な解釈と思われる部分は省略した。マーティン・ウィックとの短いやりとりは、報告すべきか迷ったあげくに伏せた。

　だが、パーズはすでに疑っている。どんなときもパーズは俺が隠しているものの輪郭をめざとく見分け、スリのように俺のポケットから抜き取る。

「一つだけ」

「やはりか」

「死ぬ寸前にウィックからあることを聞きました」

「それはリジー・ムーアの死体の在処《ありか》だろうな。そうでないなら、私が知っておくべきとは思えん」

「〝自分ではない〟と言いました」

「襲撃当時、ウィックはベッドに拘束されていたのだろう、エイダン。奴でないのは当然ではないか」

「違います。ベッドに拘束される原因になった事件の話です」パーズはまだ動かない。そこで俺は続けた。「ムーア一家を殺害したのは自分ではないと言おうとしたのだと思います」

「臨終の回心か。ありがちな話だ」パーズは安堵したように言った。「正確には何と言った」

「おおよそそれだけです」

「おおよそ？」パーズは俺のほうに一歩踏み出した。

「先を続けようとしましたが、警報がやかましくて聞き取れませんでした」

パーズは少し考えてから言った。「ジェームズ警部に伏せた理由は何だ」

「警視に先に伝えて、今後の判断をしていただくべきだと考えました」

「相手は殺人で有罪判決を受けた人物であり、しかも警察の拘束下で死んだのだぞ。これ以上やれることがあるとは思えんがな」

「嘘をついているような言い方ではありませんでした、警視」

「多大な苦しみの下で人は希望にすがる。そもそも、それとは逆の内容の署名入りの自供書が存在するはずだ。そんな戯《ざ》れ言《ごと》にかかずらってる人的余裕もない」

「はい」

「おまえは放火犯の顔をよく見たわけではないとジェームズは言っていたが」

「そのとおりです、警視」

「都合がいいな」

「誰にとって？」

「放火犯にとってだよ。焼け残りをいま鑑識が調べているが、古典的な手口のようだな。手製の発火装置。灯油を詰めたガラス瓶だ」

「火炎瓶ですか」

「モロトフ・カクテルとも呼ぶな。何者かがドアを蹴《け》破《やぶ》って二人にカクテルをふるまった。一人一杯ずつ、ウィックの病室に放りこんだわけだよ。鑑識は、ドアを閉めたあと押さえて、二人が逃げ出せないようにしたと考えている……」

俺にとって火炎瓶といえば、暴動鎮圧部隊の装甲車に投げつけられるものだった。密閉空間に火炎瓶と一緒に閉じこめられたらと想像して、思わず顔をしかめた。

「で、どうなんだ」パーズが言った。「何が起きたとおまえは思う」

「誰でもすぐに思いつく答えは、ウィックの被害者の友人や親類でしょう。ムーア一家とつながりのある人物。報復の最後のチャンスと見た人物です。俺の知るかぎり、ウィックは有罪判決以来、一度も刑務所の外に出ていません。この病院にいると探り出した何者かが、一か八かで行動に出たのでは」

「まあ、もっともらしい説明だな……」

「今回の事件が起きる直前に、今朝の『メール』を見ました。盗撮された写真が一面に載っていました。犯人はあれを見て、ウィックがこの病院にいると知ったのかもしれない……」

「ベッドで優雅に朝めしを食っている写真か」パーズが言った。「あれを撮った人間に心当たりは」

「事件前にレニック巡査に確かめました。朝食の時間帯に当直だったことは一度もないそうです。ジェームズ警部と俺で勤務表を確認して、裏が取れました」

「そのとき当直だった隊員の氏名はわかるか」

「ルイーザ・ヤンコフスキー巡査」俺は答えた。「ウィックがシリアルを食べたのは、この巡査が当直の時間帯です。銃器部隊に異動したばかりですが——」

「早くも有名人になりつつあるな……」

ヤンコフスキーの名前は一度も表に出ていないが、彼女の手柄は報じられた。前年の十二月、クリスマス市で混雑したアルバート広場に大型貨物車が突っこみ、多数の買い物客を故意に轢《ひ》く事件があった。ちょうど警邏《けいら》中で居合わせたヤンコフスキーは即座に反応し、中距離から発砲して運転席の男の頭を撃ち抜いた。おそらく数十名の市民の命が救われた。

「ヤンコフスキーが関与しているとは思えんな」パーズが言った。「レニック巡査について、おまえの意見は」

あのあと充分すぎる罰を食らったことを思えば、レニックの手抜きぶりをいまさら報告する必要はないだろう。「貴重な目撃証人です」実際には貴重な目撃証人どころではない。レニックは正面から喉を刺された。そのとき目を開けていたのなら、決定的な証言ができる。「この事件を早期に解決する鍵になりそうです」

「なるほど、おまえはこの捜査に志願するわけだな」

「いいえ」俺はきっぱりと否定した。パーズの赤い目が熱線をねじこんでくる。「俺は夜勤に戻されるものと思っていました」

「ウェイツ巡査。ついさっき、何者かがおまえのパートナーをグリルにしようとしたんだぞ。火がついて黒焦げになりかけたところに小便を引っかけるような真似《まね》はしなかっただろうとは思うが、しかし――」

「火を消したのは俺です」

「サティはこれから七日間、治療のために人工的に昏睡《こんすい》状態に置かれるそうだ。つまり、死んでいるのと大して変わらん。もう一度訊くぞ。おまえはこの捜査に志願するのだな」

　俺は答えなかった。パーズは鼻を鳴らした。

「静かな生活が何より大事――か」

　静かな生活。

　過去にパーズ警視から何度か特別な任務を与えられた。その最後の一つの残響は、いまも耳の奥でやかましく鳴り続けている。パーズもそれは百も承知だが、たまに同じ話を蒸し返そうとする。この二年、パーズから傷口にいやというほど塩を塗りこまれてきた。庭の小道に撒《ま》けば凍結防止になりそうなくらいたっぷりと。

　パーズはにやりとした。「サトクリフ警部補というお目付役なしにおまえを夜勤に戻すのはどうかと思うね。警部補の存在ゆえ、廊下をもたもた歩いている影が何なのか、一目で確認できた。あいつは場を明るく照らす。誰かに火をつけられる前からそうだった。おまえは、喩《たと》えるなら、あらゆる光を弱める調光器だな。いまおまえに暗がりをうろつかれたいかと訊かれたら、うんとは言えない。おまえのそのろくでもない衝動の手綱を引くサトクリフ警部補がいないわけだからな」

「手綱は自分で引けます」

「ほう、そうかね。ならば、何か鋭い洞察を示して私をうならせてくれないか。おまえの数ある迷惑な衝動のうち、私がいまこの瞬間にもっとも警戒している一つはどれか、当ててみろ」

　俺は黙りこんだ。選択肢が多すぎた。

「自殺衝動」長いこと思案してから、俺は言った。

「私なら、もう一歩踏みこむね。私なら、おまえの最大の才能、焼身自殺の衝動に白羽の矢を立てる。まさか、おまえよりも先にサティがスプリンクラーを作動させるとはな。ここまでの一度か二度は、ストップ・ドロップ・ロール（訳注／衣服に火がついた際の対処法。「止まって、地面に倒れ、転がる」）でうまいこと鎮火したな。だが世間ではよく言うだろう、煙あるところ……」

「煙はありません、警視」

「いいや、煙は立っている」

　俺は黙って先を待った。

　その話題をふくらませるのかと思いきや、パーズは首を振って話題を変えた。

「私がおまえの心の健康を軽視しているなどと誤解しないでもらいたいな、エイダン。

ここに呼び出したのは、心理状態を測るテストになるだろうと思ったからでね。その自殺衝動が本物なら、気遣いは無用だ。この屋上から飛び降りるといい」

俺はその場を動かなかった。

「そうか。ならば、夜勤に戻るとかいう話はここまでだ」

「この捜査の適任者はほかにいくらでもいます」

「それは当然だ。正式な捜査はジェームズ警部が指揮する。心配は無用だぞ。ジェームズ率いる表の捜査チームは、今夜この病院にいた人間を一人残らず捜し、ウィックのかつての同房者から話を聴き、十二年前の事件ファイルを再検討するだろう。しかし、そういった正面突破の捜査からは何の成果も得られまい。だが、おまえならどうだ。おまえには人を苛立《いらだ》たせ、やけっぱちにさせるという特技がある。この事件には利用価値が大いにありそうだ。ウィックに対する報復という動機は誰でも思いつくとおまえは言ったな。そこで訊きたい。誰もが思いつくとはかぎらない動機とは何だ」

「ウィックが俺に言っていたとおり、ムーア一家を殺害したのが奴じゃないとすれば、真犯人がウィックの口をふさごうと試みたとも考えられます」

「試みただけではないぞ、エイダン。燃えさかるような大成功を収めた」

「被害者の遺族が殺し屋を雇ってウィックを殺させたとは思えません。あと数日待てばどのみち死んでいたわけですから。俺たちがリジー・ムーアの居場所を吐かせようとしていることは遺族も知っていたんですよね」

「連絡は行っていたはずだ……」

「だったら、望みの綱を自分の手で断ち切ろうとするはずがない」

「望みの綱は十二年前にウィックの手で断たれたとも言えるな。しかし、この件には第三の可能性がある。レニックの証言と当番表を突き合わせたのは賢明な判断だったな。私も似たようなことを考えた。当番表によれば、事件発生当時、本来はおまえが当直だった」

俺は顔をこすった。「俺の仕事はウィックに付き添うこと、奴が何か話したいと言い出したらサティを呼びに行くことでした。当初の予想よりはるかに長く持ちましたが、ウィックにもう時間がないのははっきりしていました」俺はパーズを見た。あの赤い目がぎりぎりと視線をねじこんできた。「ウィックが目を覚ましてサティを呼べと言ったので、呼びに行きました」

「問題はそこではない。私が言いたいのは、おまえの動向を、あるいは警護チームの動向をうかがっていた何者かは、昨夜から今日早朝にかけてウィックの病室にいるのはおまえだと思っていただろうという点だ」

「そう思っていたとして――？」

「今回のことはプロの仕事なのかもしれない。手もとのリストにあったのはおまえの名前だったのだとしたら。あの病室に押し入り、ベッド脇に立っている間抜け面《づら》の男を消せと指示されていたのだとしたら――？」

「俺とサティを見間違える奴はさすがにいないと思いたいところです、警視」

「似ていると思える瞬間もあるがな。今回の任務を与えられた理由はわかるか、巡査」

「リジー・ムーアの墓の在処をウィックから聞き出すためです」俺は答えた。パーズの表情が変わらないのを見て、いやな予感に襲われた。「サティを補佐し、二人で二十四時間体制で保護拘置を――」

パーズは首を振っていた。「どうせ囚人は何もしゃべらないんだ。誰を座らせておいても結果は同じだっただろう。残念ながら、おまえがこの任務に選ばれたのは、おまえ自身の安全のためだ」

「俺の安全？」

「そのとおり、おまえの身の安全だ。おまえの命に危険が迫っていると信ずるに足る理由があってな」パーズが言った。「数週間前、それについてサトクリフ警部補と意見を交換した結果、状況がもう少しはっきりするまで、おまえを街中に出さずにおくのが最善だということで見解が一致した」

「で？」

「おまえが自分で言ったとおりさ。娘がどこに埋葬されているのか知っているのはこの世でたった一人なのに、リジー・ムーアの遺族がそのたった一人を殺す理由があるか」

俺は首を振って脳味噌《のうみそ》にかかった霞《かすみ》を払おうとした。「俺を殺すと脅迫しているのは誰です？」

「おまえの古い友人だよ。あいにくそれ以上のことは言えない」パーズの笑みは、混じりけのない悪意を絵に描いたようだった。「やはり捜査を拒むのか」

「俺に選ぶ機会を与えてくれているのかと思いました」

「そのとおりだ。選択肢は二つ。言われたとおりにやるか、ごみ袋に詰められて埋められているのを発見されるほうがいいか。おまえがそうまで夜勤に戻りたい理由、闇に戻って身をひそめたい理由が、さっき話に出た古い友人の存在なのだとすれば、その友人が今回のような愚かな戦略を用いる可能性は否定できないと認めるほかはあるまい」

「どんなことだってありえます」

「ならば、もう一度訊こう。この捜査に関心はあるか」

俺は別の答えをひねり出そうとした。一瞬、目が屋上の縁《へり》に吸い寄せられた。

「いいか」パーズが言った。「ごく単純な話だ。表向き、大岩を押して丘を登るのはジェームズ警部率いる捜査チームだ。おまえには、その大岩の下にいる虫けらを調べてもらいたい。困難で、報われず、おそらく危険が伴う仕事になるだろう。ひょっとしたら首が一つ二つ飛んで丘を転がることにもなるかもしれん。いま望まれているのは、使い捨てられる人材だ――そしていま、私はまさにその人材と向かい合っている。というわけで、考えてみろ。これがおまえの最新で最後のチャンスだ……」

「チャンスを与えてくださってありがとうございます、警視。この任務は永続的なものですか、それとも当座のものですか」

パーズはにやりとした。「自分の立場を考えてみることだな、巡査。おまえの場合、命がすでに当座のものになっている。おまえが果たしてどのくらい生き延びられるか、お手並み拝見といこうではないか。おまえ自身を社会復帰させる機会と考えるといい。もうしばらく生きようと努力してみろ。おまえの立場の者は命を落としがちだ。しかし、私の意にかなえば、この事件はおまえの命綱になるかもしれない」

俺はパーズの言うことなど一瞬たりとも信じなかった。

パーズ警視の命綱には奇妙な性質があって、投げられた者の首を絞めにかかる。過去にパーズが投げてよこした命綱はどれも紐《ひも》つきだった。パーズが期待しているのが成功なのか、それとも失敗なのかは任務が終わってみるまでわからないし、全体像やパーズの真の目的は終わってもまだ見えてこない場合もある。過去にパーズに送りこまれた先では、法を破らなくては生き延びられなかった。そうとわかっていてもパーズは、俺を逮捕すると言って脅した。すべてが片づいたあと、俺が堕落した人間であるとわざわざ全世界に知らせ、そもそも自分が強制して俺にやらせたことなのに、その行為を利用して俺の信用を失墜させた。パーズは人を孤立させる達人で、俺は二度ひどい目に遭ったところでようやく、パーズが姿を現すのは決まって俺がどん底にいるとき、まさに破滅の瀬戸際にいるときだと気づいた。パーズはそういうときを狙って現れ、俺に残された味方は自分一人だと納得させたあと、お得意の命綱とやらを投げてよこし、俺をさらに沖へと引いていく。

今度こそ、命綱など投げられても俺はつかまない。

俺の命を狙っている奴がいるとパーズが口にした瞬間、俺の頭は猛然と働き始めていた。考えうる解決策をすばやく検討しては捨てていった。被害を最小限にする戦略はないか、逃げ道はないか。おっしゃるとおりとうなずき、事件を引き受けるふりはしても、実際に引き受けるつもりなど最初からなかった。

この屋上から解放される方法は、ほかに一つしかない。真っ逆さまに転落することだ。

「ウィックの写真を撮った人間を見逃した者を探せ。ジャンキーの女も見つけ出すんだ。おまえなら、その女が這いこんだ抜け道に詳しいだろう。放火したのはその女だと思うか」

「わかりません」俺はゆっくりと現実に戻って答えた。「天井裏を這って仕切り壁を越えたようです。やましいことがないとは思えません」

「放火犯であろうとなかろうと、その女を銃器部隊が先に見つけたとき何が起きるかは、わざわざ言うまでもあるまいな」

「はい」

「銃器部隊と言えば、レニックから目を離すな」

「レニックの容態は」

「おまえと同じだ、巡査。安定している。いまのところは」

「意識が戻りしだい事情を聴きます」

「つまり合意ができたわけだな。我々は報復の線でこの事件を捜査する」

「死ぬ間際にウィックが言ったことは真実だという可能性を、少なくとも考慮はすべきかと」そう言ったのは主に、パーズを怒らせたいからだった。ウィックの発言が確実に捜査ファイルに載るように。パーズはふいにまばたきをした。俺につばを吐きかけられたとでもいうようだった。

「いいだろう。それに関してはケヴィン・ブレーク元警部補に話を聴け。あの事件をテーマに本を書いたほどの人物だからな」

それは文字どおりの事実だ。最終的にウィックの自白を引き出したのは、ブレーク元警部補だった。ウィックは二十五ページにわたる自供書に署名したのち、有罪宣告の一週間後に撤回しようと試みた。自白の撤回は珍しいことではなく、ブレークはウィックの逮捕と公判、有罪判決の経緯を書いた本を出版し、ベストセラーにした。

「マスコミより先に話をしろ。大した作家ではないが、機会さえあればべらべらしゃべりまくる人間だ」

「了解しました」

「完璧《かんぺき》を期す意味で」パーズは俺に倍返しするようにこう続けた。「おまえがターゲットだった可能性も忘れずに調べろよ」

「なぜ俺が自分で調べるべきだと？」

「ちょっと考えてみろ。おまえが生きて街をうろうろしていれば、連中はまた動き出すかもしれない。そうなれば、真のターゲットはおまえだったと確認できる。それに、おまえ自身にも私にも、おまえに恨みを抱いていそうな人物の心当たりがあるわけだ」

俺はその人物のことを考えまいとした。パーズはそれを察してにやりと笑った。

「会いに行け。旧交を温めるといい……」

「どこに行けば会えるか知りません」

「繁華街でクラブを経営していると聞いている」

俺は黙っていた。パーズは一つうなずいて話題を切り上げた。

「さて、サティはふだん以上に動きが鈍いとなると、おまえには助《すけ》っ人《と》が必要だ。おまえの世話を焼く人間が。というわけで、新しい相棒を見繕っておいた」

耳を疑った。

「ここ最近の試験の成績といまのこの状況を考慮して、おまえの巡査部長昇任を推薦するつもりだ。より重い責任。より大きな重圧。給料は大して上がらんがな。チェース警視正にこの意向を伝えたが、おまえには自分の糞《くそ》に指示してけつの穴まで行かせる能力すらないというのが警視正のご意見だった。マダムの鼻を明かしてやろうじゃないか」

「指示？　俺が？」俺は訊き返した。

「ブラック巡査は知っているな」

「ナオミ・ブラック巡査ですか」

俺がファーストネームを口にしたのを聞いてパーズは顔を引き攣《つ》らせたが、うなずいた。意外だった。ナオミ・ブラックには以前、ちょっとした監視の任務を頼んだことがあり、聡明《そうめい》な人物と見えた。プロ意識が高く、仕事熱心で、出世街道のゴールをしっかり見据えている。

俺と組むのに同意するとは、その瞬間だけ目をつむっていたとしか思えない。

パーズは俺の顔に浮かんだ疑問を見て取った。「ブラック巡査は犯罪捜査部に異動になったばかりでね、エイダン・ウェイツの相棒を募ったところ、彼女一人だけが手を挙げた。まだ若いから、事情をよく知らないんだろう」

「彼女は優秀です」俺は言った。「去年、ある捜査を手伝ってもらいました」

「そうだったな。笑う男の事件で」パーズは言った。「覚えている。おまえはあの事件で手柄を立てそこねた。これを解決すれば、今度こそ大手柄だぞ」

パーズの目が動いて、俺の肩越しに背後を見た。俺はいやな予感にとらわれた。案の定、振り返るとナオミ・ブラックがいた。初めからずっと屋上にいたのだ。彼女は一心に地面を見つめていたが、ちらりと俺に視線を向けた。

「いまの話を聞いてもらえば事情をのみこみやすいかと思ってね」パーズが言った。

「さて、我らがヒーローを少し休ませてやったほうがよさそうだよ、ナオミ。どうだろう、家まで送ってやってもらえないか。二人とも、月曜の朝一番にすっきりとした顔で意欲満々のところを見せてくれ」

ブラック巡査のことはよく知らない。それでも、この顔合わせは彼女の発案でないことはわかる。たったいま見聞きした内容にどう反応していいか困っていることも。彼女はドア脇を離れて階段を下りていった。俺はそのあとを追おうとしたが、パーズの声に引き留められた。

「ところで、エイダン……」

俺は振り向いた。

「……今回のことはおまえ自身の魂を探るのに絶好のチャンスだと思っているなら、手間を省いてやろう。おまえに魂はない」俺はパーズの赤い目を見つめた。「とうの昔に私に売り渡したのだからな。気を入れて船を操縦しろ」パーズはあのサメの笑みを浮かべた。「甲板から飛び降りるんじゃないぞ」それからブラック巡査が消えたほうにうなずいた。「股間《こかん》のものに活躍の機会を与えるな。これは命令だ」

10

俺はナオミ・ブラック巡査を追って無言で階段を下りた。ナオミを知らないわけではないが、何度か仕事で顔を合わせたことがあるだけだ。そのとき飲みに誘ったが断られ、誘った動機は何だったのかと俺は自問を強いられた。

制服姿ではないところを見るのはおそらく初めてで、俺は彼女のスタイルを読み取ろうとした。ブラックジーンズにドクターマーチンのブーツ、深緑色の厚手のフードつきジャケット。短いアフロヘアの先端だけを金色に染めていて、総合すると、リアム・ギャラガーの片親違いの妹といった風だった。

ナオミは両親の人種が異なる〝バイレイシャル〟で、その事実はこの先のキャリアを後押しする反面、邪魔もするだろう。警察は、職員にさまざまな色をした顔を取り混ぜようと必死になっている。その顔の持ち主が知的な人物であればなお好都合だ。一方で、マイノリティ——警察という組織では、異性愛の白人男性を除く全員がマイノリティだ——の昇進は、刑事部屋では冷笑と嘲弄《ちょうろう》の対象になり、警察官が集まるバーではその倍の冷笑と嘲弄が待っている。昇進した当の人物は厳しい選択を迫られる。迎合して一緒に笑うか、孤立を覚悟するか。ブラック巡査は後者を選んだのだろうと俺は見ていた。

ただ、俺と組むとなると、話は違ってくる。

俺たちは二人とも自殺志願なのかもしれない。

署内の空気をつかむには絶好のバロメーターであるサティは、俺が書いた〝笑う男事件〟の最終報告書のなかにナオミの名前を見つけ、余白に嫌みったらしくこうコメントした――〝ナオミ・ハーフ・ブラックの書き間違い？〟。

だが、人種差別はその程度では終わらない。

ここ数年、俺は警察官御用達のバーで歓迎されたことがないし、サティを例外として警察の同僚と飲んだことも一度もない。市警本部の最寄りのバー、クラウンに最後に行ったのは、喧嘩《けんか》の仲裁に呼ばれたからだったが、俺が着いたときには騒ぎはすでに収拾していた。店を出る前にトイレに寄ると、個室のドアに地元の警察官の名前と逸話がちまちまと並んでいた。それぞれの名前の横にニックネームと、その人物についてみなが認める特徴が書かれていた。俺の名前はすぐに見つかった。〝有毒廃棄物《ウェイスト》のウェイツ〟。隣にヘビの絵があった。俺が同僚警察官の逮捕のきっかけになったことを伝えている。そのヘビは自分の尻尾《しっぽ》をのみこもうとしていた。これは、同僚警察官が逮捕後に死んだという意味だ。

俺の名前と一緒にもっとひどい悪口が書かれているのを何度も見ていたから、その程度のことは何とも思わない。そこを素通りして、個室のドアに並んだ名前をさらにたどっていくうち、俺の意識は別の時代、別の場所へと運ばれた。気の合う同僚と働き、自分は警察という文化の一員なのだと思えていた時代。知った名前を一つずつたどっていった。いまはもう連絡を取り合っていない同僚、きっともう二度と話をする機会もなさそうな同僚。やがて俺の目はあるものを見つけ、そこで動かなくなった。女性警察官の名前が並んだ横に、十点満点の評価があった。露骨な説明が添えられている名前、それぞれ別人の筆跡で性行為の内容が列挙されている名前。彼女たちがベッドでしたこと、男どもが彼女たちにしてみたいと考えていること。偶然、ナオミの名前を見てしまったあと、俺はすぐにその個室を出た。

採点は〝10点満点の8点〟。そしてニックネームは——〝ニガー〟だった。

11

階段で地上に下りると、朝の淡い光でさえ俺の目には痛かった。ナオミが振り返り、俺の背後を見て、パーズが来ていないことを確かめた。ジャケットのポケットに両手を押しこむ。

「日曜日、血塗られた日曜日」ナオミは言った。「あんなつもりでいたなんて、わたしは聞いていませんでした」

俺はうなずき、駐車場で繰り広げられている警察と銃器部隊のカーニバルを見やった。戦場のような騒ぎだった。前の勤務時間が終わり、新たな勤務時間が始まろうとしている。駐車場の入口にはいまも救急車が並んで入る順番を待っていた。そのなかで機動隊の存在が不気味に目立っていた。俺は何か言いたかった。ナオミを安心させるようなことを何か言いたかった。だが、とっさに話題を変えた。

「俺が知っておくべき情報はあるか。言うまでもないことは別として」

ナオミはたったいま下りてきた非常口のほうにうなずいた。「あのドア、気づきました？」

「外からこじ開けられている」俺は振り返ってドアを見てから言った。「上るときも、下りてきたときも、見逃していた。

「あなたが見たジャンキーは、天井裏の通気孔を通って好きに出入りできたわけですよね。ドアをこじ開ける理由がない」

　俺はわかりきった答えを返したくなかった。別の誰か、もっと邪悪な人間が、非常口から侵入して火をつけたのは明らかだ。

「監視カメラは」俺は訊いた。

「この棟には監視カメラは設置されていませんけど、正面ロビーのカメラの映像をいま分析中です。駐車場の録画の分析も依頼しておきました。ただ、ジェームズ警部チームの後ろに並んで待たなくちゃならないかも」

「きっと譲り合いの精神を発揮してくれるだろうよ」

「表向きはね……」

「前にもジェームズ警部の下にいたことがあるんだな」

　ナオミはジャケットの奥底から俺を見上げ、ブーツのかかとを起点に体を前後に揺らした。どこまで話してかまわないかと逡巡《しゅんじゅん》している。

「仕事以外でもきみの上になりたがったか」

　ナオミは笑った。「ずばり言えばそういうこと……」

「さっき供述を取られたよ」

「どんな様子でした？」

「少なくとも、俺の言ったことはいちいち書き留めていた。あれならコーヒーショップで客の注文を間違えることはなさそうだ」俺たちは目を見交わして微笑んだ。「ほかには」

「車が一台盗まれました。フィアットです。火災警報器が鳴り出した直後に」

「つまり、事件発生直後だな」

ナオミはうなずいた。「まだあります。フィアットの持ち主が、盗んだ女を目撃していました……」ナオミは手帳を確かめた。「白人女性。痩せ型、顔にタトゥーあり。緑色のトラックスーツ」

「俺が見た女と同一人物のようだ。その人相特徴で捜索中なんだな？」

「まだ情報はありませんが、かならず見つかります。いったい誰なんだと思います？」

「放火犯なのかもしれないし、単なる協力者にすぎないという可能性もある。見張りとか。だが、まずいときにまずい場所に居合わせただけということも考えられる」俺は自分の焼け焦げて血の染みたスーツを何気なく見下ろした。「実際、そういうことは起きる……」

「あ、そうだ」ナオミはふいに思い出したように言った。「帰る前に、サトクリフ警部補をお見舞いします？」

「いや、いい」俺は答えた。ナオミのいぶかしげな表情を見て、俺は続けた。「そういう間柄じゃないから」ナオミが反応に困っているのがわかった。ちょうどそのとき病院前があわただしくなって、俺は救われた気持ちになった。警察官がそれぞれ無線機に早口で何か言ったり、無線の声に耳をかたむけたりしている。俺たちは手近にいた二人をつかまえた。

「何かあったんですか」ナオミが訊く。

「レニックだ」一人が陰気に答えた。「内出血がひどかったらしくて、気の毒に、助からなかった」

12

俺はまともに歩けないほど疲労困憊《こんぱい》していたが、自宅まで送るというブラック巡査の申し出を断った。最大の理由は、パーズ警視が提案したことだからだ。ここ数年、俺がサティと組まされていたのは当然と言えば当然だ。パーズは汚点のある刑事を自分の手《て》駒《ごま》として利用し、必要が生じれば、上層部やマスコミにそいつを生《い》け贄《にえ》として差し出す。その点、俺は何度でも利用できる拾いものだ。ドラッグ依存、証拠改竄《かいざん》、報告書偽造、不審死。ここぞというとき俺の名前にくっつける罪状が尽きることはなく、次々と俺に隠密捜査を押しつける理由をパーズに与え続ける。

その前提で考えると、ナオミ・ブラックは夢のような話でかえって嘘くさい。キャリアに汚点がなく、出世コースに乗っているのは明らかで、俺の相棒などというポジションは役不足もいいところだ。今回の配置転換にはもっと深い理由が隠れているはずだ。俺が行く先々にかならず同行する、油断のない目と耳。俺の行状を探るための信頼に足る情報源、パーズに提出する報告書に俺がかならず残しておく空白を埋める手段。パーズにかかると、俺の発言はのちのち俺の不利に利用されかねない。

仮にパーズが俺の有罪の証拠をそろえる気でいるなら、ナオミはその期待に十全に応《こた》えるだろう。

頭が切れ、嘘やごまかしを見逃さない。そう考えればなおさらナオミとは一定の距離を置いたほうが無難だ。自宅の住所を教えるのにも抵抗を感じた。

日曜の午前六時。充血したような秋の空が空気を赤く染め、街全体が、ラストオーダーの時刻を迎えて店中の明かりをともしたバーのようだった。まだ土曜の夜が終わりきっていない男たち。つぶれかけた缶に残ったビールを飲み干している奴、持ち帰り用のビールを買う列に並んでいる奴。できたばかりのカップルがタクシーを拾う。男はフジツボのように女にへばりついていた。俺はチャイナタウンの境界線をなすポートランド・ストリートに入り、二十四時間営業のカジノやストリップクラブの前を過ぎた。客は縁が赤く染まった目を細めて夜明けの空を見つめていた。

ふと顔を上げると、このあたりでは比較的新しいクラブの前に来ていた。ライト・ファンタスティック。パーズは名前を口にしなかったが、俺を殺すという脅迫が届くとしたら、送り主はこのクラブを経営している人物だ。ただし、証明する術《すべ》はない。その男は若く、整った容姿をして、何があろうと揺らがないまばゆいばかりの笑みを仮面のように着けている。

俺は、その仮面の下をのぞくという間違いを犯した。

クラブの前に立ち、一つだけ明るい二階の窓を見上げたとき、何年も先延ばしにしてきた決意がふいに固まった。保護拘置の任務中に二人が死ぬのは新記録、さすがの俺にとっても最低記録の更新だ。サティが持ち直したとしても、このあともまだ死者が増えるのは間違いないし、一人死ぬごとに死神はまた一歩、俺に迫るだろう。それをおとなしく待っていることはない。

この街にいれば、鈍器で後頭部を殴られるだけ、目印すらない墓に埋められるだけのことだ。今回の捜査を引き受けたのは、あの屋上から、パーズ警視の赤い視線から逃れる手段にすぎなかった。もっと遠くまで逃げたい。行き先を誰にも告げずに、この世の果てまででも逃げたい。さよならを伝えたい相手は一人しかおらず、その相手はライト・ファンタスティックを隠れ蓑《みの》にしているサイコパスではなかった。

目をこすり、家に向かって歩き始めた。この何年か、俺はこの街でいくつかの異なる人生を生きてきたが、同じ数だけ死んだような気がする。一つだけ明るい窓をさりげなく振り返った。俺の手持ちの命はこの一つが最後だ。そんな予感がした。

Ⅱ
シャドウプレイ
Shadowplay

1

片方の袖《そで》をまくり上げ、タンクの蓋《ふた》をはずした。水は凍るように冷たかったが、底のほうまで手を伸ばし、陶器のタンクの内側から粘着テープを剝《は》がして、そこに留めてあった密閉ビニール封筒を引き上げた。蓋を元どおりにし、濡《ぬ》れた腕を拭《ぬぐ》ってリビングルームに戻った。月曜の朝、俺の目は冴《さ》え渡っていたが、窓の前に立つと、外の明るさに夜型の頭がくらくらした。真向かいの建物のざらりとした低解像度の輪郭に目が引き寄せられた。男が一人、窓枠に並べた植物に水をやっていた。

カーテンを閉ざすのは、ただ単に外がまぶしいからだと自分に言い聞かせた。

俺が一人で暮らしている部屋は、マンチェスターを駆動する心臓、ノーザンクォーター地区の小さなフラットの二階にある。どういうわけか、俺は郊外では落ち着いて暮らせない。ノーザンクォーター地区は人気のナイトスポットで、カフェやバー、パブ、クラブがひしめくほか、衣類の安売り店や薄汚れたお粗末な画廊が集まっている。独立系の書店がレコード店やブティックと軒を連ね、活気に満ちた通りは男女の二択に収まらないカラフルな若者だらけで、彼らにいまさら懐疑的な視線を向けるほうが難しい。通りにあふれた若者がナイトライフにどっぷりと浸《つ》かるような夜には、うるさいと思うことがないわけではないが、その時間帯にはどうせ俺は仕事に出かけている。帰宅して、その気になれば、眠りは難なく訪れた。日中のこの地区は、二日酔いかドラッグ切れでぐったりと静かだ。

　この街を出る——それは放火とマーティン・ウィックの死を目撃した直後、そして俺自身にさらに大きな危険が迫っているとパーズから告げられた直後に衝動的に決めたことだった。しかし、こうして冷静な頭で改めて考えてみると、そうする以外にないという確信が強まった。そこで夜明け前の数時間を費やし、別れを告げたい唯一《ゆいいつ》の相手、妹に宛《あ》てた手紙をしたためた。周囲と断絶する手《て》際《ぎわ》、あらゆる絆《きずな》を永久に断ち切るスキルは、俺が生まれ持った数少ない才能のうちの一つだが、妹に手紙を書くのはその限界を探るような試練だった。

　妹に何かを伝えたいという欲求は、他人には説明しがたい衝動だ。

　そして、完遂が不可能に近い行為でもある。

　俺と妹は、子供のころ施設に預けられてまもなく引き離され、以来二十年以上、一言たりとも交わしたことがない。それでも兄妹の関係は切れるものではなく、互いに相手を探し求め続けた。それは幾度かのニアミスにつながりもした。通りですれ違ったと断言できる瞬間がいくつもあった。一度など、妹が友人と暮らしているマンチェスター南部の家の前まで行ったこともある。そこまで行っただけで、俺は息さえできなくなった。

視界が白点で埋め尽くされた。玄関の前で麻痺《まひ》したようにただ立ち尽くした。そこより先には一歩も踏み出せなかった。

アンも一度か二度、俺に連絡を試みた。俺が警察官だということは知っていて、妹の家に侵入者があったとき、事情を聴いた警察官に俺の様子を尋ねた。俺が保管室から証拠物件のドラッグをくすねて逮捕されたときは、新聞で俺の名前と顔写真を見て、手紙を送ってきた。いま、そのときの手紙を開いた。この二年で何度も開き、また折りたたんだせいで、折り目がすり切れかけていた。きっとそのうち千切れてばらばらになり、それが返事を書かなくていい口実になるだろう。妹の手紙を指で一行一行たどっていると、いままで返事を書く自信を持てなかった理由をまたも思い出した。

妹の手紙には批判めいたことは一つも書かれていない。思いやりと優しさ、広がろうとしている距離をなんとか埋めようという気持ちだけが読み取れた。

そんな相手の人生に強引に割りこむような真似《まね》は、俺にはできない。

俺がいま置かれた苦境はある意味、格好の解決策だった。考える間もなく行動を起こし、短時間で心を通い合わせたあと、妹の前から永久に姿を消さなくてはならない。

こんにちは。ではさようなら。

便箋《びんせん》を重ねてきちんとそろえた。考えに考えた末にたどりついた返事。読めば頬が熱くなるような返事、どうにも気恥ずかしい返事。それは言い訳の長いリストにすぎなかった。俺について書かれた記事の内容が事実とかけ離れている理由、連絡を取るのにこれほど長い時間がかかった理由、ついにこうして手紙を出し、再会はできないと伝えることになった理由、これまでつないできた影のようにはかない絆さえ、もはや断ち切らなくてはならない理由。

俺の手紙から浮かび上がる人物像は、何にでも言い訳を用意している男、病的な嘘《うそ》つきだ。少なくともその点で俺は嘘をついていない。自分の返事を読み返そうとしたが、数行たどったところで便箋を折りたたんだ。さらに半分に折り、また半分に折った。便箋はどんどん小さくなり、最後には握り締めて押しつぶした。

リビングルームの壁が四方から迫ってくる。壁際を埋めた本棚は、このフラットで唯一、俺という人間が集約された場所だ。特定のタイトルを探して本の背に指を走らせ、ペーパーバックを十冊ほど抜き、ページのあいだに隠しておいた現金を集めた。ビニール封筒の上に紙幣を置いて、今度は階段の踊り場から脚立《きやたつ》を持ってきた。リビングルームの真ん中にそれを立て、貴重品を手に上った。これまではばらばらに保管しておくのが無難だったが、ついに一つにまとめるべき時が来た。

すべてについて疑心暗鬼になるべき時が。

天井灯を慎重に取り外し、脚立の段をもう一つ上って天井裏に手を差し入れ、腕をねじって伸ばし、鞄《かばん》の取っ手を探り当てた。土曜の夜と日曜の朝に起きたことを思えば、即座に持ち出せるよう一つにまとめておくのが安心だ。

鞄を引き寄せたとき、部屋の玄関にノックの音が響いた。

時刻は午前六時三十分。この建物には表通りに面したりっぱなエントランスがあり、訪問客は住人にオートロックを解除してもらわなくては立ち入れない。俺は脚立の上で一瞬動きを止め、息を凝らした。またノックの音がした。さっきよりも強気だった。ビニール封筒と現金をとりあえず天井裏に置き、ふと思いついて妹の手紙と俺の返事もそこに加えた。

天井灯は抵抗なく元どおりにはまった。音を立てないよう床に下り、脚立をたたんで本棚に立てかけた。脚立の枠がかたかた鳴って、思わず顔をしかめた。それから玄関に行ってドアを開けると、ナオミ・ブラック巡査が立っていた。

ナオミはコーヒーを差し出して微笑《ほほえ》んだ。「警視の仰せですから——月曜の朝一番、意欲満々で」

「どうやって入った？」俺は入口をふさぐように立った。

「お隣の人が入れてくれました」

俺は眉《まゆ》をひそめた。

「初老くらいの男性でしたけど」

同じ階の向かいは空き部屋のはずだ。一階の住人は二人とも学生で、最上階は高齢の女性だ。〝初老くらいの男性〟は住んでいない。

「ちょっと待て」俺は室内が見えないようドアを閉め、ナオミの背後に回って階段の踊り場から下を見た。エントランスホールには誰もいなかったが、通りに面したドアは開いていた。

「ちょうど出かけるところだったみたいで、入れてくれたんです」ナオミは言った。

「あの、どうかしましたか」

「いいから」

ナオミは何がいいのかとぶつぶつ言っていたが、俺はかまわず階段を下りた。一階の部屋のどちらかからドライヤーの音が聞こえた。外からは往来の音が聞こえている。曇りガラスに人影が映っていた。俺はエントランスのドアを大きく開けた。すぐ外にいた六十代の男がびくりとし、毛布が入った大きな段ボール箱を取り落とした。

肉づきがよく、あごひげを蓄え、頭はきれいに禿《は》げていた。

「あー驚いた」男は胸を押さえ、自嘲《じちょう》するように笑った。それから俺を見た。「ミスター・ウェイツだね？いや、超能力があるわけではないよ。ほかの部屋に挨拶《あいさつ》に行ったとき聞いたんだ。二階の部屋に引っ越してきたばかりでね」足もとの段ボールはそのままに、みっちりと肉のついた手を差し出す。「ロビー・グラントです」俺は握手に応じ、驚かせて申し訳なかったと口ごもりながら謝った。「埋め合わせにコーヒーを貸してもらえないか」男は言った。「荷ほどきがまだなんだが、コーヒーが飲みたくてたまらない……」

　ふだんなら、近隣の住人に名前を知られていると思うといやな気分になるが、今回は俺が自分で招いた事態でもある。俺は男の段ボール箱を持ち、一緒に階段を上った。俺の部屋の前に来ると、ナオミが勝手になかに入り、カーテンを開けて、本棚に立てかけてある脚立を不思議そうに見ていた。俺はロビーに箱を手渡し、いったん部屋に入ってインスタントコーヒーを探してきて、それを箱の上に危なっかしく載せた。

「ちょっと待っててくれ」ロビーは廊下の向かいの部屋に向かった。元警察官を思わせる風貌《ふうぼう》と身のこなしだ。話し声はほんの一デシベルほど大きすぎ、それが俺の神経をささくれ立たせた。

　ナオミが微笑む。「ね、初老くらいの男性だったでしょう。年金生活者をうっかり驚かせないほうがいいですよ。口移しの人工呼吸をする羽目になるかも」

　俺は気の利《き》いた返事をひねり出そうとしたが、たしかにナオミの言うとおりの事態になりかねないなと思い直し、黙って脚立を取ると、階段の踊り場に返しにいった。

「日曜大工ならぬ月曜大工の邪魔をしちゃいました？」部屋に戻ると、ナオミが言った。

「いや、そういう前向きな話じゃなくて……」

　ナオミが首をかしげる。

「……実はサティのことがショックで、首を吊《つ》ろうとしてたんだよ」ナオミは笑わなかった。「まだ朝の六時半だ、巡査。それに自宅の住所を教えた覚えはない。まさか来るとは思っていなかった」

「ナオミでけっこうです」冷ややかな声だった。「それに、いまさら秘密なんかありませんよ」

それが本当だったら、いまごろ俺は牢屋《ろうや》にいただろう。

黙って互いを見つめていると、ロビーがコーヒーを返しに来て世間話を始めようとしたが、ナオミがさえぎった。

「一時間後に記者会見です」ナオミは言った。「急がないと遅刻です」

「きみたち、どっちが上官なんだい？」ロビーが訊《き》いた。

俺はナオミを見た。ナオミは俺たちを置いて階段に向かった。板張りの床を踏むドクターマーチンのブーツが重い音を立てた。

「そこはいろいろと込み入っていて」

2

「今日、市警の私たち全員が悲しみの底にあります。このたびの暴力的な事件について、市警を挙げて捜査を進める決意を固めたところです。犯人がどこに隠れていようと、かならず見つけ出します。犯人を隠匿《いんとく》し、幇助《ほうじょ》し、教唆《きょうさ》している者も同様です……」チェース警視正はここで一呼吸置き、いやでも最後まで拝聴するしかない記者たちを放免する前に、会見場に視線をめぐらせた。「以上です」

記者会見冒頭のスピーチが終わるなり無数のフラッシュが焚《た》かれ、警視正は重々しい表情をカメラに向けた。チェース警視正の左右にはパーズ警視とクランストン市警本部長が控えている。これだけの重大事件の記者会見となれば、市警本部長が中心となるのがふつうだが、クランストンの定年退職が年末に迫っており、また市警幹部に女性がいる事実をアピールする絶好の機会でもあって、チェースが仕切る運びになった。

次に女性幹部が誕生するのはいつになるかわからないのだから。

チェースは四十代前半で、両側の男二人よりも若く、両側の男二人とは違って若さや血色を失っていない。パーズが――灰色の髪に灰色のスーツ、灰色の肌、恐ろしげな新型銃器に搭載された二つ一組のレーザーサイトを想起させる赤い目をしたパーズが――

会見を仕切るなどというのは論外だ。チェースの視線はときおり強い光を放つ程度であり、また本人も時と場所に応じて表情や言葉を選んで調整できる。仕事の場では、それは優れた知性を印象づける。社交の場では、自分を下に見がちな男どもを相手に取り調べを行なった歳月によって培《つちか》われた、相手の反応を引き出すことを狙《ねら》ったユーモアの効果を増大させる。

今日、チェース警視正の目は、固い決意を浮かべてきらめいていた。

記者会見は午前八時に市警本部で始まった。席はもう空いておらず、ナオミと俺は記者会見室の一番後ろから市警の公式見解を発表するチェース警視正を見守った。警視正は、レニック巡査の殉職にとりわけ重点を置いて話した。俺の名前は出なかったが、現場に居合わせて無事だった者が一名いると言ったとき、警視正の声にかすかな不信感がにじんだ。

市警本部までの車中、俺はその日の朝、思いがけずナオミが訪ねてきたことを考えていた。天井裏の鞄のことも。俺にはもう秘密はないとナオミは言ったが、それは当たっていない。しかし、じきに一つもなくなるのではないかといういやな予感はある。ナオミのほうをうかがうと、俺を横目で観察し、俺の表情を読み取ろうとしていた。

心まで読まれた場合に備えて、俺はいっさいを頭から締め出した。

カメラのフラッシュが静まり、会見は質疑に移った。

「ありがとうございます、警視正」女性記者が立ち上がった。「重要参考人についてもう少し詳しくご説明いただけないでしょうか」

「先ほど申し上げましたように、現在、ある人物の行方を追っています」

チェースはテーブルの上のボタンを押した。後ろのスクリーンに映し出されていたレニックの顔は消え、俺がトイレで見た女をとらえた監視カメラの静止画像が投影された。

鮮明な画像ではないが、女の特徴は充分に見て取れる。

「この顔の汚れのように見えるものは」チェースは向きを変えて画像を指さした。「タトゥーです。また、重度の薬物乱用者である可能性が指摘されています。この女性をご存じの方、ぜひ情報提供をお願いします」

「危険人物と考えて警戒すべきでしょうか」女性記者が訊く。

チェースは率直な答えを返そうとしたようだったが、マスコミ受けするコメントを寸前で思いついたらしい。「市警としましては、この人物との接触をぜひとも避けていただきますよう市民のみなさんにお願いしたいと思います。私たちは、この女性をきわめて危険な人物であると見ています」

そう見ているとは、俺には初耳だった。五十人の記者が手もとのメモにこのディテールを書き加えているのを見て、俺は少し首を縮めた。女性記者はうなずいて腰を下ろした。チェースは最前列の男性記者を指名した。ずんぐりした体つきに赤ら顔で、間延びした、非難がましい口調で発言した。

「警視正、ご承知かとは思いますが、うちの読者はみな恐怖に震えていまして。この事件を機に警備体制の引き締めを図ると確約していただけませんかね」

チェース警視正はうなずいた。「聖マリア病院を含めた市の中心街においては、当面のあいだ、一日二十四時間、週七日体制で市警の銃器部隊が警備に当たります。あらゆる状況に対応する高度な訓練を受けた部隊であり、私が全面的に支援します」

「ありがとうございます、警視正」男性記者は礼を言ったが、最初の質問は次の質問の前振りにすぎなかったらしい。「マーティン・ウィック周辺の警備体制は万全だったとお考えですか。服役中に七度、命に関わるほどの暴行を受けていた人物だったわけですが」記者会見室のあちこちから低いささやき声が聞こえた。七度の暴行事件のすべてが報道されているわけではなかった。男性記者はにやにやしながらほかの記者たちを振り返った。「だって考えてもみろよ。これじゃあ、病院より刑務所のほうが安全だって話になるじゃないか……」

チェースは目をしばたたき、質問を咀嚼《そしゃく》したあと、横を向いた。「これについてはパーズ警視からご説明するのが適当かと」

「おはよう、チャーリー」パーズの赤い目が男性記者をにらみ据えた。「土曜の夜の事件を鑑《かんが》み、当然ながら、現在、マーティン・ウィックの警備体制の再評価を行なっている」怒りを抑えつけているようなうなり声だ。「ただし、事件発生を予見させるような情報は何一つ入っていなかった事実は、再度強調しておきたい」

「しかし、過去に七度も命を狙われたんですよ、その事実一つで現在進行形の脅威があるという認識につながってしかるべきでは」

「さらに」パーズは記者を無視して続けた。「我々はマーティン・ウィックの所在を極秘情報として守り抜いた。きみの新聞がウィックの写真を第一面に掲載するまでは」

「パーズ警視は、事件発生数時間前に印刷された写真一枚が事件の動機になったとお考えなんですかね。公共の利益に資する報道だと思いますが。聖マリア病院の患者には、子供を殺した犯人と同じ空気を吸わされている事実を知る権利があるんじゃないですか」

記者会見室が騒然とした。パーズは記者たちの話し声が静まるのを待って、先を続けた。

「私が言いたいのは、写真は重要な捜査対象の一つとなっており、仮に事件と何らかのつながりがあるならば、あの記事を書いた記者をレニック巡査殺害の共犯者と見なすということだ」記者会見室に大きな声が上がり、質問が乱れ飛んだ。「そして共犯者であるということになれば、我々の刑務所がどれほど安全な場所か、自分の目で確認できるだろうね」

チェースは意味ありげな視線をパーズに向けたあと、記者たちに手を振って静粛を求めた。

「お静かに」チェースは言った。「ミスター・スローン、ご存じのように、五月二十二日のテロ事件後、私はパトロール警官の銃器携帯や銃器部隊の出動が市警の日常業務の一部となるよう継続して改革を進め、実現させてきました。今回の衝撃的な計画的犯行によって、改革をさらに推し進めようという私の決意はいっそう強固になっています」

チェースのこのすべてを総括するような発言は、記者たちがまさに聞きたがっていた種類のもので、全員の頭のなかで原稿が書き上がっていくのが目に見えるようだった。質問した男性記者は、笑顔でチェースとパーズを見てから座った。荒れかけた会場が落ち着きを取り戻したところで、チェースは会見を締めくくりにかかった。

「あと一つか二つ、質問を受けます。はい、どうぞ」チェースは若手の記者を指名した。

「警視正、先ほどちらりと話に出た、マーティン・ウィックが刑務所で暴行を受けた件についてですが、関与した受刑者の事情聴取は行なわれたのでしょうか」

チェースはうなずいた。「今回の事件と刑務所内での暴行事件が関連しているとは現時点で考えておりませんが、あらゆる側面から捜査を進めています。いまこうしてお話ししているあいだにも受刑者の事情聴取を行ない、無関係と判明すれば容疑者から外す作業が進行しています。比較的容易な作業です。というのも、刑務所内でウィックを暴行した受刑者の大半は、現在も終身刑で服役中だからです。同刑務所をすでに出所した元受刑者の一人が捜査に協力していることもご報告できます」

ナオミと俺は目を見交わした。ジェームズ警部率いる捜査チームは俺たちより一日早く捜査をスタートしているが、刑務所でウィックを襲った受刑者のうちの一人がすでに出所していることを俺たちは知らされていなかった。

「では、もう一問だけ」チェースは言った。「はい、どうぞ」

女性の若手記者が立ち上がった。「マーティン・ウィックは死を前に、リジー・ムーアの遺体の捜索に協力する気になっているのではないかとの噂《うわさ》がありました。これに関して、今回の事件発生前に進展はあったのでしょうか。なかったのであれば、今回の事件によって遺族の希望は完全に断たれたということでしょうか。警視正ご自身のお考えを聞かせてください」

それまでより個人的な質問を受けてチェースは緊張を解き、表情を和らげた。両手を開き、掌《てのひら》を下にしてテーブルに置く。「捜査チームは全力を尽くしましたが、残念ながら、マーティン・ウィックはリジー・ムーアの死亡について、これまでに判明している以上の詳細は明かしませんでした」

俺はパーズを見た。パーズは表情一つ変えなかった。

「記者のみなさん、マンチェスター市警にとって、そして市警の全職員にとって、今日は暗黒の日です。保護拘置下にあった受刑者を失ったばかりではなく、みなに慕われ、頼られていた同僚をも失いました。この週末に起きた事件に、私たち全員が打ちのめされています。かならず犯人を法に照らして処罰する所存です。ぜひみなさんのご理解をいただければと思います」

　チェースがこの前向きな印象をもって会見を締めくくるつもりでいたのは明らかだったが、女性記者は食い下がった。「チェース警視正、ご承知のとおり、先週、監察局はテッサ・クラインの死亡を正式に宣告しました。遺体が発見されていないことを思うと、この事件は市警に対する攻撃ではないかとの印象も受けますが、テッサ・クライン事件との関連を視野に入れて捜査を行なうお考えはありますか」

　テッサ・クラインは、半年前、ストレスと鬱《うつ》を理由に退職した直後に自殺した犯罪捜査部の巡査だ。アーウェル川岸に放置されていたテッサ所有の車のダッシュボードから遺書が発見されていた。チェースは、成功に終わりかけていた会見をその話題で邪魔されて狼狽《ろうばい》したような色を一瞬見せたが、すぐに無難な懸念《けねん》の表情で取り繕った。

「テッサ・クラインは、鬱病で苦しんだ末に辞職し、市警の支援体制の外で自ら命を絶ってしまった悲劇的なケースです。今日はそれとはまったく関連のない、残虐《ざんぎゃく》で計画的な犯行についてお話ししています」

　女性記者はまだ起立したままだった。「その残虐さを踏まえると、重要参考人の追跡に当たって、殺傷能力のある武器の使用許可を発することにためらいはありますか」

チェースは会見を穏当に終えられるチャンスが巡ってきてほっとした様子だった。記者会見室の真ん中あたりに注がれた目には、決意を超えた強い覚悟が宿っていた。

「レニック巡査を殺害した犯人に、かならず法の裁きを受けさせる決意です」

3

記者会見が終わると、集められた記者は一斉に立ち上がり、いまの会見のメモを見せ合い、冗談を交わし、二日酔いの度合いを競い合いながら、一つの大きな流れとなって出口に向かった。パーズの赤い目が俺の目をとらえ、次にさっき言い争いになりかけた記者を見た。俺はうなずき、人をかき分けてチャーリー・スローンの腕に手を置いた。

生温かいソーセージミートの感触だった。

スローンは赤と白が入り交じったランチョンミートのような顔をゆっくりとこちらに向けた。広がった鼻の穴は、今回のネタを文字どおり鼻で嗅《か》ぎ出したことを匂《にお》わせている。

「すみません、ミスター・スローン。ちょっとよろしいですか」

俺はスローンを会議室の一つに案内し、ドアを閉めた。まもなくナオミが入ってきて俺の隣に腰を下ろした。同席を頼んだわけではないが、影のようにつきまとわれるのにも少し慣れた。俺からスローンに確かめたいことがあるわけではない。しかしスローンが引き留められずに帰っていくのをパーズに見られたら、俺がおそらく病院行きになる。記者会見室や取調室はどれも大量生産された味気ない現代的な内装で統一されていた。もしヒトラーの地下《ちか》壕《ごう》の内装がトラヴェロッジ・モーテルの客室風だったら、静かな絶望が切々と伝わってきたに違いない。スローンは椅子《いす》にだらしなく座り、小指を耳に突っこんでぐりぐり回した。自分のぜんまいを巻いているようだった。

「で」関節が肉に埋もれた手でテーブルをドラムのように叩《たた》く。「用件は?」

「あなたが日曜版に載せたマーティン・ウィックの写真についてうかがえますか」

「載せたのは『メール』だ。『メール』の日曜版」スローンは俺の間違いを正した。

「あなたの署名が入っていましたよね」

「警察の目からは逃げられないってか」スローンは口もとを歪《ゆが》めた。「保護拘置中の受刑者は別だが」

「あれだけむごい死に方をしたんだ。マーティン・ウィック本人が〝逃げた〟つもりでいるとは思えませんがね、チャーリー」

「その前に、あんたは誰なんだ」スローンは腕組みをした。腕は短く、それぞれの手で肘《ひじ》のあたりをつかまないと組んでいられない。

「私はウェイツ巡査部長。こちらは――」

「ウェイツか」スローンが言った。「事件当時、警護に当たってた刑事だな。あんたは現場にいた。あるいは、現場にいるはずだった刑事だ……」

「その事実は公《おおやけ》になっていませんが、どこから手に入れた情報かはお尋ねしません。しかし、あの写真をどこから手に入れたか知りたい理由はご理解いただけますね」

「私が知るかぎり、ウィックを別とすれば、現場にいたのは三人。そのうち一人は死んで、もう一人は昏睡《こんすい》」スローンはナオミに視線を移した。「屁《へ》をこいたのは自分じゃないって言い張る奴《やつ》にかぎって怪しいよな。あんた、この男を逮捕しなくていいのか」

ナオミは微笑んだ。「あなたに写真を売った人物の名前を教えてもらえませんか、チャーリー」

「取材源は秘匿しないとな」

「あなたの記事の見出しはそもそも間違っていますよ」ナオミは言った。「ウィックは連続殺人者《シリアルキラー》ではありませんでしたから……」

「あんたが知らないだけだろ。ケヴィン・ブレークの本では連続殺人の可能性が指摘されてるし、ついさっきあの灰色卿《きょう》にも言ってやったが、大衆には知る権利がある。自分の赤ん坊は、子供を殺した男がおまるに小便垂れてるのと同じ建物で生まれようとしてるのかどうか」

「おまるより床に垂れ流せとでも？」ナオミが訊く。

「予定どおりムショで死んでもらったほうがよかったな」

「ウィックが言い渡されたのは終身刑で、死刑じゃありません」

「だからこそ言ってるんだがね」ナオミが何か言い返そうとしたが、スローンはさえぎった。「私の話はまだ終わってないぞ、お嬢ちゃん。この話を警察の誰かとするなら、おとなの誰かを選びたいね。働きに釣り合った交換条件を提示できるような一人前の刑事。この捜査の担当はジェームズ警部と聞いている」

「わたしたちは周辺の捜査を担当しています」ナオミが言った。

「警視正は、事件のもっとも有望な側面に関心がないようだったが」

「というと？」

スローンはポケットから携帯電話を取り出して画面をこちらに向けた。行方不明の元巡査、テッサ・クラインの写真が表示されていた。夜の外出のために華やかに装《よそお》った写真だ。黒いワンピースに、目が覚めるような派手なピンク色のクラッチバッグ。俺もおそらく一度や二度は廊下ですれ違ったことくらいはあるはずだが、会って話した記憶はまったくなかった。

「今回の件とどう関係すると思うんですか」

「情報提供者によれば、レニックと同じ年度に大学を卒業してるそうだ」

「わたしも同じ年度です」ナオミが言った。「でも、レニックとは一度も会ったことがありませんでした。半年前の自殺と土曜の事件がどこでどうつながるんですか」

スローンは肩をすくめた。「週末の旅行を二名で予約しておいて、自殺するってのも妙な話だろ。それに、いまだに遺体が見つからないのも妙だ」

「理性的に考える精神力を失っていたからかも」ナオミが言った。「遺体はいつか見つかると思いますよ、チャーリー。かならず見つかるものですから」

「失礼だが」チャーリーが言った。「あんた名前は何というんだっけ、お嬢ちゃん」

「ブラック巡査」

「悪いが、ブラック巡査、こっちの巡査部長と二人だけで話させてもらえないか」

ナオミは俺のほうを一瞥《いちべつ》したあと、立ち上がって部屋を出ていった。見上げたことに、内心では激怒していたとしても、表向きは落ち着き払っていた。俺ならあんな芸当はできない。ドアが閉まるなり、俺はさっそく身を乗り出した。

「で？」

「で、何だ？」

「俺にだけ話したかったことというのは？」

「あんたに話したかったこと？」スローンはまた笑った。「何もないさ」そう言ってナオミが出ていったほうにうなずく。「あのブラック・ビューティの表側はもうたっぷり拝ませてもらったから、早く裏側も見てみたくなっただけさ。あんたはまだ若い。私があんたの年齢だったら、あのお嬢ちゃんに警棒の味を教えてやるところだな」

俺は立ち上がって部屋を出ようとした。意味のない会話を長引かせ、ナオミに気づかれないよう警察本部を抜け出す機会をうかがうつもりだったが、こんな男が相手では時間がただ無駄になるだけだ。

「おい、ちょっと待てって」スローンが言い、俺は振り向いた。「あんた、わかってるんだろ」

「何を」

「この茶番。女装した男の厚化粧みたいなきれいごとだらけの記者会見、あんたが押しつけられた影の捜査……」俺は先を待った。「……あんたはさ、新しいパンツみたいなもんなんだよ。くたびれたらぽいと捨てられるだけだ。そのとき、せめてうんこまみれになっていなけりゃ御の字ってところだな」

言い返す言葉はいくつか頭に浮かんだが、口には出さず、部屋を横切ってスローンに近づき、腕を引っ張り上げて立たせると、廊下に放り出した。

「ご協力ありがとう」

廊下で待っていたナオミは、俺が参考人を手荒に扱うのを見て目を丸くした。ナオミがパーズへの報告書にこのことを書いたら、パーズが俺の背中を叩いて褒めてくれるごく一握りの項目の一つになるかもしれない。スローンはどうせこの程度のことには慣れている。そして、それをきっかけに何かを思い出したらしい。腕時計を確かめ、前歯を吸うような音を立てた。

「おっと、もう九時半か」

「そうさ」俺は言った。「そろそろ小学校の校門か何かの陰に隠れなくちゃならない時間か」

スローンは笑った。「本物の刑事、マーティン・ウィックをとっ捕まえた刑事がラジオで当時の話をする時間なんだよ」俺の表情を見て続けた。「まだ会ったことがないんだろう。早いうちに一度話を聞いたほうがいいんじゃないか。一つや二つ、教訓を学べるかもしれないぞ」

4

俺たちはメディアシティにあるBBCの放送施設キーハウスのロビーに来ていた。市警の身分証を警備員に提示し、スタジオに案内してほしいと頼んだ。メディアシティは、旧運河沿いの再開発に当たって新設された面積二百エーカーの施設だ。つい十年前には製造業の衰退を受けて荒廃した工業団地があるだけの場所だったのに、いまは時価数百億ポンドのメディア複合施設に生まれ変わり、七棟並んだ巨大な施設にテレビ局や製作会社、ラジオ局などが入居している。

BBCが入っているのは、七棟のうち最大の施設、キーハウスだ。

七階建てのガラスのビルは、潮に乗って漂着した有史前の氷山のようにそびえて運河を見下ろしている。中央の吹き抜けに入るなり、その大きさに圧倒された。首を伸ばすと、五つのフロアが積み重なっているのがわかる。奇跡的に無人になった瞬間のオリンピックスタジアムの真ん中に立ったような気分だ。警備員の案内で、間仕切りのないオープンプランのオフィスや打ち合わせエリア、休憩スペースの前を過ぎて上階に向かった。

「あ、ちょっと」警備員が言った。「入らないでください」

スタジオに着いたときには、すでに遅かった。

大きなガラスの壁に隔てられた放送スタジオで、マーティン・ウィックの死を受けたケヴィン・ブレークのインタビューがすでに始まっていた。放送音声が同じフロア全体に、そして全国に、流れていた。

司会者はガラス越しに俺たちのほうをちらりと見た。「途中から聴き始めた方もいらっしゃるでしょう。今日はミスター・ケヴィン・ブレークをゲストにお迎えしています。マーティン・ウィックを逮捕し、有罪判決を勝ち取った元刑事です。捜査過程を詳細に綴《つづ》ったベストセラー、『夢遊病犯《スリープウオーカー》』の著者でもあります。さて、ケヴィン」司会者はブレークに向き直った。「土曜日に発生した事件は、事前に計画された犯行だろうというお話でしたね」

ブレークがうなずく。「犯人は、警察官二名を制圧し、保護拘置下にあった受刑者を殺害したうえで逃走しました。行き当たりばったりでやれることではありません」

ブレークは六十代初めくらいで、俺が知っている元警部補の誰より身だしなみがきちんとしていた。鼻毛がクモの脚みたいにはみ出していたりはしなかったし、頬の毛細血管が拡張して赤ら顔になっていることもなかった。ぱりっと着こなしたダークスーツの色味のせいで、もとより青白い肌がよけいに青白く見える。真鍮色《しんちゅういろ》の細い金属縁の眼鏡は度が入っていない伊達らしいが、第二次世界大戦前のインテリっぽい雰囲気を演出するのに成功していた。かならずしもうぬぼれの強いタイプではなく、ただの目立ちたがり屋といった印象だ。強いヨークシャー訛《なまり》があって、BBCの司会者の〝標準語〟と比べると素朴で正直そうに聞こえる。

「最後の質問です」司会者が言った。「今回の事件の参考人として、顔にタトゥーを入れた三十代くらいの女性を捜していると市警から発表がありました。この女性に関して、新たに判明した事実はありますか」

「新しい情報は私の耳には入っていません。繰り返しになりますが、私は今回の事件の捜査には関係しておりませんので。この事件について情報をお持ちの方は、ぜひ捜査当局にご一報ください。聞いたかぎりでは、市警がこの女性を重要参考人と考えているのは確かなようですが、市警のチェース警視正は今朝の会見でそれ以上のことに言及していましたね……」

「今朝の会見をお聞きになっていない方のために補足しますと、チェース警視正は、この女性はきわめて危険な人物と思われるため、接触しないよう市民に呼びかけています」

「警視正はもう一歩踏みこみました」ブレークは司会者の視線をとらえて言った。「今回の事件を踏まえ、また重要参考人の女性の所在がしれないなかで、市民の安全をどう守るつもりかと尋ねられて、警視正は、重要参考人の身柄の確保に際し、殺傷力のある武器の使用許可をためらわないと明言しました」

聴取者の意識にいまの言葉がしみこむのを待つように、ブレークはここで間を置いた。

「……これは異例の発言ですよ、ミランダ。通常なら、テロ事件に関してのみ使われる表現です」

「確かに異例の発言ですね。いまテロ事件とおっしゃいました。このような事件が起きて、市民の安全は守られると思われますか」

ブレークは少し考えてから答えた。「マーティン・ウィックは特別なターゲットでした。犯人は強い動機を持ってウィックを殺害したんでしょう。似た事件が起きるだろうとは私は思いません。そうは言っても、この犯人はひじょうに危険な人物です。チェース警視正が注意を促したとおり、決して近づかないようにしていただきたい」

「今日はミスター・ケヴィン・ブレークにお話をうかがいました。ありがとうございました」

司会者が番組を終わらせ、二人はヘッドセットをはずした。マイクがオフになり、そのあとガラス窓の奥でどんなやりとりがあったのか俺には聞こえなかったが、短い会話を終えて、ブレークは意味ありげに司会者の手を両手で握った。それから立ち上がり、ドアを開けてスタジオから出てきた。自分が何者であるか誰にでもわかるようにだろう、著書を一冊抱えていた。

「ミスター・ブレーク」ナオミが進み出た。「ブラック巡査といいます。こちらは同僚のウェイツ巡査部長。ぜひお話をうかがいたいのですが」

「世界中が私と話をしたがっているようだな」

ブレークの眼鏡のレンズが光を反射し、ブレークの目の表情を隠した。注目されてい い気になっているのか、うんざりしているのか、声の調子からは判断できない。

5

ブレークは俺たちを近所のコーヒーショップに誘い、俺たちを先に座らせてから向かいの椅子に腰を下ろすと、メニューを遠ざけ、俺たちの分までコーヒーと水を注文した。向こうがこっちをインタビューするかのようだった。表紙を下にして、つまり著者近影が上になるようにして自分の著作をテーブルに置く。写真のブレークの顎《あご》の輪郭はいまより少しすっきりとしていたが、素朴で誠実そうな印象は同じだった。本が売れたおかげで、いまはマスコミの取材に応じて悪名高い殺人者について解説したり、犯罪に限らずあらゆる問題に関してコメントしたりするのを生業《なりわい》としている。ウィックの事件で名を上げた直後に警察を退職したとはいえ、いまも警察関係者に一目置かれる存在であり、一市民になって十年がたってもなお、内情に通じた人物というイメージを維持している。

ウェイトレスがコーヒーと水を運んできて、ブレークに釣り銭を渡した。

ウェイトレスが立ち去ると、ブレークは自分のカップを引き寄せて香りを吸いこんだ。

「コーヒーはもう飲むなと言われているんだがね、香りを嗅ぐだけで、いまも一種のハイを味わえる」

「飲むと眠れなくなるからですか」俺は訊いた。

ブレークは笑った。「いやいや、運が悪いと永遠の眠りにつくことになるからだよ。あいにく心臓に問題が見つかってね。きみらも年は取らないに越したことはないよ。ところで……すまない、名前をもう一度」

「ウェイツです」

「たしか現場にいたうちの一人だね」

「よくご存じで」俺は言った。いまも市警内に伝手《つて》があるなら、俺についてそれ以上の噂を聞き知っているに違いない。

「気を悪くしないでくれ」ブレークは言った。「二十年も刑事をやると染《し》みついてしまうんだろうな。市警の最新の動向をつねに把握しておかずにいられないんだ。とりわけマーティンに関することではね。サトクリフ警部補は本当に気の毒だった」

「そうか、一緒に仕事をしたことがあるんでしたね」

「きみはサティのパートナーか」ブレークが訊き、俺はうなずいた。「それなら、身に染みているだろう。サティって奴はたまに、その……」俺はうなずいた。「きみは知っているだろうが、いや、知らないかな、十二年前の事件当時、私はサティを捜査からはずした」

「最初に現場に駆けつけたのがサティだったことしか知りませんでした」

「彼に優れた能力がないわけではなかった。私はただ、その能力はどこかほかの場所でこそ活《い》きるだろうと判断した」

「サティの反応は」

「この話を本当に聞いていないのかね。あいつは辞表を提出した」

意外だった。そこまで強い反応を示すほど何かに入れこむサティなど想像できない。

「瀬戸際で誰かが説得したんだろう。いつのまにかあいつは夜勤に回っていた」

「全然知りませんでした」俺は言った。十年以上も前に警察を辞めた人間のほうが俺のパートナーをよく知っている。それはサティの落ち度なのか、それとも俺か。

「きみたちは誰の指示でこの件を調べて回っている?」ブレークが訊いた。

「パーズ警視です」

「ほう、〝グレイハウンド〟がじきじきに? あれは有能な男だ。よろしく伝えてくれたまえ。アリステアはきみが能力を存分に発揮するのを期待しているだろうね。彼と直接組んだことは一度もないが、何かあれば手を差し伸べてくれる人物だという印象を持っている」

「問題は、一度つかんだらなかなか離してくれない場合がある点で」

「それは言えているね」ブレークは、俺にばかりかまいすぎたと思ったのだろう。「ブラック巡査と言ったね」そう言ってナオミに顔を向けた。「まさかとは思うが、テリー・ブラック巡査の親戚《しんせき》とか?」

「テリー・ブラックはわたしの父です」

「本当かね」ブレークはそう言って平手でテーブルを軽く叩いた。「とすると、きみとは以前会っている。きみの洗礼式に参列したよ」

ナオミの父親が警察官だったとは。ナオミの表情をうかがうと、頬が紅潮し、浅黒い肌にそばかすが目立っていた。

ブレークもそれに気づいたらしい。「昔のことばかりよく覚えているのは、年を取った証拠かな」

「今回の捜査ではその記憶力が頼りです」俺は言った。「ナオミも俺も、マーティン・ウィックの世界ではどちらかと言えば駆け出しですから。聖マリア病院の事件を捜査するに当たって、十二年前の事件の背景を知っておきたいんです」

「たいへんな難題だろうね」ブレークは言った。「ウィックを殺した犯人を突き止めるのは」テーブルの釣り銭をすくい上げ、掌の上で種類別に並べ直した。「一つすぐに思いつくのは、私ならまず、ウィックの死を願っていた人物に当たって《ヒット》みるだろうということかな」

「ついでに犯人を見つけて《ヒット》もらえるとありがたいな」俺は言った。

誰も笑わなかった。ナオミがテーブルに身を乗り出した。「タブロイド紙お気に入りのバッシング対象だったことは知っています。ただわたしたちとしては、実際につながりがあった人、実際に恨みを抱いていた人のほうに関心があります。実際に今回のような事件を起こしかねない人。統計に基づけば、犯人はマーティン・ウィックの知り合いだった可能性が高くなりますから、ウィックと頻繁に接触があった人から話を聞いていくのが順当です」

「そのとおりだね」ブレークは言った。「ただ、この十二年に限れば、ウィックともっとも頻繁に接触していたのは刑務所の同房者だったことは心に留めておくべきだろう。聞くかぎりでは、実行に移した連中はいくらでもいたようだ」

「都合のいいことに、大半はいまもストレンジウェイズ刑務所で服役中です」

「大半？」ブレークが訊き返す。

「はい。ウィックを襲撃した受刑者のうち、一人は刑期満了で釈放されています」ナオミは今朝の会見で聞いた話を繰り返した。

「あいつかな。あのスパイスの売人……」ブレークは詳細を思い出そうとして目を細めた。「〝ショート・バック・アンド・サイド〟（訳注／「ショート・バック・アンド・サイド」は、後ろと横を刈り上げる男性のごく一般的なヘアスタイルの一つ）。たしかそんなニックネームで呼ばれていた」

「由来は」ナオミが訊いた。

「会ってのお楽しみと言いたいところだが、最低最悪の人間だということくらいはあらかじめ話しておいてもかまわないだろうな」

「捜査で関わったことがあったんですか」

「ないよ、幸いにも。当時はまだ子供みたいな年齢の男でね、奴が商売を始めたのは私が辞職したあとだった。去年ストレンジウェイズ刑務所に送られて、数カ月前に出所した。私が奴を知っているのは、マーティンの遊び仲間をつねに把握しておこうとしていたからでね。ショート・バックって奴はたしか、シーツを使ってウィックを吊《つる》し首にしようとした」

ナオミは首を振った。「刑務所にいるのがお似合いの人みたい」

「または死んで墓に入っているのがお似合いだ。信じられないことに、有罪判決が破棄されたんだよ」

「ウィックにはたくさんの殺害予告が届いたり、実際に暴行されたりしていましたよね」俺は言った。「前から不思議だったんですが、刑務所内でそこまで恨みを買っていた理由は？」

ナオミが俺を見た。「だって、子供を三人殺してるし……」

「いや、ウェイツの疑問には一理あるよ」ブレークが言った。「ストレンジウェイズ刑務所に、子供を殺していない人間がいったい何人いる？ 正月から毎日、子供を殺した奴を大砲に詰めてぶっ放したとしても、クリスマスの祝砲に使えるのがまだ何人か残っているだろう」

「例の〝夢遊病《スリープウォーク》〟が理由かな」俺は言った。「否定し続けていたから。自分の罪と最後まで向き合おうとしなかったから」

ブレークは肩をすくめた。「それもあるかもしれないな。自分の罪をしれっと認める人間ばかりの刑務所に、自分は何も知らないとしらばっくれる奴、あるいは何も覚えていないと言い張る奴が一人まじっていたら、周りは気に食わないだろうからね。ただ、ほかにも何かあったんじゃないかと私は思う」ブレークは少し考えてから続けた。「たとえば、ウィックは周囲から浮いていた」

「浮いていた？」ナオミが言った。

「いいことだとは思わないが、それが現実だ。校庭を見回せば、入学初日から便器に顔を突っこまれそうな奴は一目でわかるだろう。ウィックは刑務所で相当いじめられていた。嘆かわしい話だ」

「嘆かわしい？」俺は言った。かわいそうだと思わないわけではないが、俺の経験から言えば、年配の刑事はだいたい、犯罪者に対して過剰なほど冷淡な態度を取りがちだ。「重警備が敷かれているはずの刑務所で、一人の受刑者が繰り返し標的にされたのに、何の対策も講じられなかったわけだからね」ブレークは表情を曇らせた。「それは我々が目指している理想とはかけ離れている。それに刑務所内でウィックを襲撃した連中のなかには……」

俺はうなずいた。「ただ、その連中は今回の容疑者リストから容易に除外できます」

「たしかに」ブレークが言った。「事件の背景が知りたいんだったね」

「十二年前の夜、通報が入ったとき、あなたはＮ部所属の上級警部補だった……」

ブレークはうなずいた。「あれからそのことばかり考えてきたせいか、それともあの当時本当に予感がしていたからなのか、いまとなってはもうわからないがね、その日のことを訊かれると、いつもこう答える。あれは反撃が始まった年だったと」

「反撃？」

「幻想がはじけた、終わりが始まった……そんなような話さ。サブプライム住宅ローン危機、景気後退、差し押さえの急増と来て、イラクが崩壊し、ｉＰｈｏｎｅが発売された。ソーシャルメディアが登場したのもあのころだった。ニュアンスが失われ、人の注意持続時間は極端に短くなった」ブレークは首を振った。「私の目には、社会の種火が消えた年と映った。私たちは火花を失った」鼻筋を指先でこすって自嘲気味に笑った。

「何を隠そう私も火花を失ってしまったよ。そのとおり、私はＮ部の上級警部補だったが、事件との関わりは、全身血まみれのウィックが当時の市警本部に連行されてきたときに始まった。重大事件が発生したことは明らかだったが、初めはウィックが何を言っているのかまるきり理解できなかった」

「ウィックはどんな様子でしたか」

「激しく動揺していた。混乱していた。服に染みた血はどうしたと訊くと、どこでどうしてついたのか思い出せないと言った。このあたりのことはきみたちもおそらく知っているだろう。ウィックはひどく取り乱していたから、こちらも慎重に進めなくてはならなかった。ずっと体を震わせていて、わけのわからないことを口走っていた。ショック状態だった」

「焦《じ》れったかったんじゃないですか」

「ふつうならそうだったろうが、通信指令部の女性指令員がウィックの人相特徴と、ブライアーズグリーン一一番地で目撃された不審者の人相特徴が重なることに気づいた。ムーア一家が住んでいた番地だ。そこに駆けつけると、やることが山ほど待っていた」

「現場の様子を教えてください」

「あそこで見た光景は、忘れられるものなら忘れてしまいたいな。二軒一棟式《セミデタッチト》の家でね。袋小路《ふくろこうじ》の突き当たりにあった。惨劇のあいだ、近隣の住人は熟睡していたらしい。現場の家の玄関は全開になっていて、我々が到着すると、マギーが……」ブレークはここで言葉を切り、水を一口飲んでから続けた。「母親のマーガレットが、階段の上り口に倒れていた。大量の血が流れていた。腹部から胸部にかけて複数の刺し傷が、手や腕には防御創があった。暴漢に抵抗したのだろう、子供のところに行かせまいとしたのだろうと私たちは考えた。双子は上階で見つかった。二人ともバスタブのなかにいた。シャワーカーテンを引いて身を隠そうとしたんだろうが……」

「状況は充分わかりました」俺はさえぎった。「長女がいないと判明したのはどのタイミングでしたか」

「壁に飾られた写真を見たときだ」ブレークが答える。「どの写真にもかならず家族五人が写っていた。母親のマギー。双子のアーサーとメアリー。父親のフランク。そしてもう一人、長女のリジーだ。もちろん、我々がまず注力したのは、現場に見当たらなかった二人、フランクとリジーの消息を確認する作業だった」

ブレークは、そうだそうだというようにうなずいた。

「一時間ほど捜して、そう、たっぷり一時間ほどかけて家のなかを捜しても見つからなかったとき、二人はきっと無事でいるのだと自分に言い聞かせたよ。どこかで一緒にいるのだろうとね。私にはちょうど同じ年ごろ、当時十二歳の娘がいた。正直に打ち明けると、妻に電話をかけて、娘のルーシーを抱き締めてやってくれと伝えたよ」

感動的な余談だ。

長年のあいだにブレークが応じてきたいくつものインタビューを読んで、俺の記憶にも一語一句違《たが》わずに刻みこまれていた余談。といっても、作り話だろうと疑っているわけではない。そういうディテールこそ、一度言葉にしたが最後、同じ表現のまま繰り返されることになる。

「リジーも被害者の一人だとわかったのはいつ？」ナオミが訊いた。

「暗黙の認識としてかい？　父親のフランク・ムーアの所在が判明したときだ。リジーとは会っていないと言った。フランクとマギーの関係について、我々は近所の住民から聞いてすでに把握していた。二人は、その……」ブレークは言いよどみ、適切な言葉を探すような顔をした。

「半別居状態《セミデタッチト》にあった？」ナオミが助け船を出す。

「そう、そんなところだ」ブレークはうなずいた。「実験的な別居とでも言えばいいのかな。フランクは家を出ていた。その週末はマギーが子供たちを預かる番で、フランクは仕事に出かけていた」

「フランクの反応はどうでしたか」

「どうだったと思う？　警察を辞めてよかったと思う理由はいくつかあるが、これもその一つだ。あのとき、フランクはばらばらに壊れてしまった。大きな男なんだよ。体も、心も。海兵隊に所属していた経歴もある。だがあのときは、まるでビルが倒壊したようだった。あとは崖崩《がけくず》れとか。見ているほうがつらかった。何度もこう繰り返した。〝自分がいればこんなことには、自分がいればこんなことには〟」

「リジーも殺されたと正式に確認されたのはいつでしたか」

「遺体はいまだに発見されていない。しかし、現場に残っていたDNAではっきりした」

「大量のＤＮＡが検出されたようですね……」

「血の海だった」ブレークは自分のコーヒーを見つめた。「文字どおりの血の海だった」

ブレークが早期退職を決めた理由、十二年の歳月が過ぎてもまだ被害者に責任を感じているらしい理由が俺にも見え始めた。黙秘したままの犯人、行方不明の少女、子供を守ろうとしてめった刺しにされた母親。いったん迷いこんだら二度と逃れられない種類の事件だ。

「ウィックはなぜムーア家に行ったんだと思います？　なぜムーア一家だったんでしょう」

「狂気に導かれたんだ」ブレークはそう言って首を振った。「当時、ウィックは安ホテルやＢ＆Ｂに滞在しながらあちこちを転々としていた。アスベスト除去作業でマンチェスターに来て、近隣のホワイト・スワンという宿に滞在していた。長女のリジーに執着したのだろうと我々は考えた。リジーが通っていた学校の複数の保護者から、ウィックに似た人物が学校周辺をうろついているのを見たという証言があってね。ウィックが泊まっていた部屋からリジーの衣類が発見されたし、最終的には凶器も見つかった」

「ムーア家のキッチンにあった包丁でしたね」俺は記憶の底からその情報を掘り起こした。

「ウィックの部屋のパイプ式暖房機の裏に押しこまれていた。三度目か四度目の捜索で発見された」

「つまり、事件の経過をまとめると……」

「事件の一週間前、ウィックは仕事でマンチェスターに来た。街中かどこかで長女のリジーを見かけて気に入り、学校か自宅まで尾行した。このときはあくまで、どこに行けば会えるか知っておくためだった。のちに学校と自宅両方の周辺でウィックの目撃情報が寄せられている。ウィックはリジーをつけ回し、一方的に恋愛感情を募らせた。もしかしたら本人に接触したこともあったかもしれない。あるいは、相思相愛だと勝手に思いこんだかもしれない。ある晩、ついに我慢できなくなった。リジーを自分のものにしなくてはいられなくなった。そこで裏の窓から家に侵入して階段の上り口でマギーを、バスルームで双子を殺害したあと、リジーを拉致《らち》した。ウィックが家のなかをどう移動したかは判明している。窓から侵入したとき負傷したんだ。ウィックの血痕《けっこん》はキッチンから階段に向かい、二階のバスルームに入って、また階段を下りて玄関から出ていた。そこから車で町の中心部に行き、徒歩でピカデリー駅に入り、身柄を確保された。着衣から五人分の血液が検出された。ウィック自身、マギー、アーサー、メアリー、そしてもちろんリジーの分だ。残念だが、家を出たときリジーが血を流していたことは確かだ」

「遺体はどうなったんでしょうね」

「それが最大の謎《なぞ》でね。上層部はサトクリフ警部補にならウィックが何もかも打ち明けるだろうと期待したんだろうが、私は初めから疑わしいと思っていたよ。これで謎は永遠に解けなくなってしまった。フランクの気持ちを思うと……ね」

　俺はうなずいた。フランク・ムーアがいまどうしているか俺は知らなかったが、ぜひとも話を聞く必要がある。

「ウィックがそれ以前に似たような事件を起こしたことは」俺は訊いた。

「犯罪歴はなかった。ただ、ああいう生活をしていたわけで、過去についてははっきりしない部分も多かった」

「彼を知る人がいなかったから」ナオミが確認する。

　ブレークはうなずいた。「事件後に、ウィックを知っているという人物が次々名乗り出てくることもなかったしね。仕事柄、いろんな土地を転々としていた。アスベスト除去の仕事をフリーランスで請け負っていた。放浪癖のある一匹狼《いっぴきおおかみ》には理想的な仕事だし、ウィックもそういう人生を望んでいたようだ。リジー・ムーアに出会うまでは。何度か一緒に仕事をしたことがあるという作業員とも話をしたが、誰の話も気の抜けたビールみたいだった。口数が少なかったとか、自分の殻にこもっていたとか」

「とすると、それ以前にも人を殺した前歴があるという話はどこからも出なかったわけですね」

「そうなんだが、個人的にはいまも疑わしいと思っている。リジーに似た少女がマンチエスター周辺で失踪《しっそう》したまま見つかっていない事件はいくつかある。ただ、ウィックが関与しているともしていないとも断定できなかった。放浪者じみた生活をしていて、友達らしい友達がいなかったから」

「家族は？」

「一人っ子で、両親は亡《な》くなっている。ああそうか、前妻がいるか……」

俺は顔を上げた。ナオミもメモを取る手を止めた。「前妻？」俺たちは同時に言った。

「結婚していたのは一年足らずだし、事件の前に離婚している。私から話せることはほとんどないが、前妻の連絡先をどこかに取っておいているかもしれない」

「教えていただけると助かります」

「フランク・ムーアは壊れてしまったとおっしゃいましたね」ナオミが言った。

「ああ、だがあれからりっぱに立ち直ったよ。実を言うと、今朝も話したばかりだ。同じ慈善活動に関係している縁で」

「そのときどんな話をしたか、うかがってもかまいませんか」ナオミが尋ねる。

「マーティン・ウィックが生きたまま火葬されて、フランクは喜んでいたかという質問かな？　フランクも人間だからね、それは……」

「フランクの連絡先も教えてください」

「いいとも。今日の講演でつかまえて話してみるといい。中止にはなっていないと思うから」

「講演というと」俺は訊いた。

「いまはセミナーの講師をしているんだ。ああいうのは、自己啓発セミナーとでもいうのかな。サバイバル・セミナーだよ。大きなトラウマに立ち向かい、それに少しでも前向きな意味を見いだそうという趣旨の。なかなかできることじゃない。意思がよほど強くないと。月並みな言い方だが」

ナオミはメモを取った。「有罪判決のあと、一度でもウィックと話したり連絡を取り合ったりしましたか」

ブレークは首を振った。「本を出すとき、ウィックのインタビューも入れてはどうかと出版社から提案された。ウィックの言い分もあったほうがいいだろうとね。私は断った。どのみち、さっきも言ったとおり、ウィックは話し好きの人間ではない。それに、やっと署名した自供書をあとで撤回した件もある」

「あなたはウィックの主張を一瞬でも信じたことがありましたか」ナオミが訊く。

「どの主張のことかな」

「犯行の記憶がないという主張です」

ブレークは少し考えてから俺のほうを向いた。「きみはウィックに会っただろう、ウェイツ。きみはどう感じた」

「何か思い出せないことがあるのは本当らしいと思いました」

「私も同じ結論に至った」ブレークが言った。「逮捕後、夢遊病者《スリープウオーカー》のふりをやめて自供書に署名するまでに長い時間がかかったが、それでも最終的には署名した」

ウィックは息を引き取る寸前にその自白を完全に否定した。ブレークにはそれを伏せておきたかったが、この話題そのものはもう少し追及したかった。

「とすると、ひょっとしたらとは一度も思わなかった――？」

「いや、そうは言わないよ。ウィックを犯人として刑務所に送って本当にいいのかという迷いはあった。ああいう風に殻に閉じこもった相手には、不用意な発言をしないよう気をつけなくてはならない。ウィックはでかくて真っ黒な目をしていて、感情らしい感情を表に出さない。こいつがやったんだとつい決めつけたくなる。ウィックに何か言うのは、空のグラスにビールを注ぐようなものだと肝に銘じておかなくてはならなかった。初めからウィックを毛嫌いしている刑事も大勢いた」

「やりにくかったでしょうね」

ブレークはうなずいた。「とりわけ厄介だったのは、いま言ったような用心をする一方で、私自身の直感にも耳を澄まさなくてはならなかった点だな。直感は、ウィックこそ犯人だと声高に叫んでいた。証拠もすべて同じことを叫んでいた。そのときはそういうつもりではなくても、人はつねに証拠を集め続けている。直感と呼ばれるものは、実は一足飛びにロジカルな結論に達した潜在意識なのかもしれない。それは、もっと時間をかけて分析するのが得意な部分よりも先に結論を出す。私の助言など役に立つかどうかわからないが、直感の声を無視してはいけないよ」

「あなたならどこを捜しますか」俺は訊いた。

「ウィックを殺した犯人のことかい？　誰もが最初に思いつく動機は報復だろうが、脳の交通規則がその足を引っ張るだろうね。脳は論理を求めるから、どうしたって直感を疑う。殺人鬼は殺しても、無関係の警察官まで巻き添えにするはずがないと判断する。殺人鬼はともかく、居合わせた無関係の人間にまで火を放つとは考えない」ブレークはナオミと俺を交互に見た。「正直なアドバイスをするなら、このような事件で論理を追い求めてはいけないということだ。それをすると、二度と眠れなくなる。殺人とは合理的な行為ではない。ただし、殺人者当人は別だ。犯人はそれ以外の方策はないと考えた。だから病院の事件が起きた。私なら、そういう人物を捜すよ」

6

「この私がそうでした」フランク・ムーアは言った。

俺たちは旧フリー・トレード・ホール、現ラディソン・ホテルのイベントスペースの一番後ろに立っていた。フランクは、悲しみを乗り越える《サバイブ》にはというテーマの一時間にわたる講演を締めくくろうとしているところだった。フランクは殺害された三人の子供の父親であり、殺害された妻の夫である遺族だ。

答えを知っている人物がいるとするなら、それはおそらくフランク・ムーアだろう。

俺たちが着いたとき講演はもう始まっていて、ふだんは結婚披露宴やチャリティイベントが行なわれる会場には二百人ほどの聴衆が詰めかけていた。大半はこぎれいな身なりをしていた。参加費を支払う金銭的余裕と、仕事を半日抜け出せる社会的地位。しかし一人ひとりをよく観察すると、共通点が見えてくる。

憔悴《しょうすい》した顔、充血した目。

会場を見渡せば、集まっているのは燃え尽きた人々なのだとわかる。心が乱れたままの人々、落ち着いていられない人々。それとわかる悲しみの傷痕《きずあと》を持つ人もいる。こけた頰、怯《おび》えたような目。酒呑《さけの》み特有の赤い鼻や手の震え。摂食障害に自傷行為の痕。ブランドものの服やスポーツジムで鍛え上げた体でそれを隠している人。その全員がフランク・ムーアにすがるような目を向けていた。彼こそ最後の希望であるかのように。

　その理由は一目でわかる。

　フランク・ムーアはたくましく、ハンサムで、身長百八十センチを超える体には自信が満ちあふれている。サイズがぴたりと合ったシャツの生地は張りがあり、胸板の厚さを際立たせていた。仕上げに紺色のスラックスとクリーム色のローファーを合わせているが、その服装は、当人の好みのファッションというより制服に近いように見えた。軍時代の名残なのかもしれない。髪の色は黒。頭頂部を長めに、横と後ろを短めに刈りそろえたスタイルで、脳天にある白髪《しらが》の密集地帯が稲妻のようだ。

　何もかもがきれいに左右対称で、どことなく作り物くさい。本人の写真をフォトショップで加工したようだ。堂々とした雰囲気とわかりやすい話し方、自信にあふれた物腰は、法廷で最終弁論に立った有能な弁護士を思わせる。

「私は写真アルバムのなかで生きているも同然でした」フランクは聴衆に語った。「過去にしがみついていました。私には未来がなかったからです。やがて私は、そのときの自分には何より困難だったことをしました。ページをめくったのです。それまでは、私が守らなくてはいけなかったのに守れなかった家族の写真ばかりを見ていました。娘たち、幼い息子、妻。しかしその次のページに、別のものがあったのです」

ここで顔を上げ、真剣な目で聴衆を見回した。

「そこに私自身が見えました。私はすっかり忘れていたのです。私もそこにいたことを。私もその写真アルバムのなかにいることを忘れていました。私もその家族の一員だったことを忘れていた。かつては、その男のことも愛していたのに、それを忘れていたのです」フランクが背後のイーゼルに立てた自分の一家の写真をめくると、フランク自身のクローズアップ写真が現れた。「それは、今日ずっとお話ししてきた、拠《よ》りどころとなるようなできごとの一つでした。いつかまたきっと訪れる悲しみに備え、瓶に詰めて保存しておきたくなるような、前向きな予感があふれ出すような瞬間でした」

聴衆が共感をこめてうなずく。

「深い悲しみは、借金取りに似ています。いつだって最悪のタイミングでやってきて、こちらが支払える額よりもほんの少しだけ多い額を回収していく。誰か大切な人を失った経験がある人なら、今日、ここでお話ししてきたことは事実だとおわかりでしょう。まだ経験がないとしても、残念ながら、そういう日はいつかかならず訪れます。心理学の本は、悲嘆には五つの段階があると説きます。否認。怒り。取引。抑鬱。受容」フランクは会場に視線をめぐらせ、首を振った。「そういった書物は間違っています。悲嘆の段階にはたった一つしかありません。ウィリアム・シェイクスピアにこんな名言があります。〝この世はすべて一つの舞台〟私ならこう言い換えます。〝この世はすべて悲しみの舞台〟では、どうすれば台本を覚え直せるでしょう。どうすれば、また舞台に上ってお芝居ができるでしょう」フランクはここで間を置いて聴衆を見つめた。その答えをまさに口にしようとしているのだと思って俺は待った。「それを次回のセミナーで一緒に考えましょう」

スタンディングオベーションのなか、フランクはステージを下り、白髪が密集した頭頂部を掌でなでると、会場の真ん中を歩いて出口に向かった。

講演の結びがあれか——俺は信じがたい思いで見送った。

冗談ではなく、これでは夜勤と変わらない。初めての客に格安で売り、客がそれなしにいられなくなったところで値段を吊り上げる売人を見るのと変わらない。

ナオミと俺はフランクのあとを追って会場を出た。フランクは冊子やチラシ、販促資料が山と積まれたサイン用の大きなテーブルについたところだった。俺たちが一番乗りだったが、すぐに背後のイベントスペースからほかの人々が洪水のようにあふれ出てきた。

俺はテーブルに近づいた。「感動的なお話でした」

フランクは思案げな顔をした。まるで想定外の感想を言われたとでもいうようだった。

「ありがとう」しばしの間のあと、そう応じた。「どなたかを亡くされたばかりですか」

「ええ、つい最近」

「途中から参加した方ですね」フランクは言った。「いや、遅刻を責めようというつもりではありませんよ。しかし、話についていけないところもあったのではないかと。四週間のサバイバル・セミナーのコースを受けていただくと、何か得るものがあると思いますよ」フランクは俺たちの背後にちらりと目をやり、見る間に長くなっていく列を見た。「セミナーでは、私の経験をお話しするだけでなく、お二人がご自分の経験を話す時間も用意しています。ベテランのサバイバーの経験談を聞く機会もあります」

「あなたはどんな経験をされたんですか」俺は言った。

「すでによくご存じなのでは、刑事さん」フランクは微笑んだ。「ごらんのとおり、あと二時間くらいは手が離せませんが、今日の夕方以降なら時間を取れると思います。それまで待っていただけるなら、喜んでお話ししますが」

「申し訳ない。そんなつもりは――」

フランクは首を振った。「講演に関心を持ってくださって光栄です。それに、単なるセールストークではありません。セミナーから得るものは多いと思います――警察の方はとくに」

「参考までに、セミナーの参加費はおいくらくらいですか」ナオミが尋ねた。

「多様なプランを用意しています。あらゆる収入レベルに対応できるように。助けが必要なら、参加していただけるよう融通をきかせますよ」

「わたしたちが来ると、ケヴィン・ブレークから連絡があったんですか」

「ケヴィン？　いいえ。あなた方はいかにも警察の人に見えるというだけですよ。ミセス……？」

「ブラック巡査です」ナオミは微笑んだ。

俺は後ろを振り返った。列はさらに伸びようとしていた。「あとでまたうかがいます。ご自宅でもどこでも、ご都合のいい場所に」

「では私の自宅に」フランクは立ち上がり、俺と握手を交わしたが、ナオミのことは無視した。俺は差し出された名刺を受け取り、ナオミとともに列を離れた。

7

「本当に話をする気があるんだと思います？」車に戻ろうとしたところでナオミが訊いた。

「俺たちを追い払う口実だったとは思わないな。夕方から用事があるなら、俺が一人で行ってもいいよ」そううまくはいかないだろう。しかし、捜査を放り出してこの街を出ていくなら、どこかの時点でナオミを振り切らなくてはならない。

「一人のほうがいいってこと？」一拍あって、ナオミが訊いた。

どうしても選べと言われたら、サティと組むほうがましだ。俺とサティの役割に関して、パーズ警視はつねに明快だった。一人は棺桶《かんおけ》をかつぎ、もう一人は責任を引き受ける。どっちがどっちをやろうが、パーズは関知しない。しかしナオミの場合、彼女の役割が俺にはわからない。彼女が何を持っているのかわからない。オリーブの枝かもしれないし、盗聴器かもしれない。

だが、フランク・ムーアがナオミの質問にいらだってむきになるか、試してみたいとも思う。

「本筋からはずれないかぎり、それぞれ別のアングルから調べを進めるほうが賢いかもしれない」俺は言った。「二人一緒に動き回る意味がどこまであるのか……」

ナオミはしばらく黙っていた。「警視が言ってた件、どう思いました？　ほら、病院の事件の本当の標的はあなただったかもしれないって言ってましたよね」

「え、何だって？」

ナオミは後ろめたそうな顔をした。その話を聞いていたと認めてはまずかったというように。「ウィックが殺されたあと、屋上でパーズ警視と話したとき、その可能性も調べてみるようにって言ってました。まだ調べていないのはそのアングルだけだって気が――」

「警視も本気で心配しているわけじゃないと思う」俺は言った。ナオミは黙っていた。

「ほかに何か気になることがあるなら訊けよ」

俺に関して訊きたいことなら山ほどあるだろう。俺の名前がくっついた悪辣《あくらつ》な落書きを数え切れないほど目にしてきたはずだ。そうやって直球で言えば、ナオミも引き下がってくれるのではないかと俺は期待した。

が、そううまくはいかなかった。

「あなたを消したがってるのはあなたの古い友達だとパーズは言ってました。その友達というのは誰ですか」

「あれは言葉のあやってやつだろう」俺は言った。ありがたいことに、車はもうすぐそこだった。「パーズの想像の産物だよ」

「わたしは信用できないと思っているんですね」

ナオミの視線を感じたが、俺は顔を上げないまま車のドアを開けた。「信用すべきか？」

ナオミは答えなかった。それぞれ車に乗りこんだあとも、ナオミが考え続けているのが目に見えるようだった。同じ問題を別の視点から検討しようと試みているのがわかる。やがてナオミはケヴィン・ブレークの本に視線を向けた。さっき別れ際に渡されたものだった。

本を俺に差し出す。「そういえば、これはどうぞ。わたしは日曜にペーパーバック版を買いましたから」

「おもしろかったか」

「警視の言うとおり、大した作家じゃなさそうです。類語辞書を片手に警察の捜査報告書を書き直したみたいな文章なの。途中でやめちゃいました……」

「『夢遊病犯《スリープウオーカー》』」俺は表紙のタイトルを読み上げた。「副題は『目を覚ました獣』か」本をダッシュボードに置いた。「タイトルを最後まで読むのがせいいっぱいだな」

「でも、本好きなんでしょう……」そう言われてナオミを見ると、ナオミは肩をすくめた。「……ほら、あなたの部屋。本がたくさん並んでた」

「あれか。防音材より安上がりだから」俺は話題を変えた。「署に戻ったら、ジェームズ警部のチームと交渉して、聖マリア病院の監視カメラの映像を見せてもらってくれないか。この事件を解決するにはそれが一番手っ取り早そうだ」

ナオミは俺を見ただけで黙っていた。

「すべて見るには何日かかるかもしれないが、もし頼めるなら……」

「やります」

「それと、ブレークとムーアの事情聴取を報告書にまとめてもらえると助かる。まあ、ジェームズ警部のチームもすぐに追いついてくるだろうが」

ナオミはうなずいた。

そういう仕事をナオミに一任したからといってパーズから文句は出ないだろうし、その間《かん》、俺は自由に動き回れるだろう。本来の標的は俺だった可能性をナオミに深追いしてもらいたくなかった。どんな答えが出るにしろ、その可能性を追っていって見つかるのは、俺にとってもナオミにとってもありがたくないもののはずだ。

そのとき、車載の無線機がかりかりと音を立てた。俺より先にナオミが無線機をつかんだ。

「ブラック巡査です、どうぞ」

緑色のトラックスーツの女の目撃情報が入ったと女性通信指令員が告げ、ナオミの目に光が戻った。エンジンをかけ、サイレンを鳴らし、Ｕターンをする。俺がどれだけ抵抗を試みようと、俺たちは着実に前進を続けていた。

8

聖マリア病院で盗まれたフィアットがローワーオーモンド・ストリートの駐車場で発見された。市内でも富裕層の多い地域で、アートセンターがあり、通りの左右に赤煉瓦《あかれんが》のアパートメントがそびえている。車は放火されていた。俺が病院で見た女は、一度も停止を命じられないまま二十四時間以上車を乗り回していたことになる。

見た目から想像するほどにはドラッグのせいで分別を失ってはいないようだ。

俺たちが到着したときにはもう消防隊が炎を鎮圧しようとしていた。炎は、指紋を拭《ぬぐ》い去るのに効率のよい道具だ。

「そうそう」通報した目撃者は言った。「緑のトラックスーツ。あの車には不似合いな格好だった。ちょっと目を離してまた車のほうを見たら、煙が上がっていて」

「何か持っていませんでしたか」ナオミが訊いた。

目撃者の女性は目を閉じた。「バックパックみたいなもの――薄い色で、すごく汚れていました。ひょっとして、ニュースでやってた人？」

「ええ、似ています」ナオミはメモを取った。「そのあとどちらに行ったか見ましたか」

「子供たちを避難させるのに気を取られてて。ごめんなさい」

俺たちは通りを渡り、消防隊が消防道具を片づける様子を眺めた。

「利口ね」ナオミが悔しげにつぶやいた。

一瞬の間が空いた。どうやら俺が何か言うのを待っていたようだが、俺は撤収を始めた消防隊を黙って眺めた。

「さて、どうしますか。その辺をちょっと捜してみます？」

俺に振り切られて市警本部に厄介払いされないよう、先回りしているらしい。

「捜すといっても、どこから手をつける？」俺は言った。「二分も歩けば街で一番混雑した通りに出る。しかも一日で一番人通りが多い時間帯だろう。北に行けば駅。そこからどこにでも行かれるわけだ。南に行けば、まぎれこめそうな大学が二つもある。制服警官に聞き込みを頼んでもいいが、どっちに逃げたかさえわかるかどうか」

「せめてあと五分早く来ていれば……」

「まあ、しかたないさ」

「わかりました」ナオミは平板な声で言った。「この事件に興味がないんですね」

俺はフィアットのほうに歩き出した。

「まったく興味がない。そうでしょ？」

「興味がある奴なんかいるのか」俺は前を向いたまま言った。

「今朝売店に並んでた新聞は？　記者会見に集まった大勢の記者は？」

「奴らは焼き殺された殺人鬼に関心があるだけさ。真実になんか興味はない」

「だとすると、わたしたちは無駄に頑張ってるってことですね」ナオミが追いついてきて隣に並んだ。「パーズ警視は、銃器部隊よりも先に彼女を見つけろと言っていました。それはどうして？」

「わたしが知りたいのは、あなたがどう思ってるか」

「今朝のチェースの会見をちゃんと聞いてたなら、考えるまでもないだろう」

「連中は、レニックを殺したのはあの女だと思っている」俺はナオミのほうを向いて答えた。「だから連中は、あの女を見つけたら射殺するに決まっている。たとえ街のど真ん中であろうと」

「そうなってもかまわないわけ？」

「俺は前にもここに来たことがある。それだけだ」

「その〝ここ〟というのは？」

「最初から負けが決まっている側だよ、ブラック巡査。ようこそこちら側へ。たとえ俺たちのほうが先にあの女を見つけて留置場に放りこんだとしても、そこで連中に殺されるだけのことだ。そういう奴らなんだよ」

「その〝連中〟というのは誰を指すんですか」

俺は答えずに車のほうに歩き出した。

「あなたは潜入捜査をしたんですよね」ナオミが言った。

俺は立ち止まった。

ナオミは俺の背中に向かって話し続けた。「警察官の汚職の証拠をつかむためだったと聞きました」

俺は黙っていた。

「じゃあ……証拠を見つけたんですね」

車のガラスに俺の姿が映っていた。「至るところに」

ナオミはしばし黙りこんだ。

「わかりました」やがてまた声が聞こえた。「それが〝連中〟なんですね。だけど、わたしが知りたいのはあなたの考えです。彼女が〝連中〟に先に見つかって射殺されてもいいんですか。若い女性が一人死んで、良心は痛みませんか」

「一人増えたところでいまさら何も変わらない」俺は言い、ドアを開けて車に乗りこんだ。

ナオミのほうを見ると、彼女はかすかに眉《まゆ》をひそめ、まっすぐ前を凝視していた。見覚えのない通りを見るような目。迷子になったかのような。やがて車に乗りこんできたナオミと、俺は目を合わせなかった。ナオミは無言でエンジンをかけた。サイドミラーに俺が映っていた。それを見ていたくなくて、俺はシートにもたれた。

9

車で市警本部に向かうあいだ、二人とも口を開かなかった。俺はブラック巡査を早く振り切りたくてしかたがなかった。ジェームズ警部率いる捜査チームとの調整という退屈な仕事を押しつけてナオミを追い払ってしまいたい。俺たちがパートナーを組んで最初の数時間は、好調な滑り出しとはほど遠かった。俺の斜に構えた態度と無気力がその元凶であることはわかっている。それでも、この状況で俺の性格が変わるとは思えない。ナオミはといえば、俺に対するいらだちを荒っぽい運転で発散し、ときおりほかのドライバーに悪態を飛ばしたりした。

「何やってんのよ、へたくそ」すぐ前に割りこんできた男性ドライバーに向かって吐き捨てる。

その車がブレーキを踏むと、ナオミは険悪な視線をねじこんで裏Vサインを作り、挑発するように前の車のほうに突きつけた。前の車は速度を上げて走り去った。

やがて車は市警本部の前を通り過ぎた。俺はナオミを見た。

「どこへ行く気だ、ブラック巡査」

「実は――」

俺の胸ポケットで携帯電話が振動した。「悪い、ちょっと待ってくれ」俺は上着のポケットから電話を出して応答した。

「エイダン・ウェイツ？」

女性の声だった。俺の名前を奇妙な抑揚で発音した。そこでじっとしていろと指示を発するようだった。

「エイダン・ウェイツの電話番号ですか」

「そうですが」俺は応じた。

女性は何か言いかけたが、電話はふいに切れた。画面を確かめると、発信者番号は非通知だった。どことなく聞き覚えのある声のように思ったが、誰だか思い出せない。ナオミと何をどこまで話していたか、しばらく考えてようやく思い出した。

思いがけない進路変更。

「どこに行くつもりだ？」俺はナオミに向き直った。

ナオミは進行方向にうなずいた。「もうすぐそこです」

車は市警本部からほど近いニュートンヒース地区の脇道《わきみち》に入った。ナオミは窓から身を乗り出し、薄汚れた蛍光ジャケットを着た警察官に身分証を提示した。警察官がどうぞと合図をし、ナオミは車を進めた。すぐ先に使われていない倉庫のような巨大な建物があった。〈コールリッジ・アンド・ホワイト〉と書かれた看板がある。殺人犯が死体を捨てに来そうな場所だなとふと思った。きっと新たな事件の現場なのだろうと思った。しかし車のエンジンが止まると、代わりに銃声が聞こえてきた。

「まさか、射撃練習場で事情聴取すると銃器部隊に申し入れたのか？」

「いいえ」

「しかし、あれは銃声だろうが、ナオミ」

「ええ。でもわたしたちが来ることは先方は知りませんから」ナオミは車のドアを開けた。「行きましょう」

俺はその日の朝、隣室の新しい住人に訊かれたことを思い出していた。〝きみたち、どっちが上官なんだい？〟

銃器部隊は、市内外に複数の訓練場を持っている。これはそのうちの一つなのだろう。

「ルイーザ・ヤンコフスキー」建物のほうに歩きながらナオミが言った。聖マリア病院でマーティン・ウィックの写真が撮影された朝、当直だったと思われる銃器部隊員だ。

「彼女の不意を突けるかと思って」

「アサルトライフルを携帯してる相手を驚かすのは得策ではないように思うが」

ナオミはウィンクをした。「こうして人間の盾を連れてきたのは、だからです」

俺が笑う暇もなく、建物の入口に配置された銃器部隊員がこちらに一歩踏み出した。もじゃもじゃしたヒップスター風のひげが顎から頬へと這《は》い上っている。俺は一目見てこいつは好きになれないと断定した。

「ブラック巡査です」ナオミが身分証を掲げた。「こちらはウェイツ巡査部長。部隊員の一人に話を聞きに来ました」

「悪いな、おねえさん」十歳の子供に言い聞かせるような調子だった。「生死に関わる急用でもないかぎり、練習中は取り次げない」

「わたしたち、ついてるみたい」ナオミは言った。「生死の後半のほうに関わる急用ですから」

「誰が死んだ件だ？」隊員は俺たちの顔を見比べるようにしてにやりとした。「ここじゃ死人が多すぎてね」

「その話はなかでゆっくりしたいですね」ナオミは言った。「でも、真新しい死体が必要なら……」

　隊員が険悪な表情をし、俺は割って入った。「張り番が退屈なのはわかるよ、巡査。だが、俺たちは世間話をしに来たんじゃない。日曜の朝早く、きみたちの同僚の一人が喉《のど》に換気口を新設された事件の捜査で来た」

「レニックか」陰気な声だった。俺はうなずいた。「もうちょっと言いようってもんがあるんじゃないですか」

「悪かったな、おにいさん」

隊員は俺をにらみつけた。俺は銃を持った相手が聞きたがっているとおりのことを言えたためしがない。

「どうぞ」隊員は吐き捨てるように言った。「うちの隊が先に犯人を見つけることを祈るね」

ナオミが俺の顔を見て片方の眉を吊り上げた。ナオミのなかで俺の格付けに変動があったことは察しがついたが、格が上がったのか下がったのかはわからなかった。

10

案内された先は、仕切りのないだだっ広い空間だった。壁は高さ二メートルくらいまではコンクリートブロック、そこから上は薄い金属板でできている。製造業が壊滅的な打撃を食らったあとの思いがけぬ恩恵の一つは、射撃練習場にうってつけの物件がいくらでも空いていることだろう。

銃声は、まさに耳を聾《ろう》するようだった。

六名の隊員がこちらに背を向けて一列に並び、十五メートルほど先の的に弾丸を撃ちこんでいた。その後ろに立った上官が俺たちに気づいて眉間《みけん》に皺《しわ》を寄せ、イヤーマフをはずした。入口で張り番をしていた隊員と言葉を交わし、俺たちを見て、うなずいた。六名の隊員は一人、また一人と射撃を中断して振り返った。ただ一人、女性の銃器部隊員だけが射撃を続けた。

ルイーザ・ヤンコフスキー。

彼女だけが的に銃弾を浴びせ続けた。弾をこめ直し、撃つ。それを延々と繰り返す。どれほど反撃しても迫ってくる敵軍を食い止めようとしているかのようだった。やがてほかの隊員の視線が自分に集まっていることに気づき、銃を下ろして振り向いた。ほんの一瞬、逃走の衝動がその目をよぎったように見えた。そうとはわからないくらい小さく後ずさりしたようにも見えた。だが、メリットとデメリットを天秤《てんびん》にかけたあと、イヤーマフをはずしてこちらに来た。

　この顔なら見覚えがある。

　ウィックの病室に張りついていたあいだ、入退室の手続きで何度か顔を合わせてはいたものの、打ち解けた話をする理由はどちらにもなかった。ヤンコフスキーはたしかポーランド系移民の二世か三世だ。独特の骨格、発光しているような肌、真っ白な歯並び。マンチェスターの遺伝子プールの上層にはまず浮かび上がってこない種類の特徴だ。筋肉質で、背が高かった。俺とだいたい同じ背丈だろう。近くに来たところでよく見ると、息が上がってうっすら汗をかいていた。

　その状態で銃を携えていると、怖いもの知らずの勇者のようだ。

「ルイーザ」隊の上官が言った。「こちらの二人が話したいそうだ」

「ウェイツ」病院で見知った顔だと気づいたのだろう、ヤンコフスキーが言った。「何の用？」

「よかったら外で話しませんか」ナオミが言った。

「銃を持ってくる必要はないよ」俺は付け加えた。

建物を出るとき、ほかの隊員がさりげなく目配せを交わしていた。ヤンコフスキーは先頭に立ってどんどん歩いて行く。真っ向勝負が楽しみでならないといった風だった。外に出ると、俺たちが乗ってきた車の向こう側に悠然と回り、車をボディアーマーにするかのようにルーフにもたれた。その時々でもっとも有利な位置を確保するよう徹底して叩きこまれているのだ。このあとの会話も向こうの有利に運ぶのだろうか。

「これってレニックの件？」ヤンコフスキーが言った。

「彼のことは本当にお気の毒です、ルイーザ」

「こんなの時間の無駄だと思うけど」

「事件が起きたとき、俺は現場に居合わせた」俺は共通の出発点を探そうとした。「レニックはいい奴だったな」人柄まで知っているわけではなかったが、あながち間違いでもないはずだ。死んだ直後の一定期間は誰もが悪評から守られる。

「何があって彼が死ぬことに？」

「俺にもわからない」俺はありのままを答えた。

「それを突き止めたいんです」ナオミが言った。「レニック巡査とは親しい間柄でしたか」

「親しい間柄？」ヤンコフスキーが訊き返す。「男と女の隊員について使うと、よけいな意味が加わりそうなフレーズよね。あなたたちはどうなの？　親しい間柄？」

「いいえ」ナオミは答えた。思いのほか断定的な口調だった。

ヤンコフスキーは小さく笑ってうなずき、車のルーフに映った自分を見つめた。「レニーとは友達だった。今日も朝からずっと、彼がひょっこり入ってくるんじゃないかと思って、入口のほうばかり見てた……」

「ずいぶんと熱が入っていましたね、演習に」ナオミが言った。

「イメージトレーニングよ。レニーを殺した女だと思って撃ってた。ところでその後どうなったの。目撃情報が入ったって話だったけど」

「彼女が犯人と断定されたわけではありません」ナオミは援護射撃を求めるような目を俺に向けた。

「どういうこと？」

「マーティン・ウィックの件もからんで、いろいろとややこしくてね」俺は言った。

「俺たちはレニックの件とマーティン・ウィック殺害事件の両方を捜査している」

ヤンコフスキーは鼻を鳴らした。

「何か言いたいことでも？」ナオミが訊く。

「だって、レニーの扱いとしてひどすぎない？　ウィックとひとまとめにされるなんて。きっとこの先もずっと一緒にされるんでしょうよ。許せない」ヤンコフスキーは握り締めていた拳《こぶし》を開いた。「ウィックが殺されたからって、どうして捜査が複雑になるわけ」

ナオミが期待の目を俺に向けた。俺はしかたなく答えた。「ウィックが殺されて、犯人の動機がわからなくなった」

「動機？　報復以外に何があるのよ。世の中の全員がウィックを憎んでた。私たちが病院に配置されたそもそもの理由がそれでしょうに」

「隠れた動機がほかにあるかもしれないし、十二年前の事件に関して未解決の疑問があるのかもしれない」俺は可能性をもう一つ挙げた。「あのとき現場にいた警察官の誰かが真の標的だった可能性もある」

ナオミの視線が一瞬だけ俺に向いたのがわかった。

ヤンコフスキーは俺の言ったことを少し考えてから、鋭い視線をこちらに向けた。

「で、私に訊きたいことって何」

ナオミがポケットから手帳を取り出した。「事件の数週間前からウィック警護の任務に就いていたんですよね。何か不審なことを見聞きしませんでしたか」

「何もなかったわよ」ヤンコフスキーは答えた。「何かあれば報告してる。あの女は――トラックスーツの女は何週間も前から病院をうろうろしてたってこと？」

「入退室者の身体検査についてはどうでしたか」ナオミはヤンコフスキーの質問に答えずに言った。「規則を厳格に適用したと断言できますか」

「それ、どういう質問よ」

ナオミは動じない声で続けた。「入退室時の規則が守られていたかどうかを知りたいだけです」

「ちゃんとやってたわよ」ヤンコフスキーは答えた。「規則には意味があるから。私はね、眠ってたって身体検査くらいできるのよ、ブラック巡査。あなたはどう？　この話、レニーが刺された事件と何の関係があるの？　私はそのとき現場にいなかったのに」

「ではどこにいたか、参考までに教えていただけますか」

ヤンコフスキーは歯を食いしばった。「任務中だったわよ」

「昨日の『メール』は見ましたか」

ヤンコフスキーは首を振ったが、まさか見ていないわけがない。昨日の最大のニュースだったうえに、個人的にも関係のある話題だ。俺はそれまで以上に入念にヤンコフスキーの表情をうかがった。

ナオミは運転席側のドアを開け、日曜の新聞を取って、ウィックの写真が表になるようにしてルーフに置いた。

「この写真の撮影時、当直はあなただったとする根拠があります」

ルーフにもたれていたヤンコフスキーは体を起こした。「ちょっと待ってよ。朝食の時間帯に当直だったのは私一人じゃないわよ」

「この写真のようにウィックがコーンフレークを食べた日、当直だったのはあなただけでした」

俺は口をはさんだ。「レニックが刺されたとき、俺が応援を呼んだが、電話をかけるまでに少し時間がかかった。病室に入る前に携帯電話を預けていたから」

「つまり、レニックは規則を守ったわけです」ナオミが言った。「この写真が撮影されたときの当直は、規則を守らなかったようですけど」

「その理屈はどうかと思うわね」ヤンコフスキーが言う。

「ほかの理屈があるようには思えません」ナオミが切り返す。

ヤンコフスキーは首を振って俺を見た。「ねえ、勤務態度についてとやかく言う資格が自分たちにあると思う？　あなたの上官は何て名前だったかしら」

「サトクリフ」

「そう、サトクリフ。あの人、子供を殺した犯人と朝から晩まで大声で笑い合ってたのよ。恥ずかしいと思わないのかしらね」

「いまサティは顔を真っ赤にしている。それで納得できるなら」俺がサティの大火傷《おおやけど》を冗談のネタにしたことにヤンコフスキーはあきれたようだったが、この点はどうしても強調しておかなくてはならないと俺は思った。「俺とサティはもともといがみ合っていた。だから、仮にサティが犯人だという証拠が出てきたら、俺が率先してベッドにくくりつけて逃げられないようにするさ。ただ、公表されていない事実が一つある。ウィックの信頼を勝ち取ることもサティの任務のうちだったんだ。被害者の一人、リジー・ムーアの遺体が埋められている場所をウィックから聞き出すために」ヤンコフスキーの表情が微妙に変化したように見えた。「きみの目に映ったとおりのことだけが起きていたとはかぎらない」

ヤンコフスキーは新聞に目を落とした。「そうだとしても、これは私と関係ないわよ」

「入室簿によれば、サトクリフ警部補とウェイツ巡査部長はちょうど交代のタイミングでした」ナオミが言った。「当時、病室にはその二人のどちらもいなかったんです。記録の上では、医師や看護師も入室していなかった。わたしの勘違いかもしれませんけど、規則では、看護助手がウィックの食事を運ぶとき、あなたが付き添うことになっていたはずです」ヤンコフスキーがうなずく。「その規則に従いましたか」

「厳密に従ったわ」

「とすると、病棟のあの一角にいたのはあなた一人だったわけですね」ナオミが続けた。「なのに、ふだんと違うものは何も見聞きしていないんですか」

「何度も同じことを訊かないでくれる？　日曜に事件が起きたとき、この人が現場にいたわけよね」ヤンコフスキーは俺に顎をしゃくった。「この人はふだんと違うものを何か見聞きした？」

俺はうなずいた。「銃器部隊員の喉が切り裂かれていた。保護拘置下にあった受刑者が焼き殺された」

「どうやら私は弁護士の同席を要求したほうがいいみたいね」

「俺たちは先入観を持たないようにしている」俺は言った。「ただ、ウィックを殺した人物にウィックの居場所を伝えた人間、どのような警備体制が敷かれているか、どうすれば病室に入れるかを教えた人間がいたのは確かだ。つまり、内部の事情に通じた協力者がいた。ジェームズ警部も全員を調べるだろうと思うね」

「あなたの上官は除いて」

「サティはいま、あまり目に優しい状態にはない」俺は言った。「それどころか、治療のために昏睡状態に置かれていて、話すことさえできない。言っておくが、サティが目を覚まして最初に見るのは俺の顔だ。目を覚ますことがあればだが」

それを聞いて、ヤンコフスキーはうなずいた。俺たちがここに来た目的は、サティから疑いの目をそらすためではないとようやく納得したようだった。

「話は終わり？」

「今日のところは」ナオミが答えた。

「何か思い出したら連絡してくれ」俺は名刺を渡した。ヤンコフスキーは、ブラックジャックのディーラーがカードでやるように、名刺を指の背で転がした。「俺たちの目的は真実を突き止めること、それだけだ」事情聴取は上首尾に運んだとは言えない。最後くらいは前向きに終わりたかった。

俺に災いあれと唱える、訓練を積んだ殺人者がいま以上に増えては困る。

ヤンコフスキーは車の向こうからこちらに来て、そのまま練習場に戻っていった。ナオミと俺がそれを目で追って振り返ると、入口に銃を抱えた隊員が何人か出てきていた。彼らは二手に分かれてヤンコフスキーを通したあと、また一列に並んだ。視線は俺たちに注がれていた。

ヤンコフスキーは信頼されていない。だが、俺たちは軽蔑《けいべつ》されている。五丁のアサルトライフルの銃口が、こちらに向くともなく向けられていた。

ナオミが俺を振り返った。「最終的に目を覚ましてくれて助かりました」

「きみが言い出した事情聴取だからね。それに、俺が口を出すまでもなくうまくやっていた」

「でも、相棒が他人事《ひとごと》みたいに傍観するつもりでいるとは思っていませんでした。彼女、嘘をついてるんだと思います？」

「たぶん。嘘が最新の流行のようだから」

車に乗りこむと、ナオミは話題を変えた。「彼女を外に連れ出したとき、ほかの隊員が目配せしてましたね」

ナオミが気づかずにいてくれるといいと俺が思ったことの一つがそれだった。

「やっぱりって思ったのかなと」

「まあ、どうとでも解釈できるさ。同僚に疑われながら仕事をするのは楽じゃない」ナオミが俺を見た。俺が自分の話をしていると思ったのだろう。俺が何を疑われていると思っているかは考えるまでもない。

「このあと、彼女は隊にいづらくなると思います？」

「彼女がどうなろうと知ったことじゃない。ただ、これをきっかけに新たな友人はできにくくなるだろうが」

ナオミはエンジンをかけた。俺は無線機の音量を下げてラジオのスイッチを入れた。俺たちのあいだでふくらんでいく沈黙を何かで埋めたかった。俺は不安だった。捜査のそこそこ順調な進み具合が。俺たちの目の前で誰もが姿を変えていくように思えることが。これ以上わざともたもたやっていたら、ナオミに疑念を抱かれるだろう。

ナオミは頭がいい。嘘はきっと見破られる。それに、パーズ警視とどこまで通じているのかわからないが、少なくともつながりがある以上、小細工には限界がある。

俺がこのまま捜査の傍観者でいるようなら、ナオミは配置換えを希望するだろう。だが、俺の本当の望みはそれなのか。いくつもの疑問が俺の頭を悩ませ始めていた。どうすれば銃を携帯した警察官を刺せる距離まで接近できる？　放っておいてもあと数日で死ぬ男をわざわざ殺したのはなぜだ？

予定外の事情聴取を経て、俺が確信を持って言えるのは、いつまでものらりくらりとやっていては自分の身が危ないということだ。ナオミなら、犯人を捕まえかねない。俺の尻尾《しっぽ》をつかみかねない。

電話を確かめると、番号非通知の不在着信が一件あった。

誰かが俺をつかまえようとしている。

11

夜遅い時間にもかかわらず、話をしているあいだ、フランク・ムーアは一瞬たりとも俺たちから視線をそらさず、彼を見上げ続けたこっちは首が痛くなった。興味深いことに、旧世代に属するケヴィン・ブレークはとくに構えることなく女性刑事と話をしたのに、ブレークよりはるかに若いフランク・ムーアはうまく対処できないらしかった。ナオミが何か言うと、それを注意深く聞いてから、俺に顔を向けて答える。ナオミが女だからというより、軍隊経験ゆえに、ナオミより明らかに階級が上の俺と話そうとしていたのかもしれないが。何にせよ、何かというと〝責任者と話させてくれ〟と言い出すタイプだろう。

ナオミと俺の実情を知っていたら、反応はまた違っていたかもしれない。

ナオミをモニターの前に座らせて監視カメラ映像の点検をまかせたあと、俺は一人で市警本部を出ようと画策した。しかし駐車場に下りていくと、ナオミが先にいて待ちかまえていた。俺はそれで当然という顔で何も言わずに車に乗りこんだ。車がフランク・ムーアの自宅に向けて走るあいだ、いまはもうお決まりとなった沈黙が続いた。無線機の雑音だけがＢＧＭだった。フランク・ムーアはマンチェスターの南、ヒートンマージーにある左右対称の造りの赤煉瓦の新築一軒家に住んでいた。玄関で出迎えたムーアは、俺たちをなかに案内する前に立ち止まった。

「家族はみな靴を脱いで入るんですよ」

ムーアの案内で奥へ進む。壁に家族の写真が飾られていた。家全体の印象と同じように、写真の額も整然と並んでいた。どの写真にもフランク・ムーアが写っていて、左右対称の控えめな笑みをこちらに向けていることに気づかなかったら、商用のストック写真かと思うようなものばかりだ。額を買ったとき入っていたのをそのまま飾っているかのような。いずれにもフランクと、再婚した妻、そのあいだに生まれた三人の子供がさまざまな配置で写っていた。住宅ローンのパンフレットの家族写真のように芝居がかっていた。

案内されたリビングルームは思ったとおり整頓《せいとん》が行き届いていて、座っていいのかどうか、俺はためらった。二脚あるソファはどちらも不透明なビニールの保護シートで覆《おお》われている。ナオミを見ると、彼女も同じ理由で躊躇《ちゅうちょ》しているようだった。結局、二人とも装飾用の暖炉のそばにぎこちなく立ったままでいた。壁際に造りつけの大きな本棚があり、何冊か本が並んでいた。どれも自己啓発系の本で、それを見てふと思った。俺は自己啓発本を一冊も読んだことがない。俺の問題はそれかもしれない。

本棚を埋めているのは主に、子供たちの写真を収めた額だった。一人で写っているもの、二人や三人で写っているもの、家族五人がそろっているもの。最初の子供たちを殺されて失ったことを思えば、こうして家族を大切にするのは当然だろう。

「ミスター・ムーア」ナオミが口火を切った。「マーティン・ウィックについて、いくつかお尋ねしたいことがあります」

「どうぞ」ムーアは、俺に話しかけられたかのようにこちらを見た。「ウィックをよく知っていたわけではありませんがね」

「知っていたと本当に言える人はいないようです」俺は言った。「ウィックの人生の頂点はブライアーズグリーン一一番地の事件でした。それ以前もそれ以降も、注目に値するできごとはほとんど起きていません」

ムーアは陰鬱な顔をした。「私にとってもひじょうに大きなできごとでした」

「そうでしょうね」ナオミが後を引き継いだ。「マーティン・ウィックと直接会ったり話したりしたことはありましたか」

ムーアは首を振った。「法廷で顔は見ましたが、何を考えているのかさっぱりわからなかったな」

そのときマーティン・ウィックとフランク・ムーアがにらめっこを始めたとしたら、きっといまも法廷でにらみ合っているに違いない。

「マーティン・ウィックは冤罪《えんざい》ではという疑いを持ったことは」ナオミが訊いた。

ムーアは眉をひそめた。「疑う理由がないでしょう」

「でも、本人は事件当夜に何があったか、一度もきちんと説明できませんでした」

「それは当然でしょう」ムーアはまた俺を見た。俺にならわかってもらえるはずだとでもいうようだった。「話せば話すほど、自分の首を絞める結果になったはずですから」

「たしかに」ナオミが言った。自分に注意を向けさせようとしている。「ウィックが死んだと聞いて、どう思いましたか」

ムーアはわずかにうつむき、人さし指で髪の白い部分にそっと触れた。本当はその指をナオミの目に突き立てたいのではないかと俺は思った。しかしムーアはそうはせず、口もとに笑みを浮かべた。

「感想らしい感想は持ちませんでしたね」

「喜ばしい知らせだとは思いませんでしたか」ムーアの目が険しくなったが、ナオミはかまわず続けた。「これまで話を聞いた人はみんな、できることなら自分の手で殺してやりたかったと言わんばかりでした」

「刑事というのは実にいやなお仕事ですね」ムーアは初めてナオミに向かって答えた。

「今日、あなたも見たでしょう。私の仕事は、悲しみに溺《おぼ》れかけている人を救うことです。もちろん、私一人で引き上げるのは無理ですよ。しかし、手を差し伸べるくらいはできる。マーティン・ウィックもきっと悲しみの海で漂流していたのではないか——いつもそんな風に思っていました。助けを求められていたら、そのほうが互いのためになったかもしれない」

「だが、ウィックは助けを求めなかった」俺は言った。

「ええ。残念ながら」

「的外れな意見かもしれませんが、あなたのカウンセリングは、まったく別の種類の悲しみを抱えた人に向けたものに思えます」

「有料セミナーのことをおっしゃっているなら、弁解はしませんよ。私はセミナーで生計を立てていますが、それはおまけのようなものです。有料セミナーがありがたいのは、危機的状況にある人々を救う原資になるからです」

「危機的状況にある人々とは？」

「私たちの支援が必要で、しかも経済的な余裕がない人たちです。夫を亡くした母親。薬物乱用の問題を抱えている人。路上生活者。次のマーティン・ウィックが限界点を超えるのを未然に防ぎたい。警察官と面談したことも何度かありますよ」

「ケヴィン・ブレークがあなたのセッションに参加したことはありますか」

ムーアは首を振った。「ケヴィンはあなたと同じタイプですから」

「というと？」

「内側にためこむタイプ。気を悪くしたらすみません。でも、だいたいわかるんですよ。

ただ、マーティン・ウィックの判決が出た直後にケヴィンが警察を辞めたのは、注目に値する事実だと思います」

「それはどういう意味で？」

「あの事件の重大さを裏づけているという意味で。まあ、裏づけなどいまさら必要ありませんが。ウィックは私の家族を壊しただけじゃない。彼と接触した全員を壊したんです。ケヴィンはうまく対処したと思いますよ」

「ケヴィン・ブレークとは友人と呼べる関係ですか」

「いや、友人とはほど遠いですね。ケヴィンはなかなか本音を見せない人だ。事件と無関係のところでは、たまに顔を合わせる程度です。たとえば慈善団体のイベントとか……」

「マーティン・ウィックの余命は聞いていましたか」ナオミが尋ねた。

「ええ。市警の被害者連絡担当のチャーミングな女性から、リジーがどこに埋められているかウィックが白状するかもしれないと聞いていました」話題が長女のことに及ぶとムーアの声がうわずり、無意識にだろう、胸に手を当てた。娘の本当の居場所はここだというようだった。

「それを聞いてどう思いましたか」

「期待するだけ時間の無駄だと答えたように思います」ナオミが俺をちらりと見たこと

に気づいて、ムーアは補足した。「誤解しないでください。リジーは、ほかの三人と同じく死亡を宣告されていて、私にとってはそれが一種の救いになりました。おかげで……」大きな両手を広げ、大きな物体をつかんで地面に下ろすようなしぐさをする。「……一つの場所に収められたんです。新たなページをめくれた。どんな悲劇に見舞われようと、人は前に進むしかないんですよ。許し、忘れるしかない」

「マーティン・ウィックを許したという意味ですか」ナオミが言った。

ムーアはなぜわからないのだというように首を振った。「私自身を、ですよ」

「何について？」

「ずっと生き残った罪悪感にさいなまれていました。人が家族単位で暮らすには理由がある。母親の役割は、子供を育て、家庭に真心をもたらすこと。父親の役割は、食べるものと暖かい家、保護を家族に与えること。私はしくじった」

これには同意しかねたが、即座に何か言うにはあまりにも複雑な要素を含んだ発言だった。なぜなら、フランク・ムーアに限ればその言葉どおりだからだ――その日、もしムーアが家族と一緒にいたら、妻や子供たちは死なずにすんでいただろう。

「当時、あなたと奥さんのマーガレットはすでに別居状態にあったはずですが」ナオミが言った。

「はず？」

「時系列を確認したいだけです」ナオミは動じずに答えた。

「別居はしていましたが、私もマーガレットも、恒久的な取り決めとは考えていませんでした。冷却期間がほしかっただけで」

「何からの冷却期間ですか」

「あなたももう少ししたらわかりますよ」ムーアは言った。「いつか家庭を持ったらね。結婚は海のようなものです。終わりがなく、底が見えず、わからないことだらけだ。潮の干満があって、変わりやすく、予測不能でもある。私たちは当時、嵐《あらし》に見舞われていました」

ムーアはそこで唐突に言葉を切った。驚いたことに、いまのがナオミの質問に対する答えのつもりらしい。

ナオミは食い下がった。「どのような嵐ですか」

「何もかも説明されなくては納得がいかないなら、私が不良仲間と付き合い始めたことにでもしておきましょうか」今度は冗談めかして答えをはぐらかす。「私は父親としても夫としても理想的ではありませんでしたが、そこから学んだことがないわけではありません」

「何を学びましたか」ナオミが重ねて訊く。正面から答えてもらえるまであきらめる気はなさそうだ。

「たとえば、子供たちに貴重な教訓を伝えられます」ムーアは本棚に並んだ写真のほうにうなずいた。「一日一日を大切に生きること。その日が人生最後の一日のつもりで生きること」

幼児に理解させるにはずいぶんハードルの高い教訓ではないかと俺は思ったが、表情には出さないようにした。

「しつこくてすみません」ナオミが言った。「でも、最初の結婚で理想的な夫や父親になれなかった原因は何でしたか」

「私はいろんなものと闘っていたんです」ムーアの声が威嚇《いかく》じみた響きを帯びた。

「たとえばどんなものと？」

「マーガレット。子供たち。私自身」それぞれ完全に別個の存在であるかのように列挙する。「いまは座右の銘があって、それを実践しようと努めているところです。〝流れに逆らうな〟」

「肝に銘じておきます」ナオミが言った。

ムーアは高音を出そうとする歌手のように顎を持ち上げた。「ほかに質問は？　そろそろ家族が帰ってくるので。できればこの件に巻きこみたくない」

「お気持ちはわかります」ナオミが言った。「では、土曜の夜から日曜の夜にかけて、どちらにいらしたか教えていただけますか」

「ああ、私は世界一幸運な男だな」ムーアはそう言って大きな笑みを浮かべた。

　この男の子供は無情に殺された。幸運という概念の解釈が世間と微妙にずれてはいないか。

「ここにいました。ベッドに。妻と並んで」

「そうですか。ありがとうございます」ナオミは言った。「それに、お時間を割いてくださってありがとうございました」

「玄関まで見送りますよ」ムーアは言った。

　玄関で靴を履きながら、俺はまた家族写真を見た。そこに写っているフランクの現在の妻は、殺されたマーガレットとそっくりだった。

　俺がいまの妻の写真を見ていることに気づいてムーアは言った。「どんなことであれ最後にはうまくいくものです」

　俺はたぶん、このときも眉をひそめたのだろう。ムーアは自分の意図を説明しようと口を開きかけた。しかしちょうどそのとき私道から話し声が聞こえ、玄関ドアに鍵《かぎ》が差しこまれる音がした。俺は初め、四人は俺たちを見て驚いているのだろうと思った。父親と話している見知らぬ男女に遠慮しているのだろうと。だがすぐに察した。家に入るとき、この家族はいつもこうなのだ。

　一言も話さず。履いていた靴を手に持って。

子供たちはまるでカモのひなのように一列に並び、母親が入ってきて先頭に立つのを待っている。その母親を見て、俺は一瞬、マーガレット・ムーアかと思った。見分けがつかないほど似ている。編み込みのヘアスタイルまで一緒だった。

ナオミが子供たちに笑顔を向けた。「お子さんたちですね」

「長女のリジー」母親が一番背の高い子供にうなずく。「それにアーサーとメアリーです」

「そしてこちらは、私のすばらしい妻、レベッカです」フランク・ムーアが紹介した。

俺たちは挨拶《あいさつ》を交わした。レベッカは子供たちを引き連れてリビングルームに向かった。

「ミセス・ムーア」ナオミがそのあとを追いかけた。フランクのアリバイを確認している。ムーアは凍りついたような表情でそちらを見つめた。

「助かりました」ナオミが確認を終えて戻ってきた。ムーアに別れを告げ、フードを深々とかぶりながら玄関を出て車に向かった。

外は暗くなっていた。夜の冷気が玄関に流れこんできた。

「家族は天からの贈り物ですよ」俺が外に出ようとしたところで、フランク・ムーアが言った。

俺はいまの家族の話をもっと聞いてみたいと思った。どう〝うまくいった〟のか。どんなこともうまくいくものだと言ったあと、ムーアはずっと不安げな顔をしていた。今日のやりとりのどこかで踏み誤ったことを自覚しているようだった。俺は玄関先で立ち止まった。ムーアはきっと、締めの言葉は自分が言いたいタイプの人間だろうと思った。

「刑事さん。さっきあなたの同僚から、マーティン・ウィックが死んでどう思ったかと訊かれました。あのときの私の返事は、かならずしも正直なものではなかったかもしれない」

「というと」

「同じことを呪文《じゅもん》のように唱えていると気持ちが楽になります。〝いちいち気にするな〟とね。しかしたったいま家族の顔を見て——あの男が私から奪ったものを改めて思い出して、その……できるものなら奴の墓を暴《あば》いて、この手でもう一度火をつけてやりたいと思いました」

俺は黙っていた。ムーアは微笑んだ。

「現実にはやりませんがね」

「もちろん」俺はうなずいた。「では、おやすみなさい、ミスター・ムーア」

私道を下っていきながら思った。これでは並んでいた額入りの写真と話をしたのと変わらない。自分の手で火をつけたいというムーアの締めの言葉は、別の何かから目をそらさせるためのものと俺の耳には聞こえた。車に乗りこんでからも、ナオミと俺はしばらく黙って前を見つめていた。エンジンのアイドリングの音だけが聞こえていた。やがてナオミがつぶやいた。「子供たち」俺はうなずき、家のほうを振り返った。窓にフランク・ムーアのシルエットが映ってじっとこちらを見ていた。

アーサー、リジー、メアリー。それぞれ殺された子供と同じ名前をつけられている。

Ⅲ

リマーダード

Remurdered

1

早朝に起床し、ショートパンツとTシャツに着替え、スニーカーを履き、トーマス・ストリートからアーウェル川のほうへ走り、川を渡って、ブラックフライアーズ・ロード経由で南東に下ってスピニングフィールズ地区に向かった。フランク・ムーアの子供たちに関する意外な事実に心を乱されていた。それにムーアはナオミに忌避感に似た何かを抱いているようだった。いや、女性一般に忌避感を抱いているらしい。

妻を殺害された夫の印象として、好ましいとは言えない。

速度を上げてアーウェル川沿いを離れ、また速度を落として科学産業博物館を回って方向転換し、ノーザンクォーター地区に戻った。最後の一キロ半ほどを全力疾走して、死んだ者たちが俺に残していった問題の大方を一時的にであれ振り払った。それでも、ムーア一家殺害事件の下で何か巨大なものがうごめいているという感覚は払えなかった。断層にずれが生じかけている。

自分のフラットに着いてエントランスの鍵《かぎ》を差しこんだところで、すぐ後ろに車が停まる音がした。振り返ると、運転席にジェームズ警部の姿が見えた。警部とは一度しか顔を合わせたことがない。聖マリア病院で起きた事件の供述を取られたときの一度だ。

地味なスーツを着て、淡泊で退屈な調子で話し、手をゆっくりと大きく動かす。まるでニュース番組の気象予報士だ。ジェームズはエンジンを切って車を降り、ルーフにもたれて口を開いた。

「スピード依存症とは聞いていたが、いくらなんでも無茶だろう……」

「何か俺に訊《き》きたいことでも？」

「きみに？」ジェームズはにやりとした。「いいや、きみの助言は無用だよ。たまたま通りかかっただけでね」

「サマリア人協会なら、もう一つ向こうの通りですよ」俺は言った。「いい助言をもらえるんじゃないですか（訳注／サマリア人協会は自殺防止の電話相談を行なう慈善団体）」

「せっかく来たんだし、一つきみに話しておきたいことがある」

「捜査のことなら、話していただくまでもなさそうだ。口出しするつもりなんか俺にはありませんから」

「きみは捜査に志願したそうだね」

「パーズの使い走りに志願する人間がいると思いますか」

「とすると、ウィックに執着しているのはやはりパーズか。それなら納得だ……」

俺は黙って先を待った。

「噂《うわさ》によると、パーズは出世レースから脱落しかけている。チェースはまもなく昇進するが、あの二人はこれまで何かと衝突してきた。それが今回のウィックの件でついに限界を超えた。パーズは自分が指揮官になって優秀な部下を捜査に当たらせようとしたが、チェースがそれを退けた。そこでパーズは低姿勢になって、きみが個人的に責任を感じているようだと言った。サティが負傷して打ちひしがれ、自分の手で犯人を捕まえたいとパーズに懇願したと話したわけだ。なりふりかまわずとはこのことだろうね」ジェームズは首を振った。これまで闇《やみ》に包まれていた人間の性質の片隅に、ついに光が当たったとでもいうようだった。

「噂は事実とわかってよかったよ」ジェームズは続けた。「しかし、今日話したかったのは別の件でね。聖マリア病院の火炎瓶騒ぎの直後、きみはどこに行った？」

「しばらくパーズと話してから帰宅しました。でも、どうして」

「車で帰ったんだな」

「徒歩でした」

「ピカデリー駅近くで傷害事件が発生した。日曜の早朝だ。被害者は頭をこっぴどく蹴《け》られていた。犯人の人相特徴がきみと一致している」

「繰り返しますが、俺は歩いて帰宅しました」

「どこかに寄らなかったか」

俺は首を振った。

「夜勤でむしゃくしゃしたときの癖が復活したりはしていないわけか。ほら、ちょいとドラッグをやってリラックスするとか……」

「まっすぐ帰宅して寝ました。ドラッグをやってると思うなら、尿検査でも何でも依頼すればいいじゃないですか」

「尿サンプルを進んで提出するのか」

「せっかくだから、いまここでやりましょうか。ここからでも届くと思いますよ」

「小便の飛距離自慢などしている場合ではないと思うぞ」ジェームズは車の向こうから回ってきて、街頭監視カメラの静止画像を俺に見せた。俺が映っていた。タイムスタンプは日曜の早朝、病院の事件が起きたあとだった。

俺は何とも形容しがたい表情を浮かべてカメラをまっすぐ見上げていた。

「で？」俺は言った。

ジェームズは別の静止画像を見せた。最初の一枚とほぼ一緒だが、記録された時刻は六分後だった。俺はほとんど動いていなかった。二枚目を見て気づいた。俺が見上げているのはライト・ファンタスティックだ。

「この傷害事件の通報を受けて、周辺の店に聞き込みをした。すると一人が奇妙な光景を見たと証言した。自分のクラブの店じまいをしていて、事務所の窓から何の気なしに外を見たそうだ。すると険悪な顔をした若い男がいて、その窓を見上げていた。男はそのまま十分近くもそこに突っ立っていた。目撃者が証言した人相特徴が傷害事件の容疑者と一致した。そこで街頭監視カメラの映像を確認した。驚いたのなんのって……」

「あれは長い夜だったから、ちょっと飲んでいこうかどうか迷っていただけです」

「店は閉まっていた」ジェームズは言った。「戸締まりをしたあとだった。制服警官の一人が映像を見てきみではないかと気づき、簡単な書類にして上官に提出した。それが回り回って市警本部に届き、チェースのデスクに置かれた。チェースは私のところに来て、内密の話、オフレコの話を聞かせた……」

「どんな話です？」

「いいかね」ジェームズは犯罪者を見るような目で言った。「傷害事件そのものはどうだっていい。小物の売人が殴られただけの話だ。しかし、これは訊いておかなくてはならない。きみはこのクラブのオーナーが誰なのか知っているか」

「いいえ」俺は答えた。声が震えていた。

「その経営者をこんな顔でにらみつけたのは、何か伝えたいことがあったからでは」

俺は首を振った。

「へえ、それは妙だな。聞いたところでは、そのオーナーは以前、きみに麻薬を売っていた売人だというではないか。今度ライト・ファンタスティックの前を通ることがあったら、一つ頼みたい。左右を確かめないで車道に飛び出せ」

2

俺は自分の部屋に上がり、なかに入ってドアを叩《たた》きつけるように閉めた。ライト・ファンタスティックのオーナーは、ゼイン・カーヴァーという男だ。行きつくところまでさかのぼれば、カーヴァーはおそらくこの街に出回っているドラッグのかなりの割合を牛耳っている。その意味では俺の売人だったと言えなくもないが、不思議なことに、俺よりもカーヴァーのほうが世間の受けがいい。ときおり奴《やつ》の名前を新聞で見かけるが、不動産ポートフォリオや建設会社、株式、出資、事業、建設計画との関連で言及されるだけだった。本人を問いただせば、どれも裏のない投資、個人資産の予期せぬ副産物にすぎないと答えるだろう。

ゼイン・カーヴァーの真の才能は、人を買うことに発揮される。

娼婦《しょうふ》、政治家、警察官。そういった人々をほかと比べて薄情に扱うわけではない。株価が暴落すれば、損切りのために売却される。事業が失敗すれば、親会社は破産を宣告され、清算される。建物が使用に耐えなくなれば、ある晩、電気系統に突然の不具合を起こし、全焼して、損害は保険で埋め合わされる。

同じように、投資した相手の価値が暴落すれば、その人物は損切りされる。失敗すれば、不可解な経緯で破産を宣告され、清算される。

利用価値がないとなれば、その人物は炎に包まれる。

遅かれ早かれ、同じ運命がライト・ファンタスティックにもかならず訪れる。なぜなら、ゼイン・カーヴァーの持ち物だからだ。俺はジェームズ警部が置いていった静止画像をもう一度見た。かすかな吐き気がこみ上げた。俺も一時期、ゼイン・カーヴァーの所有物だった。当時を思い返す。俺が知っていた人々、カーヴァーに何年かがかりで買い集められた人々。俺が最後の一人だなどということがありえるだろうか。

パーズは言った。俺はパーズに魂を売り渡したと。だが、それは間違いだ。それ以前に俺の魂はもう、限度いっぱいまで抵当が設定されていた。

3

時間をかけて熱いシャワーを浴び、濃いめのコーヒーを淹《い》れて腰を下ろし、くつろいだ男のふりをした。うまくできたとは言いがたい。ジェームズ警部の訪問を受け、ライト・ファンタスティックの前にいるところを目撃されていたと知らされて以来、俺のなかで三つの抗《あらが》いがたい衝動がせめぎ合っていた。

一つ目は、自己保存の本能に近かった。真の標的は俺だったとの含みを残して事件を迷宮入りさせ、捜査から逃げろという、本能の訴え。二つ目は、俺の良心の叫びだ。良心とはずいぶん長く音信不通だったから、突然口を出されて腹立たしい。その声は、人命が危機にさらされているんだ、真剣にやれよと言っている。三つ目の衝動の出どころは、好奇心だ。マーティン・ウィックが事切れる間際《まぎわ》に口にした言葉は真実なのだろうかと考えずにいられない。ムーア一家殺害事件とは無関係なのだとしたら。真犯人が別にいて、いまものうのうと暮らしているのだとしたら。

カーヴァーのことを考えると、たちまち心拍数が上昇して、俺は天井を見上げた。非常持ち出し袋を用意したのだから安心だ。現金、ビニール封筒。それが象徴するすべて。新たな人生への小さな希望。命の危険や脅しに呪《のろ》われたこの人生から、俺は自由になれるかもしれない。

だが、頭上の天井灯がきちんと固定されていないと気づいた瞬間、世界が静止した。

前日の朝、最後にはずしたあと、玄関を開けてナオミに応対する前に、ちゃんと元どおりにしたはずだ。

俺は廊下に出た。耳鳴りを無視しようとした。脚立《きやたつ》を持ってきて部屋の真ん中に置く。そこに上って手を伸ばす。その手は震えていた。天井灯を動かし、天井裏を探った。何もなかった。脚立の一番上の段に立って首を伸ばした。限界まで伸ばすと、どうにか天井裏が見えた。暗すぎる。ポケットから携帯電話を出して、その光でぐるりと照らす。鞄《かばん》はなくなっていた。

息をしようとしても、胸がつぶれたようで空気が入ってこない。脚立がかたかたと音を立てていた。手の震えが腕や脚にまで広がっていた。足もとに集中して脚立から下り、床に座りこんだ。部屋がぐるぐる回っている。白点の銀河が視界を流れ、パニック発作を起こしかけているとわかった。もう止められない。

醜悪な名前と顔が次々に頭をよぎった。

やるとしたら誰か。彼らのことを考えるまいとしながら床に横になり、胸をつかんであえいだ。一瞬、意識が遠のいたが、やがて発作が治まり始め、気づくと俺は板張りの床の上で震えていた。服の下を冷たい汗が流れた。

あの鞄にはかなりの額の現金が入っていた。文字どおりの全財産だ。大金をかけ、俺の顔写真と新しい名前を使って作った偽造パスポートも入っていた。何者かがここに押し入り、鞄を盗んでいったとするなら、俺の命は差し迫った危険にさらされている。しかし唯一《ゆいいつ》の逃げ道が失われたいま、この街を離れる術《すべ》はない。

俺は途方に暮れた。

4

脚立を引きずっていって踊り場に返し、フラットのすべての部屋、物入れ、抽斗《ひきだし》の捜索を始めた。初めは順序立てて見ていったが、不安が泡のようにふたたび浮上してくるにつれ、俺の動きは激しくなった。クローゼットから衣類を引っ張り出し、本棚から本を払い落とす。ふいに暴発したように抽斗の中身を床にぶちまける。そうやって新たなパニック発作に追いつかれまいとした。

ブザーが鳴って、俺は飛び上がった。

午前五時三十分。人が来る予定はない。

インターフォンを一瞥《いちべつ》したものの、それでは応答せずに窓際から通りを見た。ナオミがこちらを見上げていた。表情は判別できない。一瞬迷ってから、俺は窓を開けた。

「警視が来てくれって」ナオミが言った。

俺はうなずき、窓枠にもたれた。ばれたのだろうか。ここ二、三日のあいだにこの部屋を出入りしたのは、予告なしに訪れたナオミ一人だけで、そのとき彼女は本棚に立てかけられた脚立を見ている。このタイミングでまたナオミが来たことに胸騒ぎを覚えた。

「どこに」俺は言った。

「聖マリア病院」

「パーズは心《ハート》の移植手術を受けるとか……？」

「いまもまだ提供者待ちだと思いますけど」ナオミは用心深い笑みを浮かべた。「あの、大丈夫ですか」

俺はうなずいた。車に乗っかられているように胸が重苦しかった。

「二十分後に来いと仰《おお》せです」

俺はカオスと化した部屋を振り返った。「何かあったのか」

「わかりませんけど、急ぎの話みたいでした」

聖マリア病院に六時前に到着し、人の気配がする方角に向かうと、撮影クルーらしい一団がいて、そのうしろから階段を上ることになった。階段を上りきり、マーティン・ウィックが殺された病室に向かった。事件発生現場としていまも封鎖されているかと思ったが、廊下に大勢がひしめいて何やら騒がしい。俺はナオミの表情をうかがった。俺ははめられたのだろうか。

病院までの車中でも、そうやってずっとナオミを観察していた。

まるで一睡もせずに夜が明けたかのような、奇妙に張り詰めた顔をしていた。それを見て、ますます信頼できないなと思った。ナオミは、仕事を離れた時間に何をしているのだろう。俺のあの鞄を見つけた人物の目にいまの状況がどんな風に映るのか、俺にもようやく見えてきて、逃げ出したくなった。大胆不敵で残虐《ざんぎゃく》な殺人事件の現場に居合わせながら、たった一人無傷で逃げ延びた刑事が、偽造パスポートと多額の現金を自宅に隠していた――俺は自分で自分をはめたようなものではないか。

病室をのぞくと、パーズ警視がこちらに背を向けて立っている若い男と話をしていた。パーズの赤い目が生気を取り戻し、若者の肩に手を置いてこちらを向かせた。

「エイダン・ウェイツ」パーズは言った。「後任者を紹介する」

初日に二人が殺害され、二日目に手がかり一つ見つけられず、三日目には再配置。俺の最速記録更新だ。

若い男に、どことなく見覚えがあった。

年齢は二十代後半から三十代前半、俺のとそっくりなダークスーツを着ている。シャツは皺《しわ》だらけで、髪は短い。俺の髪よりはすっきりした印象だが、それでもぼさついていることには変わりがなく、顎《あご》の輪郭は鋭角的で、〝痩《や》せている〟を通り越してやつれて見える。うっすらと顎を覆《おお》った無精ひげ、落ちくぼんだ嘘《うそ》つきの目の下の濃いくま。

「これは――?」俺は言った。

「事件の再現ドラマの撮影ですよ」男が微笑《ほほえ》む。「僕があなたの役で」

「それはご愁傷様……」

見ると、サティに似た服装の男が人をかき分けながら廊下をこちらにやってきた。俺の正気が旋回しながら遠ざかっていき、俺の思考は夢のなかにいるようなロジックをたどって、いま下を見たら、自分は何も着ていないかもしれないというやな予感に襲われた。

「ちょっと失礼するよ」パーズが周囲に断り、ついてこいと俺にうなずいて、俺がいま来たほうに歩き出した。あの件がパーズに知られていて、俺は逮捕されようとしているのか。それともパーズにはまだばれていないが、別の誰かが俺をつぶそうとしているのか。

どっちのほうが恐ろしいのか、俺にはもうわからない。

階段を上る。話し声やあわただしい気配が下方に遠のいた。途中で緑色のトラックスーツを着て顔にタトゥーを入れた女とすれ違って、俺は思わず振り返った。パーズはげんなりした様子で首を振った。二日前に屋上に出るのに使ったドアはびくともせず、俺たちは出入口を照らす裸電球の下で小声で話した。

「再現ドラマの撮影なんて聞いていませんでした」俺は言った。

「私もさ」パーズは鋭い視線を俺の肩越しに投げ、声の届く距離に誰もいないことを確かめた。「狩り《チェース》のスリルだな」パーズは警視正の名前に引っかけてそう言った。「配役に関して言えば、私ならおまえの役にはおまえ自身をキャスティングする。おまえは刑事のふりをするのに慣れているからな。さて、どこまで進んだ？」

「報告するような進展はありません。記者のチャーリー・スローンとは話しましたが、取材源は秘匿《ひとく》したいとか何とか、言い訳めいたせりふを並べただけでした。ただ、ジェームズ警部になら話してもいいというようなことは言っていました」

「だろうな。ジェームズ警部には大人用おむつを穿《は》かせたほうがいい。部屋のこっちからあっちに移動するだけでもおもらし《リーク》をしまくる。スローンが鍵になりそうだな」

「このネタに関しては相当に自信《ファーム》があるようでした」

「私が手を触れればそれでサトクリフ警部補が魔法のように回復するなら、迷わずやっている」パーズは言った。「しかし、それはできない。だからこそおまえが頼りだ。スローンが固《ファーム》いなら、おまえが肉叩きで柔らかくしてやれ。あの写真を撮ったのが誰なのか、おまえから今日中に私に報告がなければ、もっと身近なところを探るしかなくなるぞ。それは避けたいだろう、エイダン。あれこれ詮索《せんさく》されたいか」

「俺が知らされていないことが何かあるんじゃないですか、警視」

パーズは一つ大きく息を吸いこんだ。「クランストンは年末で退職する」

俺はうなずき、ジェームズ警部がついさっき言っていたことを思い出した。パーズとチェースのあいだのパワーバランスは、ついに均衡を失おうとしている。

「まだ公《おおやけ》にされていないが、次の市警本部長にはチェースが内定している。チェースとしては、まばゆい後光を陰らせかねない要素は徹底的に排除しておきたいわけだな。当然の流れとして、今回のもろもろの責任をおっかぶせる相手を探している。おかげで私は、ほんの一時的にであるとはいえ、電気椅子《いす》に座らされている。しかし、その席をおまえに譲る気がないわけではない」

「俺に？」

「いいか、その椅子から一番近い位置にいるのはおまえだ。ありとあらゆる角度からこの捜査に猛攻を仕掛けるべきだろうな。おまえは関与していないと、何が何でも証明しろ」

「俺は関係ありません」

「ああ、そうだろう」パーズは辛辣《しんらつ》に言った。「ところで、ケヴィン・ブレークは今日もテレビやらラジオやらに出る予定か」

「俺たちが昨日のラジオ出演を知ったのは、番組が始まったあとになってからでした。俺たちは全力を尽くしています」

「おまえたち二人のうち一人は全力を尽くしているようだ。忘れるなよ、エイダン。嘘をついても私にはわかる。かならずな。おまえのその口から出た瞬間にわかるんだ。この事件を迷宮入り《ゴー・コールド》させでもしたら、おまえの体温も一気に下がる《ゴー・コールド》と覚悟しておけ」

俺は黙っていた。今朝のできごとを思うと、パーズには列に並んで順番を待ってもらうしかなさそうだ。

「さて」パーズは苛立《いらだ》たしげに言った。「報告の続きを聞こう」

「トラックスーツの女の身元はまだわかりません。病室周辺からも車からも指紋は検出されず――」

「状況はわかった」パーズは言い、先を急がせた。「要するに何一つわからないわけだな。動機はウィックへの報復とする仮説。あれはどうなった」

俺は首を振った。「フランク・ムーアはとらえどころのない人物です。ニューエイジ思想に本気でかぶれているのか、怒りや憎悪《ぞうお》を抑えこんでいるのか、見分けがつかない。再婚後に生まれた子供に、ウィックに殺された子供と同じ名前をつけていました」

これにはパーズもいくらか興味をそそられたようだったが、それ以上報告できることはなかった。

「人生を一から築き直しています。少なくとも表向きは。その土台にあるのは、つねに前進すべしという考えだそうで。許し、忘れること。悲しみから立ち直る術を教えるセミナーを主催しています」

「今回の事件がうまく片づいたら、私たち全員で受講するか」

「表から見えないものが何かありそうだと思いましたが、まあ、誰にだって……」

「そうだな」パーズは俺の言いたいことを察した。「家族を皆殺しにされたんだ。何もないわけがない」パーズはジャケットの内ポケットから、くしゃくしゃの新聞を抜き出した。「見たか」

新聞を俺の手に押しつける。俺は裸電球の光に紙面をかざした。〈マーダー《Murder》・インク《Ink》〉（訳注／Inkは会社を表すIncのもじり。「殺人組織」の意だが、ここではInkと綴って「報道、噂」とのダブルミーニングにしている）という見出しがあった。

チャーリー・スローンの署名入りのその記事は、市警の銃器部隊は顔にタトゥーを入れた若い女性を荒っぽいやり方で逮捕しようとしたが、重要参考人とは別人と気づいて解放したと報じていた。また、ウィック殺害事件に関連して男が一人逮捕されたが、不起訴のまま釈放されたことも書かれていた。

「ウィックと刑務所で同房だった奴ですか」俺は言った。

パーズはうなずいた。「ショート・バック・アンド・サイドという名で通っているスパイスの売人だ。ジェームズ警部の捜査チームが今朝方、保釈の手続きを取ったから、すでに釈放されているだろう」

「取り調べで何か収穫はあったんですか」

「取り調べで肉薄したなら、淋病《りんびょう》くらいはもらっただろうな。その男にはアリバイがあった。怪しいアリバイではあるがね。ジェームズ警部の捜査チームには一つ足りないものがある。ブラック巡査の手腕だ。昨夜《ゆうべ》、彼女が聖マリア病院の監視カメラの映像を徹夜で点検した。おかげで、過去一週間以内にショート・バックが病院の周辺にいたことが確認された」

ナオミの充血した目や異様なテンションの理由はそれか。

「おまえたち二人は顔を合わせても口をきかない仲なのか、巡査部長」

「まだようやく調子が出てきたかどうかというところで」俺は言った。「ショート・バック・アンド・サイドという男と事件を直接結びつけるような手がかりは何かありましたか」

「まだだ。しかし、この病院が性欲抑制剤を使った治療を始めたのでないかぎり、奴がうろつく理由がわからんな」

「本人と話してみます」

「まあ、罵倒語《ばとうご》の応酬になるだろうがな。わざわざ連行してくることはないぞ。人生の半分を取調室で費やしているような男だ。ジェームズ警部チームはずたずたの挽《ひ》き肉にされた。これもまた、サトクリフ警部補の手腕がおそらく活《い》きたであろう事項ではあるが、まあ、やれるだけやってみろ」

「サティの容態はその後——？」

パーズは俺をじろりと見た。「まだ見舞いに行っていないのか」俺は口を開きかけたが、パーズは首を振った。「大した相棒だな。サトクリフ警部補は、いまもまだ昏睡《こんすい》状態に置かれている。言っておくが、病室はここからたった二階下だぞ。昏睡から覚醒《かくせい》させるのはまだ数日先だ。いまのうちに顔を出しておいたらどうだ」

　俺は黙っていた。

「ついでだから最後まで読んでおけ」パーズは新聞を顎の先で指した。俺は記事の続きにざっと目を通した。スローンは今度もまた得意の話題を持ち出していた。テッサ・クライン元巡査。新たな手がかりが浮上したにもかかわらず、市警は元巡査の行方不明事件の捜査続行を否定したと書いている。

「新たな手がかりというと？」俺は顔を上げた。

「今朝、本人に問い合わせた。クラインは自殺する直前に休暇旅行を予約していたらしいな」

「この件も調べますか」

「絶対に首を突っこむな。クラインの名前がまたも新聞で取り上げられたというだけで、チェース警視正は涙に暮れている。リーク元はおまえではないだろうなと確認されたよ。昨日、スローンと話したときにリークしたのではないかと……」

「この事件の詳細はまったく知りませんでした」俺は答えた。「いまも知りません」

「ならばこの先も知ろうとするな。死亡時点でクラインは民間人だった、自ら命を絶ったというのが市警の見解だ」

　パーズがこの件にこだわるせいでかえって気になったが、それ以上は追及しなかった。

「さて、第三の動機はその後どうなった」

「まずはウィック当人に集中したかったので。それだけでも話を聞くべき相手が山ほどいて、それ以外には手が回ら――」

「指示に逆らうとはおまえらしくないな、ウェイツ巡査部長。おまえが今回の事件の真のターゲットだった可能性を排除しろと指示したはずだ。不意打ちにはもううんざりだ」

「その情報はそもそもどこから出てきたんです?」

「おお」パーズが言った。「ようやく適切な質問をしたな。これに関しても、現相棒とよく話し合うよう勧めたいね。聞くところによると、ブラック巡査はゆうべ、それについても調べたようだ。午後十一時四十九分に関連ファイルにアクセスしている。おまえ自身よりよほどおまえの無事を気にかけているようだぞ、ウェイツ巡査部長」

ナオミが俺の過去をのぞき見したのは気に入らないが、部屋を嗅《か》ぎ回られるよりはましだ。

「残るは」パーズが言った。「ルイーザ・ヤンコフスキーの件か」

前の晩、俺はルイーザ・ヤンコフスキーを当面のあいだ内勤にすべきだというメッセージをパーズの留守電に残した。ヤンコフスキーが何にどう関わっているかわからないが、腹に一物ありそうな警察官に実弾をこめた銃を持たせて街を歩かせるのはまずいのではないか。

「おまえの懸《け》念《ねん》をチェース警視正に伝えたところ、長い沈黙が返ってきた。それから、ここで会って話そうと言われた。警視正はいま、再現ドラマの後に放映されるインタビューを撮影中だ。私たちに割ける時間は五分だそうだよ」パーズは俺を見て目をとがらせた。「飲んでいるのか」

「今朝は飲んでいません」

パーズはうなずいて階段を下り始めた。「飲み始めるならいまかもしれないぞ」

5

再現ドラマの撮影はあっという間に終了した。最大の見せ場は、逃走する緑色のトラックスーツの女の姿をとらえた屋外のシーンだった。再現ドラマを製作する表向きの理由は、トラックスーツの女を目撃した市民の記憶を喚起するためだが、市警のイメージ戦略の一環とも言えそうだ。ここ何年か、警察官の汚職ばかりが新聞紙面を飾ってきたせいで、警察官が殉職《じゅんしょく》しても世間の同情は集まらない。子供を殺して服役中だった犯罪者の警護に当たっていた警察官となればなおさらだ。

俺は目の前で事件が再現されるのを見守った。

ドラマでは、マーティン・ウィックから漂っていたあの不気味さは再現されていなかった。レニックのいいかげんさも。サティ役の俳優の芝居からは、事件直前に起きた一連のできごとに疑念を募らせ始めていた事実が伝わってこなかった。再現ドラマの俺は血のめぐりがいまひとつと見え、しじゅうキューを見逃し、ほんの数行しかない台詞《せりふ》をとちった。実際に起きたことに忠実に再現されていたのはその一点だけで、俺と俺役の俳優はそっくりだった。

俺が行方不明になったら、その再現ドラマでも起用されるだろう。

再現ドラマと現実の違いはあまりにも歴然としていて、現実に何が起きたか、記憶がかえって鮮明になった。あの夜、目には見えない何かが起きていた。ウィックの態度の突然の変化、俺を病室から追い払おうとしたサティのとってつけたような猥談《わいだん》。ふつうではないことが何か起きていたのだ。

「オーケーだ」演出家が大きな声で宣言した。「おつかれさま」

撮影クルーが機材の片づけを始め、垢抜《あかぬ》けしたスーツ姿のチェース警視正が人のあいだから現れた。記者会見のときは髪を引っ詰めにしていたが、今日は片側の肩にふわりと垂らしていてエレガントな印象だ。たった一人で市警を血の通った人間の集まりに見せるのは簡単ではないだろうに、チェース警視正にかかれば楽勝のようだった。

チェース警視正は、パーズ警視と俺に小さくうなずき、ついてくるよう合図した。三つか四つ、ドアを開けてみたが、どの部屋でも誰かが仕事中だった。そこで俺たちはトイレで話をする羽目になった。事件が起きた夜、サティと俺が二人だけの会議を開いたトイレだ。三人でなかに入ったあとになって、個室に誰かいることに気づいた。出てきたのはジェームズ警部だった。「失礼」そう言って出ていこうとした。

「待って」チェースが呼び止めた。「せっかくだからあなたも」

場所の余裕がなく、ジェームズはしかたなく個室のなかに後ずさった。俺の目は見ようとしなかった。早朝のやりとりはなかったかのような態度だった。

チェースが俺に微笑みかけてうなずいた。「ウェイツ巡査部長。あなたの噂はたっぷりと耳に入っていますよ。さて、ルイーザ・ヤンコフスキーの件だけれど……」

「警視正」パーズがすかさず口を開いた。「電話で言ったように、ウェイツ巡査部長から、ヤンコフスキーが信頼できる人物であるかについて懸念が――」

「そうね、わかっています」チェースがさえぎった。「なぜその案に賛成できないかを説明させてちょうだい。第一に、ヤンコフスキー巡査に不利な証拠として確実なものが何一つ上がっていない。第二に、銃器部隊のハリデー巡査部長も別の懸念を表明しているの。ここで対応を誤ると、ヤンコフスキーを孤立させ、チームから疎外《そがい》されることになりかねない。第三に、マスコミや銃器部隊の同僚は、ヤンコフスキーがレニック巡査の殺害に関与したという結論を導き出しかねない。その結果、予算内で街中の銃器部隊員を増やす計画に手痛い打撃が及びかねない」

チェースはパーズと俺の顔を見比べた。

「一方で、ルイーザ・ヤンコフスキーが何らかの陰謀に荷担していたと裏づける情報が出てくれば、いま挙げた三つの反論はどれも行き場を失うでしょう」チェースはここで一拍おいてから続けた。「ヤンコフスキーの履歴には傷一つないし、試験の点数も平均以上よ。それに何より、同僚から尊敬と友情と信頼を寄せられている」チェースの目が俺を見た。「私はそういうところで人を評価するのよ、巡査部長」

「お言葉ですが、警視正」俺は言った。「ウィックの写真が撮影されたとき、病室前の廊下にいたのはヤンコフスキーだけでした」

「あなたが知るかぎりでは、でしょう」

「それに写真の公開から二十四時間後に訊いたところ、写真を見ていないと主張しました」

「そんなにおかしな話かしら」

「あらゆる媒体が取り上げました。つまりヤンコフスキーは、新聞を見なかったし、テレビのニュース番組も見なかったことになります。自分が直接関わる話題だったのに」

「二年前に薬物使用の容疑で停職になったとき、あなたは新聞に目を通していた、巡査部長？」

俺はためらった。「いえ、あまり」

チェースはジェームズ警部に顔を向けた。「ヤンコフスキーに事情聴取をしましたね。あなたの意見は」

「疑われて心を痛めている様子でした」ジェームズは答えた。「写真を見なかったとの主張については私も追及しましたが、ふだんから見ないのだと言っていました。自分が英雄に祭り上げられたときも、記事には目を通さなかったと」

チェースがまた俺に視線を戻す。「ヤンコフスキーについて確かに言えるのは、去年のクリスマス、彼女の機転ととっさの行動が数十の市民の命を救った事実よ。話は、あなたがマスコミから英雄と呼ばれるようなことをするようになってからにしましょうか、巡査部長。実際に関与していた可能性がある警察官がほかにもいた事実を忘れないようにしたいものね……」

パーズは大きく息を吸って言った。「レニックにせよサトクリフにせよ、自分が大《おお》火傷《やけど》を負ったり殺されたりするような陰謀に関与するとは思えない」

「サトクリフ警部補について私の耳に入っている話を考えると、絶対にないとは言えないのでは。そしてレニックは未熟だった。それに」チェースの目はまだ俺を見ていた。

「現場に居合わせたのに無傷だった警察官が一人いますね……」

「ひょっとして俺のことですか」俺は言った。

チェースは俺の反応をおもしろがっているような顔をしたが、俺を叱責《しっせき》しようと口を開きかけたところでノックの音が響いた。

「すぐに出ます」チェースはドアの外の人物に向けてそう言った。それから声をひそめ、個室を一瞥した。「ジェームズ警部は、二つのチームが同時に動くと捜査に悪影響が及ぶのではと心配しているの……」

「そのとおりです」ジェームズが言った。「うちのチームが先にヤンコフスキーの事情聴取をしていれば、どうということもなかったはずだ。こんなごたごたは避けられたかもしれない」

「ウィックの元同房者を呼んで事情聴取すると俺たちに連絡しなかったのは、だからですか」俺は可能なかぎり穏やかに尋ねた。

パーズが俺との距離をさりげなく空けたような気がした。

チェースがパーズを見た。「ジェームズ警部の実力を考えれば、安心してこの捜査を任せられますよ、アリステア。バックアップの人員など必要ないわ。このように困った事態になった原因はあなたにあるわけで、責任を持って収拾したい気持ちは理解できるけれど、ウェイツが有益な情報一つ持ち帰れないのなら、二、三日中に引き継ぎをして、夜勤に戻るべきではないかしら。これは警察官の殺害という重大事件の捜査なのよ。実務研修などに割く時間はないわ」

「ブラック巡査のポジションはうちで用意できます」ジェームズが言った。

俺は笑いそうになった。こいつはどんな体位《ポジション》を念頭に置いているのだろう。

チェースはうなずいた。「じゃあ、私はそろそろ失礼するわ」

俺たちのそばをすり抜けて出ていく。パーズはドアが閉まるなり個室をのぞきこんだ。

「失《う》せろ」ジェームズに向かって吐き捨てる。

個室から出てきたジェームズ警部はパーズをじろりと見た。「時代は変わろうとしているんだぞ、アリステア」それから俺にちらりと目をやった。「まあ、のんびりやるんだな、ウェイツ。あわてなくても夜勤は逃げない」

ジェームズも出ていくと、パーズは俺をにらみ据え、低い声で言った。

「聞いたか」

「何をです？」

「チェースは言い間違いをした。こんなくそったれな事態になった原因は私ではない。おまえだ。それにジェームズが時代は変わると言ったのは、私の左遷の日は近いという意味だ。何か使える情報を持ってこい。今日中にだ。あの写真を撮ったのは誰なのか突き止めろ。さもないとおまえの一生をぶち壊しにしてやるからな」

俺は言い返そうとしたが、パーズに先に言われた。

「いま以上にぶち壊しにしてやる」

6

「話しておきたいことがあるんですけど」ナオミが言った。俺たちはマーティン・ウィックと同房だった元受刑者クリストファー・バック、別名〝ショート・バック・アンド・サイド〟の登録住所に車で向かうところだった。

朝からずっとナオミは神経が張り詰めた様子でいる。パーズ警視と話して、俺にもその理由の見当はついた。徹夜で監視カメラの映像を点検していたせいだ。おかげでナオミを日中の捜査活動から遠ざける口実がなくなった。

「話って？」俺はナオミのほうを見ずに言った。三台うしろにマットブラックのメルセデスがいて、中心街からずっと俺たちの車を尾《つ》けていた。その車を見失いたくなかった。

「実は」ナオミが言いかけた。

同時に俺の携帯電話が鳴り出してナオミが口をつぐむ。俺は電話に応答した。

「ミスター・エイダン・ウェイツ？」女の声だった。前の日、途中で切れてしまった電話と同じ声だ。尾行車両を運転しているのはこの女なのかと一瞬思ったが、電話の背景に聞こえている雑音は、明らかに会社か事務所のざわめきだ。

「そうです」

「もしもし、ミスター・ウェイツ。私はサンドラ・アレンといいます。ブライトン・アンド・ホーヴ・シティのソーシャルワーカーです。いまちょっとお時間よろしいですか。数日前から何度かお電話していたんですが」

「かまいませんが」俺はナオミを横目で気にしながら答えた。「ご用件は？」

「あなたのお母さんのお名前は、ミセス・クリスティーン・ファローで間違いありませんか」

俺はとっさに電話を耳から離した。このまま切ろうかと思った。視界の隅に白いものがひらめき、ナオミの目が動いてこちらを見たのだとわかった。俺は体ごと助手席側のドアのほうを向いた。

「ミスター・ウェイツ、聞こえますか」

「はい」俺は答えた。「すみません、いまはちょっと都合が悪いかもしれない」

「重要なお話です。ぜひ聞いていただきたいのですが」

俺は目を閉じた。「さっきの質問に正直に答えると、わかりません。母とはいっさい連絡を取り合っていないので。そのクリスティーン……何でしたっけ」

「クリスティーン・ファロー」

「俺が知っている母親は当時、クリスティーン・ウェイツと名乗ってましたが、それも二十年以上前の話で」俺は続けて言うことを探した。「そのあと結婚したんじゃないかと」

「なるほど」サンドラはゆっくりと言った。「ミスター・ウェイツ、お母さんに最後に会ったのはいつでしたか」

　隣のナオミの存在が重くのしかかってきた。この電話のやりとりは一語一句そのままパーズ警視に報告されるに違いない。弱みのねじがまた一つパーズの手に渡ったら、俺はそろそろ壁に据えつけられるだろう。母親との関係を中立的に伝える表現を探したが見つからず、すぐに観念した。

「最後に話したのは俺が八歳だったときです。ファーストネームはクリスティーン。それ以上は知りません」

　俺には珍しく、ありのままを正直に答えた。

　母親とは二十年以上連絡を取っていない。生きているのか死んだのかさえ知らなかった。どっちのほうが望ましいかは、訊かれれば答えられたかもしれないが。

　サンドラ・アレンは無言だった。まだ何かあるのかと俺は訊いた。

「ミスター・ウェイツ、私からこのような話をお伝えしなくてはならないのは残念ですが、あなたのお母さんは、あなたの実のお母さんは、長年、精神的な病に苦しんでいます」

「いまさら言われなくても知っていますよ。その最初期に一緒にいたんですから」つい辛辣な声になった。ナオミは居心地悪そうに体を動かし、車の速度を上げようとした。

「とにかく、さっきから言っているように、何年も音信不通です」

「とすると、似たような症状《エピソード》が始まったのはずいぶん前だということですか」

「そうです。俺の記憶では。すみませんが――」

「当時はどのような形で表れていたのか、教えていただけませんか」

視野に白い点が漂い始め、俺はまぶたを閉じてそれを見まいとした。車でパニック発作など起こしたら最悪だ。「交際相手に暴力を振るわれていて、それをそのまま子供にも向けた」

「あなたに？」短い間があって、サンドラが訊き返す。

「俺と妹に」俺は目を開いた。「ふだんからこういう話を電話でするんですか」

「経過を確認しているだけですから。お母さんを支援する足がかりを探しているだけです。あなたが把握しているかぎりで、クリスティーンが医師の診断を受けたことはありましたか」

「いいえ。その関係で医者にかかったことは一度もないと思います。自分で薬をのんでいたし、引っ越しばかりしていましたから。いまとは時代が違いました」

「あいにく時代はさほど変わっていません。当時のほうが頼る先が少なかったのは確かでしょうけど」

「いまさら救えるとも思えませんが」俺は言った。「連絡してきたのは、支援の必要が生じたから――?」

「そうです。昨日、こちらに通知が届きまして、お母さんのご自宅に立ち入って措置診察が行なわれる決定が下されました」

「診察するまでもないと俺は思いますがね……」

「事前調査はすんでいますので、この段階での診察は形式にすぎません。診断後、精神保健法に基づいて、クリスティーンは指定病院に強制的に収容されます……」

俺は窓を三センチほど開けて先を待った。

「……措置診察は、おそらくここ一週間以内に行なわれます。立ち会う警察官が確保できたタイミングで」

制服警官だったころ、そういった強制収容に何度も立ち会った。強制収容されるということは、俺の母親は自傷他害のおそれありと判断されたわけだ。俺なら二十三年前に同じ判断を下していただろうが。

「今日お電話したのは、家族のどなたかに立ち会っていただけると理想的……」

「俺の知るかぎり、家族は一人もいませんよ」

「あなたのお気持ちはわかりますが、とてもデリケートな問題です。妹さんがいらっしやるんでしたね」電話越しに書類をめくっている音が聞こえた。妹の名前を探しているのだろう。「えーと……」

「すみません、お名前をもう一度うかがえますか」俺は訊いた。

「サンドラ・アレン」

「社会福祉事務所のソーシャルワーカーですよね。俺の番号はどこで知ったんです？」

「私は正規の職員です、ミスター・ウェイツ。不安に思っていらっしゃるのがその点なら。あなたのお名前は資料にありました。この電話番号はお母さんから聞きました」

　街の景色が背後に流れていく。何もかも動きが速すぎる。

「どうして俺の番号を知っていたんですか」

「それは訊きませんでしたが、ご本人に確かめてみたらいかがですか。お母さんはきっと自分で調べたんでしょうね」

　俺は黙っていた。

「ああ、あった」サンドラは書類をざっと確かめているようだった。「妹さんの出生時の姓名はアンナ・ウェイツ。兄はエイダン。現在二十八歳」

「〝アン〟で通していると思いますが」俺は言った。自分の耳にも不快な声だった。

「アンなら立ち会っていただけそうだと思いますか」

「母親は昔、妹の腕を灰皿代わりにしていた」俺はついに行儀のよい言葉遣いをかなぐり捨てて言った。「つまり、答えはノー。妹も立ち会わないだろうな」

車の速度が微妙に上がった。

ナオミは一刻も早く目的地に着こうとしている。

「アンの連絡先を教えていただけませんか」サンドラが言った。「形式上、ご本人の意向を直接確かめたいので」

「養護施設に入所してすぐ、妹とは引き離された。最後に話したのは俺が八歳だったときだ」

「悲しいお話ですね。ただ、お手数をかけて申し訳ありませんが、連絡先を……」

サンドラが最後にもう一押しだけして会話を切り上げようとしているのがわかった。

「そちらの自治体は、うちの母親に令状を執行して、精神保健法に基づく強制収容を前提に措置診察を行なう予定でいる」俺は言った。「それは理解しました。妥当な決定だと思います。できればそちらの記録から俺の情報を削除して、この件では二度と連絡しないでもらえるとありがたいな」

ナオミの視線を感じた。

「わかりました」一瞬の間があって、サンドラが言った。

「連絡をありがとう」俺は電話を切った。痛くなるまで親指を電話にめりこませた。ずいぶん長いあいだそうしていてから、顔を上げてナオミを見た。ナオミの目は行く手の路面にじっと注がれていたが、頬がかすかに紅潮していた。「きみの話を中断してしまって申し訳ない……」

「大丈夫ですか」

「ああ」俺は答えた。「で、話したいことっていうのは」

「その話はまたあとでゆっくり」

俺はうなずいた。それから、俺たちを尾行しているマットブラックのメルセデスのことを思い出した。

メルセデスは消えていた。

7

ショート・バック・アンド・サイドはハーパーヘイの荒れた界隈《かいわい》に住んでいた。ハーパーヘイは市の中心部にほど近い、治安の悪さで知られた町で、急上昇中の犯罪率と失業率を理由に、イギリス全土でもっとも経済的に恵まれない地域という不名誉な称号を持っていた時期もある。ナオミが運転する車で橋をくぐるとき、橋の下側に巨大な落書きを見つけて、俺たちはそろって上を見た。

〈スパイス・ワールド〉。

住む家を失うなど、本来は保護と支援を必要とする若年層を依存症にする努力を怠らないショート・バックのような売人の貢献もあり、スパイスは好景気に沸いている産業の一つになっている。いわゆる脱法合成ドラッグで、銀色に輝くパッケージに入った見た目は菓子のようだ。あいにく、スパイスは焦《こ》げたプラスチックのような味がし、動悸《どうき》、パニック発作、嘔吐《おうと》、この世の終わりが来たみたいな錯乱状態を引き起こす。

ただし、それはトンネルの光が射《さ》しているほうの出口だ。

スパイスは、精神病、腎不全、心臓発作をも誘発する。

リスク覚悟で、一時《いっとき》だけでもすべてを忘れたい。その言い訳は、現代社会について多くを物語っている。街を歩けば合成麻薬の目に見える効果にかならず遭遇する。無視するのは不可能だ。死亡率の高さは、ふつうならその麻薬の普及にブレーキをかけるが、この不景気を考えれば、スパイスによる死亡者数がホームレス人口の増加スピードを上回ることはこの先もなさそうだ。

俺はショート・バックの資料を一心に読み始めた。何かで気を散らして、消えた鞄、母親に関する電話、俺たちを尾行しているらしい車のことを忘れたいだけだったが、読んでいるうちに、腹の底から湧《わ》き上がって俺の脳を黒く染めていく怒りの大波しか感じられなくなった。資料によれば、ショート・バックは脱法ドラッグのなかでもとりわけ有害とされる〝ポッシュ・スパイス〟を専門に売っていた。過去十五年間、刑務所と低所得者層向けの公営住宅を行ったり来たりしている。犯罪歴は、犯罪行為をAからZまで完全網羅したリストみたいだった。ケヴィン・ブレークは、ショート・バックの直近の有罪判決は破棄されたと話していたが、その情報は正しかった。詳細を追っているうち、黒い怒りで視界がかすんだ。

ショート・バックは常連客の一人だったホームレスの男性につけでスパイスを売っていたが、総額百ポンドを回収できないとわかると、別の支払い方法を提案した。ショート・バック本人呼ぶところの〝五本指ディスカウント〟だ。
一ポンドにつき一発殴らせたらその分だけ帳消しにしてやろうと約束し、真のメッセージを明快にするため、ある空き家で、そこに住み着いているほかのホームレスたち――やはり支払いが遅れていた――の前でやろうと提案した。不法居住者の一部は立ち去ったが、ほかの者は怯《おび》えて、あるいは怖いもの見たさに集まった。何人かは途中で止めに入ろうとしたが、ショート・バックの手下に押しとどめられた。被害に遭った男性は、まだ意識があったときは大丈夫だと周囲に言っていたらしい。だが、ショート・バックが楽しんでやっていたのは明らかで、一発たりとも手加減しなかった。

被害者は、ショート・バックがメリケンサックを着けているとわかったあともなお、大丈夫だと言い張った。

ショート・バックは約束どおり男性の体を百発殴った。七十何発目かで男性は意識を失い、二度と目を覚まさなかった。事件に至る経緯と男性の経済的ステータスゆえに、その死は、ろくな捜査もないまま、事前の計画によらない故殺罪で裁判にかけられた。刑務所に行かずにすむだろうと本気で思っていたのかと裁判官から尋ねられると、ショート・バックは黙って肩をすくめた。ポッシュ・スパイスは、塀の外よりも塀のなかでのほうが高く売れる。

俺が目を上げて顔をこすると、ナオミがそれに気づいてうなずいた。

「そういう連中がいるからこそ、この仕事はやりがいがあるんですよね」

8

ショート・バック・アンド・サイドの部屋のブザーを鳴らした。部屋はコンクリート打ちっぱなしの十階建て公営住宅の最上階にあった。仕掛けられた爆弾が爆発したあともかろうじて形を保ち、次の爆発に備えて全員を避難させたような建物だ。見上げると、窓のいくつかにぼろぼろのイギリス国旗が下がっていて、まるで戦場に向けて航行中の駆逐艦だ。ブザーには応答がなく、エントランスのドアはびくともしない。ほかの部屋のブザーも鳴らしてみたが、誰も出なかった。または、出ようとしない。

「どうしますか」ナオミが言った。

この朝は俺が言い張った結果、俺の車で来ていた。そのほうがあとでナオミを振り切りやすいだろうと思ったからだ。一つ考えが閃《ひらめ》いた。トランクのスペアタイヤの下にいつも隠してあるピッキング道具一式を取って戻った。鍵穴にテンションレンチを差しこみ、短く切り分けた銅線を一本選んだ。

ナオミが眉《まゆ》を吊《つ》り上げた。

「母の件でかかってきた電話、聞こえたろ」

ナオミはうなずいた。顔にはどっちつかずの表情が浮かんでいた。

「俺と妹はほとんど学校に通わなかった」

錠前がかちりと鳴り、俺はドアを押し開けた。

「お母さん、かなり問題のある人みたいですね……」

「イカレてたんだよ」俺は言った。自分でも驚いた。「いまだにそうらしいな」

湿っぽくかび臭いロビーに入った。落書きだらけだった。エレベーターの呼び出しボタンは壁から引き剝《は》がされていて、扉から現場立入禁止のテープの残骸《ざんがい》が垂れ下がっていた。俺たちはしかたなくせまい階段を上った。

「妹さんに連絡しようと考えたことはないんですか」ナオミが言った。

俺は思わずナオミの顔を見つめた。

「どうしても聞こえちゃったので……」

「ないよ。本気で考えたことは一度もない」

「連絡したらきっと喜びますよ」

「母親のことで似たような電話が行っていて、俺と同じように感じているかもしれない」

ナオミは少したためらってから訊いた。「どう感じてるんですか」

俺は周囲を見回した。せまい階段室、長く急な階段、低い天井。「閉じこめられたような感じかな」俺は答え、階段を上る足を速めた。「ブレークが言っていたな。お父さんは警察官なんだって？」

「だった。過去形です」ナオミはそう答えただけでその話題を打ち切った。俺はふと思った。俺はサティのことをほとんど何も知らなかったが、ナオミ・ブラック巡査のことも何一つ知らない。

最上階に着き、背後のナオミを確かめた。息が上がっているだろうと思ったが、上る速度すら落ちていなかった。ひっくり返したショッピングカートのなかで眠りこんでいる奴の横を通り抜け、ショート・バックの部屋まで行った。ポッシュ・スパイスことヴィクトリア・ベッカムの薄汚れたポスターが張られたドアを叩《たた》くと、なかで犬が吠《ほ》え始めた。

「警察だ」俺は大きな声で言った。「ここを開けろ。開けないとドアをぶっ壊す」

ナオミが俺に向かって眉をひそめたが、これから話そうとしている相手よりイカレたふりをしたほうがいい場合もある。

今日は朝からいろんなことがありすぎて、事実、俺はイカレかけていた。

「用は何だ」ドアの奥からしわがれた声が聞こえた。

「ヴィクトリアがどうやってあれだけのヒット曲を出せたか知りたいに決まってるだろ」俺は強調のために何度かドアを蹴りつけた。

「警察ならもう事情聴取したんじゃねえのか」

「てめえは警察官じゃないってことも知らない交通巡査員と話をしただけだろう。本人が出てくるまでここを動かないぞ。逃げたけりゃ、便所の窓から出るんだな。言っとくが、相当な落差があるぞ……」

ドアが開いた。ごついドアチェーンがかかったままだ。隙間《すきま》から大柄なスキンヘッドが顔をのぞかせた。見えているほうの手の指の関節に〈HATE〉と綴《つづ》られたタトゥーが入っていた。

「へえ、字は書けるのか」俺は言った。

「しゃべるみたいにな。そっちは？」

「俺の体には文字は書いてないから、ほかの方法で意思疎通《そつう》をするしかない。入ってもいいか」

男は金歯をむき出し、俺の鼻先にドアを叩きつけた。チェーンがはずれる音がしてドアがまた開き、俺たちはがらんとしたリビングルームに通された。

反対の手にも〈HATE〉のタトゥーがあった。

煙草《たばこ》の焼け焦げだらけのソファが二脚、向かい合わせに置かれ、そのあいだに天板が鏡になったコーヒーテーブルがあった。カーテンはぴたりと閉ざされていたが、生地が薄く、電灯をつけるまでもない。

見るべきものは見える。

リビングルームは安ホテルのロビーのような印象だった。おそらくここで品物を売買するのだろう。あふれかけた灰皿から焦げたビニールの臭《にお》いが漂い、テーブルには無数の缶やカップやグラスが残した輪染《わじ》みがついている。奥の部屋で吠えているピットブルは、客が妙な考えを起こしたり、ナイフを出して値切ろうとしたときに備えた保険だろう。俺はコーヒーテーブルに近づき、そこに映る自分を一瞬見つめたあと、ブーツを履いた足をど真ん中に叩きつけた。鏡が砕け散った。

「何だよあんた」スキンヘッドが言った。

俺は飛び散った破片のなかから一番長いかけらを拾い、ナイフのように握った。「臆《おく》病者《びょうもの》なんでね」俺はそう言ってスキンヘッドと向かい合わせのソファに座った。

スキンヘッドがナオミに目を向ける。「こいつ、リードか何かつけとかなくていいのかよ」

ナオミは答えず、俺の横に腰を下ろした。

「さて」スキンヘッドが手を叩いた。「俺はアクセル。コートをお預かりしましょうか」

「客が来たとショート・バックに伝えてくれたまえ」俺は言った。

「あいつなら奥でつぶれてる《コールド》。ま、当面はだめだろうな……」

「温め直せばしゃきっとするんじゃないのか」俺は言った。

アクセルはまだ手を叩いたときのまま両手を合わせていたが、いまはその両手を不安げに揉《も》み合わせていた。

「それか、こいつで足の裏をくすぐってみてもいいな」俺はガラスの破片を光にかざした。

「ちょっと待っててくれ」

アクセルが奥の部屋に消えた。犬がチェーンをいっぱいまで引っ張りながらまたやかましく吠え始めた。ナオミのほうをうかがうと、肌にうっすらと汗が浮いていた。階段を上ってきたせいではない。ナオミはすばやく俺から目をそらした。

数分待たされたころドアが開いて、貧相な体つきの男が現れた。ドレッシングガウンの前を開けたまま着て、灰色がかった白のブリーフを穿《は》いていた。胎児性アルコール症候群を連想させる顔つきだった。小さな頭、小さな目、平べったい鼻、薄い唇。肌は一日前の青痣《あおあざ》みたいな色をしていたが、それでさえ、ショート・バックの何より目を引く特徴の前では色褪《いろあ》せる。

頭のど真ん中に凹《くぼ》みがあった。

半分がもう半分より皮膚の色が濃く、緊急皮膚移植の成果らしい瘢痕《はんこん》のパッチワークになっていた。何者かに脳天をかち割られたらしい。資料に目を通したあとでは、せっかくならその誰かがとどめを刺していてくれたらよかったのにと思う。体にいくつかタトゥーが入っていた。なかでも目立つのは、首の正面にブラックレター書体で入れられた大きな数字だ――〈105〉。

ショート・バックはソファにどさりと腰を下ろし、ドラッグのきいた、一キロ先に焦点が合っているような目を俺たちに向けた。俺は頭を見ないようにした。代わりに、奴がパンツに突っこんでいる手を見た。どうやらタマを握っている。

「そうやって持っていなくても落っこちやしないと思うぜ」俺は言った。

「何の用だよ」

「いくつあるか数えてるなら、教えてやるよ。それで少しは時間の節約になるだろう」

奴がにやりと笑い、純金のグリル（訳注／前歯に装着するアクセサリー）がのぞいた。ナオミと俺を順番に見てから、下着から手を引き抜き、握手を求めるように差し出した。

ナオミも俺も応じなかった。

奴は唇を歪《ゆが》めたあと、手をまたウェストバンドの奥に突っこんだ。

「これは気にしないでくれ」ナオミを見ながら唇の片端だけでしゃべった。「こうしてると考えやすいんだよ」

ナオミは微笑《ほほえ》んだ。「どうせなら反対の手も使えば？　こちらはウェイツ巡査部長。わたしはブラック巡査。今日はあなたに訊きたいことがあって――」

「そのコーヒーテーブル、気に入ってたんだぜ、ブラック巡査」ショート・バックはさえぎった。「あんたの割れ目みたいだった。のぞくと顔が映って……」

俺は手に持ったガラスの破片を見つめた。「今日は時間を割いてくれてありがとう、クリストファー」

「その口で俺の名前を気安く呼ぶな」

「だったらそっちの口を閉じて聞けよ。知りたいのはマーティン・ウィックのことだけだ」

「さんざんその話をして帰ってきたとこなんだ。市警本部のお友達に訊いてみろって。ストレンジウェイズから戻ってきて以来、あいつとは一度も会ってねえし、連絡も取ってねえ。話せるのはそれだけだ」

「ウィックが病気だったことは知ってましたか」ナオミが訊いた。

「まあな、ほかの連中よりは知ってたな……」

「それはどういう意味？」ナオミが訊き返す。奴は答えなかった。「半年間、同じ房にいたわけだから、ウィックのことならよく知ってるはず」

「あのな、俺はなかであいつを殺《や》ろうとした。けどあの野郎はくたばらなかった。ま、よくある話だ。そんなんでいちいち恨んだりしねえよ。ムショ暮らしをしたことがない奴にはわかんねえだろうけどさ」

「塀のなかで最初の殺しをやって名を上げようとしたんだろう」

ショート・バックは首の骨を鳴らした。「塀の外じゃ、俺はいつだってだらだらやってる」そう言ってタマを軽く揺さぶってみせた。「誰に訊いたってそう言うはずだ。けど、塀のなかに入ったら、早いとこ周りにあいつはヤバいぞって思わせとかねえと」

「それだけか」

「それだけだ」

「マーティン・ウィックの病気のことをほかの連中よりは知っていたと言ったな」俺は訊いた。「どうしてだ」

「そんなこと言ったっけか」

奴は肩をすくめ、頭のクレーターに空いたほうの手をやった。

握りこぶしがそっくり入りそうだった。

「……覚えてねえな」

「だったらタマを力いっぱい握り締めて、よく思い出してみるんだな。俺たちの目には、おまえこそビョーキだ。百ポンドのために人ひとり殺したんだろう」

「ものの数に入らねえって裁判所は言ってたぜ。あいつはどうせ具合が悪かったんだからって」

「百発も殴られたら、誰だって具合が悪くなる」

ナオミが俺を見ている。

俺が握っているガラスの破片、ショート・バックに向けられたその切っ先を見つめている。

　俺は破片を下ろし、話を本筋に戻そうとした。「塀のなかでのウィックはいい奴だったんじゃないのか。口数が少なくて、他人によけいな口出しをしない奴。おまえはそれが我慢ならなかった」

「いい奴?」ショート・バックはせせら笑った。「そいつは笑えるな、コロンボ刑事。枕《まくら》の下に子供の写真を隠してるのが〝いい奴〟かよ」

「子供?」

「あんた、おつむ弱いのか? あいつが殺した子供の写真だよ。とくにあの女の子な、あいつがご執心だった子」

「リジー・ムーアか」

「金髪の子だ」

　俺はうなずいた。「写真を隠してるって看守にチクらなかったのはどうしてだ」

「ムショってのはそういうとこじゃないからだよ。だいたい、チクったところで看守が何するって? マスかくほうの手を背中で縛っとくとか?」

「看守は何もしなくても、おまえはしたわけだ……」

「だって、子供だぜ……」奴は首を振った。「こいつはそのせいなんだよ」奴は脳天のクレーターを指さした。「義理の父親が俺の妹をやろうとしてさ、俺はやめさせようとしたんだ」

　俺は床に目を落とした。視野の周辺に白点が浮かび上がってこようとしていた。

「だから、自分でウィックに罰を下そうとした」ナオミが言った。

「ルームメート選びには一定の基準が必要だ」ショート・バックはパンツから手を抜いてにおいを嗅いだ。「あの野郎のことならさ、あんたらのお友達にもう話したぜ。だいたい、ムショから一歩出たとたんに忘れた話だ。去る者は日々に疎《うと》しってな」

「だったら、この一週間のうちに二度も聖マリア病院の近くをうろうろしてたのはどうして？」ナオミが訊いた。「それはまだちゃんと説明してないわよね」

　ショート・バックはしばし黙りこんだあと、手をそろそろとパンツのなかに戻し、円を描いて股《こ》間《かん》をさすった。ふつうならこめかみを指でもみほぐすところだろう。

「頭を診てもらわなくちゃならなかった」

「そうね、診てもらったほうがよさそう」ナオミは言った。「ただし、聖マリア病院で診察を受けたことは一度もないわよね」

　奴は前歯のグリルをむき出した。

「なのに、あなたがすっかり忘れたはずのマーティン・ウィックが人生最後の日々を過ごしてた病院の近くをうろついていた理由は何？」

「ダチの見舞いだよ」

「あれか」俺は言った。「アクセルがしかめ面《つら》の除去手術を受けて、その見舞いに行ったとか」

奴は黙っていた。

「俺たちの同僚がおまえをあっさり放免したのは、全体像が見えていなかったからだ。しかし俺たちには見えてるし、おまえはその絵のなかにしっかりいる。マーティン・ウィック殺しにおまえが関わっていたと俺たちが思えば、令状を取るのはさほど難しくない。前科もあるし、刑務所でウィックを殺そうとした件もある。聖マリア病院周辺にいたことを裏づけるカメラ映像もある。それでもまだおまえを放免するとしたら、俺たちこそ頭を診てもらわなくちゃいけないだろうな」

「土曜の夜だろ？　俺にはアリバイがある。アクセルとここにいた。俺が現場にいたって証明できなきゃ、何の証明にもならねえわけだ。法律でそう決まってる」

「へえ、初耳だな」俺は言った。「聖マリア病院に行ったのはどうしてだ」

「ダチの見舞いだって」

「どんな女性か教えてくれ」

ショート・バックの表情が変わり、ようやくうなずいた。「貧乏くさい女だ。顔にタトゥーが入ってる」

俺は監視カメラの映像から切り出した緑色のトラックスーツの女の静止画像をポケッ

トから取り出し、広げて差し出した。

ショート・バックはうなずいた。「この女がどう重要なんだよ」

「マーティン・ウィック殺害事件の第一の容疑者だ。おまえは二番目だな。この女が捕まってくれると、おまえの人生はだいぶ楽になるかもしれないぞ」

奴は黙っていたが、攪拌《かくはん》するような手の動きを見ると、真剣に考えてはいるらしい。

「この女の名前は」俺は訊いた。

ショート・バックは天井を見上げた。「エスターって呼べって言ってたな……」

「エスター・何だ？」

「エスター・知らねえな」

「どこで知り合った」

「よけいなお世話だ」

「１０５」俺は首のタトゥーを見て言った。「おまえが数えられる一番大きな数だからか。それとも別の意味があるのか」

「この歳《とし》まで生きる予定だからだよ、旦那《だんな》」

　俺は少し考えてから言った。「フランク・シナトラか」

「『ヤング・アット・ハート』な」ショート・バックは感心したように応じた。「〝百五歳まで長生きしたら……〟」

「ストレンジウェイズ刑務所で百五まで自分の歳を数えるのがいやなら、エスターとどこで知り合ったか話すんだな。おまえが過去に関わってきたこととは桁違《けたちが》いの話なんだよ、ショート・バック。何しろ警官殺しだからな。いったんくっついたら二度と落とせない種類のクソだ。このままそのエスターって女が見つからないようなら……」

「先週ここに来たんだよ。ちゃちゃっと一儲《ひともう》けしたくねえかって」

「稼ぐ？　どうやって」

「記者なんだって言ってたな」奴は笑った。「あんなしょぼい記者、見たことねえけどさ、まあ、世の中いろいろだ。取材を通じて俺の住所を手に入れたんだと。死ぬ寸前のウィックの写真を撮って、新聞に載せたいって言うんだよ。大衆の知る権利がどうたらで。ただ、あの野郎がムショ行きになって以降の写真が一枚もないわけだろ、だからいまどんな見た目になってるか誰にもわからない。で、たしかにあいつだって見分けられる人間が要るんだって話だった」

ねじくれてはいるが、一応の筋は通っている。マーティン・ウィックの外見はこの十二年で大きく変わった。第三者に確認してもらわないかぎり、新聞に載ったあの写真は無価値だ。最近出所したばかりの元同房者以上に適任の人間はいない。

ショート・バックは肩をすくめた。「でもって、俺は行ったわけだ。女が写真を見せた。俺はうなずいた。女は金を払った。それだけだ」

「いくらもらった」

「千」

「その金の出どころを言っていたか」

「あんた、刑事だろ。新聞社に訊けよ」

「エスターに連絡する手段は何かある？」ナオミが訊いた。

「ない」

「それは信じがたいわね」

「な、もっと信じられないようなりっぱなもんがあるから見てみなよ、ブラック巡査」

ナオミは奴の股間に目を落として微笑んだ。「点字サイズにしか見えないけど」

「なら、目をつむって触ってみなよ。さっきも言ったけどさ、女はここに来て、病院のどこにいつ行けばいいか言って帰った。電話番号も何も、俺は聞いてねえ。一度目は、写真を撮ろうとしたらしいけどあいつに近づけなかった。それでも半額払ってくれたから、俺は二度目も行った」俺たちは黙って奴を見つめた。「ほんとだって。連絡先教えろよって俺だって言ったさ。リチャードが入り用になることだってあるかもしれないだろ」

ナオミが俺たちの顔を交互に見た。「リチャード？」

「ギア（訳注／麻薬を指す俗語）」俺は答えた。「そうしたら何て言ってた？」

「靴についたクソを見るみたいな目で見やがった」

「それならいまの話を信じられそうだ」

「石鹸《せっけん》を飲むような人間のくせに、笑わせるよな……」

俺はうなずいた。「マーティン・ウィックは、死ぬ間際《まぎわ》に、ムーア一家を殺したのは自分じゃないと言った。おまえは一年近く同房だったわけだろう。そんな話を聞いたことはなかったか」

「あいつが無実？」ショート・バックは含み笑いをしながら俺たちの顔を見比べたあと、こらえきれなくなったように腹を抱えて笑った。「そんな話が信じてもらえるんだったら、俺はこう言うよ。俺のケツの穴はミシュランで一つ星を獲得してるって」

9

チャーリー・スローンのスイートルームからは笑い声が漏れ聞こえ、ドアの前には空いた皿が並んだルームサービスのカートがあった。スローンの宿泊先を知っていたわけではないが、わざわざロンドンからウィック殺害事件を取材に来た記者の大半と同様、オクスフォード・ロードのホリデイ・インに部屋を取っているだろうと当たりをつけた。ナオミがフロントで尋ねたところ、スローンはやはり宿泊しており、四階の部屋番号を教えられた。

ショート・バックのコーヒーテーブルを蹴り壊したことを含め、俺の粗暴な行動についてナオミは一言も触れずにいたが、いつになく俺と距離を空けているように思えた。

俺はいくらか行儀よくスローンの部屋のドアをノックした。

「誰もいないよ」スローンの声が聞こえ、酔っ払いのだらしない笑い声が続いた。

「警察だ、チャーリー。俺が頼めばフロントからすぐ合鍵が届く」

室内から話し声が聞こえ、足音が近づいてきた。スローンがドアを少しだけ開けた。

俺はすかさず全開まで押し開けた。「客が来てるんだ」スローンが言った。

肩越しに室内をのぞくと、足の踏み場もないほど散らかっていた。

タオル、シーツ、衣類が投げ出され、その間に酒瓶やファストフードの容器が転がっている。カーテンは閉ざされ、消音モードで二十四時間ニュース専門チャンネルが流しっぱなしになっているテレビが唯一の明かりだった。ベッドの向こう側であわてて服を着ている女性のシルエットが見えた。ルーマニア語らしき外国語で何ごとかまくし立てている。

スローンはワインを飲みすぎた目で俺を見た。「イエスの死を無駄にしないためにも、せいぜい罪を犯さないとな……」

こちらに出てきた女性はまだしゃべり続けていた。どうやら妊娠中のようだ。スローンに向かって話しているが、スローンは俺たちを見るばかりで彼女を完全に無視した。

「財布はどこだ、チャーリー？」俺が訊くと、スローンはうんざり顔で目を回し、ベッドのサイドテーブルに顎をしゃくった。俺は部屋に入ってスローンの財布から五十ポンド札を二枚抜き、女性に渡した。女性は笑顔になり、スローンにまた何か言ったあと、札をバッグに押しこみ、スカートを直しながら出ていった。

俺はカーテンを開けた。続いて窓も全開にした。スローンは情けない顔でまぶしそうにしていた。二日酔いの相手は見ればわかるが、このときのスローンは三回分か四回分の二日酔いと闘っているような顔をしていた。まっすぐ進もうとしない車輪つきの大型ごみ容器みたいに歩いてベッドの向こう側に回り、マットレスに体を投げ出して、腕で目を覆った。

「趣味と実益を兼ねてマンチェスターへ、ですか」ナオミが入口から訊く。

「親切心からしたことだ……」

「へえ、親切心から。いまの人……妊娠五カ月？　六カ月？」

「閉店セールだと思えば」

「何それ、笑えない」

「あんたのパートナーのご機嫌をそこねちまったようだ」スローンは俺にウィンクをした。「大げさに同情するタイプは扱いにくいな、ウェイツ」

　ナオミはスローンに一歩近づいて言った。「今度またわたしがその場にいないみたいな話し方をしたら、そこの窓から投げ落としてやるからね、チャーリー。これでも大げさに同情するタイプだなんて言う？」

　スローンはナオミを見つめた。

「こんな深い肥だめはもう製造中止になったと思ってたよ」俺は言った。「しかしどうだ、あんたはそこでシュノーケリング中らしい。いや、俺たちが来たときにやってたのは平泳ぎだったか？」

「あんたらは悪い冗談だ」スローンはぶつぶつ言った。「何かと大げさに騒ぐ警察官《ブラック・アンド・ホワイト》だ」

「おたくの新聞と一緒ね」ナオミが言った（訳注／「black and white」には「文字、活字」の意味もあり、そこから新聞など印刷物一般をも指す）。

「うちが書くことは当たってる場合も多いぞ。あんたら二人よりは多い」スローンは言った。「そうだ、あんたのことを調べさせてもらったよ、エイダン・ウェイツ」ナオミに目を移す。「あんたのパートナーは十二面体だよ、お嬢ちゃん。市警に何人か知り合いがいてね、こいつには一ダースの顔があると口をそろえていた。刑事になったかと思うと、犯罪者になり、また次の瞬間には刑事に戻る」

「いつまた病気がぶり返すか俺にもわからないから、さっさと話をすませよう。例の写真をあんたに売ったのが誰か、あんたはただ隠しただけじゃない。その人物は偶然にも、事件の第一容疑者だった」

「よしてくれ、写真を売りつけてきた女には一度も会っていないんだ。あんたらの第一容疑者だなんて知りようがないだろう。正直な話、市警にはそこまで調べられないだろうと思っていた」

「どうやって彼女を見つけた？」

「あんたの尻《しり》と顔の場合と同じで、ウェイツ巡査部長、前後を取り違えている。向こうが私に接触してきたんだよ。ここ何年かで私が書いたウィックの記事を読んだとかで、死に際のウィックの写真に関心がないかと言ってきた。だからそれはぜひ、お代はいくらかと尋ねた。一万ポンドと言われたが、五千まで値切った」

そこまで話しただけでスローンは息切れし、顔は生肉のように真っ赤になっていた。だが、嘘はついていないだろう。あの女がショート・バックに支払った一千ポンドの出どころに説明がつく。

「で？」

スローンは腕を広げた。「で、写真が送られてきたんだよ」

「支払いは現金で？」

「スーパーマーケットの荷物預かり所を利用して受け渡した」

「本物という裏づけはどうやって？　今回の写真が出るまで、ウィックの近影は一枚もなかった」

「確認できる人間に心当たりがあると言っていた」

「マーティン・ウィックのいまの容貌《ようぼう》を知っているとしたら誰だ？」

「刑務所の看守なら何人もいるだろう。信用できる相手なら、こっちは誰だってかまやしない」

「女が使ったのは看守じゃなかった。そうだろう？」

「元受刑者の名前を言ってきた」スローンは肩をすくめた。「そいつの住所を調べてくれたら、あとは自分がやるって……」

「それに関して彼女はたしかに約束を果たした。あんたは気づいてるか？　仮に彼女が誰かの依頼を受けたプロの殺し屋だとしたら、あんたは彼女が狙《ねら》っている人物が確かにマーティン・ウィックだと自分の社の金を使って確認してやったことになる」最初に言葉を交わしたとき以来、チャーリー・スローンは初めて言葉を失った。「まだある。ここ半年のあいだにウィックを殺そうと試みた前歴のある元受刑者に、マーティン・ウィックの居場所を教えたわけだ」

「私が教えたわけじゃない。彼女が教えたんだ」

「ずいぶん頼りない言い訳だな。その体で渡るには、もう少し頑丈な橋じゃないと」

スローンはナオミを見た。「聞いたよな、お嬢ちゃん。あんたの相棒は、人をデブ呼ばわりして差別発言をした」

「あんたを逮捕するときは、パンツ一丁に手錠一組の格好でロビーを引きずっていってやる」俺はその図がスローンの頭に描かれるのを待って、付け加えた。「このホテルは記者だらけだ。麗《うるわ》しい退場のしかたとは言えない。ちなみに、ついさっきウィックの元同房者に会ってきたところだ。かなり強烈な奴だったな……」

「ああ、知ってるよ」スローンはのろのろと言った。「ホームレスの男の胸の上でリバーダンスを踊りまくったんだろう。あいつなら、私の首をつかんでマラカスにするだろうよ。しかしあんたが忘れていることがある。私はその二人を引き合わせたりしていない。リバーダンス野郎の住所を調べただけだ。こんなことになるなんて予想できたわけがないだろう。ちゃんとした話し方をする女だった。病院に放火するなんて誰が思うか」

「ちゃんとした話し方をした？」ナオミが言った。「会ったことはないって言ってなかった？」

「あのな、いまどきは電話ってものがあるんだよ、お嬢ちゃん」スローンが言った。「いますぐ番号を教えろ」

10

チャーリー・スローンから聞いた電話番号をナオミが市警本部に伝え、電波の追跡を依頼しているあいだ、俺はホテルのロビーに座り、チェックインする客、チェックアウトする客を眺めた。スローンには、俺たちがパーズ警視に提出する報告書で彼の名前を大々的に強調しておくと言っておいた。ただ逮捕されるより、そのほうがよほど忌《い》まわしい事態であるとスローンも理解している。電話番号がわかったいま、順調にいけば、ウィックの写真を撮影した女――ショート・バックを信用するなら、ファーストネームはエスター――の居場所を突き止められるだろう。

俺の怒りが捜査を一気に進展させ、俺とは関係のない方角へと突き進ませたように思える。ただし、鞄を盗まれた問題はまだ残っていた。あの件が俺ににじり寄ってくるのを何としても阻止しなくてはならない。そう考えたとき、携帯電話が振動してメッセージの着信を知らせた。

ピーター・コリンズ？

何度も読み直した。いったんメッセージを閉じ、もう一度開いて、また読み直した。

〝ピーター・コリンズ〟。俺の偽造パスポートの名義だ。

ナオミが本部との電話を終えて俺を探しに来たときもまだ、俺はメッセージを凝視していた。あわてて電話をしまった。

「位置情報が入りしだい連絡をもらえますけど、一時間くらいはかかるかも」ナオミが言った。「所有者の情報については、今日、携帯電話各社に問い合わせを始めてくれるそうです。あの、顔色が悪いですよ」俺は上の空でうなずいた。「そうだ、エイダン、こんなときにどうかって気もしますけど、さっきの話、いまここでしてもかまいませんか」

「悪い」俺は立ち上がった。「ちょっと行くところができた」

「携帯電話の追跡は？」

「できるだけ急いで戻ってくる。その前に位置情報が手に入ったら、連絡してくれ」

ホテルのエントランスから外に出て、通りを歩き出した。尾行がないか、何度も振り向いて確かめた。俺の目は携帯電話の画面を見つめ、指は〈通話〉ボタンの上で迷っていたが、押したい衝動に抗《あらが》った。メッセージの送信元のこの番号の主と俺を結びつけるような不要な履歴を残せば、事態はますます悪化する。

もう残り少なくなった公衆電話の生き残りをやっと見つけ、必要以上の硬貨を投入口に押しこんで、ダイヤルした。呼び出し音が鳴り続けたが、一分ほどで自動的に切れた。ほかの手段を頭のなかで探す。公的な手続きを踏んでこの番号の持ち主を探そうとすれば、最終的に俺と結びつくだけのことだし、このメッセージに返信したとしても同じだ。

ボックスを出て歩き出そうとしたところで、公衆電話が鳴り出した。俺はボックスに戻って受話器をむしり取った。

「公衆電話を使うとは」女の声が言った。「見かけほどバカじゃないらしいわね」

この声なら知っている。「何がお望みだ？」

11

ガス・ランプで会うことになった。ここもやはり地下にあるバーだ。ディーンズゲートがまだ貧民街だった一八〇〇年代に児童救済施設だった場所で、飢えた子供に無料の食事を提供し、親に見放された少年のためのホームレスシェルターの役割を果たしていた。

施設で育った俺は、昔からこの店が嫌いだった。

床はいまでも当時のタイルが張られたままで、そこに染みついた絶望が完全に洗い流されるにはまだ二百年くらいかかりそうだ。

俺がガス・ランプを指定したのは、目立たない店で、しかも近かったからだ。先に着いて、ジェイムソンのダブルで喉《のど》の奥を焼く時間のゆとりがあった。彼女が来たのはバーの鏡でわかった。彼女は近づいてくると、俺の肩を叩いた。俺から見れば主導権を握っているのは彼女のほうで、振り向くと、ルイーザ・ヤンコフスキー巡査はにこやかに微笑んでいた。主導権は自分にあると彼女のほうも思っている。

「お待たせ」ルイーザは言い、身を乗り出して俺を軽く抱擁《ほうよう》した。

傍から見れば、デート中の男女だろう。ルイーザはブラックジーンズに革ジャケットというカジュアルな装《よそお》いだったが、その顔を見ればはしゃいだ気分でいるのは明らかだ。目は、何一つ見逃すまいとして大きく見開かれている。射撃練習場で見た表情と似ていた。あの事情聴取のときも、自分がもっとも有利な立ち位置を確保したからあんな表情をしているのだろうと思ったが、あれからさらに陣地を広げていたわけだ。

「何か飲むか」俺は言った。

「お酒は飲まないの。ソーダ水をいただけるとうれしいわ」

俺はメニューにあるなかで一番アルコール度数の高いインディア・ペール・エールとソーダ水を注文し、ヤンコフスキーとともにテーブル席に移った。ガス・ランプはウサギ穴のように入り組んだ造りになっていて、奥まった一角や小部屋はよりどりみどりだ。ほかの客席と隔てられたテーブルはすぐに見つかった。テーブルにはキャンドルが一つ置いてあるだけでせまく、体をぴたりと寄せて座ることになった。ルイーザは笑みを浮かべて革ジャケットを脱いだ。楽しくてたまらないといった風だった。

「乾杯」ルイーザがグラスを掲げた。俺はルイーザを見たあと、親指と人さし指でキャンドルの芯《しん》をつまんで火を消し、乾杯には応じずに自分のビールを長々とあおった。俺がグラスを下ろすのを待って、ルイーザは完璧《かんぺき》な歯並びを見せて微笑んだ。

「このお店はたぶん初めて――」

「どういうつもりなんだ、ルイーザ」

「なごやかに話しちゃいけない理由はないわよね」ルイーザが俺の視線をとらえた。

「かならずしも敵対しなくたっていいはず」

「敵だとは思っていないが」

「でも、昨日話したとき、パートナーの手綱を引いてくれなかったじゃないの。彼女、ずいぶん失礼な態度だったわよね」

「そうか？」

「別に意地悪で言ってるんじゃないのよ……」

「きみは俺の部屋に侵入した。俺に嫌われるんじゃないかなんていまさら気にしないでくれ」

「彼女、同性と見ればめちゃくちゃに引っ掻《か》いてやらないと気がすまないタイプなんじゃない。男性の隊員には嫌がらせじみた事情聴取はしてなかったところを見ると」

「ほかの隊員は、保護拘置下にある受刑者の写真が撮影されたとき当直ではなかったからだろう。彼女はきみの友人、レニックを殺した犯人を見つけたい一心で質問しただけだ」

「私は正直に答えたわよ。レニックが死んだ件に私は関係ないの。マーティン・ウィックが死んだ件にも」

「これは無罪を証明するには奇妙なやり方だな」

ルイーザは俺の目を見つめてから、俺の手に自分の手を重ねた。まるで恋人同士がするようなしぐさ。俺は脅迫されるだろうと覚悟して来た。脅し。恐喝。ところがルイーザは、三度目のデートのようにふるまっている。

「やましいことが一つもないとは言ってない。レニーが死んだ件に関係ないとは言ったけど。保険がほしかっただけよ」

「何に備えた保険だ？」

「たとえば仕事に熱心すぎる、自己嫌悪の塊みたいな女性刑事」

「俺は自己嫌悪の塊だが、〝熱心〟と〝女性〟の部分は言いすぎだな」

「笑える冗談ね。要するに、あの雌犬にリードを着けておいてよってこと」

俺は手を引っこめた。

「あら、痛いところを突いちゃった？　彼女との関係はどうなの？」

「何が言いたいのかわからないな、ルイーザ」

「ええ、そうでしょうよ。あの女に首輪をつけてやりたいと思ってるって点ではあなたも同じでしょうに」

「それはどうして？」

ルイーザは全身で笑った。まぶたの隙間《すきま》から白目がのぞいた。「前途有望な女性刑事を、素行不良の男性刑事の監視役につける理由は何？　男性刑事の矯正のため？　それとも彼の棺《ひつぎ》に釘《くぎ》を打ちつけるため？」

「的外れもいいところだ……」

ルイーザは唇を湿らせて俺のほうに身を乗り出した。「記録課に友達がいるの。彼によると、ブラック巡査はゆうべ、あなたに関する資料を根こそぎ調べたみたい」

「書類仕事を頼んだから――」

「なるほどね、だからあなたが書いた報告書や逮捕記録、既知の共犯者を調べた、と……」

俺はためらった。「やはり説明になっていない。俺たちがなぜいまここで会っているのか」

「あなたが堕落した刑事だからよ、エイダン・ウェイツ。いろんな噂を聞いたわ。麻薬、女、裏社会とのコネ。あなたを尾行して住所がわかれば、利用価値がありそうなものが手に入るかなと思ったの。よからぬ人物と会っているところとか、パートナーとやってるところとか。でもまさかあんな――」

「もういい」俺はさえぎった。

「よくないわ」ルイーザはこちらに身を乗り出して小声で言った。「あのパスポート、偽造よね。よくできてる。あんなもの、どうすれば作れるの？」

「社会の低層部に友人がいてね」

「事情聴取されるべきはあなたのほうよね」

「きみは俺を告発していない。つまり、何か知っているわけだろう」

ルイーザは微笑み、椅子の背にもたれた。

「いいか、ルイーザ。これにからんでいる連中は危険だ」

「あなたもそのうちの一人じゃないかと思うけど」ルイーザはまた俺の手を取り、皮膚に爪《つめ》を食いこませた。

俺は手を引っこめた。「俺を殺したがっている連中だぞ」

「あなたが殺されると私が困る」

「だったら、目当ては何だ？　こんなことをする理由は？」

「そうね、秘密を抱えている人の気持ちがわかるからかしら」

「共感の表明のつもりなら、こんな――」

「勘違いしないで。このところ立て続けに秘密を利用されて、私も学んだのよ」

「秘密を利用された？　強請《ゆす》られたのか？」

「お子様ね」ルイーザは言った。「陰で何をしているか知られて痛い目に遭わされた人なんて、あなた以外にもいくらだっているの。私がいまからでも吐き戻したい警部が何人いると思う？」

俺は答えなかった。ルイーザは険のある声で続けた。

「私が市警で一番優秀な狙撃手《そげきしゅ》なのは疑いの余地のない事実よ。疑いの余地なんてまったくない。その私でも、やっと銃器部隊に配属されるまでに何本のペニスをしゃぶったと思う？　むせて息もできなくなるまでしゃぶったわよ」俺は目をそらした。ルイーザは続けた。「何が言いたいかというと、秘密があるからといって、それだけで悪人だということにはならない、悪いことをしてでも秘密を守り抜かなくちゃならない場面も人生にはあるということ」

「で」俺は言った。「きみの秘密というのは何だ？　市警内の既婚者と寝たことじゃないんだろう」

ルイーザは俺のグラスを取ってビールを飲み干した。直後から頭がわずかに左右に揺れ始めた。

「たとえば、お酒を飲んじゃいけないとか」

そんなのは氷山の一角にすぎないだろう。「ほかに何をしてはいけないんだ？」

「男、女。とくに同僚ね。面倒なことになる。お酒も」ルイーザは空になった俺のグラスのほうにうなずいた。「あとで面倒なことになる。私たち、お友達になったらすごく盛り上がれそうね」

「その程度のことが俺の部屋に侵入する理由になるとは思えない」

「だったら、話せるものなら話してみろって挑発したら」ルイーザの瞳孔《どうこう》は広がり、息遣いが荒くなっていた。

「つきあっていられないな」

ルイーザは目を見開いた。

「わかったよ。話せるものなら話してみろよ」

「二週間くらい前、聖マリア病院である女と知り合いになった。緑色のトラックスーツの女。市警が重要参考人としている女ね」

「エスター」俺は言った。

ルイーザは感心したように言った。「意外にちゃんと捜査してるのね。写真を撮りたいから、マーティン・ウィックの病室に入れてくれないかってエスターから頼まれたの。ほんの短時間だし、出入りするのに階段も使わないからって。五分だけ知らん顔しててくれればそれですむからって」

「いくらで？」

「二千」

「たった二千？　ばれたら人生を棒に振るかもしれないのに？」

「たった五分でその稼ぎと思えば悪くないでしょ」

「そうかな」

ルイーザは肩をすくめた。「眠れないとき、いつもポーカーをやるの。このところなぜか眠れない夜が多くて。破産しかかってるのよ」

「二千ぽっちで片がつく問題じゃないだろう」

「元手としては充分よ。さらに儲《もう》けるための元手として。それに、あなたの〝隠し資産〟のおかげで、ようやくまた調子が出てきたの」

俺は目を閉じた。

「ほんとよ。あなたのお金を倍に増やした。言ったでしょ。私はあなたを味方だと思ってるの」

「だが、何か誤算があったわけだろう」俺はこんなところで会っている理由に話を引き戻した。「親切心からしている話とは思えない」

「誤算なんてなかったわよ」ルイーザは言った。「私は現金を受け取り、あの女はお望みの写真を撮った。それだけ」

「きみが見ぬふりをしているあいだに彼女が殺人の下見をしたとなれば、話は別だ」

「殺すつもりでいたなら、あの場でやってたんじゃない？」

「何か手違いが起きたんだろう。そうでなければこんな話にはなっていない。死者が二人出たとはいえ、きみは罰を受けずにすんだようだ」

「人が殺された件と私はいっさい関係ないわ」ルイーザは真剣な面持ちで言った。「だいたい、そのとき現場に居合わせてさえいなかったんだから。あの女と私を結びつける証拠だっていっさいないの——彼女が私に連絡するのに使った電話を除けば」

そういうことか。

俺は椅子にもたれてルイーザを見つめた。俺たちがエスターの身柄を確保したときその電話を所持していたら、そしてその電話にルイーザと連絡を取り合った履歴が残っていたら、ルイーザは一巻の終わりだ。

「その番号をあなたに渡して、追跡してもらえないかと思ったわけ……」

「番号ならもうわかってる」俺は言った。「こうしているあいだにも追跡が始まっている」

「あら」

「自分で追跡を依頼すればよかっただろうに」

「彼女の電話番号を知ってる理由を説明できないでしょ。それに、唯一の証拠を自分で警察に渡すようなものよ」

「俺に追跡させたって結果は同じだ」

「でも、私たちはもうお友達よね、エイダン。もう追跡を始めたの……?」ルイーザはしばし思案した。「かえって好都合ね。匿名のタレコミ電話をかけなくてすむわけだから。お願いしたいのは、彼女の電話が証拠として押収《おうしゅう》されたとき、私の電話番号が消えていることだけ。彼女が私に連絡した証拠さえなくなっていればいい。それだけよ。やってくれたらあなたの鞄は返す。パスポートも、お金も。よけいな詮索はいっさいせずに返すわ」

「電話から番号を消すくらいはできる」俺は言った。「しかし、いずれ通話記録を取り寄せることになる。それにはきみの番号が載っているだろうな」

「捜査を担当してるのはあなたでしょ。その通話記録をあなたが調べることにして、私の番号は使い捨て携帯のもので、所有者は不明と報告すればいい」

「エスターの身柄を確保したとき、本人が電話を所持していたら？　何もかも打ち明ける気でいたら？　人間の記憶を消すのはそう簡単じゃないぞ」

「そうね、そこが最大の問題」ルイーザは目を伏せてテーブルを見た。「あなたがどのくらい刑務所に行きたくないと思ってるか、それにかかってる」

俺は首を振った。「電話を処分するのとは異次元の話だ……」

「だけど、考えてみてよ。彼女の電話に私の番号が登録されているとわかって、または彼女の身柄が確保されて洗いざらいしゃべったとして、私が逮捕された場合、私の所持品のなかからあなたの秘密が見つかるのよ。偽造パスポートが。私の罪を軽くしてもらう材料に利用できそう」

「ああ、使えるだろうな」

「考えてみたら、奇跡というほかないわよね。あなたは二人が殺された現場に居合わせたのに、一人だけ難を逃れた。かすり傷一つ負わずに……」

「昔からそういう運には恵まれている」俺は言った。

「……私があなたの立場だったら、私が逮捕されないように全力を尽くすけど」

俺はしばらく考えたあと、あきらめてうなずいた。

「番号を消してすむ問題じゃない」俺は言った。「彼女を殺したって同じだ。きみは嘘に嘘を重ねることになるだろう。嘘の山はいつか崩れてきみを押しつぶす」

「私たちをの間違いじゃない？ どうしてそう意地を張るの？ あんなジャンキーがレニックを殺したうえにサトクリフに重傷を負わせたなんて、まさか本気で信じるわけじゃないわよね。その説には疑問があるって自分でも言ってたじゃない……」

「その疑問の大半はまだ残っている」

ルイーザは微笑んだ。「これはレニーのためにしてることなの。もちろん自分のためでもあるけれど。だって、捜査に有益な情報でしょう。あなたは間違った手がかりを追ってる。私はどこの誰だか知らない女が写真を一枚撮るあいだ、たった五分そっぽを向いてただけ。あなたはこの事件を適切に解決して真犯人を逮捕すれば、エスターのことなんて二度と考える必要がなくなる。私のこともね」

俺は上の空でうなずいた。

「ところで」ルイーザが言った。「アンって誰？」

視野を白点がきらめきながら横切っていき、俺はテーブルの端をつかんだ。

「手紙の中身は読んでないわ。二通とも読んでない。私的な手紙のようだったから……」

俺は椅子を後ろに押し、ルイーザを見つめ、自制心を働かせようとした。

妹から送られてきた手紙、出せなかった俺の返信。ナオミが来て、二通とも鞄と一緒に置いていた。

「俺はどうなってもいい。どうなろうとかまわない。だが、ルイーザ、一つだけ聞いてもらいたいことがある。一人の人間として。アンのことは放っておいてくれ。頼む」

ルイーザは思案顔をしたあと、俺が感情を露《あらわ》にしたことに心を動かされたような顔でうなずいた。バッグを開けて妹の手紙を取り出し、俺に手渡す。

「友情の証《あかし》に」ルイーザは立ち上がった。「じゃあ、連絡を待ってるから、エイダン。番号はもう知ってるはず」そう言って俺の首筋にキスをし、耳もとでささやいた。「私があなたの番号を知ってることはわかってるわよね」

12

ホリデイ・インには一時間以内に戻ったが、さっきここにいたのがはるか遠い昔のことのようだった。ナオミから連絡は一度もなかった。携帯の追跡の結果はまだ出ていないのだろう。携帯が故障したり、電源が切られていたり、壊されたりしていればもうけものだ。

実際に見つかったときどうすればいいか、検討するゆとりさえ俺にはなかった。ルイーザが言っていたとおり、すべては俺がどれだけ刑務所に行きたくないと思っているかにかかっている。ホテルに向かって歩きながら、気づくと俺はテッサ・クラインのことを思い出していた。遺書は見つかっているが、遺体は見つからないまま、死亡を宣告される。それも一つの道ではないかと俺は考え始めていた。

ナオミはロビーに座っていた。

「すぐ折り返します」ナオミは電話中だったが、そう言って通話を切った。

「悪かった。携帯の追跡の件で連絡は？」

「まだ何も。あの、エイダン――」

「何か話したいことがあると言っていたね。聞こうじゃないか」

「少し長くなりますけど、大丈夫ですか」

俺はナオミの目をほんのわずか長すぎる時間見つめたあと、うなずき、ホテルのバーに誘った。バーは閑散としていた。ワインをボトルで頼んで分け合っているカップル、午後のカクテルを楽しんでいるカップルがちらほら見えるだけだ。俺は女性バーテンダーの前に立ってナオミのほうを見た。ルイーザのナオミ評は不愉快だった。今日の俺の態度を見たあとだ。ジェームズ警部の捜査チームから本当に声がかかったら、ナオミは受け入れるだろうか。

「あなたと同じもので」ナオミは言った。

「ギネスを二つ頼む」

ナオミを先にテーブルに行かせ、俺はカウンター前でビールを待つあいだ、ジェイムソンをまたダブルで頼んで喉に流しこんだ。

表通りが見える角のテーブルに陣取った。俺に向けられたナオミの目に、少し前に見たのと同じ警戒の色が浮かんでいた。二人が殺された重大事件の捜査中とはいえ、違和感がある。パーズ警視が珍しく余裕を失っているからか。それとも俺の母親がらみで電話がかかってきたせいか。それとも事件そのものが原因なのか。

ルイーザ・ヤンコフスキーの件はナオミにはまったく関係ない。俺はそれを心のできるだけ奥のほうに押しこんでおこうとした。どこから切り出そうかと迷っているナオミの顔を見ているうち、俺にもなんとなくわかり始めた。話したいことというのは俺に関係しているらしい。テーブルに目を戻すと、自分では飲んだつもりはなかったが、俺のグラスはいつの間にか三分の一くらい空いていた。

ナオミはまだ俺の顔を見ている。「勤務中に飲むのは初めて……」

「なおさらそのかす甲《か》斐《い》があるな」俺は笑みらしき表情を作った。ナオミは微笑まなかった。「無理に飲まなくていい」

「いやだ、よしてくださいよ」ナオミはグラスを取り、俺のグラスにそっと打ちつけてから一口飲んだ。ごくりと喉を鳴らし、俺を見る。「さっきの電話。お母さんの件……」

「その話はよそう」

「スローンが言ってましたよね。あなたには一ダースの顔がある……」

「誤情報をつかまされたんだろう。俺の顔はせいぜい二つしかない。本当だ」ナオミは笑わない。俺は続けた。「今日は悪かった。スローンにショート・バック……」

ナオミはジャケットのフードの奥で肩をすくめた。「自分を大きく見せたくて必死な男にまた二人遭遇したというだけ。慣れてますから」

こちらを見るナオミの目は、俺も同類かもしれないと言っていた。

「で、話っていうのは」俺は促した。

「スチュアート・ホーリーって名前に聞き覚えは？」

「どこかで聞いたな……」

「あなたとサティが半年前に逮捕した人なんですけど」

俺は記憶をたどった。「エクスチェンジ・ストリートのウィスキー・ショップって酒屋に押し入った奴か。閉店後で、真夜中だった」

「どう対応しました？」

「逮捕して、本部に連行した」

「抵抗しましたか」

「正反対だ。俺たちが現場に到着したら、そいつは酒瓶を抱いて座りこんでいた。向こうから自己紹介して、お二人はどちらさまですかとまで訊かれたよ」

「訊かれて、名乗ったわけですか」

「もちろん」俺は答えた。「おとなしいものだった」

「暴行とか、してませんよね」

「していない」俺は即答した。

「サトクリフ警部補も？」

「していない」

ナオミは自分の電話を取り出してテーブルの俺からも見える位置に置くと、画面を確かめながらスクロールして一枚の写真を表示させた。スチュアート・ホーリー。確かに俺たちが逮捕した男だ。

ただし、殴られて顔が青黒くなっていた。

両目とも大きく腫《は》れ、唇は二カ所切れていた。

「俺じゃない」俺はナオミの顔を見た。さっき否定したときとは違って、自分の耳にも自信なさそうに聞こえた。「俺のことをどう思おうとかまわないが、これは俺じゃない」

「でも、さっきはショート・バックの頭にもう一つクレーターを作りそうな形相だった」

「作ったとして、奴より俺を責めるか」俺は冗談めかして言ったが、ナオミはうなずいた。

「はい。あなたが悪いと言ったと思います」

「なあ、今週はいろいろあって……」

「わたしが知りたいのはそこ」ナオミは携帯電話に目を落とした。「この週もいろいろあったんですか」

「俺に悪い噂があるのは知ってるが、こんなことはしない」

「でも……」ナオミはまた画面をスクロールした。

俺は次々と表れる写真を見つめた。見覚えのある顔、記憶がおぼろな顔。去年、喧嘩《けんか》の現場で、取調室で、犯罪の現場で、見た顔。どの顔も傷だらけだった。青痣やすり傷くらいならまだいい。なかには頭に重傷を負っていたり、骨が折れている写真もあった。

「あなたを名指ししている人は一人もいません。どの人も、逮捕直前や直後に暴漢に襲われたと主張するか、自分を殴ったのは警察官だったと証言しているだけ。何者かがこうやって点をあちこちに置いて、いつか誰かがその全部を結びつけるのを待っているんです、エイダン。パーズ警視は結びつけた。わたしも。結びつける人がこれからもっと増えると思います」


その日の朝、ジェームズ警部が来た一件を思い出し、俺の気分はどんよりと沈んだ。ジェームズは、ライト・ファンタスティックの近くで暴行事件が起きたと言っていた。俺がたまたま前を通りかかった店の近くで。

犯人は、俺にそっくりだった。


ナオミが話を続けて、俺は現実に返った。「これがあなたを陥《おとしい》れる計略だとしたら、ものすごく手がこんでいます」

「犯罪者はみんな、逮捕時に手荒に扱われたと嘘をつく」俺は言った。

「そう？　じゃあ、性的暴行はどう説明します？　女性の一人は、体を触られたと主張してる。人相特徴があなたに一致する警察官から、体を触らせてくれれば見逃してやると持ちかけられたって……」

「その女の名前は」

「それ、本気？」ナオミは俺の顔をまじまじと見た。「名前は教えませんよ。訊くだけ無駄」

「名前がわかったら、俺が何をすると思っているんだ？」

ナオミは、無意識にだろう、携帯電話に目を落とした。「問題はそこじゃない」ナオミは言った。「問題は、あなたから度を超した暴力を振るわれたとほのめかしている人が何十人もいるってこと。性的な行為を強要されたとほのめかしている人も同じくらいいる。全員がこの一年にあなたが逮捕した人なんです。いつか誰かがこのパターンに気づきます。とても利口なやり口だわ。この何十人かにあなたに対する苦情を言わせているのが誰であれ、彼らはあなたを血祭りに上げようとしている」

「少なくともその点では俺たちの意見は一致しているようだ」

ナオミは俺を見つめた。「あなたは彼らに金槌《かなづち》と釘を差し出しているようなものです。わたしには理解できない。仮に、この人たちの苦情に根拠なんかいっさいないとしても——」

「あるわけがないだろう」俺は言った。

ほかの客の何人かがこちらを振り返った。

ナオミは声をひそめた。「根拠がないとしても、誰かがこれだけの人数を動員している事実は変わらない。とするとその誰かは、前科がつくとわかっていてあえて逮捕されるような状況に進んで身を置くような人を集めていることになる。そのうえでいま見たような暴行をし、どう苦情を届け出たらいいか教えこんで、実際に届け出させているってことです。これだけの人数ですよ。こんなの見たことがない。あなたは？」

　首を振るしかなかった。

「首謀者は、時間とお金を好きに使えて、警察にコネを持っている」ナオミは一拍置き、大きく息を吸ってから続けた。「よほどの恨みを抱いている」

　俺は酒を一口飲んだ。

「誰なのか知っているんでしょう、エイダン」

　いまナオミが話したことは重く分厚くて、嘘で貫き通すのは不可能だ。俺はしかたなくうなずいた。

「警視が話していたあなたのお友達」ナオミは言った。「その人のことを話してください。わたしには話してもらう資格があると思う」

　俺はのろのろと言った。「ゼイン・カーヴァーという男のことをどこまで知っている？」

　俺はナオミの肩越しに壁に視線を向けていた。それでもナオミがわずかにうつむいたのはわかった。

「きみも噂を聞いたことがあるだろう。俺は以前、薬物の依存症だったとか。証拠の保管室から麻薬をくすねているところを見つかったとか。ほかにもいろいろ聞いているはずだ」

「わたしは噂話なんか――」

「事実なんだよ、ナオミ。全部本当の話だ」

ナオミは一瞬目を閉じた。「それでカーヴァーに恨まれることに?」

「まだ納得がいかない。だって、関わり合いになった刑事をいちいちそこまで恨んでいたら、きりがないでしょう」

「俺は特別なのさ」俺は言った。それからグラスを空けて立ち上がった。「そろそろ行こうか」

ナオミは動こうとせず、俺が座っていた椅子を凝視していた。「わたしはあなたの力になりたいんです。あなたを理解したいの」

「よしてくれと俺は頼んでいる。もういいだろう?」

「わたしのどこが気に入らないの?」ナオミは訊いた。「だって、わたしの仕事ぶりが理由とは思えない」

そのときナオミの携帯電話がテーブルの上で振動を始めた。話を切り上げるチャンスに乗じて、俺はその電話に出た。

「ウェイツ巡査部長です」俺は言った。「はい。はい。ありがとう」電話をテーブルに置く。思いがけず大きな音がした。「エスターの居場所がわかった」

ナオミはうなずき、携帯電話を取って立ち上がった。

13

電波を追跡した結果、携帯電話の所在地はコーナーハウスと判明した。もともとはアートセンター兼独立系シネマコンプレックスだった施設だが、三年か四年前に閉鎖されたまま放置されている。前の日に放火されたフィアットの残骸が発見された場所から徒歩五分ほどの距離だった。しかしナオミは、だから周辺を捜索しようと言ったのにと俺を責めはしなかった。

外はすでに暗く、通りには無数のライトがあふれて交差していた。タクシー、バス、自転車が、商業ビルのネオンと明るさを競っている。

コーナーハウスはウィットワース・ストリートとオクスフォード・ストリートの交差点に建っている。文化の中心だった当時から、どこか廃墟《はいきょ》じみたスリルを誘う場所だった。といっても、外観に廃墟を思わせるところはない。左右をモダンな大型アパートメント・ビルにはさまれ、パレス・シアターと向かい合っているそれは、白く輝く笑みのど真ん中にある神経が死んだ歯のようだ。閉館後しばらくのあいだ、映画館の入口のひさし型の看板には、長らくの愛顧に感謝する文言が綴られていたが、やがて文字が落ちてしまったのか盗まれたのか、いまはスプレー塗料で描かれたシンボルマークや政治スローガンに取って代わられている。

数カ月前から落書きの傾向が変わってきたことになんとなく気づいてはいたが、こうして改めて見ると、過激派のスローガンや、この周辺の空きビルを何棟か占拠してメディアを騒がせた無政府主義の不法占拠者グループMAN――マンチェスター・アクティヴィスト・ネットワーク――に関連した文言が増えていた。マンチェスターは商業施設の空きビル率がイギリスでもっとも高い街で、ざっと三分の一が空いている。ホームレス人口が爆発的に増えたこともあり、中心街やその周辺には、俗に〝スーパー・スクワット〟と呼ばれる、不法居住者に占拠されたビルがいくつか生まれた。数カ月ごとに手入れが行なわれ、夜、機動隊がビルの前後で待ちかまえるなか、執行吏が群れをなしてビルに突入し、ホームレスの人々をふたたび通りに放り出して所持品を没収する。これにかかる費用があれば、一部のビルをリースして市公認のシェルターに改装する資金をまかなえるだろうが、そうすれば問題の存在を認めるも同然だ。

俺たちは正面の入口に近づき、ガラス越しになかをのぞいた。暗がりの奥で人影が動いたように思ったが、暗すぎて何とも言えない。俺は拳《こぶし》を握り、ドア枠を何度か叩いた。

奥の黒い輪郭が動きを止めた。

少し待ってみた。男のひげ面が暗がりから現れた。

「何の用？」怯《おび》えたような声だった。

「警察――」そう聞いただけで、男は後ずさりしてドアから離れた。「人を探しているんだ」俺は両手をガラスに押し当て、大声で言った。男の輪郭がまだぼんやりと見えていた。一、二メートル奥に立っている。

「立ち退《の》き通告書がなきゃ応じられない」男が答えた。一語ごとに声が大きくなる。

「追い出しに来たわけじゃない。話が聞きたいだけだ」

返事はなかった。俺はナオミを見た。

ナオミは目をそらした。

別の方法を考えようとしたとき、バスが通りかかった。ヘッドライトが建物の前面を舐《な》め、一瞬だけロビーを照らした。その刹那《せつな》、ひげ面の男が見えた。ロビーの少し奥、入って数メートルのところで、黄色い髪の痩せた女と話している。

「頼む」俺はドア越しに叫んだ。「人の生死がかかっているんだ……」

エスターの生死のつもりでそう言ったが、たぶん、俺自身の生死も重なっていた。また少し間があって、青白い肌とブリーチした黄色い髪が閃き、さっきちらりと見えた女がドアのすぐ向こうに来た。薄汚れたガラス越しにまず俺を見つめ、次に俺の背後にいるナオミを見つめた。その目の奥で、闘争と逃走の衝動が競《せ》り合っているのが見えた。

俺は第三の選択肢にしてくれと祈った。女はほかに誰もいないか通りを一瞥した。俺は少し横によけて、俺たち二人しかいないことを確認させた。

「誰の生死がかかってるのよ」女が強烈なアイルランド訛《なまり》で訊く。

「若い女性だ。参考になるかわからないが、野宿を続けているんだと思う」

女はまた俺を見つめた。まもなく心が決まったらしい。鍵がぶつかり合う音が聞こえた。南京《ナンキン》錠がかちりと鳴り、続いてドアハンドルから鎖が抜き取られる音がした。女がドアを開けて俺たちの前に立った。痩せた体はこわばり、ひっきりなしにびくりと動いた。爪の周囲の皮膚を引っ掻いている。

寒いからというより、神経系の障害のせいと見えた。

「あたしはジャズ」そう自己紹介した。頬が異様に赤く紅潮している。元はピンク色だったらしいレギンスを穿き、その上にサイズの大きすぎる厚手のパーカを着ている。ナオミと俺はなかに入り、元どおり鎖をドアにかけているジャズにそれぞれ名前を告げた。

「こっち」ジャズは言い、小型の懐中電灯をつけて、劇場の案内係のように先頭に立って歩き出した。

ロビーを突っ切り、旧映画館の一つに入った。住人はここで寝泊まりしているようだ。観客席はいまもそのままになっていて、スクリーンが取り払われて残った大きな黒い穴を見つめている。ポータブルライトの明かりに照らされた劇場は、時代の流れと切り離されているように見えた。交通量の多い通りと隣り合わせなのに、外の世界と完全に隔てられたここは、世界の終末を鑑賞するための核シェルターのようだ。最初に入口で見たひげ面の男が、五、六人のホームレス男性と話していた。疑わしげな視線が一斉にこちらを向き、俺たちが近づいて来るのを見て話をやめた。

「で？」ジャズの手足はあいかわらずひくついていた。目は落ち着きなく飛び回っているが、俺たちだけは見ようとしない。

「若い女性を捜している」俺は言った。「何か知っていることがあれば教えてほしい」

「ごらんのとおり、ここにはいないよ」ひげ面の男が言った。

ジャズが彼の肩に手を置く。「ここに捜しに来たのはどうして？」

「位置情報を調べて、彼女の携帯がここにあるとわかった」俺は言った。住人たちが顔を見合わせる。「俺としては、きみたちの家にお邪魔させてもらっているつもりでいる。何も知らないから帰れと言うなら引き上げるが、できればその女性を守りたい……」

「何から？」ジャズが訊いた。

「命の危険から。彼女は数日前に起きた殺人事件の現場に居合わせた。物騒な連中がいま、彼女を捜し回っている」

場の空気がふいに変わったのがわかった。

「物騒な連中って？」

「それは答えられないが――」

「あんたたちはその物騒な連中じゃないとは言いきれないよな」ひげ面の男が言った。

「もしそうなら、手っ取り早く銃器部隊を引き連れてきている。入口のドアを蹴破って、五分とかからずきみたち全員を通りに放り出すか、留置場に放りこむかしている」住人の一人が俺のほうに一歩踏み出したのを見て、たったいま俺が言ったことは、彼らにとって仮の話でも何でもないのだと俺は悟った。現実にそのとおりの事態を経験してきているのだろう。「いまのは脅しのつもりじゃない。違いを強調するために言っただけだ」

「どんな見た目の子?」ジャズが訊いた。

「ちょうどきみくらいの体格。年齢は二十代から三十代なかばくらい。一番目立つ特徴は」俺は内ポケットから印刷した静止画像を取り出した。「顔にこんなタトゥーを入れている」俺が差し出したプリントアウトを一人が受け取った。「あまり鮮明な画像じゃないが、目の周りに散っているのは五芒星《ごぼうせい》――一筆書きの星のような模様だ」

全員が静止画を見つめるなか、一人が後ずさりした。俺から目を離さないようにしながら観客席をぐるりと回り、向こう側の出口から姿を消した。

一拍あって、さらに二人がそのあとを追った。

「大当たりの鐘が鳴ったかな」

「ビッグベン級の鐘がな」ひげ面の男もじりじりと後ずさった。

ジャズは静止画を俺に返してうなずいた。「この子なら、たしかにいたよ」

「いた?」

「いまはもういない。ついさっき荷物を取りに来たけど、あたしがいなかったから――」

「荷物？」ナオミが言った。

「バックパック」ジャズが答える。「一番上の階に物置があって、そこの鍵を持ってるのはあたしだけなの。その子が荷物を取りに来たとき、あたしはいなかった」

「じゃあ、荷物はまだここに？」

　ジャズがうなずく。

「名前は知ってる？」

　ジャズはひげ面の男を見た。「エスターって聞いてるけど。でも、誰もあの子のことはよく知らない。ここには二晩泊まっただけだから」

「荷物を見せてもらえる？」ナオミが言った。

「断る権利ってあるの？」

「その子を助けたいなら見せて」

　ジャズは少し考えてからうなずき、俺たちの背後の出口に向かった。

　俺たちもそれに続こうとしたが、ひげ面の男に呼び止められた。

「二人そろって行く必要はないよな」

「俺が行く」俺は言い、ナオミに反論される前に歩き出した。

ジャズの案内でせまい階段を上った。ジャズがまた懐中電灯のスイッチを入れた。

　俺が最後にこのビルに来たのは、まだ営業していたころ、四年か五年前のクリスマスだった。ほろ酔い加減で前を通りかかり、ふらりと入って『素晴らしき哉《かな》、人生！』の昼の回を見た。そのあとバーに立ち寄って一杯飲み、三フロアを占める画廊を巡り、絵画を一枚一枚鑑賞した。どれも絵の具がまだ乾いていないのではと思うくらい新しい現代アートだった。いまとなってはよい思い出だ。

　それから通りに出て、自殺防止ホットラインに電話をかけた。

二十分くらい話したころ、俺よりも相談役のほうが人生にうんざりしたような声になっていた。こうして思い返すと遠い昔のこと、俺ではない別の誰かに起きたことのように思える。クリスティーン・ファローという赤の他人が精神保健法に基づいて措置入院することになったと告げる電話をふと思い出した。そこからなぜか、ナオミの俺を見る目を思い出した。俺の怒りや被害妄想が炸裂《さくれつ》する前兆を見逃すまいとしている目。

　結局、この母にしてこの息子ありなのだろう。

鍵のかかったドアの前に来ると、ジャズは鍵を選び出してそこを開けた。両手のひどい震えから察するに、ドラッグの効果が薄れかけているか、薬物と手を切ろうとしている最中かのどちらかだろう。いずれにせよ、地獄を見る思いをしたに違いない。俺も同じ経験をしているからわかる。ジャズはしゃがみ、戸棚のなかを探って、元は白だったらしい汚れたバックパックを引っ張り出した。

「これだけど」ジャズはバックパックを差し出した。

俺はそれを受け取ってなかを検《あらた》めた。病院で遭遇したときエスターが着ていた緑色のトラックスーツが出てきた。さらに奥を探ると、俺たちをここに導いた携帯電話があった。俺の胸に安堵《あんど》の明かりがぽっと灯《とも》った。どう対処するかはまだ決めていないが、これさえ手に入ればもう大丈夫という気がした。

「ありがとう」俺はジャズに言った。

そのとき俺の携帯電話が振動し、俺たちはそろって飛び上がった。応答すると、ナオミからだった。

「すぐ下りてきて」ささやくような声だった。「急いで」

14

一階に下りると、ナオミが階段室の出入口をふさぐように立って待っていた。「道路を封鎖してる」ナオミは言った。「携帯の件がどこかから伝わったんだと思う。ＴＡＵも四人か五人」

「くそ」俺は思案を巡らせた。

ジャズが俺とナオミを見比べて訊く。「ＴＡＵって？」

「要するに機動隊だ」俺は答えた。

ジャズは即座に出口に向かおうとしたが、俺は手首をつかんで引き止めた。「いまはパニックを起こすな」俺はナオミを見た。「ほかの住人は」

「劇場」

「ジャズ、機動隊が来ていると話したら、ほかの住人がまずい反応をするかもしれない。怪《け》我《が》人《にん》が出かねない」俺は手首を放した。ジャズは腹立たしげに手首をさすった。「悪かった。俺が外に出て話をしてみるから、きみたちはここで待っていてくれないか」

ジャズはうなずいたが、あいかわらず全身が激しく震えていた。頬は赤紫色に染まって痛々しい。

俺は脳味噌《のうみそ》をフル回転させた。ルイーザ・ヤンコフスキーは、エスターの携帯の位置情報の追跡はすでに始まっているという話を俺から聞いてすぐガス・ランプを出た。あのあと出勤したなら、アサルトライフルを抱えて劇場の前に来ているだろう。エスターのバックパックを直接渡し、エスターの携帯という爆弾の信管をはずさせれば、俺たち二人の首がつながる。

表のドアに向けて歩き出そうとしたとき、ナオミが手を差し出した。

「それ、エスターの？」ナオミが訊く。「携帯も入ってる？」

俺はごくりと喉を鳴らした。「入っている」

「それを渡せば彼女の情報が伝わってしまって、彼女が危険にさらされる。あなたが自分でそう言ったでしょう」

俺たちはバックパックのストラップをそれぞれつかんでいた。

俺はその要素を入れて考えを組み立て直した。俺がヤンコフスキーにこれを渡して自分が助かろうとすれば、別の誰かが危険にさらされる。しかたがない。俺はバックパックから手を放した。

ナオミはストラップを肩にかけ、ジャズに訊いた。「裏口はある？」

ジャズがうなずく。「非常口から駅に行ける……」

「表のドアの鍵を貸してくれ」俺は言った。ジャズの体の震えはいっそう激しくなっていて、鍵を俺に渡そうとして取り落とした。「いいよ」俺は自分で拾った。「何かあったら、たとえば銃を向けられたりしたら、両手を挙げて指示に従えよ」二人がうなずく。

「一分待って、非常口から出てくれ」

　俺は六十から秒読みしながらロビーに出た。

　心臓が軍鼓のように鳴っていた。警察ヘリの音が頭上で聞こえている。ヘリのスポットライトがこの建物を照らし出している。つまり、向こうから俺は見えるが、俺から向こうは見えない。連中は本気だ。俺が姿を見せた瞬間、無数の銃が俺を狙うだろう。俺は腕を上げて目を守りながらドアに近づき、南京錠をはずして鎖を引き抜いた。

外に出るなり、ヘリコプターの轟音《ごうおん》がのしかかった。

　足を踏み出す。スポットライトが小刻みに揺れながら俺を照らし、メガホンから甲高い声が響いた。「武装警察だ。地面に伏せろ！」

　両手はもう頭上に挙げていたが、地面に膝《ひざ》を突き、俺は警察官だと怒鳴り返した。まぶしいライトの向こうに目をこらすと、装甲車が四台か五台駐まって交差点の全方向からの通行を封鎖し、蛍光ジャケットの制服警官が俺を包囲しているのが見えた。だが、俺が警戒している相手は彼らではなかった。

　銃器部隊は、闇にまぎれて標的を狙《ねら》う。

　ヘリコプターが高度をやや落とし、ローターが空を切り裂く衝撃が伝わってきた。スポットライトが目に痛い。ルイーザ・ヤンコフスキーの隊の巡査部長、ハリデーがフル装備でG36アサルトライフルの狙いを俺に定めているのが見えた気がした。その左右に視線を振ると、隊のほかのメンバーも数人いた。ヤンコフスキーも来ているはずだ。光のなかから現れた困惑顔がジェームズ警部のものとわかった瞬間、俺は安堵さえ感じた。

「ウェイツ？」ジェームズが言った。

「ああ、よかった……」

「ここでいったい何をしているんだ、ウェイツ巡査部長」

「緑色のトラックスーツの女の手がかりを追ってここに来ました」

「単独で？」

「女はここにはいません」俺は質問をはぐらかした。

ジェームズはまた一歩こちらに踏み出して大声を張り上げた。「一人きりかと訊いた」

「警部」

その声のしたほうを振り返ると、フル装備のヤンコフスキーがナオミを引き立ててこちらに来るところだった。「非常口から出てきたところを見つけました」ヤンコフスキーは言った。

ほんの二時間ほど前に話をしたあの女とはまるで様子が変わっていて、同一人物とは信じられなかった。銃口はナオミをまっすぐ狙っているわけではなかったが、いつでも撃てるという脅しをちらつかせていた。

ジェームズが俺に視線を戻し、ヘリコプターのやかましい音に負けじと声を張り上げた。「まさかと思うが、あれは車が放火された現場で容疑者が持っていたと証言のあったバックパックか？」

「そうだと思います、警部」

「ブラック巡査」ジェームズは言った。「そのバックパックをヤンコフスキーに渡せ。早く」

ナオミはためらい、俺の視線をとらえた。

俺たちは唯一の手がかりを失おうとしている、エスターの命を危険にさらそうとしている――ナオミの目にはそう見えているだろう。それだけではすまないと俺は知っていたが、事態はなおも悪化しかねない。俺に見えるのは、さりげなくナオミを狙っている銃口だけだった。俺はうなずき、ナオミはバックパックを引き渡した。ヤンコフスキーはナオミの手からバックパックをむしり取り、後退を始めた。

「ヤンコフスキー巡査」ジェームズが言った。「携帯電話が入っているかどうか確認してくれ」

ヤンコフスキーはジッパーを開けてなかをのぞいた。「あります、ジェームズ警部」

「ただちに押収手続を」

ジェームズはまだ俺を見据えていて、ヤンコフスキーの顔をよぎった安堵の表情を見逃した。ヤンコフスキーは機動隊の装甲車のほうに歩き出した。車両に近づくにつれ、足が速まった。いまここで証拠を破壊または改竄《かいざん》するつもりでいるなら、俺は何か言うべきなのだろう。だが、それは自分の死刑執行令状に署名するも同然だ。

「立て」ジェームズが言った。俺は立ち上がった。ジェームズは、頭上のヘリコプターの轟音があってもはっきりと聞こえる距離まで近づいてきた。「突入する前に我々が知っておくべき情報がほかにあるか」

「それはどういう意味――」

「我々が知っておくべき情報はあるか、ウェイツ巡査部長」

「はい。丸腰の路上生活者が五名か六名、屋内にいます。トラックスーツの女は知らないと言っていますし、女はここにはいません」

ジェームズがハリデーにうなずき、ハリデーは隊のメンバー二名についてこいと合図した。

「銃器部隊が行く必要はない」俺は騒音に負けない声で怒鳴った。三人が振り返った。一瞬の間があった。目のくらむライトとエンジンの騒音、吹き下ろされる強い風。俺たちは全員、スポットライトの輪のなかにいた。「こちらの指示にすべて従ってくれました。手荒な真似《まね》は必要ありません」

ジェームズの表情は見るからにこわばった。まもなくハリデーに顔を向けた。「先にパトロールの者を行かせる。事を荒立てずにすむならそのほうがいい」

「了解」ハリデーは俺をにらみ据えたまま言った。

「二人ともよく聞け。私から今回の件をチェース警視正に詳細に報告する。せいぜい口裏を合わせておけ。さあ、私の前から消えてくれ」

ナオミと俺はそろって規制線の外へ、集まり始めた野次馬の輪よりさらに外へと出た。俺はヤンコフスキーが乗った装甲車から目を離さずにいた。装甲車のエンジンがかかって発進したとき、その陰に別の車両が駐まっているのが見えた。マットブラックのメルセデス、今朝、俺とナオミを尾行していた車だ。俺はナンバーを確かめようとしたが、メルセデスもエンジンをかけてあっという間に走り去った。

角を曲がって大通りからそれたところで、俺たち二人分の重たい息遣いが初めて聞こえた。ヘリコプターのローター音が遠ざかっていき、頭痛が治まったあとに似た静けさが残された。

俺が口を開く前に、ナオミが首を振ってポケットから携帯電話を取り出した。ただし、ナオミのものではなかった。俺は愕然《がくぜん》として立ち止まった。

「捕まる前にすり替えたの」ナオミが言った。「あの人たちが手に入れたのは、あなたが手荒く扱ったとされる逮捕者の写真だけ……」わずかにためらったあと、俺に携帯電話を差し出した。「……ロックがかかってるけど、その画面だけでも見て」

俺は画面をタップした。

エスターの携帯のロック画面に設定された画像は、殺害されたムーア一家の写真だった。

俺は顔を上げた。ナオミも同じことを考えていると表情でわかった。あの女がどれだけ巧みに正体を隠していようと、金目当ての殺し屋がこんな写真を画面に設定するわけがない。これは十二年前の事件に直接のつながりを持つ人物、じかに関与した人物の携帯だ。

「彼女はいったい何者なの？」ナオミが言った。

Ⅳ
ディスインテグレーション
Disintegration

1

「身分証を見せてください」聖マリア病院のサティの病室前に配置された制服警官が言った。俺がサティのパートナーだと聞いてあからさまに驚いた顔をした。俺の身分証をしげしげと見たあと、今度は俺の顔をしげしげと見た。最後に俺の肩越しにナオミを見やり、一目で信用したらしい。俺は制服警官の横を通り過ぎて病室に入り、ナオミも入るのを待ってドアを閉めた。

「なんであんなに疑うんだ？」

「ここに四日も配置されてるわけだから」ナオミが俺の顔を見ずに言った。

「だから？」

「だから、サティの相棒ならとっくにお見舞いに来てるはずだと思ったんじゃないかと」

俺はうなずいてベッドに近づいた。ベッドを囲んで引かれたカーテンの隙間《すきま》からちょっとなかをのぞく。サティは真っ白な包帯でぐるぐる巻きにされていて、誰だかわからない。苦痛で心停止を起こさないよう、いまも人工的に昏睡《こんすい》状態に置かれている。俺は椅子《いす》に腰を下ろし、立場が逆だったらサティはどうしているだろうと考えた。花束を持って見舞いに来てはいないだろうが、たぶん、俺をこんな目に遭わせた犯人をとっくに捕まえているだろう。

ナオミの視線を感じた。俺たちのあいだに新たに生まれた葛藤《かっとう》も。夜のあいだに、俺はやっと気づいた。ナオミが俺の監視役を志願し、俺の逮捕記録や人事記録を読みあさったのは、俺を葬《ほうむ》るためではない。

俺の汚名をすすごうとしていたのだ。

「ＢＢＣで事情聴取したとき、ブレークはサティの話をしてた」

俺は顔を上げた。「それはいつ？」

「あなたが車を取りに行ってるあいだ。最近退職した古株刑事の送別会か何かでばったり会ったらしくて。そのときあなたの話が出て」

「へえ？」

「サティはあなたのこと、最高に優秀な刑事だと絶賛してたって」

俺はカーテンに囲まれたベッドのほうを見た。「ありえない」

「サティが褒めるなんてありえない？　それとも、自分が最高に優秀な刑事だなんてありえない？」

俺が答える前に病室のドアが開いて、パーズ警視が入ってきた。午前八時にここで打ち合わせというのはパーズの提案だった。

「こんなところに呼び出して悪いな」パーズは言った。「だが、私がチェースのご機嫌をどうにかするまで、おまえたちは本部に顔を出さないほうが無難だろう。何しろ、身内の人間を取り押さえるのにヘリコプターが緊急出動するなどという事態は日常茶飯事とは言えまい。そうだろう、ウェイツ巡査部長？　おまえがまさかサティの病室にいるとは誰も思わないだろうしな。おまえの報告を聞いていろいろ考えさせられた。真剣にやれと言ったことは否定しないが――」

俺はナオミをちらりと見た。「コーナーハウスに行ったのは、俺がそう指示したからです、警視」

「ほう、騎士道精神を発揮するか。言っておくが、おまえに責任を取らせたいことはほかにある。何か訊《き》かれたら、おまえは有望な手がかりを追い、先にコーナーハウスにたどりついたのだと私は答える。ジェームズ警部のチームは、負け惜しみを並べているにすぎない」

「向こうはどうやって携帯の電波を追ってコーナーハウスへ？」ナオミが訊いた。

「電波を追ったわけではなかった」パーズが答えた。「タトゥーの女に関して匿名《とくめい》の通報が入った。ホームレスの誰かが毛布代わりにしていた新聞を読んで、市警がその女を捜していると気づいたとか、そんなことだろう」

その可能性もなくはないが、ルイーザ・ヤンコフスキーが俺たちをコーナーハウスまで尾行し、自分で匿名のタレコミ電話をかけた可能性もある。ルイーザにしてみれば、俺たちがエスターの番号を手がかりにすでに電波を追跡していると聞いたあとでは、もはや失うものはなかったはずだ。それにナオミがすり替えてさえいなければ、携帯電話を横取りしようというルイーザの作戦はみごとに成功していただろう。

前の晩、道ばたで話し合ったとき、パーズに電話して状況を話すべきだと言い張ったのはナオミだった。俺から報告を受けたパーズは、翌朝自分と会うまでエスターの携帯を預かっておけと言った。俺は電話のロックの解除を試み、ムーア一家殺害事件の発生日を入力したが、それでは解除できなかった。何度も失敗するとデータが消去されるだろうと恐れ、それ以上は試さなかった。

ルイーザ・ヤンコフスキーの番号が本当に登録されているとすれば、ルイーザが逮捕される可能性は高く、次に俺が逮捕される可能性も高い。現金と偽造パスポートは、俺がウィックを殺した明白な証拠とみなされるだろう。規則をねじ曲げ、法律を破りまくって生きてきたあげく、身に覚えのないことで刑務所に放りこまれるとしたら、まさに致命的な皮肉だ。ふと気づくと、パーズとナオミがそろって俺を見ていた。俺は携帯をパーズに渡した。いまは保護のためにビニール袋に入っている。

「まだロックされたままか」

俺はうなずいた。ロックが解除できないかぎり、そして携帯電話会社が通話記録の開示に抵抗しているかぎり、俺には時間の猶予《ゆうよ》がある。パーズは携帯電話に触れ、ロック画面にムーア一家の写真が設定されているのを見て長々と息を吐き出した。

「タトゥーの女にはその事件と個人的なつながりがあるようです」ナオミが言った。

「指紋は」

「今朝調べてもらいました」俺は言った。「拭《ふ》き取られていたようです。検出されたのは俺とブラック巡査の指紋だけだったので」

「ブラック巡査、きみがルイーザ・ヤンコフスキーに渡した電話は、すでに証拠物件保管室に預けられているはずだが……」

「今朝、位置情報を確認しましたが、わたしがヤンコフスキーに渡した直後に電波は途切れていました。バッテリー残量は四十五パーセントだったので、電源が切られたか、壊されたか、どちらかだろうと。最後に確認できた位置は、コーナーハウスでした」

「当面使えるスペアはあるな？」パーズが確認し、ナオミはうなずいた。「きみの電話が保管室にたどり着く前に紛失したりすり替えられたりしたら、ヤンコフスキーの関与の有無という問題は解決するな……」

俺は黙っていた。

幸い、パーズの思考はすでに次の段階へ進もうとしていた。チェース警視正はヤンコフスキーを停職処分にという進言をまたもや却下している。この情報を適切に利用すれば、市警内部でのチェース警視正の求心力、なかでも街頭に武装警官を常駐させるという世論の分かれる問題についての発言力は一気に低下するだろう。チェースの昇進にも悪影響が及ぶだろうし、下手をすれば進退問題にさえ発展しかねない。もちろん、パーズにとって重要なのは自分の出世だけだ。

　パーズはサメの笑みを俺たちに向けた。「万事めでたしだな」

　俺たちが事件を解決したかのような調子だった。

「この電話をどうなさるおつもりですか、警視」ナオミが訊いた。

「話のわかる技術者が本部にいてね。信頼できる男だ。その男によると、サイバー部門も懸命な努力はしているが、最新モデルのロック解除はほぼ不可能らしい。それでもやれるだけのことはやるだろう」

「警視」ナオミが言う。「データが抽出できたとして、それをどうしますか」パーズは答えなかった。ナオミが続けた。「銃器部隊がまたわたしたちの捜査に便乗してきた場合、彼女の安全が気がかりです」

　パーズが愉快そうに表情を崩し、答えようとしたとき、ドアにノックの音が響いた。

「どうぞ」パーズが応じた。

　監察医のカレン・ストローマーが入ってきた。かかし並みに痩《や》せた体をスリムなシルエットの黒いスーツに包んだストローマーは、俺たちを見てドア口で立ち止まった。だからといって、驚いたわけではない。この内々の会合についての自分の考えを明確にするためだ。まもなくなかに入ってきてドアを閉めた。ストローマーはプロフェッショナルを評価しない街で働くプロフェッショナルであり、その意味ではよそ者だ。性分を見れば、俺とストローマーはおそらく似たもの同士だ。しかし職業人として見るなら、これほどかけ離れた人間もいないだろう。ストローマーの髪は黒くて短く、目は奥まっていて小さい。唇は、開く瞬間までどこにあるかわからないほど薄かった。

「悪いな、わざわざ」パーズが言った。

「市警本部で会合を開けないもっともな理由がきっとあるんでしょうから」

「理由ならそこに」パーズが俺のほうに顎《あご》をしゃくった。

ストローマーは最小限にうなずいただけで、俺と目を合わせなかった。

「おはよう、エイダン。こういうことはもう卒業《ビハインド》したと思っていた」

「尻《ビハインド》に刺さったナイフのようにな」俺が答える前にパーズが言った。「ウェイツ巡査部長については、昨日だけで三件も苦情が届いた」パーズの目が俺を見る。「チャーリー・スローン、ショート・バック、ジェームズ警部。そういう人間だと昔から知ってはいたが……」

「そういう人間じゃなければいいのにといつも思ってた」ストローマーが言った。それからカーテンで囲われたベッドのほうを見て話題を変えた。「サトクリフ警部補の容態は?」

「見えているのに誰にも見えない重要人物か」パーズが言った。「いつもどおりの貢献をしてくれている」

　ストローマーなら何かひとことくらいはちくりと言うだろうと思ったが、どうやらここはさっと聞き流すことにしたらしい。

「そういうことなら、私もいつもどおりの貢献をしたほうがよさそうね」そう言って革のブリーフケースから書類を取り出した。「マーティン・ウィックの死の経緯は説明するまでもないわね。火災の場合、煙を吸って死ぬほうが苦しまずにすむけれど、今回はそうではなかった」

「ウェイツがその場に居合わせた」パーズが言った。

「そうだったわね。それよりも興味深い発見が一つある。死体の拳《こぶし》を開いたら紙片が出てきたの」ストローマーはコピーを俺たちに回した。そういえば息絶える直前、ウィックは拳で俺の胸を叩《たた》いた。

　何かを伝えようとしていたのだ。

　紙片は炎で焦《こ》げていて、筆跡は読み取りにくかった。

「よくメモを書いて意思疎《そ》通《つう》をしていたと聞いたけど」

「そうです。それなら声を出さずにすむから」俺は答えた。「ただ、奴《やつ》の文字はひどく細かくて……」

「そのようね。メモを拡大してみたけれど、あまり意味がなかった。〈strangays〉。何のことかわかるかしら」

「ストレンジウェイズ、かな」俺はコピーを凝視した。

パーズの赤い視線が俺に注がれた。「死ぬ直前はサトクリフ警部補と話していたのだったな」

「奴から何かを聞かされて、サティは動揺しているように見えました」俺は言った。

「ジェームズのチームはすでにウィックの手紙を押収《おうしゅう》したか」

俺はナオミを見た。ナオミが答えた。

「まだだと思います、警視」

「ならば、急いで刑務所へ行け」

嘘《うそ》発見器のようなパーズの第六感が働く前に逃げる口実ができてこれ幸いと、俺はもう出口に向かっていた。ドアハンドルに手を置いたところでパーズが言った。「もう一つ、エイダン」

「はい、警視」

「昨日の騒ぎにまぎれて、私に報告するのを忘れていることはないか……」

俺は振り返らなかった。くそ、あと一秒で逃げられたのに。

「私は繰り返しこう指示したはずだ。おまえが今回の事件の真の標的だった可能性を調べろと。おまえを陥《おとしい》れるための計略ではと私が疑っている事実について、ブラック巡査は調べを始めているのだろう」

「はい」

「私はすでに三度、首謀者の正体を示唆《しさ》したはずだ。そろそろおまえの口からはっきり言ってもよいのではないか」

「ゼイン・カーヴァーです」

「そのとおりだ。今日のうちに奴と会って話をしろ。仮にまた同じ指示をしなくてはならないとしたら、おまえが身を入れて仕事をしているのかどうか、今度こそ懸念《けねん》を表明しないわけにいかないだろうな」

「二度と同じ指示はさせません」

「その心がけだ。ブラック巡査、そいつの動向に目を光らせておいてくれ。エイダンが関わると、物事はとかく失敗しがちになる」

俺はパーズを無視してドアを開け、廊下に出た。視野に白点が浮かんでいた。いま確かに言えることは一つだけ――ゼイン・カーヴァーとは二度と話したくない。それに、携帯の通話記録が開示されてルイーザ・ヤンコフスキーが逮捕されたら、明日が来る前に俺も手錠をかけられることになるだろう。

2

女王陛下のマンチェスター刑務所は、悪評に値する肥《こえ》だめだ。呼び名はまるで女王陛下の夏の別荘か何かのようで、俺はつい優雅なホテルのような場所を想像する（訳注／王国であるイギリスでは、国の施設などの正式名称に〝女王陛下の（Her Majesty's）〟がつく）。九〇年代初め、旧ストレンジウェイズ刑務所は短期間でイメージの刷新を図った。一九九〇年、二十五日間にわたる暴動と屋上での抗議行動により、建物は数千万ポンド相当とも一億ポンド相当とも言われる大きなダメージを受け、看守一名と受刑者一名の計二名が死亡した。この暴動が残した傷は深く、またその報道によって劣悪な住環境が世間の注目を集めたため、当局は荒廃していたヴィクトリア朝時代築の刑務所の大々的な改築に乗り出した。

しかし、名前が変わっても、何も変わらなかった。世間はいまもここをストレンジウェイズ刑務所と呼ぶ。

刑務所長のハットンは、入口のセキュリティゲートを通過した先で俺たちを待っていた。俺たちの自己紹介を聞いてうなずき、自分も名前を言っただけで廊下をさっさと歩き出し、その後ろにつんとくる汗のにおいが航跡のようにたなびいた。俺の訪問先にパーズ警視があらかじめ電話をかけると、こういうそっけない歓迎を受けることが多かった。

「奴の訃報《ふほう》を聞いて残念に思ったとは言いがたいね」

「残念に思ったという人にはまだ会っていません」俺はあとを追って歩き出しながら言った。「ただ、重要なのはそこじゃない」

ハットンは無言だった。

「マーティン・ウィックが人気者でなかったことは知っています」ナオミが言った。

「そのとおり。生きてここを出られたただけで驚きだ」

「本来の意味で生きて出られたというわけではありませんが……」

「そうだな。十年前にくたばっていたら、誰もがほっとしていただろうに」

「それはどういう意味で？」ナオミが訊いた。

俺たちはまだ延々と廊下を歩き続けていた。この会話が終わるまで、ハットンの首の後ろの脂肪の段々を見ていなくてはならないのかと思うとうんざりする。ハットンのシャツの首回りは、あれで息ができるのかと不安になるほど窮屈だ。もしかしたら俺たちの来訪に備えて、いつもは留めない一番上のボタンをわざわざ留めたのかもしれない。

「いや」ハットンは大したことじゃないというように手を振った。「数字の話にすぎない。きみらが囚人を送りこんでくるペースは……」そこで立ち止まり、鍵《かぎ》を差しこんでドアを開けた。「送りこんでくるペースは……」

「受刑者が首を吊《つ》って監房が空くペースよりも速い、ですか」俺は言った。警察官や看守を挑発する一番手っ取り早い方法は、彼らが払われて当然と思っている敬意をまるで払わないことだ。

そろそろいろんな連中を揺さぶって、何がこぼれ落ちてくるかを見るタイミングだ。

ハットンは自分のオフィスに入ったところで俺のほうを振り返った。「きみは確かにあの警視の秘蔵っ子のようだね。で、今日はどのようなご用件かな、ウェイツ巡査部長」

「ウィックの手紙類を引き渡していただけないかと」

「せっかくお時間をいただくわけですので」ナオミが俺を追い越してオフィスに入った。「こちらでのウィックの様子などもうかがえたら助かります」

「数分ですむのなら」

ハットンの体形はキングサイズのベッドのようで、顔にはしかめ面《つら》が刻みこまれたまま動かない。オフィスには反吐《へど》の出るような体臭が染《し》みついていた。これに本人が気づいていないとは思えない。もしかして自衛の武器に利用しているのだろうか。その臭《にお》いに包囲されていると、この部屋にちょっとおしゃべりのつもりで立ち寄る人はそう多くないだろうと想像がつく。ハットンは俺たちそれぞれが立つべき位置、座るべき椅子を厳密に指定してから、デスクの奥の椅子に体をめりこませるようにして座り、俺たちが指示に従うのを目で追った。人を従わせることに慣れきっているのは明らかで、ちっぽけなならず者国家を治める暴君を連想させた。

「ありがとうございます」ナオミが言った。「ウィックの人物像がなかなか把握できなくて……」

「マーティン・ウィックの人物像を描きたいのかね」ハットンは言い、ヒントを探すような目を室内に巡らせた。その目は最後にデスクの上――そこにあった白紙に落ち着いた。ハットンはそれを指で叩いて言った。「これだな」

ナオミは微笑《ほほえ》んだ。「ウィックが四人を殺害した人物でなければ、わたしたちも同意したかもしれません。実際には、なかなかお目にかかれない人物です。殺人の罪で有罪が確定し、なおかつ自分も殺害された人物」

ハットンは椅子の上でもぞもぞと体を動かした。頭のなかで次の面会予定をキャンセルしているのが見えるようだ。この事件の関係者数名と同じ、それ自体が何かを表明しているようなうんざり顔をナオミに向けている。俺もあんな表情でナオミを見ているのだろうか。

「いいかね、奴は白紙のようだったと私が言うのは、落胆からだ。ここにいるあいだ、奴のためになされた努力に、当人は何らの反応も示さなかった。一方で、ほかの者の反感を買ってばかりいて――」

「それはなぜです？」俺は聞いた。ケヴィン・ブレークは同じ疑問に答えられなかった。

「正直に言えば、最後まで真相は突き止められないままになった。だが、十二年で七度も殺されかけるとは、どんな基準に照らし合わせても多すぎる」

「刑務所にそんな基準があるとは知りませんでした」俺は言った。ハットンはよしてくれというように両手を挙げた。「ウィックが命を狙《ねら》われた回数をチャーリー・スローンが正確に知っていて、どうしてかなと思ったんですが」

「知っていたのか？」ハットンの視線は、俺たちの背後の何もない壁へと漂った。

三文記者の名前を知っていると一瞬のためらいもなく認めるのは奇妙だ。もう少し用心していたら、最初にこう訊き返すはずだ——〝誰だって？〟。

俺はハットンの視線が俺の上に戻ってくるのを待った。

「知っていましたよ」俺は言った。「チェース警視正が開いた記者会見で、それについて質問していました。誰から聞いたんだろうと不思議でした」

「それを知りたくて来たなら——」

「違います」

「塀の外に漏れたゴシップの一つひとつについて、私は責任を負いきれない。私の意見《二セント》を求められたら、ウィックの問題はあの口数の少なさだったと答える。独善的だった。他人を下に見ているようなところがあった。子供を殺した男から批判されたら、かちんと来る者もいるだろう」

俺はうなずいた。「ウィックは有名人でもあっただろうし……」

「それが裏目に出る場合もある。本物のセレブリティ、有名事件の犯人は、うまくやれる例が多い。受刑者はみな暇を持て余している。おもしろい話があれば、ここでの生活は楽になる。しかし他人を見下している上に、その……」

「心を開かなかった、とか？」ナオミが言った。

「心を開かない場合には、鼓膜を破られたりすることになる。ウィックには会話の才能がまるでなかったとでも言おうか。率直なところ、拘束服を着せられる環境に移ったほうが本人にとって快適なのではと思ったりもしたよ」

「とすると、ご存じのかぎりでは、刑務所内に友人は一人もいなかったわけですね」

「最後の同房者とは馬が合ったようだが、その同房者もまた独特でね……」

「どういう意味で？」

「迷える魂とでも言おうか」

「その迷える魂は、事情聴取に応じてくれそうでしょうか」ナオミが訊いた。「もしお願いできれば、パーズ警視も喜ぶと思いますが……」

ハットンは歯を食いしばるように顎に力をこめた。二セントのコインを口に入れて咀《そ》嚼《しゃく》しようとしているかのようだった。

「いいだろう」ハットンは言った。「ただし、手配に少々時間がかかるかもしれない。Eブロックは目下、封鎖《ロックダウン》中でね。せめて何日か前に連絡をもらっていれば……」

「ロックダウンには何か特別な理由が？」ナオミが訊く。

「いつものことだ。全員を外で運動させるには、看守の人数が足りない」

「監房から出られるのは一日何時間くらいですか」

「現状では一時間だけ」ハットンはナオミの目をまっすぐに見て答えた。

一九九〇年の抗議行動の最大の動因が一日二十三時間のロックダウンだったことは、三人とも知っている。街が当時に逆戻りしているとは、にわかに信じがたかった。

「特別な手配は必要ありません」俺は時間短縮を狙ってそう言った。「その受刑者の監房で話をします」

「いや、それは勧められないな」

「そこはウィックが収容されていた監房でしょうか」ナオミが訊く。

「最後の五年はそこに収容されていた」

「それならぜひ見てみたいです」

「思うに、きみは、とりわけきみは、愉快な時間を過ごせないだろうな、巡査」

ナオミは笑みを浮かべた。「愉快な時間を過ごすために来たわけではありませんので、所長。お気遣いなく」

「よかろう」ハットンは、ナオミから無理難題を吹っかけられたかのように言った。内心でほくそ笑んでいるような響きもあり、俺たちが監房にいるあいだに最悪の事態が起きたら、この所長は小躍りするのではないか。「ちょっと待ってくれ」椅子から体を力尽くで引き抜くようにして立ち上がり、オフィスをあとにした。

ナオミは目を見開いた。「ここ、すごい臭いですよね……」ナオミがストレンジウェイズ刑務所に来るのは初めてだ。きっとこの経験はいつまでも記憶に残るだろう。俺は立ち上がって窓を開けようとした。窓からちょうど運動場が見えた。ナオミも隣に来て、俺たちは太陽の下に出ていく受刑者の一団を目で追った。

「一日に一時間だけ……」ナオミが言った。二人ともしばらく無言で眺めた。受刑者は下を向いたまま運動場をぐるぐると回っている。「不思議」ナオミが言った。「全員が時計回り」

俺はうなずいた。「時間を速く進ませようとしているのかもしれないな」

3

カテゴリーAの刑務所には、言葉にしがたい絶望感が漂っている。収容者の大多数が〝ハイリスク〟に分類される終身刑囚で、死ぬまで、あるいは老齢に達するまで釈放はまず望めない。ストレンジウェイズは最近激戦を勝ち抜いて、イギリス国内の刑務所中、自殺率がもっとも高い刑務所の称号を手に入れた。厚さ五メートルの壁に囲まれた環境では、それが唯一《ゆいいつ》の脱出手段だ。俺たちを隔離棟に案内した看守は、廊下を歩きながら背景を説明した。

「ここにいるのは、何らかの理由で一般収容棟には置いておけない受刑者がほとんどでしてね。おつむが少々怪しい奴もいれば、成人として裁判にかけられた未成年者もいるし、自傷癖がある奴もいる」傷だらけのスチールゲートの鍵を開けた。そのゲートの向こうは隔離棟だ。「もちろん、〝チョモ〟もいますよ」

「チョモ？」ナオミが訊く。

「小児性犯罪者《チャイルド・モレスター》」看守は答え、いま入ってきたゲートを閉めた。がしゃんと大きな音がした。看守が鍵をかけ直す。

「小児性犯罪者が成人として裁判にかけられた未成年者と同じ棟に収容されているんで

すか」

「ははは」看守はナオミの意図を読み違えて言った。「因果応報ってやつかな」

　そのままEブロックに案内された。鉄格子《てつごうし》の監房と鉄格子の通路が四フロア分。貧困者向け無料食堂がまるごと階段から転げ落ちているような音がしていた。俺たちが通ると、会話がはたとやんだ。受刑者が鉄格子の際《きわ》まで出てきて俺たちを見る。全員の目がナオミを追っていた。声を上げたり、俺たちにちょっかいを出したりする奴はいなかったが、ナオミを記憶に刻みつけようとしているのはわかる。

「俺たちがこれから会う男は、なぜ隔離棟に？」

「〝男〟？」看守は笑った。「会ってのお楽しみかな……」

「来ただけで充分わくわくしている。このうえ不意打ちは不要です」俺は言った。

「アダムは俗に言う〝スイッチ〟でね。男のときもあれば、女のときもある。今日は中間のどこかだな」

「隔離棟に収容されているのはそれが理由ですか」

「それと、薬物依存」

「何の依存ですか」

「スパイス」看守は答えた。「ほかの連中と同じでね。時間がたつのが速くなったように感じるから、ここでは人気がある」

しらふでストレンジウェイズに収容された家族第一主義の男が、釈放されたときには骨の髄まで薬物依存になっていたという話を聞いたことがある。人生がまず彼らを見捨て、法制度がそれに続く。ストレンジウェイズ刑務所で歳月を過ごしたあとには、自分で自分を見捨てるスキルが身についている。

アダムの監房の前に来ると、看守はもう一人の受刑者に、俺たちがアダムと話しているあいだ、別室に移ってもらえないかと言った。そいつは同意の印に小さく肩をすくめ、看守がアダムに手錠をかけているあいだ、おとなしく待っていた。看守は手錠をゆるめにかけた。アダムの両腕には、新しいもの、すでに治っているもの、たくさんの自傷痕《じしょうこん》が重なり合って並んでいる。痩せた体つきをして、髪は短いお下げにしていた。薄化粧もしていた。

だが、片方の目の周囲の黒痣《くろあざ》は隠しきれていなかった。

その目の下に一粒の涙のタトゥーが入っていた。誰かを殺した証《あかし》だろうと俺は解釈した。看守がもう一人を伴い、金属同士がぶつかり合う音を残して鉄格子の通路を遠ざかっていくまで、誰も口を開かなかった。俺が自己紹介しようとしたとき、アダムが先に口を開いた。

「ここ、一八六八年にできたって知ってた？」

俺は首を振り、ペンキが剥《は》がれかけた壁を見た。薄暗い電灯、壁にできたいくつもの凹《へこ》み。「もっと古いのかと思ったよ」俺は言った。

アダムは小さく笑った。鼻からふっと息を吐き出す。

「ドストエヴスカイが『罪と罰』を発表した二年後だ」アダムはドストエフスキーを英語読みした。きっと誰かが口に出して発音するのを聞いたことがないのだろう。「そう聞いてどう思う？」

「設計した奴はきっと流し読みですませたんだろう、かな」

アダムはまた鼻を鳴らして笑い、俺は座ってもかまわないかと尋ねた。

アダムがうなずき、俺はベッドの端に座った。自動的にナオミがアダムの近くに座ることになった。ナオミの存在がアダムを落ち着かない気持ちにさせているのがわかる。アダムは目をそらし、その話題を発展させるような次の質問を頭のなかで探していた。話し好きなのに、その練習をする機会に恵まれていないのだろう。

「じゃあ、『罪と罰』を読んだわけだ」俺は話の接《つ》ぎ穂を差し出した。

「そのまんまの世界に生きてるよ」また鼻を鳴らす。「そっちは？」

「読み始めたことなら何度かある」

「問題はそこだ。終身刑にでもならないかぎり、読み終われない」

「でもおもしろかった？」ナオミが訊いた。

「僕は終身刑じゃない」アダムは困惑したように言った。俺たちと向かい合って座っていたが、ほんのわずか身を縮めた。「おもしろかったけどね。すごかった。ただ、思ってる結末とは違うんだ。読んだほうがいいよ」ナオミと俺の両方にうなずく。「刑事は全員読んだほうがいい」アダムは顔を上げ、俺が事情聴取に入ろうとしていることを察した。「年はいくつ」急いでそう訊く。

「三十一」

「同い年だ」アダムは小さくうなだれた。

「アダム」ナオミが言った。「以前、あなたと同房だったマーティン・ウィックについていくつか教えてもらいたいことがあるの……」

「楽しかったよ。ちょっとだけだったけど。まともな話ができて」

「この事件でいろんな人に話を聞いたが、小説の話をしたのは初めてだ」俺は言った。

「嘘じゃない」

「読む時間ならいくらでもあるからね。時間だけはある。マーティンを殺した奴、もうわかったの？」

「それが知りたくて捜査をしている」

「だったら、なんでここに来るわけ。ここの奴は誰も何も知らないよ。これはマジ」

「マーティンと過ごす時間がたくさんあっただろう。捜査の参考になる話ができそうなのはきみ一人かもしれない」

「マーティンか……」アダムは手首の傷痕《きずあと》をそっとなぞった。「現実の人間じゃないみたいだったな」

「似たようなことを言った人が何人かいた。現実の人間じゃないというのは、どういう意味かな」

アダムは真剣な面持ちで考えこんでから答えた。「『ゼイリブ』って古いホラー映画、見たことある？」

「ジョン・カーペンターか」俺は言った。

「違うよ、主演が誰だったかは忘れたけど（訳注／ジョン・カーペンターは『ゼイリブ』の監督）、主人公が見つけたサングラスをかけると、一部の人間の正体が見えるようになる。奴らは本物の人間じゃなくて、人間に変装したエイリアンなんだ。マーティンはそいつらの一人みたいだった」

「モンスターみたいってこと？」ナオミが訊く。

アダムは難しい顔をした。「っていうか、逆だな。別の生物のふりをしてる中身のほう。周りの目にはモンスターが見えてるけど、僕の目には中身のマーティンは純真な感じに見えた。マーティンの字、見たことある？」

「何度か」

「スペリングがいいかげんで、人に見られたくなかったみたいだった。だからあんな小さな字を書いてたんだと思う。ここに入るまで、ろくに字を読めなかったらしいし」

「マーティンとはよく話をした？」ナオミが訊いた。

「その答えはもう言っただろ」

ナオミを意識するとアダムは攻撃的になるようだ。そこで俺は話に割りこんだ。「実は、死ぬ少し前から、マーティンは自白を撤回しようとしていた。そのあたりの話が出たことは？」

アダムは首を振った。

「別の元同房者から、マーティンは写真を持ちこんで隠していたと聞いた。自分が殺した被害者の写真もあったとか」

アダムは床を見つめた。

「マーティンが殺されたと聞いて、あなたはどう思った？」ナオミが訊く。

「どう思ったと思う？　癌《がん》になったうえに、火炎瓶。二度死ぬようなものだよね……」

「犯人がそんなことをした動機は何だと思う？」

「僕らは人間のクズだからだろ。考えなくたってわかる」

「アダム」俺は言った。数秒あって、アダムはようやく俺を見た。敵意はいくらか消えたように見えた。「マーティンを殺す動機がありそうな人間に心当たりはあるかな」

「ストレンジウェイズ刑務所の人口の半分以外で？」

「マーティンは好かれていなかったってこと？」ナオミが訊いた。

「あんたたちはさ、僕らを下等な動物だと思ってるんだろ」アダムは低い声で言った。「けど、その僕らでも、子供を殺した奴を抱き締めたりはしないんだよ」

俺は一瞬おいてから言った。「子供を殺して刑務所に入ってくる奴は大勢いるよな……」

「なかには王族みたいに崇《あが》められる奴までいる」アダムは答えた。

「ここは女王陛下の刑務所だものな」俺が言うと、アダムはにやりと笑ったが、癇癪《かんしゃく》を起こしそうになっているのを必死にこらえているのがわかる。「マーティンがそれほど特別だった理由について、きみなりの考えを聞かせてもらえないかな。マーティンはどうしてそれほど嫌われていた？」

「子供を殺した奴だろうと」アダムは言った。「レイプ犯だろうと、態度がちゃんとしてれば、ここでもうまくやっていける。でもマーティンは、周囲を見下してた」アダムは手首の傷痕を憑《つ》かれたようにいじっていた。傷痕の一つが開き、手首が血だらけになりかけている。「マーティンは僕らをそういう目で見てた」

「どういう目で？」アダムは床を凝視している。そのまま数秒が過ぎた。「アダム？」

俺は静かに促した。

「そこのクソ女がいま僕を見てるような目だよ。バイ菌を見るような目。そのクソ女が三秒以内にやめないなら、そのクソったれな目をほじくり出してやる」

ナオミが困ったように俺を見た。

「ブラック巡査、悪いが、ちょっとはずしてもらえるかな」

「わかりました」ナオミは言った。「話をしてくれてありがとう、アダム」ナオミは立ち上がってそのまま出ていった。彼女の香水がふいに強く香った気がした。ナオミの足音が遠ざかっていき、看守がスチールゲートを開ける音が聞こえた。アダムは体を震わせていた。

「ごめん」アダムはマニキュアを塗った爪《つめ》をいじり、顔をこすった。「すごくきれいな人だから。ごめん」

髪をお下げに結い、自分で切った痕だらけの腕をして、ストレンジウェイズ刑務所の隔離棟の監房でうなだれているアダム。これほど孤独な人間は初めて見た。俺が近くに座り直すと、殴られると思ったのか、アダムはびくりとした。俺は両方の掌《てのひら》を彼に向け、そんなつもりはないと伝えた。アダムは顔を上げ、笑みに似た表情を作り、うなずいた。刑務所支給のシャツで顔を拭《ぬぐ》った。化粧がにじんだ。

「その涙の意味を訊いてもいいか」俺はアダムの顔のタトゥーを指した。

「誰かを殺したって意味……」

「きみは人を殺せるように見えないよ、アダム」

「僕自身だよ。僕自身を殺したときのための涙」

俺は黙っていた。

「見せたいものがあるんだけど。さっき訊かれたことに関係するものなんだけど。それを見せたら、頼みを聞いてもらえる？」

「頼みというのは？」

「金を貸してほしいんだ」アダムは言った。「返さなくちゃいけなくて……」

「金を貸すのもいいが、代わりに看守に相談してやってもいいぞ」

「じゃ、いいや」アダムは急いで首を振った。

俺は財布を取り出した。「いくらあれば足りる？」

「五十」手を口に当てて小声で言う。

財布には二十ポンド札が二枚あった。「いますぐ貸せるのはこれだけだ」俺は札を差し出した。「だがその前に一つ教えてくれないか」

「何？」アダムは現金から目を上げて俺を見た。

「ここでスパイスの売り買いを仕切ってるのは誰だ？」

「そんなの言えないよ……」

「少し前まで服役してた奴がいる」俺は言った。「ショート・バック。知ってるか——」

アダムは最後まで聞き終える前に笑い出した。

「ショート・バック？　他人《ひと》から借りてまであいつに五十ポンド返さなきゃなんて思う

わけないだろ。払えなけりゃ殺されるだけのことだ」

　俺はアダムが勇気をかき集めるのを待った。

「もっとずっとヤバい相手だよ」アダムは声をひそめた。

耳の奥で自分の鼓動が轟《とどろ》き始めた。「ゼイン・カーヴァーか」

「声がでかいよ」アダムが言った。「大声で言うなって」

　俺はうなずいて札を渡した。「看守もからんでるんだな」

「全員がからんでるよ。看守が持ちこんで、なかの売人がさばく」

「看守がただの運び屋なら、外の売人がきみに何か言ってくることはないはずだろう」

「関係ないよ」アダムは枕《まくら》のなかを手探りしていた。「これ。ほら、さっき訊かれた……」くしゃくしゃの封筒を俺に差し出す。はっきりと読みやすい文字で宛名《あてな》が書いてある。〈マーティン・ウィック〉。新聞の切り抜きの束が出てきたが、どれも十二歳のリジー・ムーアの笑顔の写真だけを切り取ったものだった。

　思わずがくりとうなだれた。この少女に対するウィックの執念に吐き気を催した。

「これか」ようやくそれだけ言った。

「奴ら、売上をごまかしてるんだよ」アダムが小声で言った。

　俺は封筒から顔を上げた。「看守がカーヴァーの金をちょろまかしてるって?」

アダムはうなずき、俺がさっき渡した札を握り締めた自分の拳を見つめた。「そろそろ一人になりたいな」

俺は立ち上がり、アダムの肩に手を置いた。

監房を出て、通路の奥を見た。それから看守がいる側を見た。俺たちの会話が聞こえない位置にずっと立っていたようだ。ほっとした。カーヴァーの売上をごまかしているというのが本当なら、秘密を守るために人を殺すくらいのことはやりかねない。

4

「俺は大した策略家だとか思ってるんでしょ」ナオミが言った。

俺たちは刑務所の出口のセキュリティを抜けようとしているところだった。看守が一人そこで俺たちを待っていて、ハットンから預かってきたウィックの郵便物が入った箱を差し出した。ウィックは読み書きが苦手だったとアダムも言っていたとおり、郵便物は大した量ではなかったし、ここから決定的な手がかりが見つかるとも思えなかった。俺は受取証に署名して箱を受け取った。

「策略家？　何の話だ？」

「アダムに近い位置にわざとわたしを座らせたり、アダムを怒らせるようなことを全部わたしに言わせたり」

「俺はそこまで知恵の回る人間じゃ――」

「あんなのは知恵じゃない。くだらないし、人を利用するのもいいかげんにしてほしい」

「利用されたと思わせたなら謝る」

別の看守が通り過ぎていった。ナオミはその後ろ姿を見送ってから続けた。「傷ついたのはわたしのプライドじゃない。アダムです。あの人の腕、見たでしょう」

「もちろん見たさ」

「なのに同情も何も感じないの？」

「感じてないと思うのか」

「わたしは与えられた条件で仕事をしてる」ナオミは言った。「あなたは会う人会う人、ショート・バックにしたような扱いをする。きっとサティが伝染したのね」

　俺は笑った。「伝染？　別の言い方はないのか」

　最後のゲートが開くなり、ナオミはさっさとそこを通り抜けて駐車場に出ていった。俺はそのあとを追った。ナオミの言うとおりなのだろうか。サティと組むようになって、当初は恐怖に似たものを感じ、サティのねじくれた世界観や冷酷さを軽蔑《けいべつ》した。ナオミもいま、俺について同じように思っているのだろうか。車のところでナオミに追いつき、俺は受け取った箱を後部座席に置いて助手席に乗りこんだ。

「わたしがいなくなったあと、アダムはどんな話をしたの？」ナオミが訊いた。

　俺は振り向いて刑務所の塀を見上げた。アダムから渡された封筒のことを考える。アダムの両腕に並んだ自傷行為の痕、アダムの借金。ドラッグの売買に看守が関与しているという話。それに何より、アダムがあれほど恐れている男のことを考えた。俺もその男が怖い。

ナオミの人生にゼイン・カーヴァーは無用だ。誰の人生にだって無用だ。

「とくに何も言っていなかった」俺は答えた。「あんな風に嚙《か》みついて悪かったというくらいかな」

「嘘だと思うのはどうしてかしら」

「生まれながらの皮肉屋だからじゃないかな」

5

俺たちは市警本部に戻り、十年分を超えるマーティン・ウィックの郵便物に目を通していた。大部分は法的機関からの通知書だった。まもなく電話が鳴った。「はい、ウェイツです」俺はナオミに目配せした。ナオミは手紙を下ろし、俺を見ないまま内線電話を取って一緒に聞いた。

「リンクレーターです。さっきはどうも……」パーズ警視のごり押しに負け、エスターの携帯電話の解析をしぶしぶ引き受けた本部の技術者だ。引き受けた時点で、おそらく情報は抽出できないだろうと言っていたし、同僚から隠れてこそこそ作業を進めなくてはならないことにストレスを感じているようだった。この技術者とのやりとりはこれが最後になるといいと、俺は心の片隅で祈っていた。「……こちらに来てもらえないかと思って。いますぐ来ていただけませんか」

ロックの解除に成功したわけではないだろう。とすると、携帯電話会社から通話記録が届いたのだ。くそ——俺は心のなかで吐き捨てた。くそ。くそ。くそ。

「いますぐ……？」俺は言葉を濁した。ナオミの目がさっと俺を見る。「もちろん、すぐに行きます」電話を切り、ナオミに声をかけずにオフィスを出た。もしかしたら、ナオミは一緒に来ようとしないかもしれない。もしかしたら、隠蔽《いんぺい》のチャンスがあるかもしれない。

まっすぐエレベーターホールに行き、呼び出しボタンを押した。一度も振り返らなかった。

エレベーターに乗りこむと、すぐ後ろからナオミが乗ってきた。

リンクレーターは、自分のオフィスの前で俺たちを待っていた。一刻も早く自分の役目を終えてしまいたいのだろう。

「残念ながらよい知らせと悪い知らせの両方があります」リンクレーターは俺たちをオフィスに招き入れて言った。「このｉＰｈｏｎｅはＸ《テン》と言って、最新モデルです。アンドロイド携帯やサムスンのデバイスなら簡単に突破できるんですが、アップルはセキュリティ対策を最大の課題としているんですよ。新世代モデルが出るたびに我々の一歩先を行く。一カ月か二カ月あれば、問題なく解除できると思いますが……」そう言って肩をすくめる。

「とすると、次の手は」ナオミが訊いた。

「ふつうなら、アップルに対する令状を申請してくださいと言いますね」

「アップルは協力します？」

「いや、まずしませんね。それに、数カ月預けることになる。それだけ時間があるなら、うちでもおそらく解除できます。それより疑問なのは、ホームレスの女性がなぜ最新型のiPhoneを持っていたかです」

「答えは」

「盗品だった」リンクレーターは笑顔で俺たちを交互に見た。「携帯そのものの中身は見られないし、あいかわらず電話会社のデータ待ちですが、指紋を検出できたんですよ」

「検査はもうしたはずだったのでは」俺は言った。

「そのときSIMカードは検査していなかった。そこから部分指紋が出たんです」

渡された付箋《ふせん》を見て、俺は目を閉じた。

「ケヴィン・ブレーク?」ナオミが俺の手もとをのぞきこんで言った。「ケヴィン・フ、、、、アッキン・ブレーク?」

「端末の中身に関しては何もわからないんですね」俺は確かめた。ポストイットが指のあいだで破れかけていた。

リンクレーターは首を振った。「しかし、契約名義はわかったわけです。話を持っていく相手ができた。所有者に生体認証で解除してもらえれば、なかを見られます」

俺はうなずいた。だが、ロックが解除されるのをどうにかして防がなくてはならない。

「この話は口外しないようパーズ警視から聞いていますよね」俺は言った。

「元刑事が殺人事件に関与していたかもしれないなんて話、頼まれたって知りたくないですよ」

俺はうなずき、立ち上がってそこを出た。携帯をブレークのところに持っていき、ロックが解除されたら、ルイーザ・ヤンコフスキーの番号が登録されていることがわかってしまう。その先の展開は、もはや俺には止められない。

ヤンコフスキーは逮捕され、続いて俺も逮捕されるだろう。

エレベーターに乗りこむ。ナオミのほうは見なかった。

「目立たないように進めないと」ナオミが言った。

俺は階数表示の数字を見つめていた。ふだんどおり息をしようとした。視野がにじみ、無数の白点が浮かんで、テレビの放映終了後の砂嵐《すなあらし》のようだ。

「早まるな」ようやくそう言った。「パーズにも報告して、進め方をじっくり検討したほうがいい。そうでなくても正規のルートから大きく外れているのに、元刑事を逮捕したりなんかしたら、さすがにただじゃすまない」

「逮捕するわけじゃない。話を聞くだけです。あの携帯のデータを見られれば――」

「そのタイミングが来たらな」俺は腕時計を確認しながらエレベーターを下りた。

めまいがした。そのまままっすぐトイレに向かい、個室に入って鍵をかけ、シャツの一番上のボタンをむしるようにはずした。耳鳴りが鼓膜を痛めつけている。パニックを起こすまいとして膝《ひざ》に爪を食いこませた。前腕を口もとに押しつけて苦悶《くもん》の叫びを押し殺す。しばらくそうしていたあと、ようやく耳鳴りが治まって、自分の苦しげな息遣いが聞こえた。

やれることは一つしか思いつかなかった。よせと自分を説得する暇を与えずにオフィスに戻り、ジャケットを取って、急用ができたとナオミに告げた。

「やっぱり」ナオミが辛辣《しんらつ》な声で言った。

聞かなかったことにして、俺は続けた。「パーズには俺から話してみるが、どのみち今日はもう何もできないだろう」ナオミが眉《まゆ》をひそめる。「ここまで順調に来ている。有望な手がかりをいくつか見つけた。あとは適切なやり方で一つずつ進めていこう」異様に早口になっていた。言っている内容だってむちゃくちゃだ。「じゃあ、また明日」ナオミが反論を組み立てる前にオフィスを出た。一階に下りるエレベーターのなかで急に体が熱くなって、両手を目の前に広げると震えていた。あの携帯がケヴィン・ブレークのものだったとは、驚愕《きょうがく》の展開だ。マーティン・ウィックを有罪にするのに貢献した元刑事と、ウィック殺害の容疑がかかっている若い女がつながっているとは。

そのつながりに意味はないのかもしれない。

女が盗んだだけのことかもしれない。ブレークを狙ったのは、十二年前の事件に関わっていたからだろう。一方で、ブレークが女に渡したということもありえる。女が携帯のロックを解除できたことを考えると、後者ではないだろうか。いずれにせよ、ナオミの言うとおりだ。論理的に考えるなら、ブレークを訪ねて本人に確かめるのが筋だろう。だが、俺はいかなる論理ももはや通用しない場所にいる。

　市警本部を出て、駐車場を横切った。

「エイダン」俺を呼ぶ声が聞こえた。振り返ると、ナオミが俺を追って外に出てきていた。「いったいどういうことなの？　教えて」

「何の話かわからないな、巡査」

　俺が階級の差をちらつかせると、ナオミは躊躇《ちゅうちょ》した。「わたしは何か見逃してるの？　ブレークの手がかりをいますぐ追うのが当然よね。これをたどればエスターを見つけられるかもしれない。ウィックを殺した犯人がわかるかもしれない」

「俺もそう思うし、手がかりは追う。明日の朝な」

　俺は向きを変えて車のほうに歩き出した。

「それじゃ遅いわ」ナオミが言った。「相手がブレークじゃなければ、いますぐ事情聴取に呼んでるはず。何も知らなければ、あなたが故意に捜査の足を引っ張ってると思うところよ」

「だが、知らないわけじゃない」俺はナオミのほうに向き直った。

「そう？　あなたは初日からわざとぐずぐずしてた。新しい手がかりが見つかっても無視しようとした。誰に事情聴取をしても変化球を投げた……」俺は首を振ったが、ナオミは続けた。「真の標的はあなたという線を追えという警視の命令にまで逆らった。わたしがデータベースを調べて、苦情の件をあなたに伝えたのに、それでも何もせずにいる。どういうこと？　苦情は本物だってことなの？」

「俺は会う奴会う奴、手当たりしだいに暴力を振るうような人間に見えるか？」

　ナオミは返事をためらった。俺は首を振った。

「誰かがあなたの信用を傷つけようとしてるんだと思う」ナオミは仕切り直そうというように言った。「ときどき――」

「ときどき、何だ？」

「ときどき、その誰かの思惑は成功してるんじゃないかと思うときがある」

「きみは何がしたいんだ、ナオミ」

「あなたが言うことを信じたいの。なのに、あなたがそれを邪魔する」

「邪魔などしていないさ」俺は言った。「単なる見解の相違だ」

「それなら、わたしは正式な捜査チームに異動したほうがいいのかも」ナオミは俺の驚いた表情に目を留めた。「ジェームズ警部から今朝、向こうに移らないかって声をかけられた」

「そうだな」俺は周囲に視線を巡らせた。「そうだな、そのほうがいいだろう。俺ときみのやり方は相容《あいい》れないようだから」

「いいかげんにして。人のせいにしないで。わたしは手がかりを追いかける。あなたは手がかりが存在しないふりをする」

「そういう言い方もできるな」

「ほかの言い方があるなら教えてよ」ナオミが言った。「一言残らず聞くから」

「一言残らず聞く、か。俺には浮かばないぴったりの表現だ」

「それ、どういう意味？」

「きみがいるところでは言えないことだらけだって意味だよ」

「わたしはあなたのパートナーなのよ、わからず屋」

「どうして組まされてるか、知らないわけじゃないだろう」

「言ってみてよ」ナオミは歯を食いしばるようにして言った。

「俺が言ったこと、したこと、何から何までパーズに報告するためだろう。違うとは言わせない」

「バカみたい。そんな指示は受けてない」

「それでも」俺は車のほうを向いた。「どのみち報告するんだろ」

「わたしがこの捜査に志願した理由がわかる、エイダン。本当の理由がわかる？」

ナオミの声は震えていた。俺は振り向いた。

「あなたと組みたかったからよ」表情を見れば、嘘ではないとわかる。「あなたと一緒に仕事をしてみたかったから」

俺は口を開いたが、言葉は一つも出てこなかった。ナオミは俺の表情を読み取って首を振った。

「そういう理由かもしれないなんて、一瞬たりとも考えたことがなかったわけね。あなたは変よ」ナオミの声に感情がにじんだ。「この事件のせいなのか、それともゼイン・カーヴァーなのか、家族の――」

「そうさ、きみにはわからない」

「あなたの考えには筋道が通ってない。助けが必要だわ」

「この話はまた明日にしよう」俺は言い、車に向き直った。胸が締めつけられ、視界がぼやけた。エンジンをかけて車を出したときもまだ、ナオミは同じ場所に呆然《ぼうぜん》と立ち尽くし、どこか遠くを見つめていた。俺は最初の角を曲がったところでたまらず車を停め、エンジンを切り、拳を固めて、何度もハンドルに叩きつけた。またも忍び寄ってきた発作をそうやって追い払おうとした。

6

フラットに帰り、グラスになみなみとジンを注いだ。腰を下ろし、空が少しずつ明るさを失っていくなか、その日二度目だか三度目だかのパニック発作を寄せつけないよう、グラスを口に運んだ。

ケヴィン・ブレークがあの携帯電話のロックを解除すると同時に、捜査の手はヤンコフスキーに伸びるだろう。ヤンコフスキーは俺を指さすだろう。多額の現金と偽造パスポートは、マーティン・ウィック殺しの報酬と解釈されるに違いなく、俺にまつわりつく噂《うわさ》、暴力とドラッグ依存と掟破《おきてやぶ》りの前歴を考えれば、すみやかに終身刑が言い渡されるだろう。ストレンジウェイズ刑務所に入った警察官は長生きしない。すぐそこの床にペンと便箋が置きっぱなしになっているのが目に入った。万策尽きた俺は、震える手で遺書をしたため始めた。

このところ、ふと気づくとテッサ・クラインのことばかり考えている。

川沿いに放置された彼女の車。ドアは開けっぱなしになっていた。俺も同じようにやればいいのではないか。自殺をほのめかす手紙を残して姿を消す。だが、〈親愛なる〉と書き出したところで俺の計画は崩壊した。笑うしかなかった。遺書を託す相手が一人として思い浮かばない。それに、パスポートがなければ、そう遠くまで逃げられない。

携帯電話が振動した。その邪魔がありがたかった。

「ウェイツです」俺は応答した。

「もしもし、ミスター・ウェイツ。昨日お電話した者です……」

母親の件で連絡をよこしたソーシャルワーカー。俺は酒をぐいと大きくあおった。

「サンドラ、二度と連絡しないでほしいと伝えたはずですが……」

「ええ、わかっています」その口調には差し迫った響きがあった。「あれから状況が変わって」

「どう――？」

「昨日お伝えしたように、お母さんの住居に立ち入るための令状を受け取って――」

「すみませんが、その女性のことはクリスティーンと呼んでもらえませんか。ミセス・何とかでもいい」

「わかりました。それで、彼女の状態を評価しようとしていたところで――」

「俺は警察官です、サンドラ。その手続きはよく知っています」

「そうでしたか。それで、令状を執行するのは、やはり妹さんと連絡がついてからにしようかと……えっと妹さんのお名前は……」

「アンです」俺は言った。「妹には連絡しないということで話がついたと思っていましたが」

「お言葉ですが、ミスター・ウェイツ、それはあなたが決めることではありません。ご自分でおっしゃったように、妹さんとは疎遠《そえん》になっているわけですし」

「引き離されたんだ」俺はそっけなく言った。

「私はいいかげんなことをしたくないだけです」

「すみません」俺は言った。「事を荒立てようという気はないので、その点は誤解しないでください。簡単な仕事でないこともよく知っていますし。ただ、俺たちにしてみれば、これまでずっと悪いニュースでしかなかった人物に関する話だ。妹には妹の人生があります。そっとしておいてやってもらえませんか」

「どのみち妹さんと連絡がつくまで手続きは延期するつもりでいましたが、残念ながら、あなたのお母さん、ミセス・ファローが昨夜《ゆうべ》、病院に搬送されました」

「なぜ？」

「自ら命を絶とうとして」

すぐそこの床に放り出された便箋に目が行った。「そうですか」距離を置きたくて、俺は立ち上がった。

「お知らせしておいたほうがいいだろうと思いました」

「ええ。ありがとう」

「こうなると、措置入院となった場合、クリスティーンのご家族に立ち会っていただけるかどうかがますます重要になります。昨夜の件を聞いてもお気持ちは変わりませんか」

「措置入院の予定は変わらないわけですか」

「ええ、無神経と思われるかもしれませんね。でも問題は、本人の安全を保証できないことです。適切な治療を受ければ――」

「聞くかぎりでは、放っておけばいいように思えるんですが、サンドラ。放っておけば、本人が勝手にあなたの問題を解決してくれる。俺の問題も。本人にまかせるのが得策では」

サンドラはしばし黙りこんだ。

「ごめんなさい、ミスター・ウェイツ。二度と連絡するなと言われていたのに、してしまって。私の判断ミスでした。二度と同じ間違いはしませんから。では、おやすみなさい」

「ちょっと待っ――」

俺が何か言う間もなく電話は切れた。当然の反応だ。俺は電話を耳に押し当てたまま、便箋をぼんやりと見つめた。これまでずっと、母親のことは悪の勢力だと思っているほうが、諸悪の根源は母親なのだと短絡的に考えているほうが楽だった。だが、知らなかったわけではない。俺の母親は、人生に意気をくじかれ、ありふれた困難に閉じこめられていただけだ。

　情緒的な、経済的な、精神的な困難。

　統合失調症と思われる病気を患《わずら》ったシングルマザーという悪条件に打ちのめされた。人を操ることに長《た》けた暴力的な男、子供だった俺たちの人生に気まぐれに関わった男に打ちのめされた。俺を産んだとき、母親はまだ若かった。病院のベッドで赤ん坊の俺を抱いている母親の姿が脳裏に浮かぶ。きっと一人きりだっただろう。何らかの形で俺が、成人した俺がそばにいてやれたらよかったのにと思う。誰かがそばにいてやれれば、誰かが手を握っていてやればよかったのに。

　俺は便箋を蹴《け》り飛ばした。自分が置かれた状況と真正面から向き合おうとした。二十四時間後には俺は投獄されているだろう。唯一の脱出口は、自分にかけられた疑いを俺が晴らしてくれると期待している情緒不安定な銃器部隊員の掌中にある。

　グラスの酒を飲み干したとき、ふと奇妙に軽やかな気持ちになった。

　俺の命を狙っている者を調べろというパーズ警視の命令に従うのを俺は先延ばしにしていた。カーヴァーの怨念《おんねん》がどれほど深いか、奴が俺の名を汚《けが》すために何をしたかをナオミから見せられてもまだ、奴と話せば俺の寿命が縮まるだけと思いこんでいた。だが、本当にそうだろうか。俺はグラスを置いて玄関に向かった。

俺にはもうわずかな時間しか残されていないのなら、人助けに費やすのも悪くないだろう。

7

ライト・ファンタスティックは、別世界への入口のようだ。中規模のクラブで、二年ほど前のある日、降って湧《わ》いたように街に出現し、値札を確かめる必要とは無縁の人々の行きつけの店になった。

経営者が誰なのか知って、この店には寄りつかないようにしていたから、入口を守っているバウンサーから常連のように挨拶《あいさつ》され、入場料を取らないまま通されて、俺は当惑した。

店内は数百人は入れそうな広さがあるものの、この日は半分ほどしか埋まっていなかった。頭上のどこかに隠されたスピーカーからメローなエレクトロニック・ミュージックが漂っていたが、真のサウンドトラックはテーブルからあふれ出していた。壁に埋めこまれたブース席もあれば、円形のパーティションで囲われた二人用のテーブルもあった。そのいずれからもくつろいだ会話、打ち明け話と同意のささやき、そして何より笑い声が低いざわめきとなって聞こえていた。外の世界で何が起きていようと、ライト・ファンタスティックの常連客は安泰だ。彼らは生まれたとき特権を受け継ぎ、死ぬときはまた金持ちの次世代にその特権を引き継ぐ。

バーカウンターに向かおうとしたとき、ウェイトレスの一人がすっと近づいてきた。黒いカクテルドレスをまとい、人生のあらゆる悩みの回答のような笑みを浮かべていた。

「いらっしゃいませ、ミスター・ウェイツ」

名前を呼ばれて、俺は驚いた。

「お席にご案内します」

俺は一瞬ためらったものの、ウェイトレスの案内で店の奥へ進んだ。晴れやかな笑顔とシックな服で装《よそお》った店のスタッフのあいだを抜け、幻想的なネオン色の薄暗がりへ。笑顔と白目が、その効果を考えて配置されているらしいブラックライトの光をとらえて、作り物のまばゆい若々しさを放っていた。

俺は暗がりになかば沈んだような二人掛けのテーブルに案内された。

「お連れ様はいらっしゃいますか」ウェイトレスが訊く。

「いや……」そう言いかけたとき、暗闇《くらやみ》からナオミが現れて俺の正面の席に座った。

「二人です」

ウェイトレスは微笑み、近づいてきたときと同じようにすっと消えた。

「夜はどこで何をしてるのかなといつも思ってた」ナオミが言った。

「どうしてここにいるとわかった」

「これでも刑事ですから」ナオミは言い、店を見回した。「尾行したの。この前、一緒に飲んだお店よりいいところね」

「そう思うのはまだ早いと思うぞ」

ウェイトレスがまた現れた。トレーの上に並んだヘネシーのオン・ザ・ロックが入ったグラスの表面はうっすらと結露していた。

ナオミがウェイトレスを見て訊いた。「ライト・ファンタスティックの由来は？」

「ミルトンの詩の一節です」ウェイトレスは待ってましたとばかりに答えた。「おいで、踊るように、軽やかなステップ《ライト・ファンタスティック》で」

「それ、ここで働くと全員覚えさせられるの？」

ウェイトレスは微笑んだ。「私、大学院で英文学を専攻してるんです。ミスター・ウェイツ、何かご用がございましたら、こちらのボタンでお呼びください」そう言ってテーブルに仕込まれた小さなボタンを指さした。無音警報装置のボタンに似ていたが、押すとやってくるのは警察ではなく、笑顔と酒のグラスだ。ウェイトレスは一歩下がって会釈《えしやく》をすると、暗闇に吸いこまれるように消えた。

ナオミは自分のグラスを見つめた。「ともあれ、健康を祝して乾杯」

「俺に当てはまるかわからないがね」そう言いながらも乾杯に応じた。視線がからみ合った。これまでと何かが違っていた。俺は先に目をそらし、グラスに口をつけた。コニャックの心地よい熱が喉《のど》を落ちていく。俺たちの関係はそうでなくても複雑だ。彼女を見つめすぎてはいけない。「俺と一緒に来たいなら、一口でもその酒を飲んだほうがいい」

「どうして？」ナオミはまた俺の目をのぞきこんだ。

「この二階にいる男は、きみが飲むまで俺たちに会おうとしない。この酒はそいつのおごりだ。あらゆる人間を少しずつ所有したがる男なんだよ……」

ナオミがグラスに口をつけた。「その人、あなたをどのくらい所有してるの」

「俺は所有されていると本気で思っているわけだ」

ナオミは肩をすくめた。「だってその人のクラブで飲んでるわけだし、お店の人はみんなあなたの名前を知ってるわけでしょう」

「来たのは今夜が初めてだ。さっきのウェイトレスも入口のバウンサーも、今日初めて会った。奴は俺を所有している、か。パーズによれば、俺の魂《ソウル》はパーズのものだ。きみは俺の弱み《ボールズ》を、市警は俺の脳味噌《のうみそ》を握っている。そうなるともう、大したものは残っていなそうだが……」

「心は？」ナオミは笑みをこらえながら言った。

俺たちはそろって笑った。「どういうわけか、それだけは他人に渡せない」

ナオミは自分のグラスをのぞきこむようにした。真顔に戻っている。「その人と何があったのか、初めから話してくれていたらよかったのに……」

「知れば後悔する」俺は言った。視界の隅にこちらに近づいてくる人影が映っていた。

「お待たせいたしました」ウェイトレスが言った。「ミスター・カーヴァーのオフィスにご案内いたします」

俺はコニャックの残りを飲み干してグラスを差し出した。「お代わりを二つ頼む」

8

ウェイトレスの案内で店の奥の螺旋《らせん》階段を上った。上りきるころには俺のグラスはまた空になっていた。ウェイトレスがノックしようとした矢先、閉ざされていたドアが勢いよく開き、同じ黒いドレスを着た別の若い女が顔を覆《おお》って出てきた。ナオミが不安げな視線を俺に向けたが、いまの女は俺たちに邪魔されて助かったのではないかと俺は思った。

ゼイン・カーヴァーは奇術師のように女を破滅させる。若く美しい女をアシスタントとして身の回りに置き、しばらくすると鋸《のこぎり》でばらばらにして消してみせる。カーヴァーが自慢気に連れ歩く女たちは、街娼《がいしょう》に身を落とすこともあれば、病院送りになることもある。放心したような目をし、五歳くらい老《ふ》けこんだ様子で故郷に戻ることもある。それきり消息不明になることもある。

カーヴァーのオフィスに足を踏み入れたとたん、室温が一気に下がったように感じた。オフィスは広く、暗く、照明は限界まで落とされていた。ウェイトレスは二つ並んだ椅子を身ぶりで俺たちに勧め、デスクの向こう側で身じろぎ一つせずにいるサイコパスに小さくうなずいた。俺が初めて会ったころ、カーヴァーは最新流行のストリート・ファッション、若年層の顧客にかろうじて手が届く価格帯の服を選び、顧客の目を欺《あざむ》いていた。いまは高級ブランドであつらえたスーツに身を包んでいる。顧客層ががらりと変わったのだろう。

カーヴァーは微笑み、ウェイトレスの後ろ姿を目で追った。彼女がオフィスを出てドアを閉じたあともまだ、壁を通して存在と気配を察知できるとでもいうように見つめていた。

「やあ、こんばんは、エイダン」カーヴァーの目が俺を見た。「おっと、ウェイツ巡査部長と呼ばなくては失礼だったかな。飲み物をこちらで勝手に決めてしまって、迷惑でなければいいが。長いつきあいだ、昇進をぜひ祝いたくてね……」

「過去を振り返るのはよそう」

「振り返っておいたほうがいいんじゃないのか。噂によれば、おまえの未来は残り少ないようだから。お代わりは？」カーヴァーは俺のグラスにうなずいた。

「同じボトルからあんたが先に飲むなら、いただくよ」

カーヴァーは立ち上がり、俺と自分のグラスにヘネシーをたっぷりと注いだあと、ナオミに向かってボトルを持ち上げてみせた。ナオミは自分のグラスにお代わりが注がれるのを冷静に見つめた。

「あいにく氷がなくてね……」

カーヴァーの目がナオミを見つめる。俺は口を開いてカーヴァーの注意を引きつけた。

「氷に困ったら、あんたの心を少し削ってもらうといいかもしれないな」

カーヴァーは唇の端を持ち上げた。「紹介してくれないのか、エイダン」

「ゼイン・カーヴァー。こちらはブラック巡査」

「ナオミだね」カーヴァーはボトルを持ったままデスクの角に尻《しり》を載せた。「ナオミと呼んでかまわないだろう?」ナオミがうなずく。「お父さんはその後どうだ、ナオミ」

ナオミの視線がカーヴァーから俺に動く。

「元気ですけど……」

「自宅に戻っているわけだ」

ナオミの唇が動いたが、言葉は出てこない。

「こいつの前のパートナーと比べると、大幅なアップグレードだね」カーヴァーの目が俺を見る。「元パートナーは数日前から勤務時間中に惰眠をむさぼっていると聞いたが」

「実を言うとその件で来た」俺は話題をナオミから遠ざけた。カーヴァーは眉を吊り上げ、立ち上がってデスクの奥の椅子に戻った。

「そもそも来てもらいたくなかったな。いまの俺はかたぎ《スクウェア》なんだ」

「それはどういう意味だ? 角が四つとも尖《シャープ》っているのか」

「どうやら今夜一番冴《シャープ》えてるのはおまえらしい。どういう意味かというと、クラブの経営で忙しくて、ニュースに目を通している暇がないってことさ。だからどうして俺とそんな話がしたいのかわからないね」

「マーティン・ウィックという名に聞き覚えは？」

「自分の家族を皆殺しにした男か……」

「他人の家族だ。死期が迫って、聖マリア病院に収容されていた。そこに何者かが侵入して、死期をさらに早めた」

カーヴァーはうなずいた。「犯人の男を捕まえたら、名誉市民にしてやるといい」

「男？」ナオミが言った。

「これは失礼した」カーヴァーはナオミに顔を向けた。「日常にひそむ性差別だね。犯人の性別にかかわらず、どこの誰なのか俺は知らない」

「ウィックを殺した犯人は、警察官も一人殺しました」ナオミが言った。

「警察官が好みのタイプなのかい？」

ナオミは黙っていた。

「お父さんと何年も口をきかずにいたわけだろう。警察官を生理的に受けつけないのかと思っていた」

ナオミは微笑み、床に目を落とした。「わたしを感心させようと思って言ってるの、ゼイン？ あなたが世間でどんな言われようをしているか、聞かせてあげたいわ」

「いや、きみについて予習をしたくらいで感心してくれなくていい。誰だって、できたばかりの友人について徹底的に調べるものだからね。そうだろ？　ただ、俺に聞いてくれれば、エイダンの記録をあさる時間をいくらか短縮できたのに。本当に意味のある情報は、行間に埋もれているんだよ……」

　カーヴァーはあまたの警察官を抱きこんでいる。

　脅迫と強要に負けた者もいれば、毎月一日に振り込まれる足のつかない金で買われている者もいる。市警内の事情を把握しておくのもカーヴァーの商売のうちだ。たとえば、誰がどんな理由で昇進したか。カーヴァーは十年以上にわたって犯罪組織に君臨しているが、おかげで前科は一つもついていない。ただ、ときおり自分の犯罪をうっかり口にすることがある。この街は自分の所有物であり、おまえたちはたまたまそこに住んでいるにすぎないのだぞと釘《くぎ》を刺すためだ。

「マーティン・ウィックの話をしているんだ」俺は言った。

「その件には詳しくないから、よく知っている話題に変えただけのことだ。ウィックとかいう奴になぜ俺が関心を持たなくちゃならない？」

「ウィックが処刑されたとき、本来なら俺が奴の病室にいたはずだからだ。あんたは市警情報に詳しい。そのことも知っていたはずだ」

「ふん、〝市警情報〟ね」辛辣な調子だった。

「俺が昇進したことを知っているし、ブラック巡査の家族の事情も知っている……」

「まぐれ当たりだ……」

「俺の首に懸賞金もかかっている」

すぐには誰も口を開かなかった。俺は続けた。

「あんたがかけた懸賞金だ。真のターゲットは俺だったという意見も出ている。ウィック、クレニック、サティの三人は、巻き添えを食っただけだと」

カーヴァーの声から冗談めいた響きが消えた。「俺はその件にまったく関与していない。わかっているくせに」

「どうしてわかっていると思うの？」ナオミが言った。

カーヴァーは俺のほうに顎をしゃくった。俺が代わりに答えた。

「こいつならしくじらないからだ」俺は言った。「土曜の夜のアリバイもあるんだろうな」

「その気になれば、いまこうして話しているあいだのアリバイだって作れる。彼女が見ている目の前でおまえをそこの窓から突き落としたとしても、俺はそのころ市長の家にいたと市長に証言させられる」

俺は質問の答えを待った。

「土曜の夜なら家にいた」カーヴァーはそう言って左手の結婚指輪をくるりと回した。

「おめでとう」

「誰だっていつかは落ち着かないとな」

「そのアリバイを奥さんに確認したいんですが」ナオミが言った。「奥さんの連絡先を教えていただけませんか」

「お断りだ」カーヴァーはにやりとした。「ただし、妻に確かめるまでもなく証明できる。俺の家には警察の監視車両が二十四時間張りついている」ナオミが反応に困ったように俺を見た。「仕事を楽にしてやろう」カーヴァーはペンを取って何かメモをし、その紙片をナオミに差し出した。「土曜の夜、俺の家の前にいた覆面警察車両のナンバーだ。きみの同僚が俺のアリバイを裏づけてくれる。さて、用件は以上かな」

「ありがとうございます」ナオミはメモを受け取った。「ただし、自宅にいたと証明されても、それで疑いが晴れるわけじゃありません。あなたほどの財力があれば、人を雇ったかもしれませんから。プロの殺し屋、逃走用の車両……」

これを聞いて、ゼインは本心から愉快そうに笑った。あんな風に笑うところは、ほんの数度しか見たことがない。

「俺ほどの財力がある人間について、一つ二つ教えてやろう。第一に、仮に俺がやるなら、病院で大虐殺《だいぎゃくさつ》を試みて、無関係の人間まで巻きこむような危険は冒さない。それは俺のスタイルじゃない。まるで違う。第二に、逃走用の車両だって？　やり方しだいでは、ポケットに手をつっこんで口笛を吹きながら、歩いてその場を離れられる。第三に、これが何より肝心だが、絶好のタイミングを待つだろう」

「絶好のタイミング？」ナオミが訊く。

「エイダンがまだ刑事のうちに殺すだって？　放っておいてもこいつはじきに首になる。それを焦《あせ》って損するのは自分だ」カーヴァーはナオミを見つめた。「俺ほどの財力がある人間なら、絶好のタイミングを待つ。定期的に数千ポンドを追加で支出して、水に少しだけ血液が垂れた状態、その周囲をサメが泳ぎ回っている状態を維持する。エイダンの名前と住所が、奴らのブラックリストから消えないようにする。俺ほどの財力がある人間なら、条件を明快にする。エイダンが勤務中に死んだ場合は、一ペニーたりとも払わない。そして、俺ほどの財力がある人間なら、そいつに対する苦情が着々と積み上がっていくのをじっと待つ。そういうものだろう？」

「苦情？」ナオミが訊き返す。

「これもまぐれ当たりさ。だが、こいつがちょっとばかり強引な手を使いがちなことには気づいているだろう。突然昇進したのはなぜか、考えてみろ。大虐殺を防ぐのに失敗したからか？　連中には土がつきまくっている。だから、あれやこれやが不首尾に終わったときに飛ばすための、それなりのサイズの首を用意しておきたいだけのことだ。首を飛ばされたあと」カーヴァーは口もとをゆがませた。「こいつは格好の標的になる。

市警の人間じゃなくなれば、起きるべきことが起きる。警察官じゃなくなれば、俺は昼日中にこいつを始末したあと、ポケットに手を突っこんで口笛を吹きながら歩いてその場を離れる」

「どうして彼を消したいの？」ナオミが訊いて、カーヴァーと俺は一瞬凍りつく。

ゼインがにやりと笑った。「信じられないような理由さ。あの女の名前は何といったっけな、エイダン」

「そのくらいにしておけ」俺は立ち上がった。

「まるでこの世から跡形もなく消えちまったみたいだよな。あれからどのくらいたった？　二年か。三年か」

「女の取り合いが発端なの？　そんな話、信じろと？」ナオミの声は震えていたが、俺たちの顔を順番に見て言った。「よしてよ。わたしたちにそこまでの価値はないでしょう」

「俺にとっては十万ポンドの価値がある」カーヴァーが言った。

ナオミが首を振る。「それ、懸賞金としては過去最高額ですよ、きっと……」

「記録に残っているのはどれも、失敗して捕まった奴が受け取るはずだった懸賞金額だからだ。懸賞金の額に天井はない。本当さ。それに、元警察官のエイダンにかけられた金額だ」カーヴァーは品定めするような目を俺に向けた。「加えて、特別な条件もついている……」

「どんな？」ナオミは平静を保っているように装いながら言った。

俺は口をはさもうとした。

「〝できるだけ苦しませろ〟」カーヴァーが言った。

三人とも黙りこんだ。カーヴァーの言葉が脳髄に染み透っていく。

「こいつはきみに優しいか、ブラック巡査」

「仕事のパートナーです」ナオミが答える。

「前のパートナーはどうなった？　おまえと関わった人間は次々と死ぬ。そうだな、エイダン？　もう人数さえわからなくなり始めただろう。その顔に小さな涙でも刻んで数えるといい……」

俺はうなずいた。「俺の記憶に間違いがなければ、その涙のいくつかはあんたのものだ」

「俺は彼らを思って泣いたりしない点が違う。お得意の悲しい男の芝居を真に受けちゃいけない。スイッチが切り替わったとたん、こいつは一瞬で裏切る」

「涙といえば、今日、ウィックの元同房者と話をした」

「へえ？」カーヴァーが言う。「そいつはいまどこにいる」

「ストレンジウェイズ」

「残念ながら俺はまだ入ったことがない。この街にいるかぎり、俺は逮捕されたくてもされないから」

「それはどうかな。その元同房者から、塀のなかのスパイス密売について聞いた……」

カーヴァーは無言だったが、笑みが凍りついたように見えた。ナオミが俺を見たのがわかった。「耳を疑ったよ」俺は続けた。「あんたほどの奴が、ホームレス向けドラッグを刑務所でさばくような商売に手を出しているなんて。以前ほどの勢いはなくなったとはいえ、いまどき犯罪はもうかるんだろうに」

「何が言いたい？」カーヴァーの笑みがゆがむ。

「あんたも知っているんじゃないのか。その元同房者は看守たちから嫌がらせじみた扱いを受けている」

「だったらよけいにそいつは口を閉じておくべきだろうな」

「看守連中が売上をごまかしていても、口を閉じていろって？」俺は言った。これこそ俺が今夜この店に来た目的だった。ナオミが現れたせいで、カーヴァーがウィック殺しに関与しているのではないかというパーズの愚かしい仮説を形だけぶつけてみる羽目にはなったが、俺はいま目の前に座っている男の言い分を疑っていない。こいつが俺を殺したいと思えば、俺はとっくにこの世から消えている。

「売上をごまかしている」カーヴァーは考えにふけっているように言った。「それは本当か」

「本当だ」俺は言った。「その同房者がしかるべき相手にその話を耳打ちしたら、そいつの生活環境はいくらか改善されるんじゃないかとふと思ったんだがな」

カーヴァーは心の底から同情しているようだった。この男が他人をあれほど易々《やすやす》と操るのは、共感する能力の高さゆえだ。その能力の使い方が人とは違うというだけで。

「ひどい目に遭わされているのか」

「ああ、かなり」

カーヴァーはうなずいた。「その話が本当なら、ありがたく聞く人間がいそうだ」それから唇の端を上げた。「おまえのことだ、ちゃんと用があって来たんだろうと思っていたよ」

「酒の力もあったかな」俺は立ち上がった。これ以上何も起きないうちに引き上げたい。

ナオミは先に部屋を出たが、俺は間に合わなかった。カーヴァーに呼び止められて、しかたなく振り向いた。

「あの元巡査が行方不明になったと聞いて、俺も残念に思ったよ」カーヴァーは言った。

「彼女、名前は何といった？」

すぐにはぴんとこなかった。「まさか、テッサ・クラインか？」

「そう、そんな名前だった」

カーヴァーの顔に浮かんだ笑みを見て、俺の血管は凍りついた。「おとり捜査でおまえのところに送りこまれたのか」

「自殺だったと聞いた」カーヴァーの顔から笑みが消えた。「死体が発見されないのはよくあることか」

俺は首を振った。

「そうか。まあ、そういう場合はたいがい、誰も探そうと考えないようなところにあるものだよな。二度とここへは来るなよ、エイド。元巡査の隣で眠ることになりかねないぞ。災難と見ると口説きたがる奴を何人も見てきたが、おまえは口説いたうえにキスを期待して家まで送っていこうとする」

俺はうなずき、後ろ向きに出口に向かった。「誰にも好みのタイプがあるんだよ」

9

「もう一杯飲んでいかないか」螺旋階段を下りきったところで俺は言った。しかしナオミは答える代わりに脇目《わきめ》も振らずに店を突っ切って通りに出た。俺はあとを追った。

「待てよ」どんどん歩いていくナオミに声をかける。

「いまのはいったい何だったの？」ナオミは両腕で自分の体を抱くようにして言った。

「日常の一コマ」

「冗談じゃないわよ、エイダン」ナオミは首を振った。しばらく無言で歩き、ピカデリー駅前をノーザンクォーター地区側に渡った。「カーヴァーに買収されてなんかいないって、はっきり言って」

「奴に買収されるくらいなら死んだほうがましだ」俺は言った。

「じゃあ、あなたたちのあいだに何があったの」

「ひとことでは言えない」

「でも話して」

「昔、奴が俺の前で油断したことがあった」話しながら歩いていると、右膝にしびれるような鈍い痛みを感じた。「俺のほうもたぶん、奴の前で油断した」

「女って言ってたわよね」ナオミは立ち止まって俺を見た。「ねえ、わからないわけじゃないのよ。過去にいろいろあったのよね。でもパートナーとしてこれからも仕事をするなら、根っこに何があるのか、根っこはどこまで深く延びているのか、わたしだって知っておきたいの」

俺は地面にうなずいた。通りがかりの人々が俺たちを追い越していく。

「二人ともその女を愛した」長い沈黙のあと、俺は言った。

「あきれた」

どちらもしばらく口を開かなかった。

「で、その人はどうなったの？」

俺は声が上ずらないよう用心した。「ゼインにとって用済みになった人間は、だいたい失踪《しっそう》する。彼女も用済みになったんだろう」

「そんな……」

「彼女は最初の一人ではないし、最後の一人でもない」

ナオミは首を振った。「でも……どうして捕まらずにいられるの」

「若い女、故郷を捨てた女。性的人身売買の被害者、ドラッグや心の病といった問題を抱えた女。消えたところで誰も気にしない」

「でも、あなたは知らぬ顔ができなかった」

俺たちはまた歩き出した。「どうしてそう思う」

「全身が青黒くなるほど暴行されたと聞いたから」

「青や黒もそうだが、皮膚はあんな色やこんな色にもなれるんだと知ったよ」

ナオミは微笑んだ。「なら、あなたがしたことはきっと正しかったのね」

しばらく無言で歩き続けた。ナオミはまだ考え続けているのだとわかった。

「心を病んだ女性もいたと言ったわね……」

「きみが奴のオフィスを先に出たあと、テッサ・クラインの話が出た」

「パーズに話さなくちゃ。急いで報告――」

「だめだ」俺は言った。「誰にも話すな」

「でも、警察官の殺害に関与したとほのめかしたんでしょう」

「テッサを送りこんだのはおそらくパーズだ。俺を送りこんだのもそうだった」

「だから何？　二人の板ばさみのままでいようってこと？」

「左右の肩にそれぞれ悪魔が乗っかっているようなものだな」

「ふう。あなたの部屋、何か飲むものがあるといいけど……」

エントランスのドアに鍵を差しこんで振り向くと、体が触れるくらい近くにナオミが立っていた。彼女が一緒でよかったと思った。生きていてよかったと唐突に思った。ナオミが小さく微笑み、俺はためらった。自分がどれほど彼女を欲しているか、気づかないふりをしようとした。同時に、その感覚を意識的に楽しもうとしていた。俺たちは無言で階段を上ったが、上の踊り場から人の声が聞こえ、引っ越してきたばかりの隣人、ロビーが若い女と話しているのが見えた。

「ああ、帰ってきた」ロビーが言った。

ルイーザ・ヤンコフスキーが振り返り、俺を見て微笑んだ。鮮やかな赤の口紅、それと同じ色のワンピース。俺の横にナオミがいるのに気づいても、その笑顔は揺らがなかった。

「遅かったのね」ルイーザは俺の腕に手を置いて言った。「今夜の約束じゃなかった?」

振り向くより前に、階段を下りていくナオミの足音が聞こえた。エントランスのドアが開き、また勢いよく閉まった。

10

部屋のドアを開け、ロビーともルイーザとも口をきかないままなかに入った。明かりをつけずに窓際に行き、窓のほうを向いたまま突っ立っていると、背後でドアが閉まる気配がした。ルイーザが電灯のスイッチを入れ、俺は振り返った。ルイーザは壁に背を向け、片方の足の裏を壁につけて立っていた。露出の高い真っ赤なワンピースにハイヒール。肩から小ぶりのバッグは提げているが、俺の鞄《かばん》は持ってきていない。

「お邪魔だったかしら」

俺は無言でルイーザを見つめた。

「私を裏切《ファック》ったわね」

「そんなことはしていない」

「ブラック巡査とするつもりでいたらしいファックとは意味が違うけど……」ルイーザは壁から体を起こし、部屋の真ん中まで来た。「……携帯をすり替えた」

ナオミにいま以上の敵意を向けさせたくなくて、俺はうなずいた。

「いい思いつきではなかったわね」ルイーザはさらに近づいてきた。

「あの電話を手がかりにエスターの居場所を知ったらきみが何をするかと不安だったが、

捜査線上にきみの名前が浮かばないよう努力はしている。本当だ、努力はしている」

「どんな努力よ」ルイーザは首をかしげた。「あの電話はもう本部の技術部門で分析中なんじゃないの？」

「通信記録はまだ届いていない。電話のロックが解除できないんだ」

「エスターの身柄が確保されたら？」

ルイーザはその前に自分でエスターを見つけたいのだろう。「あの電話は別の人物から盗まれたものと判明した」

「誰よ」

「それは言えない」

「どうして」

「その人物の身の安全も守りたいからだ」

ルイーザは微笑み、さらに一歩進んで俺の目の前に立った。「こうして目と目を見て話したほうが伝わりやすい場合もあるわよね。あなたを破滅させるのは簡単なの。それがわからない？」

「わかっている。パスポートがある」

「あら、それだけじゃないわ。妹さんに宛《あ》てた手紙を読まれては困る理由がよくわかった。あれはまるで署名入りの自供書。ちなみに、最後にドラッグをやったのはいつ？」

「妹は巻きこまないと約束したはずだ」

「妹さんの心配をしている場合じゃないと思うけど……」

「俺が逮捕されれば、きみは一人で自分を守らなくちゃならない」

「あの携帯の本来の持ち主を教えて。そうしたらあなたの大事なものを返すから。現金にパスポート、手紙。お望みなら、今夜にでも街を出られる」

俺は目を閉じた。掌で顔をなでる。誘惑と闘っているように見られたくない。やがてようやく首を振った。

「私が彼らをどうにかすると思うの？」ルイーザが訊く。

「きみを見くびるという過《あやま》ちを二度と犯したくないだけだよ、ルイーザ。ところで、きみの車は黒いメルセデスだったりしないよな」

「市警のお給料で？　残念ながら違うわ。そういう話が出るってことは、ほかにもあなたの動向を監視している人間がいるわけ？」ルイーザは笑った。「でも、先にここに来たのは誰だったかしらね。ねえ、お酒でも飲みながら、ゆっくり話し合わない――？」

「この部屋に酒はない」

「その言い訳、この部屋を捜索したことがない相手になら通じるかもしれないけど」ワンピースの裾《すそ》が俺の脚をかすめた。「それに、お若いブラック巡査にはそんなせりふ、言わなかったんじゃない？」

「きみの過去に何があった？」

「男を一人、殺したのよ」その言葉にルイーザ自身が傷ついているように見えた。「妹さん宛の手紙を読んだ印象では、あなたにもわかるんじゃないかしら、こういう気持ち……」

すぐには言葉が出なかった。

「聞いたところでは」俺は慎重に表現を選んだ。「きみは数十の人命を救った」

「まあね」目に涙がにじみかけていた。「ほとんどゲームよ。命を一つ犠牲にすると、代わりに数十をゲットできる……」

「医者には相談したのか」

「賭《か》けに出る思いきりが必要なの」俺の声が聞こえなかったかのように続ける。「大きく賭ければ、それだけ見返りも大きくなるし」

「いつか何もかも失うぞ」

「その〝いつか〟は今日じゃない」ルイーザは目もとを拭った。「私はあなたに賭けたのよ。だからあなたは私の思いのまま……」

「俺に言わせれば、俺たちは五分五分だ」

「そう？」

「きみは俺の命を奪いかねないものを持っている。俺はきみの命を奪いかねないものを持っている。どっちも相手に死なれては困る。だから、今夜はこれで帰ってくれないか」

ルイーザはごくりと喉を鳴らし、おずおずと俺の首に手を当てた。「もう眠くてたまらない?」その手は氷のように冷えきっていた。隣人のロビーになかに入れてもらうまで、長いあいだ通りに立って俺を待っていたのだろう。彼女の孤独の深さが初めて伝わってきた。「私たち、敵同士でいる必要はないのよ……」

「やめてくれ」俺は彼女の手をそっと押しのけた。

「好きにしなさいよ」ルイーザは冷ややかな表情でくるりと向きを変え、玄関に向かった。彼女の世界から俺はすでに消えていた。「言っておくけど、二度とだまし討ちにしようなんて考えないことね」そのまま一度も振り返らずに出ていった。ヒールの足音が階段を下っていき、エントランスから通りへ出た。

「それはこっちのせりふだ」ルイーザが声の届かない距離に去ったころ、俺はつぶやいた。

携帯電話の画面をスクロールしてナオミの番号を探した。いったい何を言えばいいだろう。だが、悩むまでもなかった。呼び出し音が三度鳴って、留守電サービスに転送された。もう一度かけると、今度は携帯の電源が切られていた。

V
イントゥ・ザ・ファイア
Into the Fire

1

朝はまだ早く、俺は家に明かりが灯《とも》るのを待った。さらに三十分待ってから、小道をたどって玄関をノックした。腰にタオルを巻いたバイレイシャルの大柄な男が玄関を開け、困惑顔で俺を見つめた。

「おはようございます」俺は言った。「ナオミとお話ししたいんですが」

「エイダン・ウェイツか……」

「噂《うわさ》に先を越されたかな」

「まあ、そんなところです」

男は俺を眺め回したあと、肩越しにナオミを呼んだ。

なかで待てと言うか、少なくとも自分はなかに戻って身支度を調えるかするだろうと思ったが、男は俺を玄関先に立たせたまま、吸血鬼を見るような視線を俺に向けていた。まもなくジャケットを羽織りながら出てきたナオミは、俺に気づいていったん動きを止めてからまた歩き出し、男の腕にそっと触れて、もうなかに入っていいと伝えた。

「どうしてうちがわかったの」

「これでも刑事だからね」俺は答えた。「一応は」

「用は何？」

「謝りたかった――」

「学校に行く時間だぞ！」

ナオミの背後、家の奥をのぞくと、年配の黒人男性が目を見開いてこちらを凝視していた。さっき玄関を開けた若い男が年配の男性の肩に腕を回し、今日はナオミの友達が一緒に登校してくれるから心配ないよとなだめた。

俺がナオミを見ると、ナオミは小さく手を振って俺を黙らせ、外に出て玄関を閉めた。木々の枝ではまだ小鳥が朝の歌を歌い、どんよりと曇った空は俺たちを灰色に染めていた。

「あなたはこの捜査に消極的だった」ナオミが言った。「手がかりは追わない、気分はくるくる変わる。仕事の途中でどこかへ消えるし、わたしが急に部屋を訪ねれば言動がおかしくなる。でも、ようやく全部に説明がついた。ルイーザ・ヤンコフスキーと寝てたからなのね」

それはナオミが出すだろうと俺が予想していた結論のうちの一つだ。どう答えようかと下を向くと、ナオミはそれを肯定の返事と解釈したらしい。

「信じられない、エイダン……」

ナオミのなかで俺の評価がまたもや書き換えられたのがわかった。よいほうと悪いほう、どちらに変わったのか、今回は考えるまでもない。

「だから事情聴取を渋ったわけね」ナオミが言った。「そうよ、ルイーザの事情聴取のあいだ、ほとんどずっと黙っていたのはそのせい。ねえ、いつから関係があったの」

「そう長くない」

「ちゃんと答えてよ。いつから？」

「マーティン・ウィックの保護拘置中に始まったんだと思う」

「ルイーザがあの任務に配置されたのは事件のたった二週間前だった」ナオミは言った。

「あなたと彼女の勤務時間が重なっていた日を調べたの。初めて会ったのは十二日前のはず」

「俺は仕事が早いんだろうな」

「殺人事件の捜査以外はね。どうして話してくれなかったの」

「話せるわけないだろう」

「話してくれたほうがよかったのに。だって事情聴取のとき、わたしはきっとバカみたいに見えたでしょうよ」

「誰が何をしようと、きみがバカみたいに見える瞬間なんかないさ」俺は言った。

「自分ではバカみたいに思えるの。彼女とはまだ続いてるわけ？」

俺は首を振った。

「事件が起きたせい？　それとも昨夜《ゆうべ》わたしを連れて帰ったから？」

「昨夜、俺がそういうつもりでいるとあなたは思ったのか」

「わたしがそういうつもりでいるとあなたは思ってたのかもね。だって、あなたは仕事が早いんだから」

「ルイーザとは一度かぎりで終わった」俺は言った。それが一番無難な説明と思えた。「その場の勢いでそうなっただけだ」

「一度寝ただけで、それきり電話もしなかったってこと？」

俺はうなずいた。

「次に会ったのがあの事情聴取？　だったら、彼女のあの態度も当然ね」

「俺に問題があるんだろうな」

「わたしにも問題があるみたい。だって、いますぐパーズに報告しなくていい理由なんて一つも思い浮かばないのに、まだこうやってあなたと話してる」

「理由なら二つある」俺は言った。「第一に、彼女との関係は終わってる。俺に言わせれば、そもそも始まっていない」

「勉強になるわ、エイダン。で、もう一つは」

「今日の午前中、事情聴取に応じてくれるようケヴィン・ブレークに頼んでおいた」

ナオミが驚いた顔をした。

「きみの言うとおりだ。昨日のうちに話をしておくべきだった」

「なのにしなかったのはどうして？」

「アダムの安全が心配だった。急いでカーヴァーと話して、ストレンジウェイズの件に対応してもらおうと思った」

「ライト・ファンタスティックに行った本当の理由。実はそれだったんでしょう」

「マーティン・ウィック殺しにゼインは関係ない。関与していてくれればよかったとは思うが」

ナオミは長いあいだ俺の顔を見ていた。前の晩、俺たちのあいだにほんの一時《いっとき》芽生えたものは、完全に断ちきられたのだとわかった。ナオミの好意が失われかけていることも。

「ブレークの事情聴取」ナオミが言った。

俺はうなずいた。「エスターとどんなつながりがあるのか知りたい。あの携帯のデータも見たい。この捜査を適正に進めたい」

「このままあなたと一緒に捜査を進めていいのか」ナオミが静かに言った。

「ジェームズから向こうのチームに誘われたのは本当か」

ナオミはうなずいた。

「俺はきみなしでは進められない」

「これまでのあなたを見るかぎり、わたしがいようといまいとあなたにはこの捜査は進められない。あなたのせいで、わたしが迷惑してる」

ナオミが俺を見るまなざしは、現実の俺と理想の俺とがどれほどかけ離れているかを物語っていた。

「きみのお父さんは」俺は話をそらした。

「認知症なの」

「知らなかった」

「誰にでも問題はあるのよ、エイダン」

ナオミは自分の胸を抱き、まだ迷っているかのように俺を見つめた。

2

「すみません、わざわざ」俺は言った。ケヴィン・ブレークが正面の椅子《いす》に腰を下ろす。

ナオミと俺は市警本部の取調室の一つにいる。ナオミは迷ったあげく、今日一日だけ俺と捜査を進めると決めた。俺にというより、捜査そのものに義理立てした格好だ。俺はここから、いまにも崩れ落ちようとしている地面の動きを先読みして足を踏ん張り、捜査を前へと推し進めながら、同時にヤンコフスキーも俺も刑務所行きにならずにすませるという芸当をやってのけなければならない。

「私で何かお役に立てるならお安いご用だよ、巡査部長」ブレーク元警部補はにこやかに言った。

ナオミが聖マリア病院の監視カメラが撮影したエスターの画像を差し出す。

「この女性に見覚えはありませんか」

「あるよ」ブレークは目を上げて俺たちを見た。「記者会見でチェース警視正が情報提供を求めた重要参考人だろう。一度見たら忘れられない顔だ」

ナオミがうなずく。「記者会見以前からご存じだったということはありませんか、ミスター・ブレーク」

「ケヴと呼んでくれ」ブレークは言い、もう一度画像に目を落としてからこちらに押し返した。目の周りのタトゥーを見ながら首を振る。「見たことがないな。私が警察にいたころの犯罪者は、冷酷な顔つきをしてはいても、タトゥーは入れていなかった」

「では」ナオミはコーナーハウスで押収《おうしゅう》された携帯電話を封筒から取り出した。「これがあなたのものかどうか確認していただけますか」

表情の変化を隠そうとしているのか、携帯を見るブレークのまぶたは必要以上に深く閉じているように見えた。

「手に取ってみてもかまわないかな」ブレークは下を向いたまま言った。ナオミがどうぞと答え、ブレークはビニール袋越しに携帯をしげしげと見た。「私のもののようだ」

「この女性がこちらの携帯を所持していたのはなぜか、思い当たることはありますか」ナオミはエスターの画像にうなずいた。

「はっきりとは言えない」ブレークは背筋を伸ばし、いくらか自信を取り戻した様子で言った。「しかし、一週間ほど前、自宅に泥棒が入った。そのときこの電話を盗まれた」

「被害を警察に届け出ましたか」俺は訊《き》いた。

「いや、あいにくそれきり忘れていた」

「元警察官の対応として、ありえないように思いますが、ケヴ……」

「警察官だってありえないようなことをするよな、巡査部長」

それは俺個人に対する当てつけと聞こえた。俺を階級で呼んだことに、内心の腹立たしさがにじみ出ていた。

俺はその武器をブレークの手から取り上げることにした。「エイダンと呼んでください」

「ではエイダン、きみの質問に答えると、私はありえないこととは思わないね。届け出ようと思ったが、被害と呼ぶほどのものはなかった。壊されたものがあったり、貴重品が盗まれたりということもなかった――」

「最新モデルのｉＰｈｏｎｅは盗まれたわけですよね」俺は言った。

「これはほとんど使っていなかった」ブレークはポケットからまったく同じ端末を取り出した。「フィオナと――女房と一緒に前の携帯から買い換えた。しかし女房は古い携帯のほうが使い勝手がいいそうでね。余った携帯は私の仕事部屋の抽斗《ひきだし》に放りこまれたままになっていた」

「なのに料金は支払い続けていた」俺は指摘した。

「まあね」ブレークはゆっくりと答えた。

「きちんとロックもされていた。偶然それを盗んだ犯人は、どうやってロックを解除したんでしょうね」

「パスコードのメモを同じ抽斗に入れていた」

「侵入事件でほかに盗まれたものはなかったんですか」

「夜のあいだ、窓を開けっぱなしにしていたんだ。謎《なぞ》も何もない。何者かがそこから入って、デスク周りから二つ三つ盗んでいった。途中で邪魔でも入ったんだろうな。パソコンやテレビはそのまま残っていたから。近所の不良少年とか、そんなところではないかと思う」

「あらかじめ盗むものを決めて侵入したとも考えられます。デスク周りから、ほかに何が盗まれましたか」

「資料だね。とくに重要なものではないが」

「侵入事件が起きたのは何日でしたか」

ブレークは頰をふくらませて考えた。「何日だったか、すぐには思い出せない」

「できれば思い出してください。警察はふつう、そういった細かな点を把握しようとするものですから」

「おい、犯罪者扱いはやめてもらえないか」

「盗まれた資料について教えてください、ミスター・ブレーク」

ブレークはテーブルを見つめ、目に見えない布地の品質を確かめるように人さし指と親指をこすり合わせた。

「マーティン・ウィックに関係するものでしたか」

ブレークは一瞬だけ目を上げた。俺はテーブルに身を乗り出し、携帯をブレークのほうに押しやった。

「その反応はイエスですね」

「第三者に見られてまずい内容ではない。背景情報をまとめただけの資料だ」

「大量殺人者に関するカンニングペーパー？　それは第三者に見られてはまずいのでは」

俺はテーブルに手を伸ばして携帯のサイドボタンを押した。画面が明るくなった。ムーア一家の写真のロック画面。

少しのあいだ、三人とも無言でそれを見つめた。

「奥さんがこの写真を選ぶなんてありえないように思えますが」

「この携帯は使わないと言うから、私が執筆用に使うことにした。だから料金も支払い続けていた」

悪くない答えだ。難点は、この答えが出てくるまでに一分もかかったことだった。

「携帯電話で本を一冊書くなんて、俺だったら何年かかるだろう……」

「おもしろい冗談だね、巡査部長。前作の改訂版を書くためのリサーチにこの携帯を使おうと思ったということだよ」

「ふだんからプロジェクトごとに専用の携帯を用意するんですか」

「そうさ。こういったプロジェクトではね。日常の生活と切り離しておきたいから」

「今度、俺も真似《まね》してみようかな。ところで、前回お話をうかがったとき、自分の本の主人公が殺される直前にこの携帯が盗まれたことをおっしゃらなかったのはなぜです？」

「あのときはまだ、改訂版の執筆に取りかかっていなかったからだ。仮に第三者に見られてはまずい資料を盗まれていたら、もっと大騒ぎしている」

「通報一つせずに隠すのではなく、ね」俺は言った。「とすると、この写真を設定したのはあなたということですか」

ブレークはうなずいた。「こういった写真を見ると執筆意欲が湧《わ》く。何のために書いているのかを思い出す」

「マーティン・ウィックが投獄されてから先日殺されるまで、ムーア一家殺害事件に新たな進展はありませんでした」ナオミが言った。「改訂版は何に的を絞った内容になる予定ですか」

「ウィックの獄中生活だよ」ブレークは答えた。「ウィックが死ねば、ムーア一家殺害事件に改めて注目が集まるだろうと思ったし、癌《がん》と診断されたのなら長くは持たないだろうとも思った。テーマの一つは、ウィックがストレンジウェイズ刑務所で過ごした日々だ」

「そういえば昨日、ウィックが収容されていた監房を見てきました」俺は言った。

「反吐《へど》が出そうな場所だ……」

「たしかに。ところで、このロックを解除していただけないでしょうか」

何気ない口調を心がけたものの、唐突に立ち上がったせいで椅子の足が床にこすれ、甲高い音が鳴った。俺はテーブルの向こう側に回り、ブレークの肩越しに手もとをのぞきこむ。ナオミの視線を避け、証拠物件に万が一のことがないようそばに行っただけと見えることを祈った。

ブレークがビニール袋越しに画面を上にスワイプした。

画面のロックが解除されると同時に俺は手を伸ばして携帯を受け取った。最初に確認したのはメッセージだ。携帯電話会社からアップデートのお知らせが届いているだけだった。次に連絡先アプリを起動した。登録されているのは五件。俺は焦《あせ》る指でスクロールし、〈ルイーザ〉の項目を見つけた。同時にナオミが立ち上がった。

「見せてもらえます？」ナオミが言った。

時間が静止した。だが、越えてはならないこの一線を越えれば、申し開きができなくなる。俺はたったいま何を見ていたか知られないよう、連絡先アプリを閉じてからナオミに携帯を渡し、テーブルの元いた側に戻った。ナオミは俺と同じ手順を踏んでルイーザ・ヤンコフスキーの名前を見つけたところで凍りついた。

動かぬ証拠。

ナオミがその画面をこちらに向け、俺は驚いた顔を装《よそお》った。そろって椅子に座り直す。幸いにもブレークの息遣いが苦しげになって、俺の息遣いの音を消してくれていた。ブレークはふだんより青ざめた顔でプラスチックケースから錠剤を二つ振り出すと、水なしでのみ下した。

「連絡先に登録されている人たちについて教えていただけますか」ナオミが言った。

ブレークがうなずき、俺はまた時間が動き始めたのを感じた。ぎくしゃくしながら加速し、まもなく通常の速度に戻った。

「スーザンというのは？」

「前回ちょっと話したと思うが、ウィックは若いころ、一年ほど結婚していたことがある……」

「その前妻の連絡先を教えていただけるというお話でしたね」

「そうはいっても、巡査、きみたちも知ってのとおり、その情報を盗まれてしまっていた。オリジナル版の本を書いたとき、スーザンには一度も取材をしなかったが、今回はそのあたりのことも盛りこんだらおもしろいだろうと思っていた」

「フランク・ムーア」ナオミは画面を見たまま読み上げた。

やめさせる口実を思いつかない。

「これは説明するまでもないだろう。遺族だ。あの事件の関係者で生き残ったのはフランク一人とも言えるな」

ナオミはうなずいた。「〝生き残った《サバイブ》〟は、いかにもフランク・ムーアに似合う言葉ですね」

「フランクが商標登録しているわけではないがね」

「それは本人には黙っておきましょうか。いまから商標登録すると言い出しそうだから」ナオミは微笑《ほほえ》んだ。「フランクの〝サバイバル・セミナー〟に行ってみるといいとわたしたちに勧めたのはあなたです。あなたも参加したことが？」

「勧めたのは、悲劇から立ち直った人物の一例としてにすぎない。私が何か勘違いしているのでなければ」

「とすると、十二年前の事件の直後、あなたは立ち直る必要を感じなかったわけですか」

「質問の意図がよくわからないな、ブラック巡査」

「わたしはただ、フランクのセミナーに出席したことがあるかどうかが知りたいだけです」

「ああいうのは私向きではない。興味がない」

「事件の捜査が心の傷になったのではないなら、マーティン・ウィックの有罪判決が出た直後に警察を辞めたのはなぜですか」ナオミは訊いた。「一生に一度の大事件ですよね。それをみごとに解決した。出世の切符を手に入れたようなものだったのでは……」

「別のキャリアの切符を手に入れたよ」

「でも、十年前に本を一冊書いたきりですよね。あのまま警察にいれば、いまごろクランストン市警本部長の椅子に座っていたかもしれないのに」

「同じことだよ。私向きではない。興味がない」

「とすると、あの事件はあなたを壊したわけではなかった。〝壊した〟というのはフランク・ムーアが使った表現ですけど」

ブレークは拳《こぶし》でテーブルを叩《たた》いた。「ここにこうして座っているだろう」

「ええ、テーブルの間違った側にね」

「事件が私を壊す？」ブレークは腕組みをし、その腕をまたほどいた。「調べればわかることだ、ブラック巡査。私はあの捜査が始まった時点ですでに辞表を提出していた。有罪判決まで見届けたのは、義務感からだよ。そうするのが当然だからだ。あの事件と私の辞職には何の関係もない」ブレークは身を乗り出し、人さし指をナオミに突きつけた。「私とフランク・ムーアの関係に何か疑わしいところがあると言いたいのなら、的外れもいいところだ。私はフランクに敬意を抱いている。このあいだも言ったが、いろんな慈善イベントで何度も会って――」

「たとえばどんなイベントですか」

話の邪魔をされて、ブレークは鼻息を荒くした。「たとえばコンパッショネート・フレンズ。子供を亡《な》くした遺族のための団体だ。あとはグッド・グリーフ財団。ハワード・リーグ――」

「刑務所改革を訴えている団体ですね」俺はこの話題にしがみつこうとして口をはさんだ。ブレークはうなずき、俺は携帯に目を落とす。「クリストファー・バック、通称ショート・バック・アンド・サイドの連絡先が登録されているのは、その団体との関係で？」

「いや、やはりマーティン・ウィックとつながりのある人物だからだ。私の狙《ねら》いどおりには運ばなかったがね。クリストファー・バックはウィックとかなりの時間を同房で過ごしている」

「この携帯が盗まれる前にバックと連絡が取れましたか」

ブレークは首を振った。「おかげで、面会に備えてＸＬサイズのバイオハザード・スーツを取り寄せる時間のゆとりがあったがね……」

「登録されている次の人物に備えて、そのスーツは着たままでいたほうがよさそうですよ」ナオミが言った。「チャーリー・スローン」

「スローンは口が軽いし、おそらく世界一の性病コレクションの持ち主ではあるだろうが、記者としての腕は確かだし、高い職業倫理を備えている」

「そういえばつい昨日も、妊娠中の若い女性を援助していました」俺は言った。

「私が知っているのは、十二年前、マーティン・ウィックの事件について、無駄にセンセーションをあおらず、かつツボを心得た記事を書いたということだけだ」

「わかりました。しかし、この携帯はリサーチ用だったのでは？」

「そうだ」

「十二年前に書いた記事についてチャーリー・スローンにいま取材する必要があったわけですか」

ブレークは肩をすくめた。「当時は活字にしなかった情報を持っているかもしれない」

「どちらかといえば、スローンがあなたから情報を引き出す立場では、ケヴ」

「マスコミ連中がどんなものか、きみだって知っているだろう。なあ、この話はまだかかるのか？」ブレークはテーブルに置いた心臓の薬のほうを曖昧《あいまい》に指し示した。「次の予定があるんだが……」

俺はナオミの視線を無視してうなずいた。

ヤンコフスキーという名前が出たときのブレークの反応を見たくない。知らない名前だとブレークが言えば、エスターが登録したとしか考えられなくなり、その二人が結びついて、ヤンコフスキーが事件に深く関与していることが発覚するだろう。

「この携帯は預からせてください」俺はそう言ってブレークを追い出しにかかった。

「パスコードをメモしておいていただけますか」ペンと紙を差し出すと、ブレークは四桁《けた》の数字をそこに書きつけた。「どうも」そう言ってメモを回収し、立ち上がって出口に向かおうとした。

「すみません、ケヴィン」ナオミが言った。「登録されている番号がもう一つだけ……」ナオミが画面をブレークのほうに向ける。ブレークの顔から血の気が引いた。

それは今回の事情聴取中もっとも説得力のある反応だった。

「知らない番号だ」

「名前はどうですか」ナオミが重ねて訊く。

ブレークは首を振った。「登録したのは私ではない。ルイーザという知り合いは一人もいないよ」

3

俺はブレークを見送りにロビーに下りた。このまま一緒に建物を出て姿をくらまそうかという考えも頭をよぎった。いまここで逃げなければ、ルイーザ・ヤンコフスキーを尋問するナオミに同行するしかなくなる。有罪の証拠を突きつけられたルイーザは、俺の非常持ち出し袋をナオミに見せ、俺を地獄送りにするだろう。無言のままブレークと並んで受付まで出たところでようやく現実に引き戻され、俺はブレークに自宅の住所を尋ねた。

「なぜ?」ブレークは警部補時代の威厳を一瞬だけ取り戻したように言った。

「盗難事件の供述書を取りに、のちほどパトロールカーを行かせます」

「どうしても必要なのか」

「ええ、どうしても必要です」俺はブレークと自分に嘘《うそ》をついた。

崖《がけ》っぷちの俺は、茨《いばら》でも何でもつかむ気でいた。捜査を俺自身から遠ざける方法を必死で手探りしていた。ブレークはポケットから名刺を取り出した。しばらくそこに入れたきりになっていたらしい代物《しろもの》だった。俺が番地を読み終えたときブレークはすでにセキュリティゲートを抜け、一度も振り返らずに早足で建物を出ていこうとしていた。現下の問題とともにその場に取り残された俺は、しばらくロビーに突っ立っていた。周囲の視線を感じた。同僚警察官たちが、俺はいったいそこで何をしているのかといぶかり始めている。

第三の選択肢、破れかぶれの選択肢が頭に浮かんだ。

ルイーザに連絡すればいい。出勤するなと警告し、家を出ろ、いまいる場所から離れろと伝えればいい。

公衆電話の前に立ち、冷静にポケットを探って小銭を取り出す。次にこの前届いたメッセージを見て電話番号を確かめ、ボタンを押し始めた。番号の前半を押したところで、背後から俺を呼ぶ声がした。

「巡査部長」

俺は壁のほうを向き、番号の続きを押した。

「ウェイツ巡査部長」

「はい？」俺は声のしたほうを振り返った。若い巡査だった。

「パーズ警視から、あなたが逃げていないか見てくるよう頼まれました……」

「何だって？」

「警視とブラック巡査が九番取調室でお待ちです」

俺は受話器を置いた。受話器に掌《てのひら》の形の汗の痕《あと》がついていた。受付前を通り、取調室が並んだ一角に戻った。九番取調室のドアを開けると、奥の壁にパーズがもたれ、虚空《こくう》をにらんでいた。テーブルについたナオミは、疲労の色の濃い顔にこわばった表情を浮かべている。

「お呼びですか」

　パーズの赤い目が俺を見た。「ずらかったかと思ったぞ……」

「ブレークの自宅に派遣するパトロールカーを手配していただけです」

「病院にいたジャンキーの女とつながっていると思うのか」

「まだわかりません」俺は答えた。これは罠《わな》で、俺はそこに足を踏み入れようとしているのだろうか。「しかし、ジャンキーの女自身が事件に関与しているという仮説は少し修正したほうがよさそうです。あの女がこの事件に関して持っていた情報、たとえばシヨート・バックのような連中の連絡先や何かは、ブレークの自宅から盗まれた資料にあったもののようなので。コーナーハウスで押収した携帯電話も盗まれたものでした。ロック画面の画像を設定したのはブレークです。ジャンキーの女はもしかしたら、出来心で便乗しただけのことかもしれません」

「それには同意できそうにないな、巡査部長」パーズはそう言って、ナオミの前に置いてある携帯電話に視線を落とした。「おまえも見てみるといい……」

俺がテーブルに近づくと、ナオミはちらりと俺を見上げた。それから携帯の写真アプリを起《た》ち上げ、そこに一本だけ保存されていた動画を再生した。緑色のトラックスーツを着た女、エスターの顔が一瞬だけ画面をよぎった。携帯が激しく揺れ動く。聖マリア病院のトイレにいるようだ。携帯の向きが変わり、ドアに焦点が合ったかと思うと、そのドアがほんのわずかに開いた。ナオミが音量を最大まで上げ、話し声らしきくぐもった音が聞こえた。廊下の少し離れたところに誰かいるらしい。まもなく携帯だけがドアの隙間《すきま》からそろそろと廊下に突き出された。レンズは話し声が聞こえる方向に向けられていた。

マーティン・ウィックが死んだ病室前の廊下。

携帯の向きが悪かったが、それでもナースステーション前に立っている男の尻《しり》のあたりから下は映っていた。レニックと話しているらしい。二人が握手を交わす。と、男がふいにカウンターに身を乗り出した。二人の上半身が映っていない以上、何が起きたのか断定はできない。だが、レニックが刺されたまさにその瞬間と見て間違いないだろう。ことの重大さに気づき、そして自分も危険だと察して、エスターはカメラを引っこめた。画面は数秒間、真っ黒になった。

携帯のマイクが服にこすれる音が続いた。

エスターの息遣いがすぐ近くで聞こえている。

やがてガラスが割れる音がした。続いて怒鳴り声。炎のうなり。携帯はまたドアの隙間から突き出され、今度は非常扉から逃げていく男の脚をとらえた。男が非常階段に消えると、エスターはそのあとを追った。火災警報器が作動し、ほかの音をかき消した。

動画はそこで唐突に終わった。

あと四秒か五秒長ければ、非常階段を上ってきた俺とエスターがすれ違う瞬間まで映っていたに違いない。

エスターはあのとき、殺人者を追って階段を下りてきたのだ。

「おめでとう」パーズが言った。「おまえはたったいま、唯一《ゆいいつ》の容疑者の潔白を証明した。さらに、この女自身は事件に関与していないとの仮説を披露したばかりだったが……」パーズはナオミが写真を一つずつスワイプしていくのを待った。最初の一枚は、『メール』紙の第一面を飾った写真だった。

〈これがシリアル・キラーだ!〉

残りがスクロールされていくにつれ、パーズの言いたいことが俺にもわかり始めた。一枚ごとに、カメラはウィックに近づいていく。病室の入口からベッド脇《わき》へ。やがてウィックが携帯を持っている人物に微笑みかける。最後の一枚には、顔にタトゥーを入れた女、エスターも写っていた。エスターはベッドでウィックと並び、一方の腕をウィックの首に巻きつけ、もう一方を伸ばして写真を撮っている。この顔の鮮明な画像を俺は見たことがある。次の瞬間、不気味な確信とともに悟った。俺はこの女とどこかで会っている。

だがそれ以上に不気味だったのは、彼女とマーティン・ウィックがキスをしている事実だった。

4

パーズはチェース警視正と打ち合わせ中だった。ルイーザ・ヤンコフスキーがマーティン・ウィック殺害に関与している可能性が高まったことを伝え、ヤンコフスキーの停職処分を再度進言している。

チェースもさすがに今回は同意するだろう。

そのあいだにヤンコフスキーの所在を突き止めろというのがパーズの命令だった。しかし、ヤンコフスキーが見つかったとして、俺はいったいどうしたらいいのか。

その日、ヤンコフスキーは遅番だった。あらかじめ電話して警告しておく機会のないまま、俺はナオミを乗せてのろのろと車を走らせ、ヤンコフスキーの自宅に向かった。

俺が彼女の自宅住所を知らないと言うとナオミは意外そうな顔をし、俺は少し厳しい目で粗探しをすれば、俺の作り話などたちまち瓦解《がかい》するというありがたくない現実を突きつけられた。

「わたしが一人で話をしたほうが無難だと思うの」ナオミが言った。

ヤンコフスキーから半径十五メートル以内に俺を近づけたくないと思っているのは明らかだったが、俺は首を振った。

「そう、わかりました。ただし、あとでわたしは反対しなかったとか言い出さないでよね」

　そろって車を降り、私道を並んで歩き出した。建物のエントランスから、本部の人事ファイルにあった部屋番号をナオミが呼び出す。ほぼ即座にオートロックが解除され、俺は自分が先に立って階段を上った。上で何が待っているかわからない。ヤンコフスキーの部屋がある階に着くと、開いたドアから若い女性が顔を出し、当惑顔で俺たちを見た。

「ルイーザ・ヤンコフスキーと話したいんですが」ナオミが言った。「住所はここですよね」

「わたし、ルイーザとルームシェアをしているんです」女性は言った。「あの、何かあったんですか。ルイーザも警察官だってことはご存じですよね」

「いま進行中の捜査に協力してもらえないかと思ったんですけど。来客の予定があったようですね」

「今日は家で仕事をしていて、宅配便を待っていたんです」

「ルイーザは在宅ですか」

「それが、ゆうべ帰ってこなくて……」

　ナオミが俺を見る。ナオミが最後にルイーザを見たのは、俺の部屋の前だった。

「帰ってくる予定だったんですね」俺は確認した。

「遅くなるかもしれないとは言っていました。友達のところに泊まるかもしれないって」

「その友達の名前は聞いてます？」ナオミが訊く。

女性は首を振った。「男性だと思いますけど。何か事情のある相手らしくて。ルイーザは無事なんですよね」

「無事ではないと考える理由は何もありません」ナオミは答え、名刺を手渡した。「きっとそのお友達と一緒にいるんでしょうけど、ルイーザが帰ってきたり、連絡があったりしたら、知らせていただけませんか」

「わかりました」

俺たちは階段を下りた。一段ごとに壁が左右から迫ってくるような感覚にとらわれた。なんとか無事に通りに出て、車に戻った。息苦しくてシャツの一番上のボタンをはずす。車に乗りこんだあとも、ナオミはしばらくまっすぐ前を見つめていた。

「昨日の夜、わたしが帰ったあと何があったの、エイダン」

「別に何も」

「ルイーザはそれきり家に帰らなかった……」

「もう終わりだと俺から話したんだ。ルイーザは五分後には俺の部屋を出ていたよ」

「そのときの様子はふつうだった？」

「あとで後悔するだろうとは言われた」

「思い詰めた様子ではなかったのよね？　取り返しのつかないことをしそうとか」

俺に話を合わせて言っているだけだろう。俺は首を振った。

そのとき無線機がかりかりと音を立て、俺は応答した。「ウェイッです」

通信指令部を介して、ブレークの自宅に派遣したパトロール警官と無線がつながった。

現場に到着したらしい。

5

ブレークの自宅は、マンチェスター中心部から数キロ離れたバーナッジにある二軒一棟式の大きな家だった。俺たちが行くと、一階の窓ガラスが割られ、外壁に緑色のスプレー塗料ででかでかと〈人殺し〉と書かれていた。

「破壊行為ですね」制服警官の一人が私道に立った俺たちに近づいてきて言った。

「罪の自白だと思って見ていたわけではないさ。ブレークはどこだ」

制服警官の案内で家のなかに入った。玄関ホールから広々としたリビングルームに行くと、ブレークは、この前はコーヒーにさえ口をつけなかったのに、ショートグラスに入った琥珀色《こはくいろ》の液体をちびちび飲んでいた。

「私がきみらにつきまとわれるような何をした？」ブレークの視線が俺をさっとなでる。

「俺たちもそれを知りたいですね」俺は制服警官に向き直った。「ちょっとはずしてもらえるか」制服警官が出ていき、ドアが閉まった。「最初に会ったとき、直感の声に耳を澄ませとおっしゃいましたね。俺がどこかおかしいのかもしれませんが、殺人事件の関係者の家に〈人殺し〉と落書きがされていると聞けば、その人物に会って話をしないわけにはいきません」

「世の中に知られた人物というだけで、こういう目に遭うこともある」

「あなたは世の中につばを吐きかけちまったのかもしれませんね、ケヴ。何か盗まれたものは？」

ブレークは首を振った。

「犯人に心当たりはありますか」

「ない」

「狙われる理由はどうです？」

ブレークはこれにも首を振った。

「かなり扇情的なメッセージですが……」

「私は何も知らない」

「落書きがされたとき、奥さんはお留守でしたか、ミスター・ブレーク」ナオミが訊いた。

「ああ。幸いにも留守だった。娘のルーシーのところに泊まりがけで行っている。孫が生まれたばかりでね」ブレークはマントルピースに飾られた写真に顎《あご》をしゃくった。

「なるほど」ナオミは写真を一枚ずつ見てからブレークに向き直った。ここに来るあいだに同じ考えが俺の頭をよぎったが、ブレークの娘はあきらかにエスターとは別人だ。

「せっかくお邪魔したので、ついでに侵入事件の現場を見せていただけませんか」

ブレークは、逃げ道が尽きたような顔をした。その気持ちはよくわかる。数時間後、俺の顔を同じ表情がよぎる瞬間をできればナオミに見られたくない。

小さな仕事部屋は、家の一番奥にあった。窓に近づいて、俺は意外に思った。窓のすぐ下は急斜面で、裏庭につながっていた。

「これを登るのは骨が折れそうだな」俺は言った。「通りすがりの何者かがたまたま開いていた窓を見て盗みに入ったのではとおっしゃっていましたが……」

「いや、それはきみが自分の都合のいいように解釈しただけではないかな」

「たしかに、ウェイツ巡査部長は都合のいい解釈をしがちですけど」ナオミが言った。「あなたはいまのとおりのことをおっしゃったとわたしも思います」

俺は窓枠を調べた。「交換したばかりですね。窓をこじ開けられたからなのではありませんか、ケヴ」

ブレークは俺たちの視線を避けた。「犯人が開いた窓から侵入したときうっかり傷をつけただけかもしれないだろう。きみはどんな答えを期待している？」

「真実、かな」

「真実ならすでに一生分くらい答えたよ、巡査部長。これ以上の真実は逆さにしたって出てこない。まだ話していないことは何一つないし、今日はもう充分以上の時間をきみたちに割いた――」

「ほかに何か予定があったんですか」

ブレークの顔色は、初めて会ったときに比べてずいぶん青ざめていた。俺たちがいまこの家に入ったときに比べてもだ。ブレークは胸を押さえて椅子に腰を下ろした。

「あいにく、人に会う予定があって……」ブレークの声はか細くなり、やがて消えた。

「どんな用件で？」

「私の本の改訂版の件で」声がかすれていた。

「誰と？」

ブレークは俺の視線を避けた。俺はブレークがまた俺の顔を見るのを待った。

「誰と会う予定なんですか、ケヴ」

6

「やあ、チャーリー。また会いましたね」俺はチャーリー・スローンに歩み寄った。そこはシャンブルズ・スクウエアに面したシンクレアズ・オイスター・バーのテラス席だった。マンチェスター最古のパブの一つで、過去に二度移動しており、二度目は煉瓦《れんが》一つひとつまでばらばらにされた状態で新しい場所に運ばれ、再建された。テーブルで背を丸め、エールのジョッキを握り締めている姿を見ると、ここの開店当初からその席にずっと陣取り、二度の引越のときも一緒に移動したのではないかと思いたくなるくらいだ。

「くそ、またか」スローンはあわてて立ち上がった。「今度は何の用だ」

「座って。さもないと妨害で逮捕する」

「私が何を妨害した？」

「さあね。司法妨害とか。あわてふためいたせいで血行が妨害されたとか」

　スローンは少しためらったあと、どさりと椅子に座り直した。

「前回会ったときより元気そうだな。ひょっとしたら、今日はちゃんと服を着ているせいかもしれないが……」

スローンはうんざり顔で白目をむいた。

「マーティン・ウィックの例の写真を撮影するのに使われた携帯電話を押収しました」ナオミが言った。

「時間をただ無駄に費やしているだけではないらしいな」

「ええ、違います」ナオミが言った。「あなたが第一面に載せた記事は、組み写真のうちの一枚だったとわかりましたし」

スローンは内心の驚きはうまく隠したが、好奇心は隠しきれなかった。「とすると、ほかの写真も当然、私に権利があるはずだ」

「使い道があるとは思えない」俺は内ポケットから自分の携帯を取り出し、スローンに見える位置に掲げると、エスターがマーティン・ウィックとベッドで寄り添っている写真を表示させた。「こうして見ると、あんたが五千ポンド払った相手は大量殺人犯とそのガールフレンドだったようだ……」

スローンは愕然《がくぜん》とした様子だった。

「なお悪いことに、彼女はいまも逃亡中です」ナオミが続けた。「あなたのお金を使って逃げ回っているんです。それは司法妨害というより……」

「教唆《きょうさ》幇助《ほうじょ》罪だろうな」俺は言った。

「お言葉だがね」スローンは声を絞り出した。「この街にも本物の刑事はいるんだよ。

ここで待ち合わせてて、そろそろ――」

「ケヴィン・ブレークなら、当面は手が空かないでしょうね」ナオミが言った。

スローンがナオミを見て、次に俺を見た。

「本当だ」俺は言った。「自宅の窓ガラスを残らず叩き割られた上に、外壁にスプレー塗料で〈人殺し〉と落書きされた。ブレークが消す前に、カメラマンに急いで行ってもらったほうがよさそうだ。落書きなんかしたのはいったい誰で、動機は何だろうな」

スローンは黙っていた。

「あんたと友達になると、不思議とみな警察に目をつけられることになるらしいね、チャーリー」

「そのようだね……」

「今日、ブレークと会って何を話すつもりだった？」

スローンは答えない。俺はテーブルに四つ並んだパイントグラスを見た（訳注／一パイントは約〇・五七リットル）。「よほどたくさん話すことがあったんだな。答えろよ、チャーリー。ブレークを信用しないほうがいい。ウィックのガールフレンドがあんたに写真を送るのに使った携帯は、ブレークの自宅から盗まれたものだった」

「しかもなぜか盗難を警察には届け出なかった」ナオミが言った。「彼女と何らかの形でつながっているとしか思えません」

俺はうなずいた。「そのうえあんたは彼女に五千ポンド支払ったわけで、三人の関係を疑われてもしかたがない。彼女があんたの金を札付きのスパイスの売人に渡したことも考えると、乱交パーティの様相を呈してくる」

「ちゃんとそのための部屋を取ったほうがよさそう」ナオミが言う。

スローンは大きく口を開けて長い溜《た》め息《いき》をついた。内側で何かが死にかけているような臭《にお》いがした。「疑われるようなことは何もないよ。ブレークと個人的な知り合いでさえない。十二年前にちょっと話したことがあるだけだ。それが最近になって、向こうから連絡してきた」

「何の用で」

「例のお粗末な本さ。ウィックが死んだタイミングであれの改訂版を出すって話だった。フランク・ムーアにまつわる疑惑を新たに盛りこもうともくろんでいた」

「フランク・ムーアにまつわる話なのに、なぜあんたに接触してきた？」

「噂だよ」スローンは答えた。「十二年前、私が記事で取り上げたフランクに関する噂。社で雇ってる私立探偵が拾ってきた情報でね、それをまたブレークに話してみようと思っていた。フランクはいまでこそ理路整然としゃべるが、当時はとにかく口下手だった」スローンはにやりとした。「口より拳で意思疎《そ》通《つう》を図るタイプだったと言えばわかるかな」

「その噂の出どころは」

「袋小路《ふくろこうじ》の突き当たりにある二軒一棟式の家の片側で母親と三人の子供がめった刺しにされたのに、もう半分に住んでいた一家が不審な物音を聞いていないのはなぜかと疑問に思ったことはないか」

スローンはエールを一口あおり、手の甲で口もとを拭《ぬぐ》った。

「物音は聞こえていたんだよ。しっかりと。ただ、当時はもう、隣から怒鳴り声やわめき声が聞こえるのは日常茶飯事だったから、隣の一家は通報も何もせずに寝ちまったわけだ。喧嘩《けんか》したって一晩寝たら元どおり、なんて考えは甘いってことだよ」

「隣人から直接話を聞いたのか」俺は尋ねた。

スローンは俺の目を見てうなずいた。それから鞄《かばん》に手を入れ、日付と署名が入った証言録のコピーを引っ張り出した。ナオミと俺が一枚ずつ目を通しているあいだに、スローンは一杯目のエールを片づけ、二杯目に取りかかった。

隣人は、マーガレット・ムーアの目の周りに痣《あざ》ができているのを目撃していた。喧嘩している声を毎日のように壁越しに聞いていた。皿が割れる音、窓ガラスが割れる音。ドアが叩きつけられる音、拳が叩きつけられる音、頭が壁に叩きつけられる音。父親が急に動くと子供たちがすくみ上がる光景も目撃していた。

フランク・ムーアが。あの家族思いの父親が。

「当時、この種の報道がいっさいなかったのはどうしてだ」俺は顔を上げて訊いた。

「あっという間に犯人が捕まったからね。マスコミと警察は大して変わらないんだよ、刑事さん。私らもヒーローと悪党で飯を食っている。ウィックが捕まると同時に、あることないこと書き立てる相手も決まったわけさ」

「悪党はほかにもきっといるだろう」俺は言い、証言録をそろえて立ち上がった。「警察の人間がこんなことを言う筋合いじゃないのはわかっている。だが、頼む、この街を出ていってくれ」

「言われなくてもそうするさ」スローンはそう言って二杯目を飲み干した。

7

俺たちは予告なしにフランク・ムーアの自宅を訪ねた。フランクの新旧二つの家族は完璧《かんぺき》なまでに対をなしていて、俺にはどうにも不吉に思えたが、それはもしかしたら事件当時の隣人一家の証言に目を通したせいかもしれない。フランク・ムーアは大柄だ。子供から見れば相当な威圧感があるだろう。俺たちは玄関をノックして待った。フランクの二人目の妻レベッカが玄関を開けた。俺はこのときもまた、最初の妻のマーガレットと見分けがつかないほどよく似ているなと思った。

「ミセス・ムーア」ナオミが切り出す。「ご主人はいらっしゃいますか」

レベッカは外に出て玄関を閉めた。

「仕事に行っています」小さな声だった。

「ご迷惑なタイミングでしたか」

「どうして？」

「いえ別に。フランクは今日もセミナーですか」

レベッカはまた家のほうをちらりと振り返った。「今日はグループ・カウンセリングです。何か私でお役に立てれば」

「土曜の夜のフランクのアリバイを確かめたいんですが」ナオミが言った。

「ああ」レベッカはほっとした様子だった。「ずっと自宅にいました。お客さんが何人も来ていて」

「その方たちは、フランクが午前零時ごろまでこちらにいたと証言できるわけですね」

「解散したのは午前零時を回ってからでした。午前一時になってもフランクはまだ、みなさんをタクシーに押しこんでいるところでしたよ」

「フランクが席を外したようなことは？　たとえば一時間とか。それより短い時間でも」

「フランクのことをご存じないのね。五分と席を外しませんでした。ホスト役として、お客さんの世話を焼いて。そういうのが得意なんです」

「にぎやかな会だったようですね」

「私たちはパーティ好きではありませんけど、年に数回、フランクは裕福な〝サバイバー〟を招いて夕食会を開くんです。その人たちがどんなことを乗り越えてきたかよく知っていますから、フランクにしてみれば、集まってにぎやかに過ごせるのがご褒美のようなものなんです。フランクはいつもの話を長々と語ったりして、注目の的でしたよ」

「いつもの話というのは」俺はマーティン・ウィックの名前が出るのではとなかば期待しながら尋ねた。

「世界を救う話です」

俺は微笑んだ。「いつか本当に救ってもらえるといいな。できれば近いうちに。ところで、その晩の来客の連絡先を教えていただけませんか。ずっと自宅にいたと確認できれば、ご主人を二度とこのような観点から疑わずにすみます」

「かまいませんよ。なかにお入りになります？」

断ってほしそうな言い方だった。

「では遠慮なく」俺はレベッカの横を通り抜けて家のなかに入った。

入念に演出された家族写真が並んだ廊下を奥へ進み、リビングルームに入った。上の娘のリジーがソファに座っていた。ビニールの保護シートが剝《は》がされているのを見て俺は驚いた。レベッカは俺の視線に気づいて言った。

「いつもいつも家具に保護シートをかけているわけではないんですよ。そうよね、リジー？」

リジーは顔を上げなかった。レベッカは娘の頭をなでた。

「娘は今日、体調が優れなくて学校をお休みしたので、少し落ちこんでいるんです……」

ナオミが微笑んだ。「わたしは病気で学校を休めるのをこっそり楽しみにしてたけど」

「休むと時間が無駄になる」リジーが言った。

「学校が好きなのね」

「勉強が遅れないようにすることが肝心」

誰かの口癖を繰り返しているだけのように聞こえた。レベッカが場を和らげようと言い添えた。「うちの子はみな、家でじっとしているのが苦手で。そういうところはフランクに似たみたい。つねに全力投球なんです」

「子供のころのわたしに、みんなの爪《つめ》の垢《あか》を煎《せん》じて飲ませたいわ」ナオミが言った。

「あたしのお兄ちゃんやお姉ちゃんは殺されたの」リジーが唐突に言って、ナオミと俺は思わず顔を見合わせた。どう反応していいかわからない。「だから、あたしたちは人生をむだにしないようにがんばってるの」

レベッカがまた娘の頭をなでた。「歯を磨いてきなさい」

リジーは立ち上がり、無言で部屋を出ていった。レベッカは娘の発言をさらに取り繕おうとした。「そういう年代にさしかかっているんでしょうね。家で過ごしたり、親と一緒に何かしたりするのは格好悪いと考えるような年代に。母親はうっとうしい存在でしょうし」レベッカは俺の顔を見た。

俺はうなずいて目をそらし、部屋のあちこちに飾られた家族写真を見た。子供たちはみな背中に定規が入っているようにまっすぐに立ち、こわばった笑みを顔に張りつけていた。思い出の瞬間を切り取った記念品というより、どのような姿勢と表情をすべきか、どうふるまうべきか、一瞬たりとも忘れないようそこに置かれているかのようだった。フランクの好きにさせたら、子供たちにも保護シートをかけるのではないか。

「パーティの来客の連絡先を教えていただけるというお話でしたね」俺は促した。

「そうでした」

レベッカが持ってきたアドレス帳から、ナオミが四人分の連絡先を手帳に控えた。

「土曜のパーティに裕福なサバイバーだけが招待された理由をうかがってもいいですか」俺は言った。

「経済的な理由ですよ。うちは公認慈善団体なんです。寄付してくださいとお願いするのを怖がっていては、やっていけません。活動を通してフランクが学んだことがあります。悲しみは階級を超えて人を一つにするということ。ある集団に別の集団を支援してもらうためのよい方法なんです」

「ほかにもう少し立ち入った質問があるんですが」ナオミが言った。

「どうぞどうぞ、私なら大丈夫ですから」

それは本当なのだろう。この女性は壊れた男を受け入れ、その再生を支え、前の家族の代替のような新しい家族を築いた。それには強靱《きょうじん》さと信念が必要だっただろうし、その二つはいまもなお尽きていない。

ナオミが続けた。「十二年前の事件の資料を見直していて意外に思ったんですが、フランクのアリバイを証言したのは、そのときもあなただったんですね……」

レベッカの笑みは凍りついたが、完全には消えなかった。

「厳密には少し違いますけど、そうです。あの夜、主人はずっと私と一緒でした」

「当時、親しいご関係だったんですか」

「ときどき会っていました……」

「どのくらいの期間？」

レベッカは肩をすくめた。肩をひねるような動きだった。「数週間。数カ月かも」

「家族が殺害されたとき、フランクはあなたと一緒だったわけですね」

「そのころはまだ大酒飲みでした。その夜はずいぶん荒れて、泥酔《でいすい》したまま椅子で眠りこんでしまったの。舌や吐いたものが喉《のど》に詰まって窒息するんじゃないかと気が気じゃなくて、一晩中ずっとそばについていたんです。フランクは朝まで身じろぎ一つしませんでした」

この証言でフランクは一家殺人事件の容疑者からはずれる。しかし俺が知りたいことは別にあった。

そこで返事の代わりに直球の質問を投げた。「二つの関係が重複していた期間はありましたか、レベッカ」

「重複？」

「あなたとフランクの関係は不倫でしたか」

「フランクとマーガレットの関係はとうに死んで冷えきって――」無神経な表現だと途中で気づいたのだろう、片手を挙げて言い直した。「私との関係が始まった時点で、二人の関係は終わっていました」

「フランクは、そのころはまだマーガレットと愛し合っていたと話していました」俺は言った。「冷却期間をおいてよりを戻すつもりだったと」

「そうですか」レベッカはそう訊き返して俺を見つめた。返事をする必要のある種類の質問ではないが、俺はうなずいた。レベッカは唇を引き結んだ。「いずれにせよ、あの日、朝が来るまでに、二人の関係は終わったわけです」

「そう、死んで冷え切っていた」俺は応じた。「で、フランクは眠りこんだまま動かなかったわけですね」

「筋肉一つ動かしませんでした」

「筋肉の塊のような体格なのに」

「え？」

「当時は口より先に手が出るタイプの父親だったと聞きました」

「エイダン」ナオミが警告するように言う。

レベッカは立ち上がり、周囲を見回してから、俺をにらみ据えた。「質問をしに来たのではないのね。自分の怒りを私にぶつけに来たんだわ。あなたはずいぶんと悲しい人のようね、ウェイツ刑事。他人を傷つける才能に恵まれているみたい。主人が留守で本当に残念。もっときちんと説明してくれたでしょうから」

「ええ、そうでしょうね」俺は言った。

ナオミが割りこんだ。「ムーア家はかならずしも仲よし家族というわけではなかったことは知っています。それ自体は筋が通った話です。だって、最終的に夫妻は別居したわけですから。わたしたちはただ、口論以上のことがあったのかどうかを知りたいだけです。暴力もあったのかどうか」

「不仲の原因はマーガレットにあったのよ」レベッカは言った。頬にいくらか血色が戻っていた。レベッカが本物の怒りを感じるのは、話題がフランクの最初の妻に触れたときだけのようだ。「不倫？　言っておくけど、先に不貞を働いたのはフランクではないの」

一瞬、まだ先を続けそうに見えたが、レベッカはスカートをなでつけて整えたあと、ほかの二人の子供を学校に迎えに行く時間だと言った。

「お子さん三人は、死んだ三人と同じ名前ですよね。気味が悪いとは思いませんか」目視では確認できないくらいはるか遠くにある、越えてはならない一線を一足飛びに越えて、俺はそう尋ねた。

ところがレベッカはうれしそうだった。俺の本性を見たとでもいうように。

「そんな風に考えられるのは、あなたには愛する人が誰もいないからでしょうね」

ナオミの手が俺の腕に置かれた。ナオミを見ると、頬が赤かった。「これ以上お時間をいただいてはご迷惑でしょうから」ナオミは言った。「フランクはグループ・カウンセリングに行っているそうですね。場所を教えていただけませんか」

「刑務所です」

「刑務所？」俺は訊き返した。「フランクは仕事でストレンジウェイズ刑務所に行っているんですか」

8

一分以上、誰もひとことも口をきいていなかった。俺は窓際《まどぎわ》に立って強引に窓を開けた。刑務所長のハットンはデスクの奥側の椅子にどっかりと腰を据え、死体捜索犬の判断を狂わせそうな体臭を発散していた。窓のすぐ向こうに見える運動場は無人で、ありがたいことに窓からそよ風が吹きこんできた。

「こちらではいつも、その辺を歩いていた人間を適当につかまえて、受刑者のカウンセリングをまかせるんですか」

「その辺を歩いていた人間？」ハットンが訊き返す。「それはいくら何でも大げさではないかね、刑事さん。ミスター・ムーアは著名なカウンセラーで、注意を要する人々を扱うに足る経験を備えているし、受刑者からも信頼されている。ここで働いてもらう資格は充分だ」

「いつからここで？」

「私がここに着任する以前から……」

「あなたが着任して何年になります？」

「五年」

裁判官席から刑期を言い渡すような口調だった。フランク・ムーアに対する俺の疑念が当たっているなら、ムーアは実際に法廷で刑期を言い渡されることになりそうだ。

「自分の家族を殺害した罪で犯人が服役している刑務所に、わざわざ志願して働きに来ている男がいて、それを変だとも異常だとも思わなかったわけですか」

窓のほうを向いていた俺は振り返った。ハットンは首を振った。

「二人は一度も接触していない。それは断言できるよ。一方で、私は受刑者の福利を守る責務を負っている。ムーアの存在は、受刑者にとってデメリットよりもメリットのほうが多い」

「マーティン・ウィックの福利はどうなんです？」

「彼は生きてここを出ただろう。生きて出る資格はなかったと言う者もいるだろうがね。それに私の記憶によれば、無残な死を遂げたとき、彼は市警の保護拘置下にあったはずだ。刑務所の管理下ではなく」

「ここでも受刑者に何度も襲われていますよね」

「フランク・ムーアの存在とは無関係だ」

「どうしてそう断言できるんですか。グループ・カウンセリングに同席したんですか」

「もちろんそんなことはしない」

「その問題を話し合ったことは」

「記憶にあるかぎりは一度も」

「じゃあ、どういうことですか。そのときの気分で決めるんですか」俺は答えを待ったが、ハットンは何も答えず、今日の昼は何を食おうかと考えているような目を窓のほうにぼんやり向けた。俺は首を振った。「問題に気づいていながら見て見ぬふりをする人間も世の中にはいるという話は前にも聞いたことがありますが、どんなに勢いよくそっぽを向き続けても、不思議と鞭打《むちう》ちにはならないようですね」

「きみは何かと気の利《き》いたことを言わずにいられないらしいね、刑事さん」

「ウィックはムーアの子供を殺したんですよ」俺がそう言ったとき、ドアが開いた。ハットン、ナオミ、俺はそろって入口のほうを向いた。入ってきたのはフランク・ムーアだった。ドア枠に頭をぶつけないよう首をすくめた拍子に、黒髪に一筋だけ走る白《しら》髪《が》の稲妻が閃《ひらめ》いた。体にぴたりと合ったシャツに紺色のスラックス、ローファーという制服のような出《い》で立《た》ちだ。

目にはどこか愉快そうな表情が浮かんでいた。

まずいタイミングで本人が現れた。俺はごまかそうとした。「ここで何をしてるんですか、フランク」

ムーアは機敏な動きで向きを変え、ドアを閉めた。「毎週水曜日は――」

「いや、ここで何をしてるんですか」

「最後まで言わせてくれ。毎週水曜日はここで、精神的に追い詰められた受刑者にグループ・カウンセリングをしているんですよ」

「自分の被害者の遺族が職員にいるとなると、ますます精神的に追い詰められそうですが」

「何が言いたい？」

「そのうちわかりますよ。馬が逃げてから納屋《なや》の扉を閉めても遅いと言いますが、あんたが二度とここへ来てはいけないことは考えるまでもない」

ハットンが立ち上がった。「何様のつもりだね、きみは。いきなり他人の領分に踏みこんで来て、威張り散らして」

「ハットン所長、これに関しては旗色を鮮明にしないほうが無難だと思いますよ。この先の五年、この刑務所でのあなたの居場所はこのオフィスよりだいぶ窮屈な部屋になりかねませんから。しばらくはずしていただけませんか」

ハットンは前歯を吸うような音を立て、鈍い動きでのそのそと立ち上がってデスクの奥から出てきた。四人とも沸点に達しかけて、ほかの三人に憎悪《ぞうお》を募らせ始めている。一人減れば、重苦しさがいくらか和らぐだろう。ハットンは、どう転んでも自分は損しないようにと考えてのことか、ムーアの肩を軽く叩いてからオフィスを出ていった。

「座ってください、フランク」俺はハットンのデスクの前に並んだ低い椅子の一つを指した。頭頂部の白い稲妻に触れて充電するかのように、ムーアはゆっくりと髪をかき上げた。それからまた微笑み、落ち着いた様子で腰を下ろした。せっかくだから一番の上席からナオミと俺の三文芝居を鑑賞しようというような態度だった。

俺はデスクの反対側に移動し、ムーアと向かい合う位置で壁にもたれた。ムーアとの距離はナオミのほうが近く、ムーアの右手にある窓のそばに立っている。ナオミの顔を見るには首をひねらなくてはならないが、前回の態度を思えば、ムーアはおそらくナオミのほうを向こうとしないだろう。

「何か気に入らないことがあったようですね」ムーアが言った。「どこで何をするか、いちいちきみに報告しなくてはいけないとは知らなかったな……」

「少なくとも過去五年にわたって、毎週、あんたの家族を殺した罪で服役中の男から半径十五メートル以内に接近していたのなら、ええ、それは教えていただきたかったですね」

「別に秘密でも何でもないのに？」

「ここに通ってくる理由は？」

「精神的に追い詰められた受刑者の――」

「本当の理由を訊いているんだ、フランク。初めて家で話したとき、あんたはこう言っただろう。〝できるものなら奴《やつ》の墓を暴《あば》いて、この手でもう一度火をつけてやりたい〟」

「私が言いそうな言葉とは思えませんね」ムーアはそう応じた。その言い方なら、俺の言い分が偽りであることをほのめかしつつ、自分は嘘をつかずにすむ。なかなか利口だ。

「俺とあんたでは、見ている現実のレベルが違うようだ」俺は言った。

「私のことなら好きなように言えばいい。これまでありとあらゆる暴言を浴びてきましたから、いまさら傷つきませんよ。ただし、仕事には真剣に取り組んでいます。それを悪く言われるのは我慢ならない」

「仕事というと？」

「私はサバイバルの専門家です。相談する相手も頼る相手もいない人のためのカウンセラーです」

「俺にはセールスマンとしか思えませんね」

「きみのような人は毎日のように見ていますよ、刑事さん。完全に行き詰まった人。私生活はぼろぼろで、きみはばらばらになりかけている。私とは対照的だ。私には裏表がなく、家族、家庭、サバイバルして獲得した宝物を持っている。その私を見て、妬《ねた》ましくなるのは当然だ」

俺は無表情を保った。

「抗鬱剤《こううつざい》をネックレスのようにぶら下げているも同然だね、きみは」

「おもしろいたとえだ」俺は言った。「マーガレットが鬱になったことがあるんですか」

ムーアは目を閉じ、それとほぼ同時に拳を握り締めた。

「他人の妻をファーストネームで呼ぶ資格はきみにはない」

「あんたは再婚してるでしょうが、フランク。ミセス・ムーアと呼んだら、どっちの話をしているのか混乱する」

ムーアはまぶたを開き、俺をまっすぐに見据えた。

「再婚すると何かいけないのかな、刑事さん？」

「いけないことなど一つもありませんよ。二番目の奥さんとの関係が最初の奥さんの死より前に始まっていたような場合はとくに」

ムーアは俺をにらみつけたままゆっくりと立ち上がった。その長身はそびえるようで、背筋が完全に伸びきるのに二秒も三秒もかかったように思えた。

「でも、そうか」俺は続けた。「あんたは少なくとも自分のことは許したんでしたっけね」

ムーアの顔が小刻みに震えながら笑みを作った。

元の椅子にまた腰を下ろす。

俺は無言でムーアを見つめた。やがてナオミがムーアの側頭部に向かって口を開いた。それより効果的にムーアをいらだたせるものは、ほかに思いつかない。

「新しい奥さんを迎えたのはいいとして」ナオミは言った。「お子さんのことは気になっていました」

「子供の何が」

「名前です」

「失礼な質問だね」

「どのへんが失礼？」

「名前は愛情のしるし、私が与えられる最高の贈り物だ。こんなところまで追いかけてきたのは、本当にそれを訊きたかったからなのか？　私の子供たちの名前について？　名前なら出生証明書に載っている。これだって秘密でも何でもない」

「だったら秘密について話そうか。壁に口がきけるものなら、ブライアーズグリーン一一番地の壁はどんな秘密を明かすだろうな」

「きみはさっき、見ている現実のレベルが違うと言ったね……」

「じゃあ、壁のもう少し奥まで進もう。壁の向こうで暮らしていた隣人は何と言うか。あんたの最初の結婚生活について、どんな話をするかな」

「夫婦間のトラブルについてはもう話しただろう」

「自分はいろんなものと闘《ファイト》っていたって話か」俺は言い、チャーリー・スローンからもらった隣人の証言録を取り出した。「それなら聞いたが、まさか文字どおりの意味だとは思っていなかった」コピーを俺とムーアのあいだのデスクに置いた。

ムーアは乗り出して目を通し始めた。読み進むごとに深くうなだれていく。

「よかったら持って帰ってかまわない。俺たちの分はコピーを取ってあるから」

ムーアは、証言録から少しでも離れたいというのか、椅子の上で背をそらした。そしてたったいま知らない場所で目を覚ましたかのように室内を見回した。

「そこに書いてあるようなことが始まったきっかけを知りたい。どんな終わりを迎えたかも」

「どんな終わりだったかはみな知っている」ムーアは平板な声で言った。

「ある意味ではね。喧嘩《ファイト》の原因は、レベッカとの浮気だったのか」ムーアが顔を上げて俺を見た。「レベッカがあんたのアリバイを証言したと、ついさっき知ったばかりだ」

「それは、まあ、そうなんだが――」

「マーガレットにばれて、家を追い出されたのか」

ムーアは椅子を後ろに引いて俺との距離を広げた。「それ、片づけてもらえないか」

俺は動かなかった。ムーアは証言録の束をデスクから乱暴に払い落とした。息が荒い。

やがてうつろな目をして口を開いた。

「七年目の浮気の虫と世間では言うらしいね。マーガレットと私はどうやら晩成型だったらしい。私の虫が騒ぎ始めたのは、結婚から十二年たったころだった。初めはむずがゆいだけだったが、そのうち発疹《ほっしん》が一面に広がった。医者に診てもらうと、妻からクラミジアをうつされたとわかった」ムーアは唇を歪《ゆが》めた。どこかねじがはずれたような表情だった。同じ表情を何度も見たことがある。その表情をした相手はみな、その数秒後に俺に殴りかかってきた。ムーアは床に散らかった証言録に顎をしゃくった。「もう少し冷静な対応のしかたがあっただろうにといまは思う」

「隣家の住人は、壁越しに口論や喧嘩の物音が聞こえてくることに慣れきっていた。だから、何者かがナイフを持って侵入した夜は通報さえしなかった。つまり、おそらくはあんたの対応が最悪の事態を招いたんだ」

ムーアは何度かすばやくまばたきをした。「どうしてブライアーズグリーンで起きた事件にこだわる？　きみは何を考えている？」

「マーティン・ウィックは死ぬ間際に自白を撤回した。それを皮切りに、あの事件の辻《つじ》褄《つま》の合わない点が次々と浮かび上がってきた」

「私は妻を殺していない」ムーアは力をこめた。「子供たちを殺したりなどするわけがない。マーティン・ウィックを殺したのが私ではありえないことはもう知っているだろう。私は複数の人と一緒にいた。あのとき奴が死にかけていると知っていたら、シャンパンでも抜いて祝杯を上げたさ。だが、私は家にいた。それを証明できる複数の人間がいる。だったら、関係ないだろう？」ムーアは腰を浮かせ、床に散らばった証言録を蹴《け》った。「こんなもの、何の意味ももたない。そうだろう？」

9

「彼の言い分にも一理あるわよね」フランク・ムーアがオフィスを出ていくなり、ナオミが言った。

俺たちは開いた窓の前にまた戻り、ハットン刑務所長の体臭を二十分も吸わされて汚れた肺をそよ風に浄化させていた。ナオミはまだ、レベッカに対する俺の態度、フランクに対する俺の態度に腹を立てているようだった。

「どの言い分だ？」俺は訊いた。

「十二年前の事件を蒸し返して何の役に立つのか。もちろん、隣人の証言は見過ごせないけれど、ムーアの釈明を聞いて納得した」

「妻や子供に暴力を働いた理由に納得がいったのか」

「彼に好感を持ったって話じゃない。きちんと説明できたって話よ――マーガレットが先に浮気したって。その説明は信じるって話。あなたは信じた？」

俺はナオミを横目で見て、しぶしぶながらうなずいた。妻から性病をうつされたことに、ムーアはいまも激しい怒りを抱いている。

「でも何より肝心なのは」ナオミが続けた。「わたしたちがフランクを信じようと信じまいと、フランクにはマーティン・ウィックを殺せなかった事実よ。事件当時、フランクは複数の人と一緒にいたんだから」

「妻の証言によればな。絶対に確かなのは、〝許し、忘れよ〟氏は気に入らないことがあると暴力に訴えようとすることだ」

「わたしたちの身近にも似たような人がひとりいるような」

「口に気をつけろよ、ナオミ」

「そうね、あなたと一緒にいると本当に痛い目に遭いそう」ナオミが言い返す。

俺は部屋の反対側に移動した。

「何をどう考えてもかまわないが、俺とフランク・ムーアを一緒にするのはやめてくれ」

「同類だと言いたいわけじゃない。だけど、むちゃくちゃな真似をしておいて、それにラベルを貼《は》られたら失礼だと言い出すなんて、どうかしてる」

「悪かったな、俺はきみが思っていたような人間じゃなくて。この事件がいつまでも火が消えない車両火災みたいで」

「何よ、その言い方。わたしが先輩に憧《あこが》れる女子学生みたいじゃない？　わたしはね、あなたはふつうにちゃんとした人だろうと思ってただけ」

「設定した基準が高すぎたようだな」

「そのようね。あなたがそこまでフランク・ムーアに――家族全員を殺された人にこだわるのは、フランクを追い回していれば、今回の事件に現に関与しているとわたしたちが唯一確信していた人物、あなたのセフレのルイーザ・ヤンコフスキーから目をそらせるからでしょう」

すぐには何も言い返せなかった。

「俺がフランク・ムーアにこだわるのは、嘘つきで卑怯《ひきょう》な野郎だからだ。ああ、そうか、俺がそう思うのは、俺が同類だからだろうな」

「言ってもいないことを言ったことにしないで」

「きみは言ったな。俺はきみをファックしようとしたって」

「わたしを部屋に誘った目的はそれでしょ」

ナオミの声が震えた。このとき初めて俺は、ナオミがどれほど傷ついているかを悟った。

「俺の記憶違いでなければ」俺は声を落として言った。「誘ったのはきみのほうだ」

「わたしはお酒を飲みたいと言っただけ」

「俺がそれ以外のことを考えていたと思うのはどうしてだ」

「あなたの」そこで言葉に詰まった。「ドアを開けたときの、わたしを見る目」

「俺はどんな目で見た？」

「同僚を見るのとは違う日。友達を見るのとも違う日」

それきりしばらく沈黙が続いた。

「悪かった」俺は言った。「なるほど、俺が悪かった」

「ううん、悪いのはわたし。それでもあなたと一緒に部屋に上がろうとしたわけだから」

俺は顔をこすり、壁のほうを向いた。「ジェームズには俺から話してみる。きみが正式な捜査チームに移れるかどうか」

ナオミがうなずく。

「今日はこれで解散としよう。俺はついでにもう一つ用事があるし」

「アダムに会うのね」

俺はナオミのほうを見てうなずいた。

「カーヴァーが約束を守ったかどうか確かめるのね。アダムの身の安全を確保してくれたかどうか」

「悪魔と取引をするなら、せめて元は取らないと」

ナオミは微笑んだ。「アダムの件一つで元が取れるとは思えないから、このあともっと大きな幸運が転がりこんでくるんじゃない？」

「一度勝ち始めると、負ける気がしないな」

俺たちの視線がからみ合った。名残惜しげに。それからナオミは近づいてきて俺の腕にそっと触れ、出ていった。

10

俺はハットンが戻ってくるのを待ち、居住棟への付き添いを手配してもらった。看守が迎えに来て、Eブロックに案内されると思いきや、看守は首を振った。

「あいつは昨日、別の棟に移ったから」

それなら希望が持てそうだ。俺は看守のあとをついていった。

歩きながら、ナオミとの言い争いを思い返した。ナオミが俺のパートナーに志願したのは、俺がまともな人間だと期待したからだ。ところがその期待は一週間ともたなかった。ルイーザ・ヤンコフスキーと寝ているという誤解が最後のとどめになったが、真相を知られるよりはましだろうと自分を嗤《わら》った。

卑劣な脅迫。自分かわいさに捜査を犠牲にする行動。

アダムの新しい監房は前の監房より三割増しで広く、看守と俺が鉄格子《てつごうし》の前に立ったとき、アダムはライトの下で本を読んでいた。前回は見なかった縁の太い眼鏡をかけていて、俺に気づくと笑顔になった。

「五分だ」看守は鉄格子の通路を戻っていった。

アダムは椅子の上でこちらを向き、〝僕の新居、どう思う？〟というように両手を広げた。

「出世したな」俺は言った。

「出世したっていうか、前は崖っぷちにいたのに一歩下がれたような感じだね。ありがとう」

「礼を言う相手は俺じゃないさ」俺ひとりの力ではないと暗に伝えると、アダムはうなずき、椅子から立ち上がって監房の隅に行った。かなりの数の本が積み上げてあった。

「また会えたらいいなと思ってたんだ」ぼろぼろの分厚いペーパーバックを一冊持って戻ってきた。「これ、読むかなと思って」『罪と罰』だった。分厚くて鉄格子の隙間を通らないかと思ったが、ちょっと力を入れて押すだけですんだ。俺は受け取って微笑んだ。

「いいのか、俺がもらって」

「僕はもう一生分読んだから」

「刑期はあと何年だ」

「六年。先は長いよ。だからもし近くに来ることがあったら、また……」アダムはそう言って眼鏡を外した。目の周りの痣は薄くなり始めていた。正しいことをするのもたまにはいい。俺は本の礼を言い、帰ろうと向きを変えた。あと少しで通路の出口というところで、はたと気づいた。

「アダム」監房の前まで戻ると、アダムはもう椅子に戻って本を開いていた。「タトゥーがない。ほら、目の下の涙……」

「もういらなくなったんだ」俺が愕然としているのを見て、不思議に思ったのか、付け加えた。「あれ、フェイクだったんだよ」

セキュリティゲートを出て、俺はブレークの携帯電話からコピーしておいた写真を拡大した。マーティン・ウィックとベッドで寄り添っているエスター。この女とどこで会ったのか、俺はやっと思い出した。

11

アードウィック地区にあるヴァルズ・ホテルは、民間運営の悪名高きホームレスシェルターだ。俺が初めてその名を耳にしたのは、夜勤に異動してすぐのころ、ブラックジョークの種としてだった。ヴァルズで寝るくらいなら棺桶《かんおけ》のほうがよほど快適だといったような話だった。

快適なうえに、生き埋めになる可能性が低い。

慈善団体や役所の人間にとっては忌《い》まわしい名前であり、救急サービスの人間にとっては行かずにすませたい先だ。荒れ果てたウサギ小屋サイズの居室が六十余り。自分の足で立ってそこを出られたら、それだけで運がいい。過去十二カ月だけで、ヴァルズからの緊急通報は数百件に上るはずだ。アルコール中毒、ドラッグの過剰摂取、スパイスが引き起こした心臓発作、刺傷事件。殺人事件まで一つ二つあった。住人の入れ替わりは激しく、集まっているのは公的機関を信用しない人間ばかりだ。シェルター内で実際に何が起きているのか誰にもわからない。

俺としては最優先で捜していたわけではなかったが、アダムと話をしたのがきっかけでエスターはシェルターにいるのではないかと思いつき、コーナーハウスに住みついていた一団が手入れのあとどこへ移されたか、市警本部に問い合わせた。

ヴァルズ・ホテルに着いたとき、外はもう暗くなっていた。部屋はテラスつきだ。建物の四分の一ほどが足場で囲われており、見たところしばらく前からその状態で放置されているらしい。建物の改修のためではなく、倒壊を防ぐための足場か。ビニールシートが剝がれ、細い紐《ひも》状に裂けた端っこが風に吹かれて揺れているだけで、工事が行なわれている形跡はなかった。窓の一部にはバルサ材の板が打ちつけられ、外壁の煉瓦はところどころで抜け落ちかけていた。

入口は四カ所あり、うち三カ所は鉄板でふさがれていた。出入りが可能なのは一つだけだ。

　エントランス前の階段を上った。

　ドアを開けるなり、強烈な臭いが漂った。漂白剤と油を焼き焦《こ》がしたあと、それをごまかすために煙草《たばこ》に火をつけたような臭い。壁にあったはずの〈禁煙〉の注意書きは引き剝がされたり、上からペンキを塗られたりした痕しか残っていなかった。

　それも一つの手か。

　カーペットはほぼ完全に禿《は》げ、数十年分の汚れがたまって灰色に変わり、新品のとき何色だったのかさえもうわからない。

「何かご用ですか」フロントから管理人が言った。

顎の下にたっぷりと肉がつき、酒呑《さけの》みらしい赤ら顔で、でっぷりとした腹はカウンターに載っかっている。プラスチックの仕切りは塵《ちり》やら埃《ほこり》やらがこびりついて、奥にいる管理人がぼやけて見えた。

「ウェイツ巡査部長です」俺は言った。「コーナーハウスからこちらに移ったグループを捜しているんですが」

「そういう話なら、令状がないとな」

「犯罪者の捜索に令状は必要ありませんので」

「誰を捜してるって？」

「あいにく氏名は不詳ですが、女性が一人いたはずです」

「それならまあ、人数はいくらか減るか……」男は分厚い宿泊名簿を開いてページを繰った。「ああ、女は一人だけだ。四一号室」

管理人がオートロックを解除し、俺は廊下と共用スペースを兼ねた暗がりへと進んだ。五、六人が車座になり、煙草を吸い、酒精強化ワインを回し飲みしながら、トランプで遊んでいた。壁はニコチン色で、天井には煙探知機がむしり取られた穴が開いていた。俺に気づくなり会話は中断したが、そのなかにコーナーハウスで見た顔はいなかった。

そこを過ぎてせまい廊下を進むと、突き当たりに階段があった。

床にうつぶせで転がっている男たち、消火器をはさんで閉まらないようにしてあるドア。携帯電話で鳴らしているらしい音楽や会話が切れ切れに漏れ聞こえた。

各部屋のドアの信頼度は、トイレの個室のドアと大差ない。もともとついていた錠前は長年のあいだに壊れ、交換されたあと、また壊れて交換されて、いまでは部屋ごとにまるで違った錠前がついていた。俺は四一号室のドアをノックした。

応答はなく、次に四二号室の開いたままのドアをノックした。

「はい？」奥から男の声がした。

「四一号室の女性を捜しているんだが」

「ノック程度じゃ起きないよ。しばらく前に帰ってきたけど、足もとがかなり危なっかしかったからね」

俺は四一号室の前に戻り、もう一度ノックしたが、やはり返事はなかった。ドアは頼りなく見えたが、肩で押してもびくともしない。廊下を元来たほうに戻り、階段を下りて、またフロントに行った。

「四一号室の鍵《かぎ》を貸してください」

「何の容疑で捜してる？」

「当人の安全のためです」

見ると、共用スペースにいた一団が俺を追ってきていた。コーナーハウスで見たひげ面《づら》の男が合流していた。

「そいつだ」ひげ面が叫んだ。「おととい、俺たちを放り出した奴だよ。ここからも追い出すつもりだ」

管理人が仕切り板の奥から俺の肩越しに一団を見やり、冷静な声で言った。「心配するな、誰も追い出さないから」それから視線を俺に戻した。「鍵を渡すとなると、今度こそ令状がなくちゃ」

一悶着《ひともんちゃく》起こしてやろうとしたとき、俺の後頭部にビール缶がぶつかった。振り返ると、一団が迫ってきて俺を取り囲もうとしていた。一人が俺を突き飛ばした。俺はしかたなく通りに出て、駐《と》めておいた車のほうに歩き出した。まもなくガラスが割れる音がした。このあたりでは珍しいことではない。俺はとくに気に留めずに角を曲がり、車に乗りこんで、缶をぶつけられた後頭部をさすりながら無線で応援を要請した。パトロールカーを二台急行させると応答があり、俺はエントランスの近くに車を移動しておこうと考えた。

シェルターを出入りする人間を見張っておいたほうがいい。

角を曲がったとたん、何か起きたとわかった。

大勢が次々と通りに飛び出してきた。うまく歩けない住人を別の住人が支えている。

俺は車を駐めて降り、初めは歩いて、まもなく走って、エントランスに近づいた。歩道にガラスの破片が散り、二階と三階の割れた窓から煙が立ち上っていた。火災警報器の音はまったく聞こえない。俺は歩道に集まった住人をかき分け、フロントにいた管理人を探した。

「消防に通報したか」俺は訊いた。管理人はのろのろとポケットから携帯を取り出して電話をかけた。そのあいだに俺は出てきた住人の顔ぶれを確かめた。「誰か四一号室の女を見なかったか？」

低く太いうめき声のような音が聞こえ、次に鋭く息を吸いこむような音がした。さらに獣の咆哮《ほうこう》に似た音が続いた。建物のほうを振り返ると、エントランスから黒い煙が噴き出して渦を巻いていた。俺は住人のあいだを歩き回り、肩を揺すりながら、四一号室の女を見なかったかと尋ねた。

「知るかよ」一人が言った。

俺はそいつの腕をつかみ、足場のほうに引っ張っていった。「上るのを手伝ってくれ」そいつは〝あんた頭おかしいの？〟と言いたげな顔で俺を見た。「俺は警察官だ。いいから手を貸せって」

男は手を組み、俺はそこに足を載せて足場の二階に上った。そこからは最上階まではしごがあった。上っているあいだにも煙はどんどん濃くなっていき、四階にたどりついたときには口のなかに煙の味がした。

身をくねらせる生き物のような黒煙。

屋内の炎の音は、ベーコンがこんがり焼けてきたようだった。通りから見上げる人々が下りてこいと叫んでいる。俺は鉄格子のゆるんだ窓を見つけて窓を開け、一つ大きく息を吸ってから窓枠を乗り越えた。この部屋はまだ燃えていない。部屋を抜け、煙が充満した廊下に出て、四一号室の前に行った。ドアは閉まっていた。

息を止めたまま、肩から体当たりした。

「あっち行って」呂律《ろれつ》の回らない女の声が聞こえた。

俺は一歩下がってドアを蹴りつけたが、何か重量のある家具がドアのすぐ前に置いてあるらしい。

錠前は当てにできないと思ったのだろう。

煙が目を痛めつけ、涙があふれ出す。廊下をできるだけ先まで進み、見つけた消火器を持って四一号室の前に戻り、安手のバルサ材のドアの上半分をぶち破った。ドアをふさいでいたのは整理簞笥《だんす》だった。それを乗り越えて細長い棺桶のような部屋に踏みこむ。木《こ》っ端《ぱ》に手や頭を引っ掻《か》かれた。

簡易ベッドに、コーナーハウスに俺たちを招き入れた女が横たわっていた。

頰はまだ真っ赤だ。いまならわかる。赤いのは酔ったせいでも陽に焼けたせいでもなく、目の周りのフェイクタトゥーをこすり落としたせいだ。女はハイで、意味もなく笑っていて、まともに歩けそうになかった。ベッドから抱き起こすと、錠剤が床に落ちて散らばった。女を肩にかつぎ、箪笥の上にいったん下ろし、またかつぎ上げて、煙が充満して前が見えなくなった廊下を進んだ。階段もやはり煙の渦に呑まれていた。俺は腕を口もとに当て、さっき入ってきた部屋まで戻った。

女を先に窓から外に下ろす。

女は重たい音とともに足場に落ちた。続いて俺も窓枠を乗り越えた。耐えがたい熱気だ。服が肌に張りついている。汗が目に染《し》みた。

女を肩にかつぎ、はしごを下りた。

はしごの一番下、二階の高さまで来たところで、制服警官が二人到着し、集まった人々を建物から遠ざけようとしているのが見えた。何人かが俺に気づき、集団から離れて駆け寄ってきた。彼らが伸ばした手に女を預けてから、俺も飛び降りた。手近にいた一人の肩を借り、二人で炎からできるだけ遠く離れた。

建物を見上げると、窓の奥にいくつもの影が見えた。とっさに何かわからなかったが、まだ閉じこめられたままの住人が何人もいて脱出を試みていた。一人はガラスを破り、とにかく熱さから逃れたかったのだろう、四階の窓から身を投げた。

俺は目を閉じた。骨が砕ける鈍い音がした。

次に目を開けたとき、窓の奥の影は消え、建物は完全に炎に呑まれていた。

12

俺は毛布にくるまり、酸素吸入器の助けを借りて息をしていた。体温が急低下して震えが止まらず、歯ががちがち鳴っていて、この分では歯医者に行く羽目になりそうだ。立ち上がろうとしたものの、またすぐにへたりこんだとき、見慣れた顔が人をかき分けてくるのが見えた。彼女の名前を呼ぼうにも、すぐには声が出なかった。

「ナオミ」

「たった五分、一人にしただけでこれ……」ナオミは俺の腕をぎゅっとつかみ、まだ炎と闘っている消防隊のほうを肩越しに振り返った。「建物は救えそうだけど、あなたは救いようがなさそう」

「どうしてここへ」

「たまたま近くにいたの」

俺は黙って先を待った。

「喧嘩別れみたいになって後味が悪かったから、ムーアの土曜の夜のアリバイの裏を取っておこうと思いついて、パーティの招待客を訪ねてた」

「で？」

「アリバイは鉄壁よ、エイダン。パーティに出席したうちの三人と話ができた。そのうちの一組は酔っ払ってたけど、それでもフランクが土曜の夜はずっと自分たちと一緒だったって断言した。必要なら聖書に手を置いて証言してもいいって。マーティン・ウィックが殺されたころ、フランク・ムーアは聖マリア病院から遠く離れた自宅にいた」

　俺は手を挙げてナオミを黙らせた。

「ウェイツ巡査部長」制服警官の一人がおずおずと近づいてきた。「何かわかりしだい報告せよとのことでしたので……」

　俺はうなずいた。

「一階の窓は大半が板でふさがれていました。ふさがれていなかった窓ですが、えーと、窓ガラスが割れる音がした直後に火災が起きたそうです。ちょうどホテルに入ろうとしていた滞在者が一人いまして、反対の方角に逃げていく人影を見たそうです。若い女だったとか。そのときはあまり深く考えなかったそうですが、その女は咳《せき》をしていて、駐車車両の陰に身を隠すようにしながら逃げたと証言しています。金髪がちらりと見えたと」

「ありがとう」ナオミが言った。

「ヤンコフスキーだな」制服警官が遠ざかるのを待って俺は言った。

「あなたが少し回復してから伝えようと思ってた」ナオミは言った。「チェースがヤンコフスキーの停職処分に同意した。でもルイーザはその前に病欠の連絡をしていて、一度も出勤してきていない。昨日、帰り際に銃を二丁持ち出す手続きをしたきり、それも返却していないの。家にも帰っていないし、署にも出てきていない」

俺はようやく消えかけている炎を見た。次にエスターが無事に運びこまれた救急車を見た。救急車が発進し、歩道際の駐車スペースが空いた。気づくと俺は、ずっとその空白を凝視していた。何者かが俺を尾行してここに来た。何が何でもエスターの口を封じる動機を持った何者か。賭《か》け金を上げることをためらわない何者か。俺は目を上げて暗《くら》闇《やみ》を凝視した。ヤンコフスキーはその奥のどこかにいて、こちらを見つめ返しているのだろうか。

Ⅵ

ティース・ドリームズ

Teeth Dreams

1

悲鳴が喉《のど》に詰まって目が覚めた。視界は涙でにじみ、俺は両手で自分の喉をつかんで懸命に息をしようとしていた。人生最大の二日酔いといった状態だ。これに匹敵する人生最大の二日酔いはすでに何度か経験している。部屋は真っ暗で、一瞬、自分がどこにいるのか思い出せなかった。まもなくすべてが一気に押し寄せてきた。惨殺《ざんさつ》された一家、殺された殺人犯。拳《こぶし》サイズまで膨れ上がったしこりのように胃袋に詰まっている、俺自身の危機的状況。それに加え、何をするか予測不能になった銃器部隊員が実弾と恨みを抱いたまま野放しになっている。

ふらつきながら窓際《まどぎわ》に立って外をのぞくと、雨降りの一日は、俺が眠っているあいだに夕方になっていた。ネオンの輝きに濡《ぬ》れた路面を本降りの雨が叩《たた》いている。前夜、二度シャワーを浴びたのに、体に染《し》みこんだ焦《こ》げくさい臭《にお》いは取れず、着ていたＴシャツを脱いで部屋の反対側に投げつけたときもまた、それが鼻先をかすめた。

エスターは聖マリア病院に収容されたが、ドラッグを大量に摂取したうえに煙も吸ったせいで、まだ意識を取り戻していない。ナオミは、ヤンコフスキーとのつながりがないかどうかを入念に確かめて選んだ銃器部隊員を二人、エスターの病室に配置した。ヤンコフスキーがヴァルズ・ホテルまで俺を尾行し、エスターの口を封じようとしたのではという俺の懸念《けねん》は、いまのところ誰にも伝えていなかった。

痛めた肺が悲鳴を上げるぎりぎりまで深く息を吸いこみ、テレビをつけてニュース番組を見た。たちまち胃袋が沈みこんだ。火災の現場で一名の死亡が確認され、ほかに三名が行方不明になっている。テレビのプラグを壁から引き抜き、一パイントグラスにボトルの三分の一くらいのスコッチを注いで、玄関に背を向けて腰を下ろした。

数分後、ブザーが鳴った。俺は大きく一口スコッチをあおってから立ち上がり、インターフォンに応答した。

「郵便小包です」

「ちょっと待ってくれ」しわがれた声で言い、急いで服を着た。

今日、荷物が届く予定はなかった。もし玄関先で死ぬことになるのなら、ボクサーショーツ一丁よりはましな姿でいたい。配達人はスピードでもやっているように目をぎらつかせていたが、俺はエントランスでサインと引き換えに小さな包みを受け取り、自分の部屋に持ち帰って足でドアを閉めた。小包はハードカバーの本くらいの大きさで、シュリンク包装したうえに茶色いテープをぐるぐる巻きにしてあった。小包を引っくり返して裏側を確かめながらキッチンの抽斗《ひきだし》を探り、ようやくはさみを見つけたとき、寝室で携帯が鳴り出した。俺は包みとはさみをベッドに置いて応答した。

「やあ、ナオミか」

「有刺鉄線でうがいをしたみたいな声ね。よく眠れた？」俺は返事の代わりにうめいた。

「いいニュースが一つ。エスターの意識が戻って、意思疎《そ》通《つう》ができるようになった。一応だけど」

「一応？」俺は雨で濡れた小包のテープを切った。

「しゃべれないわけではないけれど、しゃべる気がない。何一つ答えようとしないの。医者や看護師にも」

「俺と同じように喉をやられているなら、無理もないな」俺はテープを慎重に剝《は》がした。

「昨夜、焼け出されたほかの連中はどうした？」

「コーナーハウスから移ったほかの人たち？　わたしも同じことを考えた。あのあとライム・ツリー運営の簡易宿泊所に移された。いまから話をしようと思って向かっているところ」

「奴《やつ》らの話からエスターとマーティン・ウィックの関係がわかれば、捜査は一気に進むかもしれないな」

「忘れずに訊《き》いておく。あなたは体を休めて。いい？」

　ナオミが俺の反応を待っているのがわかったが、俺は小包を見つめていた。ようやく開いたそれに入っていたのは、ピンク色の大ぶりなクラッチバッグだった。

「エイダン？」

「悪い、かけ直す」俺は電話を切った。

バッグを取り出し、ひっくり返した。シャネルの品物だ。大きさ、色、デザイン。どこかで見た記憶があるが、すぐには思い出せなかった。留め具をはずしてなかをのぞく。写真や名刺、コインは入っていなかった。さらに大きく開けると、底に小さな丸い物体が二十数個並んでいた。窓際に行ってカーテンを開け、街灯の光にかざした。その瞬間、俺はバッグを取り落とした。中身が板張りの床に散らばった。

人間の歯。一人分。力ずくで抜かれた根は、血まみれだった。

2

夜になっていた。通常の勤務時間外の市警本部は、蛍光灯に照らされた無人の廊下の、声がやけに響く迷路だ。俺はノックもせずに警視のオフィスのドアを押し開けた。パーズは幹部三名と会議中だった。俺は雨でずぶ濡れで、会話は唐突に中断し、全員が椅子《いす》の上で向きを変えて俺を見た。

「悪いが少し待っていてもらえないか」パーズが俺の視線を受け止めて言った。ほかの三人はパーズが俺に待てと言っていると誤解し、パーズはこう言い直した。「三人とも、申し訳ないがちょっとはずしてもらえないか」二人はすぐに出ていったが、もう一人はいつまでもわざとらしくもたついていた。ようやく廊下に出たが、そこで立ち止まって振り向いた。

「アリステア、できれば――」

俺はその鼻先にドアを叩きつけ、パーズのほうを振り返るなり小包を放った。パーズは空中で受け取り、その勢いで散った雨水を浴びた。それから郵便小包のラベルに目をこらした。何か言おうとして息を吸いこんだが、俺がどれだけ深くトラブルの沼にはまりこんでいるかを俺に改めて教えてやる前に、中身を確かめようと思い直したらしい。

出てきたピンク色のクラッチバッグを見て、パーズは眉《まゆ》をひそめた。

それから顔を上げた。

見覚えがあるのだ。

「見たとすればこれでしょう」俺はジャケットのポケットからくしゃくしゃの新聞記事を取り出した。デスクに近づいて記事を置き、また入口に戻り、ドアを背にして立った。パーズはテッサ・クライン元巡査を夜の外出先でとらえた写真に目を落とした。テッサの手にそのクラッチバッグがある。

「こんなもの、どこで手に入れた」パーズは低い声で言った。

「速達小包で届きました。ただし、郵便局に問い合わせても配達記録はない。なかを見て」

パーズは留め具をはずしてバッグを開き、なかをのぞいて一瞬動きを止め、それから目を閉じた。バッグをデスクに置き、椅子をほんの少し後ろに押しやった。

やがて目を開いて俺を見た。「こいつをどこで手に入れた、ウェイツ巡査部長」

「今日の夕方、俺の自宅に届きました。これでもまだ自殺だと思いますか」

「だいぶ熱くなっているようだな――」

「熱くなっている?」俺は言った。痛めつけられた喉が裂ける音が聞こえたような気がした。パーズに確実に声が届くよう、一歩近づいた。「あんたがこの巡査を殺したも同然だろうが」

「私が？　どうやって？」

「カーヴァーの組織に潜入させて。どんな結末になるかよく知っていたくせに」

パーズは立ち上がり、デスクのこちら側に回ってきて縁《へり》に浅く腰かけた。獲物《えもの》を見据える肉食獣のごとく顎《あご》を引く。「なぜそう思った？」

「彼女が失踪《しっそう》したことが一つ。奴のいつもの手だ」

「ほかには……？」

「俺が行ったとき、カーヴァーのほうからテッサの件を持ち出した。遺体が見つからないのは不思議だなと向こうから言ったんだ。ふざけた話だ。奴は遺体をいくつに切り分けたかまで知っているんだろうに」

「クラインは失踪前に辞表を提出した――」

「カーヴァーは彼女の考えを見透かしていた。あいつはどんな相手の考えだって見透かす。そしてほかの誰とも同じように彼女を操り、警察官でいれば安全だったのにそれを辞めさせ、誰にも気づかれずに始末した。そもそも潜入捜査なんかさせちゃ――」

声がつぶれ、俺は激しい咳《せき》の発作に見舞われた。

パーズはデスクに用意されていた水を注いでグラスを差し出した。

俺は無言でパーズを見つめ返した。パーズがグラスを置く。

「初めからそういう計画だったんだな」俺は言った。「俺を行かせてカーヴァーを揺さぶれば、真実が転がり出ると期待した」

パーズは面倒くさそうにうなずいた。「そのようだな」

「そのよう？」

「私のあずかり知るところではない」パーズはデスクの上のバッグを見た。「それ以前に、ゼイン・カーヴァーが聖マリア病院の事件に関与していないことは私もおまえも知っている。奴があんな派手なやり方をするわけがない」

「じゃあ、なんで俺をカーヴァーのところに行かせた？」

パーズがまだ頭のなかで考えを整理しているのが目に見えるようだった。「チェース警視正は最終的にはおまえの裏捜査に同意したが、それには一つ条件があった。おまえをカーヴァーにじかに会いに行かせることだ。なぜそんな条件をつけるのか興味津々《しんしん》だったが、おまえが実際に奴に会いに行くまでは確信を持てなかった……」

パーズはサメの笑みを俺に向けた。

「……おまえはいつもどおりの腕の冴《さ》えを見せたな、巡査部長。目についたものを端から叩きまくったあと、ようやく釘《くぎ》の頭にハンマーを振り下ろした」

たったいま俺は何をパーズに手渡したのか。俺はそれを悟って、自分の足もとを、カーペットに着々と広がっていく雨の染みを見つめた。俺はいま、チェース警視正の名前が刻まれた弾丸をパーズに引き渡したのだ。

　俺は首を振ってドアに向かった。

「そこを動くな」パーズが低い声で言った。「次にまた私の階級を忘れてこのオフィスに乗りこんできてみろ、その目ん玉に私の階級を書いた焼印を押してやる」デスクの上のバッグに顎をしゃくる。「ここにあるこいつが何だかわかるか、巡査部長？　警視正の棺桶《かんおけ》の正確な寸法だという以外に」

「さあ、何ですか」

「教訓とすべき実例だよ。おまえにはもはや使い道がないと私が判断したとき、おまえの身に何が起きるか。テッサ・クラインはカーヴァーを怒らせ、そのあと警察を辞めた。そしてこれを残して消えた」パーズはその意味が俺の脳味噌《のうみそ》に染み透るのを待って続けた。「だがゆうべ、おまえはようやく仕事らしい仕事をしたそうではないか」

　俺はうなずいた。

「ゆうべの火災は、ウィックを殺した犯人がまだ自由の身でいることを示唆《しさ》している……」

　俺を試す質問と聞こえて、俺は黙っていた。

「……なぜなら、おまえを尾行し、唯一《ゆいいつ》の目撃証人を消す動機がある者が、犯人以外にいるとは思えない」

　これにも俺が反応せずにいると、パーズはさらに続けた。

「ヴァルズ・ホテルで保護されたトラックスーツの女は、ジェームズ警部とも、ジェームズの捜査チームとも話す気はないようだ。おまえは、そう、大げさに言うなら、命の恩人だな。おまえにならロをきくかもしれない」

「彼女は大量の煙を吸って——」

「おまえも吸ったが、あいかわらずよくしゃべるではないか。いま感じているその怒りを、おまえが解決しなくてはならない事件に向けたらどうだ。さあ、私の時間を無駄にしていないで、女に時間を費やせ」

「それは？」俺はデスクのほうにうなずいた。

「他言無用だ。チェース警視正をちょいと痛い目に遭わせるまでは、誰にもひとことも言うな」

3

俺は市警本部の腹の底へともぐり、惰性で捜査本部に戻った。テッサ・クラインの死をうまく利用できそうだとご満悦のパーズの顔が脳裏にこびりついていた。ある朝、俺の歯がひとそろい宅配されたら、パーズはどう反応するのか。その晩は自分の歯をふだんより少し丁寧に磨くかもしれないが、それさえ怪しいだろう。

ナオミが入ってきて正面の席に座った。いやなことをそれ以上考えずにすんで、俺はほっとした。

「ここで何をしている？」俺は言った。

「それ、わたしがあなたにする質問だと思うんだけど。わたしはコーナーハウスの元住人とひととおり話をして戻ったところ」

「何かわかったか」

「ひげの人、覚えてる？　被害妄想っぽい人。あなたの大ファンって感じの……」

「ああ、好かれている感じがするな」

「エスターが聖マリア病院に出入りしてたなんて知らなかったって。そもそもエスターのことはほとんど何も知らないそうよ。それでも一つ、聞き捨てならない情報があった。

コーナーハウスにエスターを探しに来た人がいたらしいの。わたしたちが行く二日前に」

「それはきっと……」

ナオミがうなずく。「ドア越しに話しただけだったそうだけど、外見を尋ねたら、おなじみの元警部補にそっくり……」

「ブレークか」俺は言った。「携帯電話の盗難を届け出なかった理由はそれだな。携帯を利用してエスターの居場所を探っていたんだ」

「つまり、ブレークはあのエスターって子に何か弱みを握られているか、あの携帯に犯罪の証拠でも残っているか……」

「何の犯罪だろうな」

「どうかしてるとは思うけど」ナオミが言う。「ムーア一家が殺害された夜、ケヴィン・ブレークはどこにいたんだろうとつい考えずにいられない」

俺はしばし無言で考えた。雨の音だけが聞こえていた。それからデスクの上の書類をあちこちに動かし、ブレークが書いた本を掘り出した。

「あった、これだ」俺はページを開いてナオミに差し出した。第二章のなか、本筋からやや脱線してブレーク自身のことに触れた一節に、ムーア一家殺害事件発生当夜、警察の広域会議に出席していたと書かれていた。ナオミはその部分を読んだあと、本の真ん中あたりに挿入された光沢紙のページをめくり、会議で撮影されたスーツ姿のブレークの写真を見つけた。一緒に写っている高官の氏名が写真の下に記されている。

「とりあえずのアリバイにはなりそう」ナオミは本を閉じた。「この本、あなたが読むとは思わなかった……」

「思いがけず引きこまれてね。といっても、必読書とは思えない。ブレークの視点で見た事件がむりやり三百ページに引き延ばされているだけの内容だ」

ナオミは溜《た》め息《いき》をついた。「容疑者をこれ以上除外しちゃうと、最後にはわたしを逮捕するしかなくなりそう。ところで、今日は本部に何しにきたの？」

「パーズのやる気の出るスピーチを聞きに」

「さっそく効果があったみたいね。あなたは本当にここにいるべきなの、エイダン？」

「それは哲学の質問か」

「部分的には。ルイーザの行方がつかめないのが心配」

「言えてる」

「煙を吸ったせいで、あなたが一夜にして慢性気管支炎を発症したんじゃないかって心配。でも何より心配なのは、さっきわたしが入ってきたとき、あなたがうれしそうな顔をしたことね」

「煙を吸ったせいで、目まで悪くなったのかもしれないな」俺は言った。ナオミが微笑《ほほえ》む。「きみに会えてうれしかったんだよ。いつだってそうだ。いままで逆の印象を与えていたんだとしたら、それは俺の落ち度だ」

「煙のせいで、あなたの声がふだん以上に嫌みったらしく聞こえる……」

「俺の名前はエイダン・ウェイツです」俺は試しに言った。

「嫌みったらしい……」

「俺の相棒はナオミ・ブラックです」

「嫌みったらしい……」

「彼女は過去の相棒の誰より将来有望な刑事です」俺はナオミの目をとらえた。

ナオミは微笑み、俺の視線を受け止めたが、すぐに俺の背後の窓に、降り続く雨に目を移した。また一瞬の間があって、俺はテーブルに身を乗り出した。

「いまのは嫌みったらしかったな」

「本を投げつけられないだけ幸運だと思って」

「それは勘弁してくれ」俺は言った。また目が合った。「ジェームズと今夜のうちに話をするよ。きみの異動を頼んでおく」

ナオミは本をテーブルに置いた。「あなたはムーア一家を殺したのはマーティン・ウィックではないと思っているんでしょう」

「本人からそう聞いたんだ。何者かがわざわざ奴に火を放った直後に」あの瞬間が脳裏に蘇《よみがえ》る。俺の胸を何度も叩いたウィックの拳。怒りに燃えた黒い目。黒く焼け焦げた皮膚の奥からこちらをまっすぐに見つめた目。「俺はその言葉を信じた」

ナオミは俺の言葉をじっくりと考えてから言った。「フランク・ムーアではありえない。泥酔《でいすい》して眠りこんでいて、のちの奥さんがずっとそばにいた。ブレークでもない。警察官の祭典みたいな会議に出席して、大勢の同僚に囲まれていた。エスターは事件当時、まだ子供だった……」ナオミは俺の視線をとらえた。「なのに、どうしてウィックにつきまとったの？」

「パーズから、それを問いただしに行けと言われた」

「いまから？」ナオミは時刻を確かめながら言った。俺がうなずくと、ナオミは立ち上がった。「じゃあさっそく行きましょうよ。その状態では運転しないほうがよさそうだし。ゆうべの勇敢な行為をたたえる勲章はいまごろ郵送中ね、きっと」

俺はうなずいた。「勲章と、ほかにもいろいろ」

4

病院の面会時間はとうに終わっていたが、ナオミの強腰の交渉の末、短時間ならとの条件で許可が出た。エスターは、毛布の下に人間が一人横たわっているとは信じられないほど瘦《や》せていた。電解質を溶かしこんだ補水飲料を飲んでいて、その色が唇に移り、ただでさえ青白い肌がいっそう青白く見えた。

　年齢が若く見えるのもきっとそのせいだろう。

　病院のトイレで初めて会ったときは三十代半ばくらいかと思った。だがいまこうして見ると、実際はそれより十歳くらい下だとわかる。

　とはいえ、これまでのすさんだ生活は、エスターの顔にその痕跡《こんせき》を刻みつけていた。

　破れた毛細血管が小鼻の周囲から頰にかけて赤い星座を描いている。目の下の皺《しわ》は、メスで切開したようにくっきりしていた。

　ベッドカバーの上に置かれた手は、こうなってもまだ起き上がって世界と殴り合いを始める気でいるかのように拳を握っていた。充血してピンク色になった目が動いて俺の目をとらえたとき、それでも闘志はいくらか失われたとわかった。医者によると、大量の睡眠薬を飲んでいたため胃を洗浄し、煙を吸って熱傷を負った喉にも処置を施したという。

「担《かつ》ぎ出されるのがあと数分遅かったら、刑事さんたちの訪問先は死体安置所だったでしょうね」女性の医師はそう言っていた。「ただ、本人が助かって喜んでいると期待すると、がっかりしますよ」

俺たちが病室に入っていくと、エスターは握り締めていた拳を開いた。爪《つめ》は噛《か》まれて深爪になっていた。ブレークの家の落書きと同じ緑色の塗料の汚れがついていたりはせず、俺は意外に思った。エスターは俺の視線に気づいてまた拳を握った。

「座ってもいいかな」俺は言った。エスターは曖昧《あいまい》に肩をすくめた。ナオミはベッドの片側に、俺は反対側に回った。「どう、少しは元気になったかい」

「その声……」その声は、俺と同じように煙でやられてしわがれていた。「あたしを助けてくれた人」俺はうなずいた。「そんなことしてくれなくてよかったのに」

「今朝目が覚めたときの俺に訊いたら、あんなことをして後悔していると答えただろうな。ひどい気分だったから」

「何があったの」エスターのアクセントは、コーナーハウスで会ったときのきついアイルランド訛《なまり》と、聖マリア病院のトイレで会ったときのもう少し柔らかいアイルランド訛の、ちょうど中間くらいだった。

「ヴァルズ・ホテルにいたことは覚えているね？」

エスターがうなずく。

「きみは睡眠薬を大量にのんでいた」

「そのことじゃなくて……」

「放火だった」ナオミが言った。「何者かが窓から火炎瓶を投げこんだの。自分なんか助からなくてもよかったのにとあなたは思ってるかもしれないけど、昨日の火災の犠牲者は三人、もしかしたら四人になりそう」

「あたしのせいで？」

「あの建物の防災がいいかげんだったせいだ」俺は言った。「出入口がふさがれていたし、煙探知器は一つも作動しなかった。といっても、一番悪いのは放火した奴だな。そいつの逮捕に結びつく証言ができるのはきみ一人だ。ところで、俺はウェイツ巡査部長、そっちはブラック巡査」

「前にも会ったよね」エスターが言った。

「会った。きみは俺たちをコーナーハウスに入れてくれた。携帯電話を引き渡した」

「あそこにいたほかの人たちを巻きこみたくなかったから。でも、結局はあたしたちをあそこから追い出した」

「ゆうべのことを考えれば、おあいこじゃないかな。せめて名前くらいは教えてくれないか」

「もう教えたよ」エスターは言った。「ジャズ」

「エスターではなくて?」ナオミが訊く。〝エスター〟は肩をすくめ、ナオミはもう一度確かめた。「エスターって名前は、クリストファー・バックって男性から聞いたんだけど。あなたがたぶん、ショート・バック・アンド・サイドというあだ名で知ってる人」

エスターはうめき声を漏らした。「あんな奴、次に床屋に行ったとき、うっかりカミソリで喉を切られちゃえばいい」

「彼、嫌い?」

「キモい」

「それでも連絡を取ったわけでしょう」

「へえ、そうなの?」

「あなたはこの事件の関係者全員の中心にいるみたい」ナオミが言った。「マーティン・ウィックと会い、チャーリー・スローンにウィックの写真を売り、ショート・バック・アンド・サイドに写真の人物が確かにウィックだと確認させ、その写真を撮るのにケヴィン・ブレークから盗んだ携帯を使った。そして今度は、動機ははっきりしないけれど、何者かがあなたの口を封じようとした」

俺はエスターの補水飲料を取って一口飲んだ。「二週間前、きみがケヴィン・ブレークの自宅に忍びこんだことはわかっている。マーティン・ウィックが起こした事件を主題に本を書いた人物、ウィックを刑務所に送りこんだ当人だ。きみが事件の資料を盗んだこともわかっている。資料にあった情報を使って『メール』のチャーリー・スローンに連絡し、死の床にあるウィックの写真を買わないかと持ちかけたね。それはなぜだ？」

「あのデブちんから五千ポンド巻き上げた……」

俺は首を振った。「何らかの理由で、きみは世間の目をマーティン・ウィックに引きつけようとしたんじゃないのか」

エスターは答えなかったが、痛いところを突かれたといった様子だった。

「まあいい」俺は先に進んだ。「フェイクタトゥーで見た目の印象を変え、聖マリア病院にもぐりこみ、ウィックに接近するチャンスをうかがったね。スローンに渡す写真はもう撮ったのに、その後もまた何度も病院に来ている。なぜだ？」

エスターはやはり黙っていた。

「事件が起きた夜も病院にいて、銃器部隊員が喉を掻《か》き切られ、男が二人、火だるまになるのを目撃した。そのあと現場から逃げ、盗んだ車に火をつけ、コーナーハウスに潜伏した。俺たちはブレークの携帯の電波を追ってコーナーハウスに行き、きみはヴァルズ・ホテルに移された。すると何者かがそこに放火してきみの口を封じようとした。きみに何をしゃべらせまいとしているんだろうな、エスター」

「火炎瓶に放火」エスターは言った。「あたしは煙を吸うためなら何でもするみたい」

「あなたはルイーザ・ヤンコフスキーという銃器部隊員を買収したんじゃないかとわたしたちは考えているんだけど」ナオミが言った。

俺はエスターの顔を観察していたが、表情は変わらなかった。

「もしかしたら、もう一人、マイケル・レニックという隊員も買収した？」

レニックの名前が出た瞬間、エスターの目が動いてナオミを見た。聞き覚えがないから反応したように見え、俺は意外に思った。金を受け取っていなかったのなら、レニックはなぜ、握手ができる距離まで――喉を掻き切られるような距離まで、相手の接近を許したのだ？

「マーティン・ウィックと何らかの関係があったんだろう」俺は言った。エスターの目がさっと動いて俺を見る。「きみがウィックのベッドで一緒に撮った写真を見つけた。ほかにも、ウィックがストレンジウェイズで服役中にやりとりした郵便物の分析も進めている。きみとウィックを結びつけるものが何なのか、じきに判明するはずだよ、エスター」

エスターは笑みを浮かべた。灰色になったぼろぼろの歯がむき出しになった。

「マーティンはあたしの〝パパ〟だったの」

「どこで知り合った？」

「ノーコメント」

「ケヴィン・ブレークのどんな弱みを握ってるのか、それくらいは教えてもらえない？」

「ノーコメント」

「自分の愛人を刑務所送りにされて恨んでいるとか」俺は言った。

エスターは顔の向きを変えて俺を見た。「そうだよ、恨んでる」

「だが、それだけじゃないはずだ。きみとブレークのあいだには何がある？」

「煉瓦《れんが》の壁を立てても防げないくらい強烈なもの」

「ブレークは盗難の被害を届け出なかった。それが表沙汰《おもてざた》になったのは偶然からだ。ブレークは届け出を忘れた、あの携帯がなくても困らないと言い訳をした。ところがきみの友人たちは、ブレークは携帯を探しにコーナーハウスに来たと証言した。きみを探しに来たとね。そうなると、個人的なつながりがあるとしか考えられないだろう。互いに恨みを抱いているとか……」

「恨みと言えば」ナオミが言う。「ルイーザ・ヤンコフスキーは、今回の事件にルイーザが関与していたとあなたが証言するのを死ぬほど怖がっている。どう関与したのかはわからないけれど。よほど怯《おび》えているみたいで、実弾の入った銃を持って、昨日から行方をくらましているのよ」

「怒らせないほうが無難な相手だ」俺は自分に言い聞かせるように言った。「ヤンコフスキーとブレークがこれほど浮き足立っているところを見ると、きみによほどの弱みを握られているんだろう。何なのか話してくれないか。それで自分の命を救えるかもしれないぞ」

「あたしの命なんか救う価値もない」エスターは言った。「ケヴィン・ブレーク、そのルイーズとかいう人、刑事さんたち二人」エスターはナオミと俺の顔を交互に見た。「四人の共通点は何？　警察。あたしとは反対側の人ってこと。なのに、味方のふりなんかしないでよ」

「わかった。じゃあ、きみの側の人たちの話をしよう。マーティン・ウィック。彼を殺した人物をきみは見たかい？」

　エスターは唇を引き結んだ。目だけを動かして俺の顔を見、首を振った。

「トイレのドアからカメラを突き出しただけ。自分では怖くて見られなかった」そう言って顔をこする。「誰もまともに見ようとしない……」

「何を？　何をまともに見ようとしていないの？」ナオミが訊く。

「遠い過去」エスターは顔を覆《おお》って泣き出していた。「まともに見ないんじゃ、ピースの半分だけでジグソーパズルを完成させようとしてるみたいなものだよ」

「残り半分は何？　ムーア一家の殺害事件？」

「かわいそうなムーア一家……」

「マーティンが殺された件と、どう関係するの？」

「ムーア一家を殺したのはマーティンじゃない」エスターはなかば叫ぶように言った。

「それが一つ」

俺はうなずいた。「ウィックも同じことを言っていた」

「あなたに……？」

「死ぬ間際に口にした最後の言葉がそれだった。どうしても誰かに伝えたかったんだよ」

「フリッジとはもう話してみた？」エスターが言った。

「冷蔵庫《フリッジ》？」

「マーティンはそう呼んでた。元奥さんのこと」

「ウィックを殺した犯人は男だとわかっている。きみが撮った動画を見た」

エスターは首を振った。「元奥さんがマーティンを殺したわけじゃない。だけど犯人を知りたいなら、話を聞くべきだよ」

「元奥さんから？」

エスターは意地の悪い笑みを浮かべた。それからベッドに力なく横になって目を閉じた。「冷蔵庫の奥の奥までひっくり返したほうがいいよ。かびだらけのものが見つかったら、またあたしと話しに来れば」

5

マーティン・ウィックの元妻は、マンチェスターからA六号線を北上した町サルフォードにある認可賭け屋《ブックメーカー》をやっていた。軒先に路上生活者が住みついているあたりは験《げん》が悪そうだが、それでも閉店前に今日の運試しをしようと大勢の客が行列を作っていた。午後十時になろうとしているのに、店内にはまだエネルギーがあふれていた。最後の一勝負。今日がどちらに転んで終わるのか、その賽《さい》の一振りで決まる。

俺の運転でここに来る車中、ナオミはケヴィン・ブレークの携帯に保存されていた番号を見て、あらかじめスーザンに連絡した。ブレークから聞いた情報はおおよそ正しかった。十二年以上前、ウィックと結婚したが、一年とたたずに別れた。ムーア一家の殺害事件より前に離婚して以来、マーティンとはいっさい連絡を取っていないとスーザンは強調した。なぜいまさら自分の話など聞きたいのかさっぱりわからないと言い、ナオミは説得力のある答えをひねり出すのに苦労していた。実際のところ俺たちは、何かに、何でもいいから何かに金を賭《か》けようと行列を作る男や女と変わらない。

確実な何か。間違いのない何か。確率は低いが、あるいはゼロに近いが、当たれば大きそうな何か。

俺たちは藁《わら》にもすがろうとしていた。

客の列はしだいに短くなり、ギャンブル好きたちは一人、また一人と雨の通りに出ていった。警察の人間は見ればわかるのだろう、スーザンはときおり俺たちをちらりと確認した。ようやく最後の客が帰った。スーザンは防犯のために設けられたブースの扉を開け、俺たちの脇《わき》を通り過ぎて入口に鍵《かぎ》をかけた。ちょうどそのとき、入口に新たな男性客が来てガラス戸を両手で叩き、信じられないという風にスーザンと自分の腕時計を見比べた。

スーザンは黙って首を振り、俺たちのところに戻ってきた。

「閉店間際に駆けこもうとする人ってかならずいるんですよね」ナオミが言った。

「一人なら少ないほう」スーザンは俺たちを露骨に眺め回した。仕事柄、用心深くならざるをえないだろうし、その癖はおそらく私生活にも影響を及ぼしているだろう。スーザンの眼光は鋭い。爪の先も鋭くとがっていて、煙たいにおいをかすかに漂わせていた。昨日の今日でもあり、俺は軽い吐き気を催した。スーザンは煙草《たばこ》を一本振り出し、火をつけないまま指にはさんだ。短時間ですませてくれとの意思表示だろう。

「時間を割いてくれてありがとう、スーザン」

「〝スーズ〟でけっこう」スーザンはいった。「あの事件を起こして以来、マーティンとは一度も連絡を取ってないよ。事件のあとどころか、その前からずっと」声、顔、存在そのものがすべて煙でいぶされ干からびているようだった。俺の喉が共鳴してひりついた。

　話を主導したのはナオミだった。

「彼が死んだと聞いて、身の回りが急に騒がしくなったのでは」

「マーティンは子供を三人も殺したんでしょ」スーズは乾ききった調子で言った。「同情とかそういう感傷はないね。誰かに先を越される前に、あたしが自分で火をつけてやりたかったくらい」

「関係は冷えきっていたわけですね」

「冷えきるも何も、初めから愛情なんかなかった。あたしのアリバイを確かめにわざわざ来たんなら――」

「そういうお話ではありません」

「土曜の夜なら、遅くまで店にいたし、そのあとはずっと母親といた」

「マーティンを殺害した犯人は男だとわかっています。現場に目撃者がいたんです。この十二年間、まったく連絡を取っていなかったのなら、あなたを疑う理由は一つもありませんし」

「離婚届にサインしてもらって以来、完全に音信不通だった」

「きっと拡大鏡がないと読めないような署名だったでしょうね」

スーズはうなずいた。「手を貸してやらないと、自分の名前さえ書けなかったんだよ、あの人。ろくに学校に行かなかったらしくてね。あたしを疑ってるんじゃないなら、何しに来たわけ」

「マーティンとはどこで知り合ったんですか」ナオミが訊いた。

「そのころあたしがやってた店の屋根裏の改装工事に来てた人でね。自分の店の上に住もうなんてごたいそうな夢を見てたわけよ、あたしは」スーズは自嘲《じちょう》気味に笑った。「見てのとおり、夢は叶《かな》った。最初のパートナーだったアルがあれこれ段取りをつけてくれてね。すてきな人だったけど、車の事故で死んじゃって」スーズは貴重な品物を扱うようにゆっくりと言った。

「それはお気の毒に」ナオミが言った。

「それから一年くらいたって、デートに誘われたときはうれしかった。正直言って、もともと波長の合う相手ってわけじゃなかったんだけどね、マーティンとあたしは。マーティンは一つところにじっとしていられないタイプで、あたしは家にこもってるのが好きなタイプ」

「それでも結婚したわけですよね」

「子供ができたから」スーズは、ナオミの顔に浮かんだ疑問を見て取った。「結局、子供は持たなかった。流産したから。でもそのときにはもう、挙式目前だった。こんなの間違ってるってわかってても、もう後戻りできなかった」

「その気持ちはわかります」俺は言った。

「だから、あれこれ言い訳をして自分をごまかしたわけ。アルを亡《な》くした傷、赤ちゃんを亡くした傷も、結婚すれば癒《い》えるはずだとかね。実際結婚してみたら、それがケチのつき始めだった」

「それでも再婚したわけでしょう」俺はスーズの結婚指輪を一瞥《いちべつ》した。

スーズは首を振った。「この店に来る男はだいたい、いま結婚できなきゃ一生無理って年齢にさしかかってる。だから、残りの人生を一緒に無駄にしてくれそうな相手を目の色変えて探してるわけ。だから指輪をしてたほうが面倒が少ないのよ」スーズはここでためらった。「マーティンのあと、また結婚すれば相手を不幸にするだけだとわかってたし」

「マーティンがしたことにあなたが責任を感じる必要なんてありませんよ」俺は言った。

「責任？」スーズはふんと鼻を鳴らすように短く笑った。「そんないまどきの理由じゃないよ。もっとずっと古くさい理由。マーティンと離婚したとき、あたしは〝きずもの〟になってたの」

「それはどういう……？」

「子供が産めない体になってたってこと」

「それは流産が原因で？」ナオミが優しく尋ねた。

スーズは黙りこみ、指のあいだにはさんだ火のついていない煙草を見つめた。

「さっきも言ったけど、マーティンは一つところにじっとしていられないタイプだった。ときどき、土産物を持って帰ってきた。あたしはクラミジアをもらった。骨盤内炎症性疾患を発症して、卵管閉塞と診断された」スーズの目は俺の背後のガラス戸を見つめた。「ね、マーティンとの結婚がケチのつき始めだった」

俺はちらりと背後を確かめた。スーズが見ているのは、ガラスに映った自分の姿だった。黒星続きはいつになったら終わるのかと考えていたのだろう。

6

「かびだらけのもの、か」ナオミが言った。ウィックの元妻をエスターはそんな風に表現した。俺たちは近所で見つけた薄暗いが居心地のよさそうなパブに入り、それぞれビールを頼み、ボウル入りのピーナッツをつまんだ。

俺はうなずいた。「ずいぶんな言いようだが、それでも俺たちの背中を正しい方角に押したわけだ。スーズはクラミジアの治療が遅れたために不妊になった。感染したのはざっと十二年前だった……」

「性感染症が原因で、フランクとマーガレットの夫婦関係に亀裂《きれつ》が入り始めたのと同じ時期」ナオミが言う。「エスターはどうしてそんなことまで知っていたわけ？」

「携帯に保存されていた写真を見るかぎり、ウィックが死ぬ前に少なくとも一度は話しているし、それ以前から何らかの関係があったと示唆する証拠もある……」

「それに、ブレークの自宅から盗んだ資料もあるわね」ナオミは俺をまっすぐに見た。

「ね、先に言ってよ」

「何を」

「ムーア一家とウィック夫妻には何らかのつながりがあるんだと思うって」

「時系列は一致する。仮に、マーティンとマーガレットが関係を持っていたとしようか。そうなると、これまで誰も知らなかったつながりが浮上する。一家殺害事件の動機さえ浮かび上がってくる……」

「どんな動機？」

「ウィックは、マーガレットから性病をうつされた、そのせいで自分の結婚がだめになったと考えた。そこでマーガレットと子供たちを殺した」

「または」ナオミがあとを引き取る。「フランク・ムーアがマーガレットの浮気を知った。かっとなってマーガレットと子供たちを殺し、妻の浮気相手に罪をなすりつけた」

「フランク説の難点は、事件当夜のアリバイがあることだな」

「難点はほかにもある」ナオミが言った。「ウィックがリジーに執着していたって件。浮気相手がマーガレットだったなら、矛盾するでしょう」

「当時の捜査陣がでっち上げた話だとしたら」

ナオミは首を振った。「リジーが通っていた学校や自宅の周辺をうろついているウィックを見たという証人が複数いる」

「目当ては母親だった可能性もあるぞ」

「ウィックの部屋でリジーの服が発見されてるし、あなたはショート・バック・アンド・サイドの話を忘れてる」

「ショート・バックの話？」

「ウィックが同房だったとき、何がいやだったって、リジー・ムーアの写真を見て興奮していたことだと言ってた。新聞から切り抜いた写真を隠してたって……」

俺はしぶしぶうなずいた。

それはショート・バックの証言のうち信用できそうな数少ない話の一つだ。アダムに至っては、ウィックの私物にあったという写真まで俺に見せている。

「じゃあ、リジーとウィックが関係を持っていたんだとしたら」俺は言った。

「リジーはまだ子供だったのよ、エイダン」

「よくあることだろう。刑務所にいたあいだもエスターを手玉に取っていたくらいだ。年齢差のあるカップルはそこらじゅうにいる」

「あなたの説に従うと、マーティン・ウィックはリジーと関係を持っていて、リジーにクラミジアをうつした……」

俺はうなずいた。

「ちょっと待って、フランクはどうやって娘から性感染症をうつされたわけ？」

俺はナオミの頭に一つの可能性が浮かぶのを黙って待った。

「あなた、どうかしてる」ナオミは言った。

「まだ可能性の一つにすぎないが、そう考えると、フランクには人を殺してでも守りたい秘密があったことになる」

「そのようね……」

「誰から誰にうつったかはわからないにせよ、これまで誰も知らなかった二つの家族の接点が見つかったのかもしれない」

「そうだとしても、誰にどうぶつけたらいい？　フランクはマーガレットの話には触れたがらない。性感染症の件だって、隣人の証言録を見せられて動揺して、ぽろっと出ただけのことでしょう」

「誰も触れたがらない話題――か」俺は言った。

それから携帯でチャーリー・スローンの番号にかけた。

「いま電車に乗るところだ」電話に出るなりスローンは言った。「静かで平和な電車の旅を楽しもうと思ってたのに」

「街を出るところと聞いてほっとしたよ、チャーリー。ただ、その前に一つ頼みがある」

「切るよ。頼みなら発信音にでも聞いてもらえ」

「いいか、いまからでもまだあんたを逮捕できるんだぞ」

スローンは黙りこんだ。

「それがいやなら、ちょっとしたネタをリークしてもらえないか……」

「あのな、こっちは活字に命をかけてるんだ。私をどんな人間だと思ってるか知らないが。他人のメガホンになる気はない」

「心配するなって。活字じゃ遅すぎる。いますぐ拡散したい」

「ツイッターとか？」短い間があって、スローンは言った。「それならお安いご用だ。どんなネタだって？」

「聖マリア病院の放火事件で負傷した警部補が奇跡の回復を遂げ、意識を取り戻した。市警は明日の朝から事件について事情聴取を開始する予定」

「ふむ」スローンが言った。「明日の何時から」

「朝一番」

「さっそくつぶやいておくよ。これでおあいこだからな」

「了解」俺は電話を切った。

バーテンダーがラストオーダーですと呼ばわった。ナオミは眉をひそめて俺を見ていた。

「サティは目を覚ましてなんかいないのに……」

「目を覚ましたと聞いて、さっそく見舞いに来るのは誰かなと思ってね。ところで、きみはストレンジウェイズに行ってもらえないかな。フランク・ムーアの書類一式を押さえてくれ。雇用記録、グループカウンセリングの記録、参加者のリスト。あらゆる記録を頼む」

「いまから？」

「刑務所だ。誰か一人くらいは起きているだろう」

「あなたはどうするの」

俺はグラスに残ったビールを飲み干した。「きみの言うとおりだ。俺はショート・バック・アンド・サイドの話を忘れていた」

7

「何だよ」アクセルはチェーンをかけたまま、ドアの隙間《すきま》から俺を見た。

今回はピッキング道具を用意しておらず、小柄な老婦人がなかに入れてくれるまで、雨のなか、延々とエントランス前で待つ羽目になった。十階まで階段を上ったせいで息も上がっていた。

「自分でも信じられないんだが、ショート・バックと話したいんだよ」

「いねえよ」アクセルはドアを閉めようとした。

俺は足でドアを押さえた。

奴が目を上げて俺を見る。「コーヒーテーブル、せっかく買い直したばっかなんだよ。ストレス発散なら、どっかよそでやってくれよ」

俺は黙って待った。

「あいつならカーライルで司会してる」

「何の司会だ？」

「カラオケ大会。毎週木曜の夜」

「それは……」俺は言った。アクセルが眉を吊《つ》り上げる。「……意外だな」

「誰にでも意外な面があるもんさ」アクセルは言った。「それだけか」

「今夜は帰りがちょいと遅くなると思っててくれ」

カーライルはすぐ近所にあるいまにも崩れ落ちそうに老朽化したパブだった。店の前に、アートスクールの卒業生が勝手にそこに造った黒焦げの彫刻といった風情で丸焼けの車が一台放置されている。パブは閑古鳥で、ラストオーダーまで居残っている客が数人いるだけだった。スピーカーからシナトラの『ヤング・アット・ハート』のインストゥルメンタル・バージョンが大音量で流れていて、ステージ上のショート・バックはまずまずシナトラに似た歌声を披露していた。

歌は似ていた。外見はともかく。

頭上のステージライトがショート・バックの脳天をくまなく照らし出していた。外見と歌声の落差、本人の実態と憧《あこが》れの落差は、万人に共通する悲しい真実が掘り出されたあとにさみしく残った穴のようで、俺は最後まで歌わせてやることにした。

ステージから目を離さないようにしながらカウンターに近づき、大きなグラスにジェイムソンをたっぷり注いでもらった。

ショート・バックは歌とライトに酔いしれていて俺に気づかないまま、感極まってかすれた声でエンディングを歌い上げた。このとき俺はもうグラスを空にしていて、奴がステージを下りてくるのに合わせてバーのほうに顔をそむけた。奴は俺のすぐ隣に来て酒を頼んだ。

俺は握手を求めるように手を差し出し、反射的に応じようとした奴の手首が見えた瞬間、そこに手錠をかけた。

「何の真似《まね》だよ」奴の目を狂気に似た表情がよぎった。

俺もたぶん、同じ目をしていた。

「一緒に飲もうぜ」俺は言った。

「こいつを外せよ、こんちくしょう」

俺は手錠を引いて奴をすぐ近くにたぐり寄せた。「一緒に飲もうと誘っているんだ」

「おまえ、女もこうやってこますのかよ……」

俺はウィスキーを二つ頼んでからショート・バックに向き直った。

「マーティン・ウィックはリジー・ムーアに執着していたと言ったな」

「言ったよ、言った」奴は不安げに答えた。「自分が殺した金髪の子な」

「ウィックは監房にその子の写真を隠していた」

ショート・バックはうなずいた。警戒の目を俺に向けてはいるが、内心で怒りを燃やしているのがわかる。前回会ったとき、自分の脳天にでかいクレーターを作ったのは養父で、虐待《ぎゃくたい》をやめさせようとしたからだと話していた。俺はアダムから渡された封筒をジャケットのポケットから取り出し、口を開けて、なかの切り抜きをショート・バックに見せた。

「おまえが見たのはこれか、クリス」

ショート・バックは切り抜きを一瞥し、顔をしかめて目をそらした。「そうだよ」

俺は奴がまたこちらを見るのを待って、手錠に鍵を差しこんだ。

「もう少し詳しく聞かせてくれないか」俺は言った。

Ⅶ
ヴァイオレント・パスト
Violent Past

1

ナオミと俺はサティの病室にいて、明かりを消した真《ま》っ暗闇《くらやみ》のなか、心拍モニターの規則的なビープ音に耳を澄ましていた。すでに真夜中を過ぎている。俺たちは入口のドアの両側に椅子《いす》を置いて座っていた。

入口から病室をのぞいただけでは俺たちは見えない。

これまでサティの見舞いに訪れた一握りの人々は、花束を持ってきても無意味なことを知っていた。俺は誰かがベッドサイドに置いていったジョニー・ウォーカーの瓶の一つの封を切った。一口飲んでからナオミに差し出すと、ナオミは反射的に非難がましい視線をよこしたが、思い直したように肩をすくめ、瓶を受け取って一口飲んだ。

「うわ、きつい」ナオミはボトルを俺に返して言った。「サティはここまで嫌われてるってこと? ウィスキーを割るものを誰も持ってこなかったわけでしょう」

「液体石鹸《せっけん》でよければ探してきてやろうか……」

「それより、誰が来ると思っているわけ」

「俺にもまったく予想がつかない。清掃員かもしれないし、火炎瓶が放りこまれるのかもしれない」

「わたしたちはもう暗さに目が慣れてることだけが救いね」

「まあ、何も起きないかもしれないがな」

廊下を近づいてくる足音が聞こえて、俺たちは口をつぐんだ。

足音は二組のようだ。速度を落としながら病室の前に差しかかって、俺は息を殺した。一人なのか二人なのかわからないが、足音の主は立ち止まった。おそらくドアのガラスの小窓から真っ暗な病室をのぞきこんでいるのだろう。続いて何ごとか相談しているような低い話し声が聞こえた。ドアが開き、二人が入ってきた。そのうちの一人、大柄な男がカーテンで囲われたサティのベッドに近づくのを待って、俺はそばの電気スタンドのスイッチを入れた。

フランク・ムーアは俺たちに背中を向けた状態で凍りついた。それから振り返り、ナオミの顔を見て、次に俺の顔を見たあと、入口に立ったままの妻のレベッカを見た。身長百八十センチを超える体をまっすぐに伸ばし、作り笑いを俺たちに向ける。

「ウェイツ。私は何度も言ったね。きみは何も知らない《イン・ザ・ダーク》と」

「こんばんは、フランク」俺はうなずいた。「こんばんは、レベッカ。どうぞ、かけてください」

ムーアはなめらかな動きでサティのベッドに向き直り、左右に置かれた椅子のうち手前の一つに近づいた。元軍人らしく、背筋をぴんと伸ばして腰を下ろす。レベッカはうろたえた様子でまず夫のそばに行ったが、すぐにベッドの反対側に回ってそちらの椅子に腰を下ろした。

フランクはカーテンを探り、できた隙間《すきま》からなかをのぞいた。

「目が覚めているようには見えないが……」

「昏睡《こんすい》状態に置かれる前にも同じように言われていたな」俺は言い、酒の瓶を床に置いた。「で、どうしてここへ？」

フランクは頭頂部を走る白髪《しらが》の稲妻を手でかきあげた。「サトクリフ警部補が意識を取り戻したというニュースを見て、誰かさんと代わって事件の捜査を引き継いでもらえたらなと思ってね」

「フランク」レベッカがたしなめるように言った。

「そんな奴《やつ》、まともに相手をする必要などないさ」フランクは唇の端でそう言った。

「何かできることがあればと思って来たんです」レベッカはそう言って花束を持ち直した。「フランクは認めないでしょうけど、責任を感じているんですよ」

「へえ、そうだとすると、最初の一人だ」俺は言った。「惨殺《ざんさつ》された一家に殺された服役囚、殉職した警察官、そしてもう一人いまも生死をさまよっている警察官。それだけの被害者がいるのに、これまでのところ、誰一人責任を引き受けようとしていませんでしたからね」

「マーティン・ウィック」フランクは平板な声で言った。「本人が望もうと望むまいと、責任は奴《やつ》にある。ほかに責任を取るべき人間は？　それを突き止めるのがきみの仕事だろう、ウェイツ。待っていても何も解決しない」

「仮に、マーティン・ウィックは犯人ではないとしたら」

パンチを食らってふらついたボクサーのように頭が揺れ、フランクは膝頭《ひざがしら》を握り締めた。「ウィックはきわめて詳細な自供書を書いた。きみも目を通すべきではないのか」

「ウィックにあれが理解できたとは思えない」

「何の話をしている？」

「マーティン・ウィックは読み書きができないも同然だったんだ、フランク。今日、元妻に確かめた。ウィックと前妻は、あんたの家族が殺害される数カ月前に離婚した。離婚届に署名するだけでも彼女の手を借りなくてはならなかった。なのに、二十五ページの自供書など読んで理解できたと思うか」

「しかし、服に染《し》みた血は嘘《うそ》をつかない……」

「嘘をつく場合もある」

「何だと、それはどういう意味だ」

フランクはバーで喧嘩《けんか》を始めようとしているような語気で言った。ここでレベッカが割って入り、俺が質問してからここまでのやりとりはいっさいなかったかのように、来た理由を代わって説明した。

「私たちはマーティン・ウィックを警護していて負傷した男性のお見舞いに来たつもりです。心の傷を癒《い》やす手助けをした経験は豊富ですから、きっと役に立てるだろうと思って。なのに、どうして窓から押し入ってきた泥棒みたいな扱いを受けなくちゃいけないのかしら」

「入室簿には記入しましたよね」

「決まってるでしょう」レベッカは急に気色ばんだ。その様子は夫に似ていなくもなかった。

「ブラック巡査。代表して入室簿を確認してきてもらえるかな」

ナオミは立ち上がって病室を出ていき、俺たちは無言で待った。

座っていても、フランクは見上げるように背が高い。怯《おび》えた妻や三人の子供たちの目にはどれほど恐ろしげに映ったことだろう。

ナオミが戻ってきて入室簿を俺に渡し、元の席に座った。フランクとレベッカは氏名、連絡先、入室時刻を規則どおりに記入していた。

訪問の目的まで書いていた。

〈サトクリフ警部補とご家族に無料のカウンセリングを提供するため〉

俺は顔を上げた。フランクは深くうつむき、レベッカは持ってきた花束を握り締めていた。俺の頬が熱くなった。首の後ろは燃えるようだった。

「お気づきのとおり」俺はそれまでの芝居じみた態度をやめて言った。「サトクリフ警部補の意識は残念ながらまだ戻っていません」

「じゃあ、これはいったい何なの？」レベッカが訊《き》く。その声は、前回、俺たちにフランクの名誉を傷つけるような質問をされたときと似た剣幕だった。「マスコミはこの件にとても強い関心を示すのではないかしらね。チャーリー・スローンは初めからあなたの電話番号を知っていたようだし」

「レベッカ……」フランクは考えこむような顔で言った。

「だって、そうじゃない？」レベッカは夫を指さした。「マーティン・ウィックに自分まで殺されたも同然の遺族を前にして、あなたは――」

「レベッカ」さっきよりも強い口調でフランクが言った。レベッカはフランクを見たが、フランクの目は俺を見ていた。「さっきの話をもう一度聞かせてくれないか、ウェイツ。自供書の話だ……」

「大した意味はないのかもしれない」俺は言った。「それでも事実は変わらない。ウィックは読み書きができなかった。自供書に署名したときは少なくともショック状態にあった。手を差し伸べる味方は誰一人いなかった。それに、内容を知るなり自白を撤回しようとした」

フランクの表情に忍びこんだ懸念はしだいに広がって、いまや顔全体を占領しようとしていた。この上なく貴重な品物を間違った住所に送ってしまったような顔。俺はふいに確信した。彼は自分の家族を殺していない。家族が惨殺された事件に、フランク・ムーアはいっさい関係していない。

いまこの瞬間まで、ウィックの有罪をまったく疑っていなかった。それだけのことだ。

「しかし、フランク、新たな事件が起きた。だから、どうしても確認しておかなくちゃならない。マーティン・ウィックの殺害に関与していたのかどうか」

フランクは俺の目をまっすぐに見て首を振った。

俺はナオミを見やった。ナオミが立ち上がる。

「それ、花瓶に生けましょうか」ナオミは夫妻が持ってきた花束を見て言った。レベッカが立ち上がり、病室内のトイレのドアを開けた。同時に短い悲鳴を上げた。トイレには、シナトラ風の中折れ帽をかぶったショート・バックがいた。

「おう、久しぶりだな、フランク」ショート・バックはベッドの向こう側のフランクに声をかけた。

フランク・ムーアの表情が凍りついた。それまでの途方に暮れた表情は、激しい怒りをかろうじて抑えつけているそれに変わった。フランクは妻に手を差し伸べ、レベッカはベッドの向こう側に行って夫に寄り添った。フランクは立ち上がり、妻を椅子に座らせると、巨体を壁にもたせかけて腕組みをした。ブレザーの下で筋肉が盛り上がり、袖《そで》の縫い目がはち切れそうになった。

「いまさら紹介の必要はないよな」俺は言った。

「どういうことなの」レベッカが言った。「その人は誰よ」

ショート・バックは病室のなかほどまで進んで帽子を取り、脳天の凹《くぼ》みが露《あらわ》になった。前歯にはめた金のグリルをむき出して笑う。首のタトゥー。ドラッグで酔って一キロくらい先に焦点が合っているような目。ショート・バックはふだん以上にイカレて見えた。

「ミスター・ムーアにはストレンジウェイズ刑務所のカウンセリングで世話になった」ショート・バックは言った。

「どんなカウンセリングを受けた？」俺は訊いた。

ショート・バックは騒々しい音を立ててグリルを吸った。「それはもういろいろ」いまこの病室にいるなかで唯一《ゆいいつ》初対面のレベッカに目の焦点を合わせる。「あんたももう気づいてるかもしんないけどさ、俺の体には若干ふつうと違うところがあるから、ときどき人の目が気になったりするわけだよ。けど、あんたのご主人のカウンセリングのおかげで、どんな欠点があろうと俺は美しいって思えるようになった」

「人をひとり殺したよな」俺は横から言った。

「ああ、そうそう、うっかりな。それでストレンジウェイズにいたわけだ。ミスター・

ムーアは、自分を許していいんだって励ましてくれた」

「フランクとの関係はどうだった？」

「すげえよくしてもらったよ」ショート・バックは芝居ではなく本当に感極まったような声で言った。「ほかの連中と違って、俺を尊重してくれた」

フランクはうなずいた。「お役に立ててうれしいよ、クリス。きみも私を尊重してくれた」

「そりゃ当然だろ」ショート・バックが言う。「俺がマーティン・ウィックと同房だってわかったとたん、ますます特別扱いしてもらったもんな。俺が何の罪でムショにいるか聞いたあとじゃ、なおさらだった」

フランクは特定の誰にというわけでもなく肩をすくめ、少しも衰えていないところを俺たちに見せつけるかのように、腕の筋肉に力をこめた。「そうだったかな」

「ブラック巡査」俺は促した。

ナオミは足もとに置いてあった書類を拾い上げた。「実はついさっきストレンジウェイズ刑務所に行ってきました。あの刑務所長にも取り柄はあって、書類仕事は完璧《かんぺき》なの。服役中にあなたのサバイバル・カウンセリングに一度でも参加した受刑者全員の名簿を作ってもらいました。確認していただけますか」

ナオミは立ち上がってフランクに名簿を渡した。

ムーアの顔は赤く染まっていた。何を見せられてもはぐらかすかまえでいたのは明らかだったが、名簿をちらりと見てうなずいた。

「合っていると思う。前から何度も言っているように、マーティン・ウィックの名前はそこにはない」

「ええ」ナオミはショート・バックを一瞥《いちべつ》した。「でも、クリスの名前はあります」

「もちろんあるだろう」フランクは微笑《ほほえ》んだ。「ここに並んだ名前を一つずつ取り上げて、どんな人物か話してくれというなら話すよ。全員のカウンセリングをしたわけだから。しかし――」

「すみません」ナオミが言った。「それじゃなくて、こっちでした」そう言って別の名簿を渡す。「あなたがストレンジウェイズ刑務所で担当した人の名簿はこれです。最初に渡したのは、刑務所内でマーティン・ウィックに暴行を働いた受刑者のリストです」

フランクはほぼ同一の名簿を見比べ、口もとに笑みを浮かべた。それから床を見つめた。

俺は立ち上がってフランクの目の前に立った。「どうやってやった、フランク」

「何の話かわからないな」

「わからないなら、ショート・バックに教えてもらうとしよう」

「マーティンが自分の家族に何したか、俺らにわざわざ説明したんだよ、こいつは」シヨート・バックが言った。「マーティンが自分の子供に何したか。娘を殺す前にストーキングしたとか、子供専門の性犯罪者だとか、そんな話をわざわざ聞かせた」

「写真の話」俺は促した。

「ああ、それな。ミスター・ムーアはこう言ってたよ。ウィックは刑務所のなかから新聞の切り抜きを送ってくるんだって。幼い娘の写真を送りつけてくるって」

「リジー・ムーアの写真だな？」俺はフランクを見ながらショート・バックに言った。

「そうだよ。イカレてるよな。連続殺人犯か何かみたいだ。で、ミスター・ムーアから頼まれたわけだよ。俺とマーティンの監房をこっそり探してみてくれってさ。写真を隠してるかもしれないって。それで探したら、大当たり、写真が出てきた。それで俺はミスター・ムーアの話をまるっと信じたわけだ」

「話についていけないんだけど」レベッカが言った。

フランクは彼女の肩に手を置いたが、レベッカはその手を振り払った。

「フランクはストレンジウェイズ刑務所での立場を悪用したんです」俺は言った。「長期刑の受刑者をそそのかしてマーティン・ウィックを襲撃させた。いまフランクが持っているのは、熟慮の末に選ばれた受刑者のリストです。暴力犯だけを選んだ。そうだろう、フランク？」

フランクは答えなかった。

「あと二十年、三十年は出られそうにない連中ばかりだ。そういう受刑者にしてみれば、別の受刑者に暴行して刑期が数カ月加算されたところで屁《へ》でもないし、ウィックは誰からも憎まれていたから、かえって自分の名が上がる。金で雇われた奴もいれば、ただ言いくるめられただけの奴もいた。マーティン・ウィックがフランクの家族を殺した真犯人であれば、言い訳も立つかもしれませんが、いまあなたのご主人は不安になり始めているんですよ。ウィックは無実だったのだとしたら、と」

「行こう」フランクは硬直した表情で妻のほうを向いた。「帰るぞ」

「退出のサインを忘れずに」俺は入室簿をフランクの目の前で振った。

フランクは眉《まゆ》をひそめて入室簿を見つめた。俺はフランクの筆跡を入念に調べているふりをした。

「おや、見覚えのある字だな。どこで見たんだった？」アダムから渡された封筒を引っ張り出し、入室簿と並べた。「ミセス・ムーア。もう一つだけお手をわずらわせてもいいでしょうか。これはご主人の筆跡ですか」

レベッカはいったん立ち上がろうとして座り直し、また唐突に立ち上がると、フランクのほうを見ないまま、ぎこちない動きで俺のほうに来た。封筒を見て口を覆《おお》った。フランク・ムーアの筆跡でマーティン・ウィックの名が書かれていた。

「中身は何？」レベッカが訊く。

「行くぞ、レベッカ——」

「中身は何？」レベッカが繰り返す。

俺は封筒の口を開けてなかを見せた。口を覆っていたレベッカの手が胸もとに下りた。息ができないといった風だった。「あなた……」そう言って夫を見る。「……あの獣《けだもの》に死んだ娘の写真を送っていたの？　自分の娘の写真を」

フランクは引き攣《つ》った表情を無理に笑みに変えようとしたが、うまくいかなかった。俺にならいくらでも嘘をついただろう。だが、妻にうなずき、椅子に沈みこむと、自分がいやでたまらないというように両手で頭を抱えた。

俺はドアを開けてショート・バックを見た。ショート・バックは帽子をかぶり直し、ふだんの奴からは想像できないほど控えめな所作で病室を出ていった。さすがのショート・バックも気まずい空気を感じ取っていた。

2

唐突にドアが開き、その場の全員が振り向いた。俺はとっさにショート・バックが何かの理由で戻ってきたのだと思ったが、違った。ケヴィン・ブレーク元警部補だった。俺がいるのを見て、引き返すにはもう遅いと観念し、病室の真ん中まで入ってきた。背後でドアが自然に閉まった。

前回会ったときも顔色が悪かったが、いまはますます青白く見える。病院の冷たい照明の下で、肌が病的なネオンホワイトに沈んでいた。

ブレークはサティのベッドを囲ったカーテンを凝視しただけで、何も言わなかった。室内に聞こえているのは心拍モニターの規則正しいビープ音だけだ。モニターに接続されているのが俺だったら、ビープ音のリズムはもう少し速かっただろう。

「こんばんは、ケヴ。来てくれてありがたい」

ブレークはわかりきった事実を指摘した。「意識が戻っているようには見えないね……」

「ふだんどおりってことですよ」俺は言った。「しかし、おっしゃるとおりだ。ここにいる全員が一杯食わされたんですよ。ナオミと俺もニュースを見て駆けつけてきたんです。あなたも同じことを考えたようですね」

「何がどうなっている？」ブレークは俺にというより部屋にいる全員に向けて言った。アンテナの感度はまだ鈍っていないらしい。俺たち一人ひとりが発している信号を正確にとらえようと頭を巡らせた。

フランクは目をそらして立ち上がり、レベッカに椅子を譲って壁にもたれ、少し前と同じ威《い》嚇《かく》的なポーズを取った。傷口をふさごうとしているかのように胸の前できつく腕を組む。

「フランクはストレンジウェイズ刑務所でのカウンセリングが楽しくてたまらないらしくて、これからは泊まりこむことになりそうです」

「え、何だって？」

「あなたは俺たちに伝えようとしたんですよね、ケヴ。ただ、俺はちゃんと聞いていなかった」

「私がきみに何を伝えようとしたというのかね」

「フランクの臭跡を追わせようとしたじゃありませんか」

フランクの表情に変化はなかったが、腕をつかんだ手に力がこもり、袖の生地がこすれる音がかすかに聞こえた。

「私がそんなことを言うわけがないだろう。たまたまフランクの名前が出ただけだ」

「しかし、あなたから言われていなければ、フランクのサバイバル・セミナーに行ってみようとは思いませんでしたよ。俺たちに何を見せようとしたんですか」

「悲しみの底から立ち上がった男の姿だ……」

「それより、陳腐な言葉を撒《ま》き散らして現金をかき集めるペテン師の姿かな」

「おい、ちょっと待て」ブレークは言ったが、室内に視線を巡らし、当のムーア夫妻でさえフランクの仕事を擁護するつもりがないと見て取った。

「俺たちと顔を合わせるたびに、フランクの慈善活動の話を持ち出しましたよね。ストレンジウェイズ刑務所の劣悪な環境も。ショート・バック・アンド・サイドの名前もわざわざそちらから出した。俺たちの目をそれに向けさせようとしているみたいだった……」

「それは買いかぶりではないかな。私がきみらの目をどこに向けさせようとしたというんだ」

「ストレンジウェイズ刑務所でのフランクの仕事」

「フランクがストレンジウェイズ刑務所で仕事をしていた？　それは初耳だ」

「今日、フランクの雇用記録を確認しました」ナオミが言った。「身元保証人はあなたでした」

　ブレークは肩をすくめた。「身元保証人の欄に私の名前を勝手に書かれても、責任は取りきれない」

この件をさらに追及しようとしたとき、ノックの音がした。ドアを開けると、チャーリー・スローンが立っていた。肩で息をしながら首を左右にかたむけ、俺の肩越しに室内をのぞこうとした。

「今夜は貸し切りか？　それとも誰でも参加できるパーティか？」

「どうぞどうぞ、人は多いほうが楽しい」俺は一歩脇《わき》によけた。「マンチェスターを発《た》つ列車に乗るところだったのでは」

「そのつもりだったんだが、あんたのパートナーが意識を取り戻したと聞いちゃあな」

スローンはなかに入り、期待のまなざしでぽんと一つ手を打ち合わせた。「で、もう何か話はしたのか？」

俺はドアを閉めた。「『メール』に書いてあったからといって、鵜呑《うの》みにしちゃいけないな、チャーリー。残念ながら、サティの意識はまだ戻っていない。ただ、見舞客が引きも切らずに続々やってきていてね。あんたもサティの激励に来たんだろう？」

「まあな」スローンは俺が座っていた椅子に腰を下ろし、見舞いに持ってきたブドウを何粒かむしった。

「ちょうどいま、フランクがこの五年だか六年、毎週ストレンジウェイズ刑務所に通っていたという意外な新事実について議論していた」

スローンは病室に視線を巡らせ、そこに集った顔ぶれを見て笑った。「哀れなマーティンが誰かのつばが混じっていない飯にありつけなかったのは、だからか」

俺はうなずいた。「ところが、その真相に気づいたのはどうやらあんたと俺だけのようでね。ブレーク元警部補は、フランク・ムーアが暴力に訴えるような人物だったとはまったく知らなかったとおっしゃる……」

「へえ、知らなかったって？」スローンはブドウを次々と口に入れて咀嚼《そしゃく》しながら、元警部補を眺め回した。その声から、ジャーナリスト魂に火がつきかけているとわかった。

「俺も意外に思った。元警部補は、フランクの隣人の証言録をあんたから十二年前に見せられているはずなんだから」

「証言録？」レベッカが言った。「誰の、何の証言録？」

スローンがブドウをくちゃくちゃ咀嚼しながら言った。「おたくのご主人は、最初の奥さんのほっぺたが腫《は》れる感触を自分のものみたいによく知るようになってたって話ですよ」

レベッカは床を見つめた。平静を保とうとしているのだろう。

「証言録など私は見ていない」ブレークが言った。「十二年前、スローンは私に何も言ってこなかった」

スローンがブレークをねめつけた。「十二年前、あんたが聞く耳を持たなかっただけだろう」

「今週になって急に強い関心を持ち始めたのは間違いないな」俺は言った。「だから俺たちがその証言録を確実に目にするように仕向けた」

「私が？」ブレークは両手を合わせて言った。「私がそんなことをしたか」

「俺が盗難事件の事情聴取のために制服警官を派遣すると聞いて、あなたは自分の家に落書きをした」

「ばかな」

「さらに、これからスローンに会うところだったと何気なく漏らした」

「次は私が自分の家に押し入り、自分の携帯電話を盗んだと言い出すのか」

「言いませんよ。だから無理に話をそらそうとしないでください。あなたの携帯を盗んだ犯人はもう逮捕されました。その点はご安心を」

ブレークは、深追いされたくない二つの話題にはさまれて身動きが取れない。しかたなく先に出た一つに話を戻した。

「仮に私がフランクの暴力を知っていたとして、なぜ十二年も黙っていた？」

「チャーリー」俺は言った。「当時の報道が隣人の証言を取り上げなかった理由を話してくれたね……」

「マスメディアの飯の種は、ヒーローと悪党だ。ブレークはあの時点ですでに悪党を挙げていた」

「単純な話ですよ」俺は言った。「フランク悪者説は、十二年前のその時点で描かれていた物語にそぐわなかったんです」

見ると、フランク・ムーアの視線は俺に向けられてはいたが、その目には何も見えていないようだった。

フランクのように体格に恵まれた人物の場合、内心は顔にではなくボディランゲージに現れる。感情の動きは全身の隅々に伝わるらしく、絶えず体のどこかが脈絡なく動いていた。

腕を組み、ほどき、また組む。左右の拳《こぶし》を腕で押さえつけておこうとでもいうようだった。

ブレークが腕を振り回した。「その証言録の存在を知っていたら――」

「あなたが何をしていたかって話ならもう聞き飽きましたよ、ケヴ」俺は言った。「全員の目が俺に向いた。「もしその証言録を見ていたら、あなたのフランクを見る目は変わっていただろう。もしウィックの全身が血まみれじゃなかったら、あなたはほかの容疑者を捜していただろう。フランクが刑務所でカウンセリングの仕事をしていると知っていたら、その立場を悪用していた事実をあなたは告発していただろう。うっかり忘れていなかったら、携帯電話の盗難をちゃんと届け出ていただろう。あなたが主張するストーリーを支えている不作為は、どれも幸運な偶然だったと信じろというわけですか」

「私は幸運だとは思っていない」ブレークは叫び、胸を押さえた。「いったい何が言いたい？　フランクが真犯人だとでも？」

ブレークはその答えを恐れているように見えた。

壁にもたれていたフランクが背筋を伸ばし、病室の反対側に移動した。ケヴィン・ブレークのすぐ前に立ち、今度は横向きに壁に寄りかかって、ブレークをまっすぐに見下ろした。

動作の一つひとつが暴力の気配をちらつかせていた。

「お宅から盗まれた携帯の話をしましょうか」

「またその話か……」

「ええ、何度だって蒸し返しますよ。真実らしい答えを聞けるまで。盗難を届け出なかったのはなぜです？」

「機会を逸してそれきりになっていた」

俺は首を振った。ブレークを見据えた。「あの携帯に登録されているデータを警察に見られたくなかったか、盗んだ人物を捜されたくなかったか、そのどちらかだったのでは」

ブレークは身震いした。「どこの誰とも知れないジャンキーのことなど、私が気にするわけがない」

「そのジャンキーから、知りたくなかった話を聞かされたのかもしれない」

「どんな？」

「この十二年の見え方ががらりと変わるような話。あなたが大急ぎで卓上扇風機に駆け寄り、フランク・ムーアに向けてクソを飛ばそうとせざるをえないような話」

「ねえ、ちょっと」レベッカが口をはさむ。

「どんな話だ？」ブレークがわめいた。

「ちょっと」レベッカが立ち上がった。

その場の全員が立ち上がっていた。ただしチャーリー・スローン一人だけは座ってブドウを口に放りこみながら、愉快そうな顔で目の前のドラマを眺めている。レベッカは心拍モニターを見つめていた。俺たちの会話が熱を帯びるにつれて、ビープ音のリズムはしだいに速くなっていた。

「看護師か誰か呼んできたほうが」

「いや、放っておいて大丈夫ですよ」俺は言った。全員の視線が俺に集まった。「サトクリフ警部補はここにはいない。二時間前に別の病室に移しましたから」

3

俺はカーテンを開けた。ベッドに横たわっていた人物が起き上がって包帯をほどいた。ほどき終えたエスターが室内を見回した。顔はふだん以上に紅潮し、汗をかいて、目つきは鋭かった。痩《や》せた体をふくらませて見せるのに使ったシーツをどけ、何枚も着こんだ服を脱ぎ、ようやく出てきた心拍モニターのセンサーパッドを剝《は》ぎ取った。

モニターのグラフは水平になり、平坦《へいたん》なビープ音が鳴り続けた。

「きみはこの人の家に侵入したね」俺は訊いた。

エスターはケヴィン・ブレークを見てうなずいた。

「この子、誰なの」レベッカが言った。

チャーリー・スローンが含み笑いをした。「マーティン・ウィックの愛人さ。証明する写真もある……」

「なのに、どうしてここに？」

「ウィックの服役中、二人は手紙をやりとりしていた」俺は言った。「病院でも銃器部隊員の目を盗んで何度か会っている。ウィックの魂をのぞく窓のような存在だ……」

「そんなもの」レベッカは腕組みをした。「見たくない人もいると思うけど」

「エスター、ケヴィン・ブレークと初めて会ったのはどこで？」

「この人の家で」エスターは、フランクに至近距離でにらみつけられて居心地悪そうにしているブレークを見ながら言った。「二週間くらい前」

「きみはマーティン・ウィックが刑務所で何度も襲われた話をしたね。陰でそそのかしていたのが誰なのか、それも話したはずだ。その直後からブレークはフランクの弱みを探し始めたわけだから」

「だけど手を貸してくれなかった」

「何に手を貸してもらいたかった？」

「茶番はもういいだろう」ブレークは首をそらしてムーアを見上げた。その様子は弱々しく、青白く、ふつうではなかった。立ったまま揺れている。「こんなことになって、申し訳ないの一言しかないよ、フランク。それにおまえ」ブレークは俺に人さし指を突きつけた。「自分を恥じるべきだな」

「ドアならそこですよ、ケヴ」

ブレークはそちらに歩き出そうとしたが、フランクがその胸を突いて押しとどめた。

エスターはシーツを握り締めて震えを止めようとしていた。「真実を知りたくないみたいだったから、こんな奴、当てにしないって決めて――ある晩、裏の窓から入って、ウィックに関連する資料を全部失敬した」

「携帯電話まで……」

「無防備に置いてあったから。ご丁寧にパスコードつきで。盗んでくださいって言わんばかりに」

「その資料をどう利用した？」

「ウィックがいまどこにいるか、どんな人員がどう割り当てられてるか、全部書いてあった。もう刑事じゃないのに、いまでも警察にお友達がいるみたいだね。ほかに、その人の電話番号もあった」エスターはスローンのほうに顎《あご》をしゃくった。「マーティンの記事をたくさん書いたそのデブちんから五千ポンド巻き上げたよ」

スローンの目が怒りでぎらついた。「あんたが誰だか知ってたら、金なんか払わなかったよ、お嬢ちゃん」

俺はうなずいた。「誰だか知っていたら、もっと払っただろうな」

「そりゃどういう意味だ？」

俺は手を上げてスローンを黙らせた。「写真を撮ったのはどうしてだ、エスター」

「刑事さんが言ったとおりの理由。あたしは世間の目をマーティンに集めたかった。全員を嗤《わら》ってやりたかった」

「大成功だったわね」ナオミは微笑み、先を促すように言った。「もらったお金はどうしたの？」

「一部はショート・バックに払った。ほかにあの女の警察官にも」

「ルイーザ・ヤンコフスキー？」

「そう、なんか外国人っぽい名前だった。その人にお金を渡して、マーティンが一人きりになったら教えて、ほんの数分でいいからマーティンと過ごしたいからって頼んだ」

「ちょっとすまない」スローンは手を振ってみなを黙らせた。「彼女が誰だか知ってたら、私はもっと払ったはずだと言ったね。もったいぶってないで、彼女が誰なのか教えてくれ」

エスターが一同を見回した。「男の頭のなかにはセックスしか詰まってないわけ？　あたしがマーティンの愛人？　マーティンはあたしのパパだよ」

ブレークをにらみつけていたフランクが振り向き、目を細めた。「マーティン・ウィックに子供はいなかった」

一人、また一人と、全員が俺を見た。

「あんたがマーガレットと結婚した前後、マーガレットがマーティン・ウィックとも寝ていたことはあんたも知っていたはずだ、フランク。リジーが自分の子ではないかもしれないことも」

4

フランク・ムーアは壁の前に立って拳を力いっぱい叩《たた》きつけた。病室全体が震えた。フランクはふらつきながら向きを変え、心拍モニターを床に払い落とした。エスターがセンサーパッドを剥がして以来ずっと単調なビープ音を鳴らし続けていたそれをフランクは蹴飛《けと》ばし、何度も踏みつけた。モニターはばらばらに壊れた。

フランクは病室の真ん中に立ち尽くした。拳を握り締めていた。

「自分が家族に暴力を振るっていたことをほのめかす隣人の証言録を突きつけられたとき、フランクは珍しく本当のことを話した。マーガレットからクラミジアをうつされ、喧嘩になったと。そのあと、ウィックの元妻を訪ねたら、ちょうど同じ時期にマーティンからやはりクラミジアをうつされたと言った。フランクは隠していたが、マーガレットはそれ以前にも浮気をしたことがあった」

フランクはベッドのほうに、そこにいる若い女に、観察するような視線を注いだ。

「レベッカ」俺は言った。「あなたはこう言いましたよね。フランクとマーガレットの関係は、あなたが現れる以前から冷えきっていた。もう少し詳しく話していただけますか」

レベッカは夫を見、次にベッドの女を見た。「フランクは、リジーが自分の子だとは初めから思っていなかった……」

「時期が一致しないんだ」フランクが放心したように言った。まだ心拍モニターの残骸《ざんがい》のなかに突っ立っていた。「マーガレットが妊娠したころ、私はまだ外地に配置されていた」

「なるほど」スローンは言い、エスターを見た。「彼女はウィック家の跡継ぎってわけだ。それはつまり、ウィックはムーア一家を殺さなかったってことなのか。それともやっぱり殺したのか？　事件が起きたとき、彼女はどこにいた？　あれからずっと、どこにいた？」

「逃げたの」エスターが言った。「フランクは本当の父親じゃなくて、マーティンだってわかってた。でも、あたしの家族を殺したのはマーティンだと思いこんでた。頼れる人はいなかった」

ケヴィン・ブレークはシャツの一番上のボタンをはずそうとしていた。

「フランクは実の父親じゃないって知ったのはいつ？」スローンが訊く。

「威張り散らして、脅して、嘘ばかり並べて」エスターはフランクを見て言った。「暴力まで振るった。ママは喜んで教えてくれたよ」

「おまえは一つ間違っている」フランクは言った。フランクの体はあれほどみなぎらせていた力をいくらか失い、声もそれに比例して弱々しくなっていた。「私はおまえの本当の父親だった。いまだってそうだ。おまえがどう思おうと、ＤＮＡがどう言おうと、私は父親だ。十二年間、おまえを育てた。十二年間、おまえを愛した。あれ以来、おまえを愛さなかった日はない」

フランクはためらいながら一歩、ベッドのほうに踏み出した。

エスターは、リジー・ムーアは、憎々しげな目を向けた。

「ねえ、わかんない？　ＤＮＡなんか何の意味もない。初めてママに手を上げた日、あんたはあたしの父親じゃなくなったんだよ。決めるのはあんたじゃないよ、フランク。決めるのはあたし。あんたが育てた小さな女の子はまだ生きてる。あたしの弟や妹もまだ生きてるし、ママだって生きてる。死んだのはあんた一人だけ。あたしたちがそう決めたから」

俺はベッドに近づき、二人のあいだに立った。「事件の夜、何があったのか話してくれないか」

「マーティンが犯人じゃないことは絶対に確か」エスターは言った。「ずっとあたしと一緒にいたんだから。その日、初めて会ったの。正直に言うと、全然好きになれなかった。めかしこんじゃってさ。髪の毛もきれいに梳《と》かしつけたりして。それでもフランクと比べたら、負け犬感しかなかった。おごってくれるっていったって、リトル・シェフだよ（訳注／ファミリーレストラン・チェーン）。まずい炒《いた》め物か何か食べたあと、家まで送ってもらった」

エスターは一同を見回した。

「ただ、途中でマーティンのバンが故障しちゃったの。それでうちに着くのが遅くなって、家のなかは真っ暗だし、何度もノックしたけど誰も出てこなかった。マーティンも困っちゃって、あたしはしかたなくマーティンのホテルに泊まった。変に疑われないように、ホテルの人には隠れて。で、次の日の朝、うちに帰った」

「で？」

「日の出前くらいの時間で」エスターは続けた。「マーティンがノックしたけど、やっぱり誰も出てこない。少し明るくなり始めてたから、なかの様子が見えそうだった。窓からのぞいたとたん、マーティンは腰を抜かしかけた。ここで待ってろって言って、一人で裏に回った。ガラスが割れる音が聞こえて、あたしは怖くなった。まだ小さかったから、マーティンがのぞいた窓には届かなくて、だからそこで待ってた。永遠に待ったような気がした」

エスターはごくりと喉《のど》を鳴らし、目もとを拭《ぬぐ》った。

「そのあとあたしも裏に回って、マーティンが乗り越えたキッチンの窓からなかに入ったの。マーティンはガラスで怪我《けが》をしてたけど、あたしも追いかけてなかに入った。玄関に行ったら……」

俺たち全員が視線を交わした。

「……そこらじゅう血だらけだった。階段の一番下に洗濯物の山みたいなものがあって。なぜかそれに顔がついてるんだ。なぜか、ママの顔だった。あたし、玄関に背を向けて突っ立って、ただママを見てた。どうすれば外に出られるのか、思い出せなかった。どうすれば息ができるかも思い出せなかったよ。二階からマーティンが下りてきた。血だらけだった。全身が血だらけだった。そのとき気がついた。アーサーやメアリーの声が聞こえない。マーティンが何か言った。何か――〝みんな死んでる〟みたいなこと。それをきっかけに、あたしは叫び始めた。マーティンはあたしを抱き締めようとしたけど、あたしはマーティンを叩いた。いま思えば、マーティンだってあたしと同じくらい怖かったんだってわかる。でもそのときは、マーティンがうちに侵入してみんなを殺したんだとしか思えなかった。マーティンのことをサイコ野郎って言って、玄関を開けて飛び出した」

「どこに行ったの」ナオミが訊いた。

エスターは、思い出せないというように首を振った。

「学校だと思う。その日の夜は道具小屋で寝た。あんなに疲れたのは生まれて初めてだった。目が覚めて街中に出たら、どの新聞にもマーティンの写真が載ってた。〝夢遊病犯《スリープウォーカー》〟だって。逮捕されてた。どの新聞にも有罪まちがいなしって書いてあって、そうなると、あたしが家の前の私道に突っ立ってるあいだに、マーティンはみんなを殺したことになるよね。一部の新聞には、あたしも死んだって書いてあった」

エスターは胸骨のあたりに手を当て、強く押した。

「あたしは死んだのかなって考えた。まだ息をしてるってわかって、あれほどがっかりしたのも生まれて初めてだった」

「リジー……」フランクが言った。

「大量の血を見て、みんなが死んで、怖くて、なのに最悪だったのは何だかわかる？何が一番怖かったか、わかる？」

フランクは首を振った。

「連れ戻されて、あんたと暮らせって言われることだよ」

フランクの体から空気が抜けたようだった。

「三人をナイフで殺した奴がどこの誰だか知らないけど、少なくとも短時間ですませた。本当に残酷なのは、何年もかけてゆっくり殺すこと。言葉の暴力、侮辱、脅し、嘘で殺すこと。ママを殺した犯人より、あんたのほうがずっと憎いよ、フランク。あの日、あたしが逃げた理由はあんただった。あれ以来ずっと逃げ続けてきた理由は、あんただった」エスターの声はひび割れた。「路上で暮らした。そのうち母親と寄付金詐欺《さぎ》で暮らしてる女の子と知り合った。その親子があたしを匿《かくま》ってくれた。いわゆる流れ者で、あのあとすぐ、アイルランドに渡った。あたしはドラッグとお金のために体を売ったんだよ、フランク。そのことは知っておいてよね。初めのうち、エスターっていうのは体を売るときだけの名前だったけど、しばらくしたら、生まれたときからそういう名前だったような気がしてきた」

「戻ってきたきっかけは」ナオミが訊く。

「マーティンが死にかけてるって新聞で読んだ。そのせいで事件がまた注目を集めてた。ちょうどそのころ、チャリティ・ショップでその人の本を見つけた」エスターはブレークのほうにうなずいた。ブレークは力なく壁にもたれていた。それがなければまっすぐ立っていることさえできないというようだった。「読むのはつらかったし、ずっと考えないようにしてた事件のことを初めて考えさせられた。科学捜査の結果はどれも、被害者は全員、金曜の夜のうちに死んだことを示しているって書いてあって、それを読んだとき初めて、あたしはマーティンのアリバイなんだって気づいた。事件が起きた夜、マーティンはずっとあたしと一緒にいたんだから」

「そうなると、マーティンはどうやって二十五ページもある自供書を書き、署名したのかという疑問が浮かびますね」俺はケヴィン・ブレークのほうを向いた。「何と言っても、読み書きができなかったんですから」

「それについては話したくないな」ブレークは一方の手を胸に当てていた。

「パパは、三日も四日も寝かせてもらえなかったって言ってた。おまえはこれこれこういうことをやったんだぞって、そらで言えるようになるまで何度も聞かされた。それから刑事が録音ボタンを押して、録音した内容を書き起こした。二十五ページ全部にサインをしたら眠らせてやるって言われた。逮捕された時点でもうショック状態にあったのに……」

「じゃあ誰が」ブレークは壁にもたれて言った。目に涙が浮かんでいた。「奴じゃなかったなら、じゃあ、誰が……？」

「それは俺たちには答えられない」俺は言った。「答えるべきはあなただったんです。よかれと思ってしたことなのかもしれませんね。殺人犯を刑務所に入れて、死ぬまで出てこられないようにしたんだから。ただしあなたは、間違った人物を犯人に仕立ててしまったんですよ、ケヴ。凶器をウィックのホテルの部屋にまぎれこませ、自白の内容をウィックの頭に叩きこむだけの簡単なことだった。仕上げに本まで出した」

ブレークは全員の顔を一つずつ見た。そうしているあいだにも苦しげに背中を丸めた。

「ところが十二年後にエスターが現れて、マーティン・ウィックの鉄壁のアリバイを証言した。あなたが築いた何もかも――勝ち取った有罪、書いた本、人生そのもの――の土台は嘘だったと証明するアリバイ。ずっと疑問に思っていました。レニックと握手できる距離、そのあとレニックを刺せる距離まで近づけたのは、いったい誰だろうと。恋愛関係や賄賂《わいろ》かと考えていましたが……」

「私の顔を知っていたんだよ」ブレークが言った。「〝マーティン・ウィックを有罪にした元警部補ですね〟と言われた。握手してくださいと……」

「握手に応じておいて、首を刺したわけだ」

ブレークは苦しげに三度連続で息を吸いこんだ。

「あんなことはしたくなかった」ブレークは言った。「せずにすめばよかったのにといまでも思う。だが、私はもう長く生きられない。人は首まで肥だめに浸《つ》かって初めて、どうしてこんなところにはまってしまったのかと考える。恥をさらして死ぬなんて、嘲《ちょう》笑《しょう》されながら死ぬなんてごめんだった。サティは」首を振る。「あんな奴はどうだっていい。刑事を名乗る資格なんかなかった。それはきみも同じだ。サティの子分がお似合いだよ」

「俺は放火などしていませんがね、ケヴ」

「初めて会ったときに言ったろう」ブレークは胸をかきむしりながら言った。「犯人には、火を放つ以外の手段がなかったと言ったね。その犯人がたまたま私だっただけのことだ。ああする以外になかった。入って、五分後には出た」ブレークはまた大きく息を吸いこんだあと、壁の上をすべり落ち、床に倒れて動かなくなった。

5

ナオミとエスターと俺は、聖マリア病院の屋上からナトリウム灯に照らされた駐車場を見下ろしていた。フランク・ムーアは逮捕され、ケヴィン・ブレークは重度の心臓発作を起こして集中治療室に担ぎこまれた。今夜明らかになった真相の衝撃から完全に血の気の引いたレベッカ・ムーアは、パトロールカーで自宅に送り届けられ、チャーリー・スローンは特ダネを記事にしようと大急ぎで帰っていった。

騒ぎが一段落すると、エスターは新鮮な空気を吸いに外に出たいと俺たちにせがんだ。俺は同意し、あの日、彼女とすれ違った非常階段を上った。今回はナオミも一緒だ。長い夜だったが、地平線が白み始めたいまになっても、答えを見つけた高揚感から三人とも眠気などかけらも感じておらず、ジョニー・ウォーカーの瓶を回し飲みしていた。

ただし、一つだけ、まだ答えの出ていない疑問が残っている。

「三人を殺したのは誰？」エスターがその疑問をついに口に出した。それは彼女の人生そのものの意味でもある。

俺たちは屋上の手すりにもたれて駐車場を見下ろした。

「わからない」俺は答えた。「ブレークが一家と関わったのはウィックの逮捕後だ。ブレークにもフランクにもアリバイがある。フランクがマーティンが犯人だと信じていたというのは嘘ではないと思う。何年ものあいだストレンジウェイズ刑務所でウィックを襲撃させていたが、それも自分の家族を殺した犯人なのだから当然の報いだと思っていた」俺はエスターを一瞥した。「一時期はきみのことも疑ったよ……」

「あのとき、あたしはまだ子供だった。いまじゃ自分に子供だったころがあるなんて信じられないけど」

こうしてエスターを見ると、まだ若いのだなと改めて思う。二十四歳、行っていても二十五歳だ。さっきからエスターは震えている。寒さのせいではない。これをきっかけに、今度こそドラッグと手を切れるだろうか。

「あたしは犯人じゃないって思った理由は？」エスターが訊いた。

「きみはマーティンのアリバイ証人だ。もうマーティンとは話せないが、きみは彼が無実だと確信している。俺はきみを信じる」

「天気のせいかどうかわからないけど」エスターは言った。「寒くて凍っちゃいそう」

エスターは前あわせのナイトガウンを三枚重ね着していた。屋上に上がる前、俺はロングコートを貸してやろうと言ったが、ファッションを理由に断られた。

「せめて煙草《たばこ》があれば血行がよくなりそう……」

俺はナオミを見た。

ナオミは深緑色のジャケットのフードの奥底から俺を見上げて肩をすくめた。ナオミと初めて会って以来、俺が素の自分を見せたのは――俺の最良の側面を見せたのは、これが初めてだ。その俺をナオミに認めてもらいたかった。認めてくれているといいと思った。

「俺が買ってこよう」俺はそう言って酒瓶を受け取った。「今日は悪癖を絶つには向いた日じゃなさそうだ」

「明日から禁煙する」エスターが言った。

俺はうなずき、八メートルほど先の階段のドアに向け、ずらりと並んだエアコンの室外機のあいだを縫って歩き出した。ドアの手前で立ち止まって振り向いた。エスターとナオミは、こちらに背を向けて何やら話しこんでいた。

フード付きのジャケットと三枚重ねのナイトガウンだけが見えた。

瓶を持ち上げて一口飲もうとしたとき、顎に激痛が炸裂《さくれつ》した。

一瞬ののち、顎から地面に叩きつけられた。俺はそれより前に手をつこうとしたが、ほんのわずか間に合わなかった。地面を押して起き上がろうとした。しかし後頭部をブーツで蹴られて、また地面に這《は》いつくばった。どろりと濃い血の味が口のなかに広がっていく。その熱があふれ、顎へと伝い落ちた。

視界に一組のブーツがあった。

顔を上げた。ルイーザ・ヤンコフスキーが一瞬だけ見えた。次の瞬間、銃の握りが振り下ろされた。三度、四度、五度。ようやく体を地面から引き剝がしたとき、時間の感覚は失われていた。視界がにじみ、片方の目が腫れてまぶたが閉じかけていた。ルイーザが背後からナオミに接近しようとしていた。ナオミはまだ手すりにもたれて下を見ている。俺は声を出そうとした。警告しようとした。だが、声は出ない。ルイーザが拳銃《けんじゅう》を持ち上げる。俺は立ち上がった。室外機を手で探り、それにすがって歩き出した。その気配に気づいたのだろう、ナオミが振り返りかけたとき、銃声が轟《とどろ》いた。銃口から閃光《せんこう》が放たれ、ナオミのジャケットのフードが前方にはじかれた。ナオミは倒れた。死んで地面に崩れ落ちた。

ヤンコフスキーが振り向き、俺を見た。

俺はドアのほうに戻り、向きを変えて階段を駆け下りた。銃声がふたたび轟いた。

最初の踊り場まで下りたところで、ドアの陰に隠れるんだったと悔やんだ。ヤンコフスキーを先に行かせておいて、背後から飛びかかるのが得策だった。だが、いまは逃げることしか考えられなかった。階段の次のひと続きを下りようとして足をすべらせ、頭から転がり落ちて、次の踊り場に投げ出された。

下顎が体のほかの部分と分離したような感覚があった。手を伸ばして手すりを探す。口から血があふれ出していた。階段を下りてくる足音が聞こえてそちらを振り返ると、像が二重三重になって見えた。

ルイーザが角を曲がって現れ、銃をかまえた。

「ほかにどうしようもなかったのよ。だってエスターさえいなくなれば、あの子の携帯も、私の番号に発信した履歴のあるただの電話にすぎなくなるでしょ」ルイーザは唇を舐《な》めた。「でも、これだけは避けたかった。嘘じゃない」

ルイーザは銃の狙《ねら》いを定めた。耳を聾《ろう》する音が反響した。

目を開けると、壁に血が飛び散り、ルイーザは死んでいた。床に手足を投げ出している。振り向くと、一つ下の踊り場から黒い目出し帽をかぶった男がこちらを見上げていた。そいつは小さく首をかしげた。おどけたようなしぐさだった。それから拳銃で自分のこめかみを軽くつついた。次からはもう少し用心しろよと忠告するかのようだった。俺は膝立ちになり、そいつに近づこうとしたが、男は向きを変えて消えた。

さらに二段か三段下りたところで、俺は意識を失った。

Ⅷ
エヴリシング・マスト・ゴー
Everything Must Go

1

目を覚ました俺は八歳で、家族向けの中型車の散らかったバックシートにいる。妹と俺が施設に入れられる前の年、俺たちは引越を繰り返した。幹線道路脇《わき》の一時駐車場所や高速道路のサービスエリアに車を駐《と》めて寝ることも珍しくなかった。俺たちの母親は朝から晩まで車を運転していたが、何を振り切ろうとしているのか、どこへ行こうとしているのか、俺たちに説明したことは一度としてなかった。

移動し続けることをただ好んだ。世界をつねに背後に置き去りにすることを。

真っ暗だが、シートのすぐ隣に座った妹の規則正しい息遣いが聞こえた。目が暗さに慣れるにしたがって、妹の輪郭を見分けられるようになった。毛布の下で体を丸め、クッションに頭を預けている。窓は結露で曇り、方向を知る手がかりは何一つない。俺たちが眠っているあいだに世界が終末を迎えたかのようだった。ガラスに手をすべらせて結露を払っても、街灯の光一つ外にはなく、なぜかほかの車や人や街の気配もまるで伝わってこなかった。高速道路のすぐ隣で眠ると、海で眠っているように感じることがある。

いつどうやって車に乗ったのか思い出せなかった。わけがわからなくて、運転席の人影に目をこらした。母親は両手をハンドルに置き、まっすぐ前、結露したフロントガラスを見つめていた。頭の後ろ側、一つにまとめた黒っぽい髪しか見えなかったが、座っている姿勢から、眠ってはいないとわかった。

　エンジンはかかっていた。

　ドアを開けようとしたが、ロックされていた。俺が動く音がしているのに母親は振り返らず、アクセルペダルをいっそう深く踏みこんだ。エンジンのうなりが大きくなった。頭がぼんやりして働かない。こんなに疲れたのは生まれて初めてだった。もう一度ドアを開けようとしたが、やはりびくともしなかった。

　身を乗り出そうとして、シートベルトに引き止められた。

　毛布を持ち上げると、妹もシートベルトで固定されていた。

　エンジンのうなりがまた少し大きくなり、喉《のど》の奥に排気ガスの味がした。シートベルトをはずし、運転席に身を乗り出し、変速レバーを乗り越え、助手席に移動して、助手席側のドアのロックを解除しようとした。母親の腕が伸びてきて、シートに抑えつけられた。前腕が喉に食いこむ。俺が抵抗すると、母親はぎこちなく俺の顔を手でつかんだ。爪《つめ》が頬の皮膚を食い破り、ひっかき傷を残した。俺はロックを解除し、ドアハンドルを引いてドアを蹴《け》り開け、母親の手を振り払って車庫の床に転がり出た。咳《せき》をし、顔の傷を押さえた。

母親のほうを振り返ると、さっきと同じ姿勢で両手をハンドルに置き、まっすぐ前を見つめていた。俺は立ち上がって車の反対側に回り、妹が乗っている席のドアを開けた。妹は眠たげに何かつぶやき、ぼんやりしてふらついていたが、立つことはできた。妹を毛布でくるんでやって車庫の扉を開け、そのとき泊まっていた家のほうに歩き出した。二人ともまだ咳が止まらず、空気を求めてあえいでいた。玄関にたどりついたとき、クラクションが短く三度、連続で鳴った。

母親が両手でハンドルを叩《たた》いていた。

2

「しゃべらないようにしろ」パーズの声が聞こえた。パーズは窓際《まどぎわ》に立ち、濃い灰色の空を見つめていた。「おまえは聖マリア病院にいる。おまえはこの病院を離れがたいらしい。顎《あご》が二カ所折れていた。歯は――まだそろっていたときにもっと微笑《ほほえ》んでおくんだったなと言うにとどめよう。何があったか、覚えているか」

答えようとしたとたん、顎から激痛の衝撃波が広がった。

もう一度パーズのほうを向いた。涙で頬が濡《ぬ》れた。

「だから、しゃべらないようにしろと言っているだろう」俺の苦しげなうめき声に気づいて、パーズが振り向いた。「まあ、命令に従えないのはいつものことか。意識を失っているあいだ、その顎をなおも痛めつけようとしてやめないから、ワイヤで固定した。しばらくは食事に占める液体の割合がふだん以上に増えることになるだろう」

パーズはサメの笑みをこちらに向けた。

「心配はいらない。おまえは昔ドラッグをやりまくっていて、このところせっかく断《た》っていたのに、鎮痛剤を投与すればぶり返しかねないと、私から断っておいたよ……」

目に汗が入りかけて、俺はまばたきをした。額を手で拭《ぬぐ》おうとしたが、手が動かない。

俺はパニックを起こしかけて自分の体を見た。

腕は左右とも拘束されていた。

毛布の下で脚をばたつかせてみたが、脚もやはり拘束されていた。全身で力み、手足を一度に動かした。顎にも力が入って激痛が走り、思わず顔をしかめた。

あきらめた。肩で息をする。汗が噴き出す。口を動かさないようにした。

「もうわかったと思うが、おまえは逮捕された。おまえには黙秘権があるが、何か訊《き》かれて答えない場合、その事実がのちに法廷でおまえの不利に使われる可能性がある。また、話したことはすべて証拠として検討される可能性がある。わかったな」

必死に空気を求める自分の息遣いが聞こえた。

「それをイエスと解釈するとしよう。このあと右手の拘束を解いてやるから、何がどうなってこの事態に至ったのか、詳細な自供書を書け。曖昧《あいまい》なところを残さないために付け加えるが、現金一万ポンドと、おまえの写真付きの偽造パスポートがルイーザ・ヤンコフスキーの所持品から見つかった理由も漏らさず書けよ。ちなみに、ヤンコフスキーは死んだ。いまさら何か隠そうとはしないことだな。どのみちおまえは刑務所行きだ。タイミングよく、ストレンジウェイズ刑務所に空きができたそうでね……」

俺はパーズを見上げた。パーズはうなずいた。

「ウィックの元同房者、おまえの親友のアダムだ。昨日、スキージャンプをした。シーツで首を吊《つ》るのを刑務所ではそう呼ぶらしいな。首を吊るには天井が低すぎる。そこで鉄格子《てつごうし》にシーツを結びつけ、喉に引っかけて、できるだけ前に体重をかけるわけだ。塀のなかでつらくなったら、先人の英知に学ぶといい」

俺はパーズから窓に目を移した。椅子《いす》を叩きつけてガラスを割り、そこから飛び出せるのならやっていただろう。パーズはそれに気づいてうなずいた。冷淡とは言いきれない表情をしていた。

「おまえは努力した。少なくともそれは認めよう。まあ、世は地獄とあきらめるんだな。アダムとかいう哀れな男は、受刑態度良好につき釈放時期が早まったとでも思え」

パーズはジャケットのポケットからメモ用紙とペンを取り出してベッドに置いた。それから近づいてきて、右手の拘束を解いた。俺はペンを取ってパーズの顔に突き立てようとしたが、パーズはさっと後ろに下がり、俺がペンを振り回すのをじっと見下ろした。

息が詰まり、喉が鳴った。俺はベッドを揺すり始めた。体重をかけ、左右に揺らして引っくり返そうとした。パーズは黙って見ていた。俺が疲れきってやめるのを待ち、俺の手をつかんで引き寄せた。俺はパーズを見上げた。パーズの手は俺の手を痛いほど握り締めた。もう一方の手で顎をつかむ。どこかで誰かが悲鳴を上げた。

パーズは手を放さなかった。骨張った指で折れた関節を揉《も》む。鳥肌が立ち、俺の全身から汗が噴き出した。やがて何かが限界を超えて、パーズがさっと離れ、不愉快そうにベッドを見下ろした。

シーツに染《し》みが広がっていく。

パーズが床に落ちたメモ用紙とペンを拾い、俺のすぐ脇に置いた。聞こえるのは耳鳴りだけ、全身の血管に響き渡っている鼓動だけだった。

「一時間やる」パーズはシャツの乱れを直した。「それまでに書いていなかったら、また顎のマッサージだ」そして出ていった。

一分ほどは動かなかった。俺に残された可能性を考えた。左手の拘束を解こうとしてみたが、すぐにあきらめた。

メモ用紙を引き寄せると、パーズがあらかじめ書いたメモが何項目かあった。事件のおおよその概要、主要な関係者に何が起きたか、その簡単な説明。屋上で何があったかすぐには思い出せなかったが、〈ナオミ・ブラック巡査〉と書かれた行が目に入った瞬間、脳裏に閃《ひらめ》いた。

ナオミの名前には横線が引かれていた。

俺は土曜の夜に起きた一連のできごとと、その後到達した結論から書き始めた。

何年も前、マーティン・ウィックがマーガレット・ムーアと関係を持っていたこと。ウィックを父とする非嫡出子リジーを、そうとは知らないフランク・ムーアが自分の子として育てたこと。フランクが妻の裏切りを知り、クラミジアをうつされ、家庭内で暴力を振るい始め、家族が怯《おび》えたこと。一家殺害事件についてフランクは無関係だと俺はいまでも信じている。それから何年かたって、フランクは犯人と信じた男を繰り返し襲わせたのだから。

十二年前、ケヴィン・ブレークがマーティン・ウィックを犯人に仕立て上げたことも書いた。当人にほとんど理解できない自供書に強引に署名させ、自分の作文を裏づけるために証拠をでっち上げ、ベストセラー本を書いた。リジー・ムーアは実は生き延びていて、ウィックのアリバイを証言した。それはすなわち市警による冤罪《えんざい》を裏づける証言だった。その結果、ケヴィン・ブレークは、冤罪が表に出る前にウィックの口をここ聖マリア病院で封じなくてはならなくなった。

それだけでは足りないとわかっていた。だから俺自身の話も書いた。高い金を払ってパスポートを偽造したこと。金の出どころがわからないよう、何年もかけて自分の口座から少額ずつ下ろして保管していたこと。非常持ち出し袋を準備し、捜査を途中で放り出してゼイン・カーヴァーの亡霊から逃れようとしていたこと。ルイーザ・ヤンコフスキーが非常持ち出し袋を盗み、俺を脅迫し、捜査を妨害しようとしたこと。屋上で起きたこともありのままに書いた。無駄で無意味なナオミの死。目出し帽の正体不明の男に命を救われたこと。

俺がついた嘘《うそ》。俺が犯した法。

パーズが戻ってきてベッドからメモ用紙を拾い上げ、隅の椅子に腰を下ろして読み始めたとき、ベッドにできた染みは冷えきり、俺は身を震わせていた。読んでいるあいだパーズは一度も俺を見なかった。それでも俺が何もかも正直に書いたことに驚いているのはわかった。

「よくわからんな」パーズは言った。「ヤンコフスキーと共謀していたわけではないのなら、携帯を一晩預かっていたあいだにヤンコフスキーに引き渡せばすんだことだろう。なぜ携帯を破壊せずにおいた」

　俺は手を伸ばしてメモ用紙を受け取った。

〈エスターの命〉と書いた。

「だが、考えてみろ」パーズが言った。「携帯さえなければ、いまごろおまえはあらゆる問題から解放されていただろう。残された私たちは、おまえはどうやってヤンコフスキーを殺したのか、使った銃をどうやって処分したのかと頭を悩ませているころだった。目出し帽の男とやらの正体に心当たりはないのか」

　俺は首を振った。

「フランク・ムーアとケヴィン・ブレークはいずれも警察の拘束下にある」パーズは独り言のように続けた。「カーヴァーの屋敷を監視している者にもすでに確認した。カーヴァーは女房や子供と家にいた。となると、おまえには守護天使がついているようだな」

俺にはそう思えなかった。

「だからどうだという話ではないが、おまえが事件に直接関わっていなかったとわかって安心したぞ」

パーズは俺の視線をとらえてうなずいた。

「さて、よいニュースと悪いニュースがある。悪いほうのニュースは、私にももはやおまえを守る術《すべ》がないことだ。市警は厄介な状況に直面している。元警部補が無実の男に罪を着せ、フランク・ムーアは受刑者をそそのかしてその男に暴行させていたのだからな。チェースは一気に膿《うみ》を出しきってしまおうとしている。おまえは——少なくとも当初は——ストレンジウェイズ刑務所の雑居房に放りこまれることになるだろう。身内を特別扱いしていると非難されるわけにはいかない。それで様子を見ながら、おまえに危害が加えられそうな兆候をとらえしだい、おまえを隔離棟に移す。私からの忠告は一つ。早いうちに闘志を示しておくことだ。目についた一番小柄な奴《やつ》をぶちのめせ」

俺は動かなかった。

「だが、一条の光もあるぞ。よいほうのニュースは、私は昇任する見込みだということでね。昨夜、テッサ・クラインの死を巡るいきさつについて、チェース警視正とのあいだで合意が成立した。反証が一つとしてない以上、自殺と断定し、現在進行中の遺体の捜索活動は中止する」

パーズは立ち上がって窓の前に行き、外の灰色の空に溶けこんだ。パーズは影を落とさない。実はパーズは存在しないのではないか、これは現実に起きているできごとではないのではないかと思うことがある。だがあいにく、俺の顎の痛みがいまのこれは現実だと叫んでいた。

「おまえがよこした歯は焼却した」パーズは続けた。「おまえの推測どおりだ。チェースはテッサ・クラインに潜入捜査を命じ、カーヴァーに接近させた。カーヴァーの首を取って昇任を確実にしようとしていたようだな。チェースと私の当座の見解はこうだ。カーヴァーとクラインは男女の仲になった。カーヴァーは、二人の関係は本物で、警察を辞めても大丈夫だとクラインに思わせた。だが辞表を出すなり、カーヴァーは手下にクラインを始末させた」

パーズは振り返り、俺の表情に目を留めた。

「心配するな。カーヴァーをあきらめたわけではない。それどころか、そもそもブラック巡査をおまえの相棒に任命したのはそのためだ。おまえと行動を共にしていれば、おまえとカーヴァーとの関係をいやでも目にすることになる。本格的に潜入させる前にな」

パーズはドアに向かったが、出ていく前に立ち止まった。

「そうだ、おまえが書いたなかに一つだけ間違いがあったぞ。ヤンコフスキーが屋上で射殺したのはエスターだ。ブラックは、寒さで震えているエスターにジャケットを貸していた。後頭部を殴られただけですんだ。重度の脳震盪《のうしんとう》は起こしたが、無事でいる。カーヴァーに接近するための準備運動はそろそろ充分だろう。おまえはよくやってくれた。さんざん回り道はしたが、私たちがおまえに期待したことは残らずやり遂げた」

ナオミが生きていると聞いて、俺の胸にこれまで抱いたことのない感情が広がった。俺は限界まで顎に力をこめ、ワイヤを嚙《か》み締めるようにして声を絞り出した。

「こっちを向け」

振り返り、俺が全身から汗を噴き出させているのを見て、パーズは愉快そうな顔をした。

俺の手がシーツを握り締めているのを見て。

「ナオミをカーヴァーに近づけてみろ。おまえの息の根を止めてやる」

「その目つき。怖いな。本気の脅しと受け止めたいところだが、しかし、おまえには無理だ。おまえは数日中にストレンジウェイズに移送されるのだからな。砕いたガラスの調味料はどんな味がするか、ぜひ報告してくれ」

「ヒトには歯が何本ある？」俺は吐き捨てた。口は思うように動かず、痛くてつばを呑《の》み下せない。唇に唾液《だえき》の泡がいくつも散った。

パーズはそこに耳を近づけた。「何だって？」

「ヒトには歯が何本ある？」

「おまえの歯が標準より少ないのは確かだな……」

「クラインの歯。焼却する前に数えたか。その目で見たのか。何本か足りなかったかもしれないぞ」

パーズに動じた様子はなく、向きを変えてドアを開けた。出ていくつもりかと思ったが、廊下が無人か確かめただけだった。ドアを閉め、俺のほうに戻ってくると、また顎をつかんだ。

「誰がおまえなど信じるか」耳もとでそう言った。

俺は笑った。たがのはずれた笑い声だった。俺はパーズの手に顎を押しつけるようにして奴の目をまっすぐに見上げた。血の混じった唾液の泡が飛び、パーズの顔に散った。

パーズは手を離して一歩下がり、顔を歪《ゆが》めた。絶句していた。

ポケットからハンカチを取り出して顔を、次に手を拭った。「おまえのフラットを引っくり返して――」

「おまえの車をばらばらにして捜す」パーズは言った。

「何も見つからないさ」

「要求は何だ」

「こいつをはずせ」

パーズは拳《こぶし》で赤い目をこすった。それから、俺から目を離さないようにしながら左腕の拘束を解いた。

「例の鞄《かばん》を返してくれ」

「無理な相談だ」

「そういうことなら、近いうちにチャーリー・スローンに宛《あ》てて興味深いネタが郵便で届くだろう」

「はったりだな」

俺は黙ってパーズを見た。パーズは肩をすくめた。

「チェースと話をしてからな」パーズは俺と目を合わせずに言った。「ほかには」

「ナオミをカーヴァーに近づけるな」

パーズは俺の表情を探るように見たが、俺の目は涙で濡れ、充血していたし、赤い唾液がだらだらと顎を伝っていた。顎は皮膚が破れんばかりに腫れ、二カ所が折れて、ワイヤで固定されている。

俺の表情を読み取るのは、おそらく至難だっただろう。

「できるかぎりのことはしよう。自由の身になれば、これまで以上に危険だということはわかっているだろうな。カーヴァーはこの日を待っていたんだぞ。おまえを消しにかかる。文字どおり、おまえはこの世から消え失《う》せる」

その言葉は俺の痛いところを突いた。俺の表情から内心が透けて見えたのだろう、パーズはその隙《すき》に乗じた。

「別の取り決めも考慮に値するのではないか。おまえは歯を持っている。私に言わせれば、それを利用しないのはもったいないな。昇任だって可能だぞ。たとえば、そうだな、どこか平和な片田舎で、残りのキャリアをつつがなく過ごすとか」

俺はテッサ・クラインのことを考えた。双方に利用され、殺されたあげく、誰もその責任を取ろうとしない。一つ間違えば、彼女は俺だったかもしれない。だから、彼女の身に何が起きたのだろうと考えると背筋が凍る。彼女の遺体はどこにあるのか。どんな最期《さいご》だったのか。数時間後、俺はその答えを直接体験して知ることになるのだろう。なぜもっと用心しなかったのか。そう思って首を振った。こうなる前にできることが何かあったはずだ。

「鞄は誰かに届けさせろ。あんたの顔は二度と見たくない」

「よかろう」パーズは言った。「好きにするがいい。どのみちおまえの未来はさして明るくないのだからな。ただし、私のほうはおまえの顔をこの先も見ることになるだろう。行方不明者の捜索ポスターで。検死解剖報告書で。火葬場で……」

そう言い残して、まるで煙のように、パーズは病室から消えた。

パーズが行ってしまうと、ある考えが浮かんだ。足首の拘束を解き、ベッドを下りて、ふらつきながらドアを開けた。俺の病室の前には警護の制服警官も銃器部隊員も配置されていなかった。

　途中で清掃員とすれ違ったが無視して、廊下の突き当たりまで歩き、角から向こうをのぞいた。パーズとチェースが立ち話をしていた。今後を案じているような様子はどちらにもない。俺は本当に逮捕されたのか。それともあの二人は、俺に知っていることをすべて吐き出させてから俺の処分を決めようという魂胆でいるのか。あの二人は、若い女を出口なしの状況に追いやり、その女が殺されると、自殺だったことにして保身を図った。俺はその証拠を握っている。だが、向こうは俺一人の犠牲ですむなら安上がりと思っているだろう。病室に戻る途中で、看護師と行き会った。

　看護師は思いやるような表情を作った。「鎮痛剤？」

「出せるだけ全部ください」俺はワイヤ越しにそう言った。

3

　鎮痛剤のおかげで顎の痛みをどうにか我慢できるようになり、俺は浅い眠りに落ちた。ときおり、ちょっとした物音、いもしない人の気配にびくりとして目が覚めた。ほかのことを考えようとしても、リジー・ムーアのこと――エスターのことに戻ってしまう。二つの別々の人生を生きたあと、次の人生の入口に立った。圧倒的な負の力に抗《あらが》いながら生きてきて、ようやくその力を振り払えそうな日が来たのに、最後の最後に押しつぶされた。そこには俺が学ぶべき教訓があるはずだが、俺は昔から覚えの悪い人間だ。一日の終わりが近づき、病室が痣《あざ》の色に染まったころ、ドアにノックの音が響いた。痩《や》せた若い男がしかつめらしい顔で入ってきた。カーヴァーの手下かと思ったが、男はヤンコフスキーが俺の部屋から盗んだ鞄を差し出し、受領証にサインをと言った。男が帰ったあと、なかを改めて、俺は男の無関心を笑わずにはいられなかった。本人は、俺の命を救ったなどとは夢にも思っていないだろう。

　外が明るいうちは病院を出られない。色を失っていく空を窓越しに見つめながら、次はどこへ行こうかと考えていると、病室のドアが開いた。驚いたことに、入ってきたのはサティだった。腕が包帯でぐるぐる巻きにされているせいもあって、着ているナイトガウンの生地が限界まで引っ張られ、向こうが透けて見えそうだ。頭にはもう包帯は巻かれておらず、顔の両側の痛々しい火傷《やけど》の痕《あと》が露《あらわ》だった。髪はきれいに燃え落ち、眉毛《まゆげ》もなくなっている。

「意識が戻ったんですね」俺はワイヤの隙間から声を押し出した。話をするのは少し楽になっていたが、やはりくぐもった抑揚のない声しか出ない。

「そいつは違うぜ。おまえは死んだんだ。ここは天国だよ。俺から天国の主に話を通しておいた。俺たちは永遠にルームメイトだ」

俺は笑みに抵抗した。「気分はどうです、サティ」

「ザ・テンプルまで迎えに来て、俺をここに引っ張ってきたおまえを恨みたい気分だよ。おまえのせいでせっかくの美貌《びぼう》がだいなしになったじゃないか。で、おまえはどうなんだ。万事めでたしって聞いたが……」

サティのいつもの皮肉だ。笑うと顎が痛かった。

「ブレークの不正を暴《あば》いたんだろ。よくやった」

「あの夜、あんたはウィックからブレークのことを聞いたんですね」

「ああ、はめられたんだと言った。リジー・ムーアの居所を知っている、リジーが無実を証言できるとな。あの晩もリジーが病院に来てると聞いて、何がどうなるか、俺は興味津々《しんしん》だった」

「あのときそれを話してくれていたら、だいぶ手間が省けたのに」

「新聞に載った写真をウィックに見せた」サティは言った。「病室で撮影された写真な。そしたら、娘が警察に賄賂《わいろ》を渡して撮った写真だと言った。おまえが買収されたなかの一人かどうか確かめようがなかった。おまえを信じていいかわからなかった」

「リジーはあれだけの困難を生き延びた——いったい何のために？」

「真実のためだ」サティは即座に答えた。

「俺はもう真実なんかたくさんだ。古い紙幣が詰まったスーツケースみたいなものじゃないですか。でかいばかりで何の価値もない」

サティは俺を見つめた。「ウィックが逮捕されたとき、最初に駆けつけたのは俺だった。知ってるよな」

「知ってます。映像を見た」

サティはうなずいた。「そうそうお目にかかれる光景じゃない。全身血まみれの男が口から泡を吹いてひっくり返ってるんだからな。とっさに抱き起こして介抱した。あとで誰の血だか判明したとき、初めて吐き気を催した。子供、それも三人……」

サティは言いよどみ、除菌ローションの小さなボトルを取り出し、封を切って、中身を掌《てのひら》に塗り広げた。

「……あれを思い出すたびに、いまでもこいつを使わずにいられなくなる」サティは俺の目を避けた。顔を赤らめているのか、火傷のせいなのか、わからない。だが、サティが俺の前でここまで本音を吐いたのは初めてだ。「ウィックの手も同じ血で汚れていた。だが、おまえがその汚れを拭い落とした。おまえの行くべき道はきっと見つかるさ」サティはうなずいた。「これまでだってそうしてきたろ」

サティはドアを開けて廊下に踏み出した。

「ゆっくり休んでください、ピーター」俺はその背中に言った。できるだけ大きな声で。

「おう。じゃあまたな、エイド」

4

服を着て、誰とも言葉を交わさずに病院を抜け出した。鎮痛剤のおかげでなんとか立って歩けたが、病院の出口に映った自分の姿を初めて見て腰を抜かしかけた。ガラスの前で立ち止まり、青黒く腫《は》れ上がった顔を二度見した。

聖マリア病院からフラットまでは歩いてすぐの距離だが、タクシーを拾った。一台目は、俺が助手席側の窓からなかをのぞきこむなり走り去った。二台目のときは、逃げる暇を与えまいと、タクシーが停まると同時に後部座席のドアを開け、鞄をしっかりと抱えて乗りこんだ。なかを探り、妹に宛てて書いた返事を引っ張り出した。最後に一度だけ目を通したあと、できるだけ細かくちぎり、窓から捨てた。

望むだけむなしい物事もある。

フラットから二つ離れた通りでタクシーを降り、現金で精算した。階段を上り、途中の踊り場から脚立《きやたつ》を部屋に持っていき、天井灯の下に置いた。そこに上って、鞄を定位置に戻す。病院の出口に映った自分の顔を見たとき、この腫れが引くまではどこにも行けないとやっと気づいた。

パスポートの写真の男と似ても似つかない。

脚立に上ったついでに、天井裏に隠しておいたテッサ・クラインの歯が三本入った封筒を手探りで引き寄せた。聖マリア病院の病室で、過ぎていく時間を眺めながら、テッサの失踪《しっそう》について、パーズとチェースの共謀について、知っているかぎりのことを書いておいた。封筒にチャーリー・スローンの名前と『メール』紙の住所を書いて、それも鞄に入れた。

脚立をたたんで壁にもたせかけたとき、控えめなノックの音が聞こえた。さっき建物に入ったとき、エントランスのドアをちゃんと閉めておいただろうか。どちら様と尋ねたが、意味不明なうなり声しか出なかった。

「え？」ドアの向こうから男の声が聞こえた。

開けると、引っ越してきたばかりの隣人、ロビーが立っていた。

俺の顔を見るなり後ずさりし、怯えたような顔をしたが、まもなく目を細めて言った。

「エイダンか。ひどいな、いったいどうした？」

「車の事故で」俺はワイヤの隙間から答えた。「見た目はこんなですが、大した怪我《けが》じゃない」

言ったそばからそれは嘘だと思った。見た目よりよほどひどい怪我だ。

「えーと……」ロビーは一瞬、用件が何だったか忘れたようだった。「えーと、ああ、それだ。この前の晩のことを謝りたくて」

俺は首を振った。このところ不運な夜が多すぎて、とっさにどの夜の話かぴんとこなかった。

「ほら、私が勝手に上げてしまった女性。ブロンドの。赤いワンピースの……」

ルイーザ・ヤンコフスキーか。

俺はうなずいた。ロビーが先を続けた。

「何度か外へ出たんだが、あの寒いなか、外でずっと待っているのを二度も三度も見かけたものだから。何かご用かと訊いたら、きみと約束している、なかで待たせてもらってもいいかと言われた。きみと恋人の――いや、仕事のパートナーか。ともかく、きみともう一人の女性の邪魔をしてやろうと考えてしたことではなかった」

「恋人でもパートナーでもありません」俺は答えた。「気にしないでください」

「そうか」ロビーは俺の顔を見て、また自分がつらそうな顔をした。「だが、その経験から学んだよ。さっき、若い女性が私の部屋のブザーを鳴らした。きみを訪ねてきたが、留守のようだからとね」あちこちのポケットに手をやって、伝言のメモを差し出した。

そこに書かれた電話番号は見えていたが、俺はその女の名前をあえて尋ねた。

「アン、だったかな」

俺はそろそろと両手を伸ばしてメモを受け取った。顔を上げると、ロビーは俺の反応を待っていた。

「妹です」俺は言った。

5

伝言に住所は書かれていなかったが、妹の家は知っていた。街の南部ファローフィールドにある大きなシェアハウスだ。何度か車で前を通ったことがある。車を降りて眺めたこともあった。一度などは玄関の前まで行ったが、ガラスに映った俺の姿、俺の顔に浮かんだ表情が見えて、逃げ帰った。

だが今日の俺は、自分で見たって誰なのかわからない。

頭がまともに働いていない自覚があったから、慎重に運転した。

この状態でパトロールカーに停止を命じられると面倒なことになりかねない。かといって妹に電話をかけて用件を聞こうとしたところで、俺が何を言っているかまるきり通じないだろう。鎮痛剤をしこたまのんでいようと呼気検査で反応が出るとは思えないが、顎の無慈悲な激痛が復活しかけているところから察するに、どのみち効果はもう切れ始めている。

歩道際に車を駐め、エンジンを切って降り、迷う暇を自分に与えずに玄関に向かって歩き出した。車を走らせているあいだはずっとバックミラーにちらちら目をやり、ここ数日のあいだに何度か見かけたマットブラックのメルセデスを探した。目出し帽の男、俺の守護天使の正体にはいまだ見当がつかないが、どこの誰であれ、そいつを妹の家に案内したくない。

玄関をノックして待った。

ここは出発前の最後の立ち寄り先だ。そのあとは別の街に行き、目立たないホテルに部屋を取り、たっぷりのスコッチを自分に処方して、顎の腫れが引くまで身をひそめるつもりだった。そして首の筋を違えるまで何度も背後を確かめながら、思いつくかぎり一番遠くて一番暑い国に向かう飛行機の切符を買い、空港のセキュリティを無事に通過できるよう祈る。

タイ。キューバ。メキシコ。人ひとりを呑みこんで隠してくれそうな国ならどこだっていい。

玄関に明かりが灯《とも》って思考の流れが途切れた。ドアが開く。妹が立っていた。髪の色は記憶よりも濃かったが、目はあのころのままだった。電話を耳に当て、いまのいままで続いていた会話ゆえだろう、口もとに小さな笑みを浮かべている。その笑みがすっと消えた。俺のありさまに驚いて。次に、俺が誰なのかを悟って。

「ごめん、かけ直す」アンは電話の相手に告げた。

聞き覚えのある声だった。少し考えて思い当たった。そうか、俺の声に似ているのだ。一気に押し寄せてきた感情が胸から頭へと上り、そこからさらに上へと抜けていき、世界がかしいだような気がした。

　アンは笑い、本物かどうか確かめるように俺の腕に触れた。

「エイダン……？」

　俺はうなずいた。

「……どうぞ、入って」

　アンは先に立って歩き出しかけたが、こちらを振り返り、一瞬ためらってから俺をきつく抱き締めた。俺はおずおずと両腕を上げて妹の体に回した。俺たちは丸一分くらいそうしていた。

　リビングルームは適度に散らかっていて、居心地がよさそうだ。本、レコード、ノートパソコン、膝《ひざ》かけ。妹はそのうちの一枚にくるまってソファに座っていたらしい。俺たちは並んで腰を下ろした。妹は俺の顔をしげしげと見た。

「喧嘩《けんか》？」

「驚くなかれ、俺が勝ったんだ。顎がワイヤで固定されていて、口を開けられない」

「元気そうって言いたいところだけど……」

「先にメッセージくらい送ればよかったね」

「それよりもっと前に来てくれればよかったのに。もう何年も前に。ふう、何から話したらいいのかな。ねえ、時間はある？　ゆっくりしていけるよね？」

俺はうなずいた。これも嘘のうちだろうか。

「いつ以来？」

「二十二年ぶりだ」俺が言うと、アンは生真面目《きまじめ》な顔でうなずいた。「二十二年と九カ月と三週間と四日と六時間……」

アンは楽しげに笑った。

「お兄ちゃんがいるなんて、わたしの作り話なんだって思ったこともある」アンは首を振りながら言った。「何かを勘違いしたまま覚えているんだろうって。何一つ本当には起きなかったんだって」

「どれも本当にあったことだよ」俺は言った。

「訊きたいことがありすぎる。わたしが施設を出たあと、どうしてたの？ ずっと気になってた……」

「いろんな里親家庭を転々とした」

「養子にはならなかったんだ」

「俺はもう年齢がいっていたし」そう言って恥ずかしくなった。恥など感じる筋合いはない。それでも頬が熱くなった。「怒りをコントロールできない欠点も抱えていた。俺を受け入れられる人は最後まで見つからなかった」

そこまで悲壮感を漂わせたつもりはなかったが、アンは深刻に受け止め、俺の頭を両手ではさんで自分のほうを向かせ、俺の目をのぞきこんだ。「ついに見つかったね」

俺はうなずき、アンもうなずいて手を離した。

「どうして来たの？　その……どうしていま？」

「きみが来たと聞いたから」俺は言った。鎮痛剤の効果は完全に切れかけていて、しゃべるのが苦痛になり始めていた。「何か大事な話があるのかと思った」

「ソーシャルワーカーから電話があった」アンは言った。俺は目を閉じた。「お兄ちゃんにも電話が行ったのね……」

俺はうなずいた。無難な対応はできなかったと、この表情を見れば見当がつくだろう。

「あの人、調子が悪いんだって、エイダン……」

「よかったためしなんか一度もないさ」俺は目を開いた。

「そうだね」アンは言った。「タイミングが悪かったな。イライザが――わたしの養母が先週、死んだ直後だったから。それもあって、クリスティーンに会いに行ってもいいって約束しちゃったの。お兄ちゃんに会いに行く勇気をようやく奮い起こせたのも、そのせいかも。唯一《ゆいいつ》残った家族と呼べる人だから」

アンの声は震えていた。俺は見ていられなくて、ほんの一瞬目をそらした。

「俺の住所はどうやって？」

「電話してきたソーシャルワーカーの人」アンが答えた。「サンドラ……だった？　お兄ちゃんの住所をクリスティーンから聞いたって言ってた。ずっと連絡を取り合ってたってこと？」

俺は顔をしかめて首を振った。俺たちの母親はなぜ俺の動向を追い続けていたのだろう。これだけの歳月がたっている。母性ゆえとは思えない。

「それでちょっと思ったの。お兄ちゃんも一緒に会いに行かないかなって」

天井裏に隠した鞄。空想のなかのホテル、空っぽにしてやろうといまから意気込んでいる客室のミニバー。着々と時を刻み続ける時計。それらは妹と一緒に行くなど狂気の沙汰《さた》だと告げていた。

なのに、俺は妹を見てうなずいた。

「いつ出発する？」俺は言った。

6

俺は予備の寝室に案内されるなり、頭を撃たれたようにマットレスに倒れこんだ。この二十四時間で二度、誰かが頭を撃たれるのを見たな——目を閉じる前にそう考えたところまでは覚えている。次に目を覚ますと朝になっていて、傷口の一つが開いて俺の顔をシーツに貼《は》りつけていた。俺はシーツをマットレスから剝《は》がし、一階に下りて洗濯機を探した。

見つかったのは洗濯機ではなく、キッチンテーブルに突っ伏して眠りこんでいる妹だった。枕《まくら》代わりの腕のそばに、閉じたノートパソコンが置いてある。紅茶を淹《い》れた形跡があるが、カップはカウンターに置き去りにされていて、しかもティーバッグが入ったままだ。カップに触れてみると、冷えきっていた。妹はいったい何時間、ここでこうしているのだろう。

家事室を見つけて洗濯機にシーツを入れた。鏡で顔を確かめた。腫れは引いておらず、眠っているあいだに形状が微妙に変わっただけだった。パラセタモールのプラスチック瓶とイブプロフェンのブリスターパックがあった。それぞれ四錠ずつのんで、残りをポケットに入れた。キッチンに取って返すとアンが目を覚ましていて、閉じたノートパソコンをぼんやり見つめていた。

「シーツを血で汚しちまった」俺はおそるおそる顎を動かして言った。歯を食いしばったまましゃべっているような声だった。アンが振り返る。生き別れになっていた兄と再会した高揚感は早くもしぼみ始めているとわかった。

いまの俺は、ある朝、自分の家に出現した見知らぬ男にすぎない。

「そのままにしておいてくれてよかったのに」

俺はテーブルの向こう側に回り、アンが体をひねらずにすむよう、向かい合った椅子に腰を下ろした。

「その都度、証拠は消すように心がけているんだ」

アンは何も言わなかった。

「何かあったのか」

「あなたが警察官だってわたしが知ったきっかけ。何だったか知ってる？」

俺はうなずいた。それでパソコンで何を見ていたのか察しがついた。「俺の名前と顔写真を新聞で見たんだろう。署に手紙を送ってくれたことがあったね」

「ちゃんとお兄ちゃんに届いたのかなってずっと気になってた……」

「いまでも大事に持っている」

「どうして返事をくれなかったのよ」

「あやうく逮捕されるような問題を起こした」俺は正直に言った。「合わせる顔がなかった」

アンは閉じたままのパソコンを見た。「じゃあ、報道は事実なのね」

「一部は」

「証拠のドラッグをくすねた」

俺はうなずいた。

「解雇されたの？」

「いや、そのときは」

「いまは？」

俺はうなずいた。

「ドラッグはいまでも？」

「もうやっていない」俺は答えた。いまキッチンに入ってきたとき、パラセタモールが瓶のなかでかたかた鳴っていたのを聞かれていないことを祈った。

「トラブルは解決してないんだね」

「トラブルと縁が切れたためしがない」俺は言った。自分の声に虫唾《むしず》が走る。その投げやりな響き、感情が麻痺《まひ》したような響きに。「いつも正しいことができたわけじゃない……」リジー・ムーアのことを、テッサ・クラインやナオミのことを考える。「……その努力さえ放棄したこともあった」

「わかった」アンはノートパソコンを脇に押しやり、俺の目をまっすぐに見た。「今度は正しいことをしない？」

7

俺の車で行くことになった。俺が運転した。アンはグローブボックスを引っかき回し、そこに押しこまれているなかからいまの気分に合ったCDを選び出した。スフィアン・スティーヴンスの『キャリー・アンド・ローウェル』を聴き、ブルー・ナイルの『ハッツ』を聴き、マーサ・ウェインライトを聴いた。マーサが『ファクトリー』を歌い始めると、アンはそれに合わせて小さくハミングした。無意識のことだったらしく、ふと俺を一瞥《いちべつ》してハミングをやめた。

Ｍ二五号線に合流してすぐ、三台後ろにマットブラックのメルセデスがちらりと見えて、背筋が凍りついた。俺は妹をとんでもない危険に巻きこんだのかもしれない。

「どの道路もなんとなくなつかしい気がする」音楽が終わってずいぶん時間がたってから、アンがそう言って俺の思索は断たれた。「覚えてる？　いつも車にばかり乗ってたよね。あのころはわたし、道路を走ってる車はみんな動く家なんだと思ってた。どの車にもうちみたいな家族が乗ってて、どの家族もサービスエリアに車を駐めて寝るんだって」俺たちは一瞬互いの顔を見た。「あれから何年たっても夜中に目が覚めると、車に乗せられるのかととっさに思ったし、朝は朝で、目を開けたら昨日と別の場所にいるのかもって思った。あのころのこと、お兄ちゃんは思い出したりする？」

俺はうなずいた。「ガキのころはよく車を盗んだ」

アンはシートの上で向きを変えて俺を見た。俺は道路から視線をそらさなかった。

「それってひょっとして……」

「そうだ」俺はうなずいた。「盗んだ車でどこかに行ったわけじゃない。他人の車に勝手にもぐりこんで、後ろのシートで寝たんだ」そう言いながら気づいた。俺はこのことを誰にも打ち明けたことがない。心の鍵《かぎ》が開いたような気分だった。あるいは、末期の病気が治癒したような。

「オフィスに住んだこともあったよね」

ある夜、車を運転していた母親がそのビルに目をつけた。路上生活者が入りこんで住みつかないよう、ロビーの階段は取り壊されていた。だが、うちの母親は高窓から俺を押しこみ、俺はなかから非常口の鍵をはずした。

「自分のデスクまで持っていたな」おれは言った。

アンは笑った。「わたしが社長ってことになってた。なのに、回転椅子でぐるぐる回されて、吐きそうになった……」

「それで首にされた記憶がある」

「当然の報いでしょ」

しばらく沈黙が続いた。なつかしくて、二人とも微笑んでいた。

「一つわからないのは、わたしたち、そこまで悪い子じゃなかったよね。なのにどうしてあの人は……」

「ああ」俺は言った。「俺たちはそこまで悪い子供じゃなかった」

まもなくアンはまっすぐに座り直し、また前を見つめた。

「自分は事故みたいな存在だと思ったことある？　わたしたちは二人とも事故だって」

アンは一瞬だけこちらに顔を向けた。俺が真実以外の答えを返そうとしていることを察したのだろう、すかさず話題を変えた。

「あの男、覚えてる？　ときどきわたしたちと一緒に暮らしてた男」

俺はアンのほうを見た。視界にもやがかかったようだった。俺はうなずいた。

「あれだけだな」アンは自分の腕をさすりながら言った。長袖の服を着ている。傷痕《きずあと》はいまも残っているのだろうか。「本当に怖かったのはあれだけ」

「あいつなら死んだ」俺は視線を道路に戻した。アンの視線を感じた。

「それほんと？」

「ああ。俺はその場にいた」

アンは体の向きを微妙に変え、助手席の窓から外を見つめた。そのあとは二人ともずっと黙っていた。マットブラックのメルセデスはもう見当たらなかった。

8

四時間のドライブの末、予定より早くサセックス王立病院に着いて駐車場に乗り入れた。アンが駐車券を受け取りに行き、俺は車で待った。俺たちの母親は自殺未遂後、目の前にそびえる巨大なガラス板のような建物のどこかに収容されて治療を受けている。時間の感覚を失った一瞬にアンがウィンドウをノックして、俺は飛び上がった。

病院に入って受付カウンターに行った。

「ご家族ですか」

アンは俺の手に触れてうなずいた。

「クリスティーン・ファローというお名前では登録がありません」受付の女性は言った。

「ほかの名前で入院しているということはありませんか」

「クリスティーン・ウェイツではどうですか」アンが言った。

女性はキーボードを叩いて首を振った。「ありませんね……」

「担当のソーシャルワーカーとこちらで会う約束をしています」俺は言った。「サンドラ・アレンという人ですが」

「ごめんなさい、そのような予定も登録されていないようです。そのソーシャルワーカーに直接連絡してみてはいかがですか」

俺たちは待合ロビーに移動し、アンがバッグから携帯を取り出した。

だが、俺の頭には別の可能性が浮かび始めていた。前日のできごとを思い出して、いやな予感に襲われた。アンが玄関を開けたとき、俺はその声に聞き覚えがあると感じた。自分の声に似ているからだとあのときは納得したが、あのソーシャルワーカーの声に似ているせいではなかったか。アンが画面をスクロールして番号を探しているあいだ、俺はアンから目を離さないようにしつつ声が届かないところまで離れ、この市の社会福祉事務所に電話をかけ、警察の者だと告げてサンドラ・アレンにつないでほしいと頼んだ。そのような者はいないと言われ、責任者につないでもらった。

数分後、電話を切って妹のところに戻った。

「留守電になってる」アンは言った。

「サンドラ・アレンなら来ない」俺は応じた。「どうやらそういう人間は存在しない」

俺とアンは複雑な表情で互いを見つめた。長年にわたって蓄積された疑念。役所に対する疑念、家族に対する疑念、互いに対する疑念。

「じゃあ、わたしたちが話したあの人は誰」アンはそう言ったが、俺と同じ結論に達したのだろう、がくりとうなだれた。「そういうことか」

俺はうなずいた。俺が電話の相手にぶつけた辛辣《しんらつ》な言葉の数々が脳裏に蘇《よみがえ》っていた。

「どうする？」アンが言った。

　俺はロビーに視線を巡らせたあとアンの腕を取り、新鮮な空気を吸おうと外に出た。回転ドアを通り抜けようとしたとき、アンが立ち止まって携帯の画面を見た。

〈発信者：サンドラ・アレン〉

「もしもし」アンは応答し、俺にも聞こえる位置に携帯を持ち上げた。

　短い間があって、声が聞こえた。

「また会えてうれしいわ」女の声はそう言った。

　俺は周囲に目を走らせたが、一方に駐車場が、もう一方に病院の建物があるだけだった。少し離れて建物の窓を見上げようとしたが、無理だ、窓は何百とある。

　アンは気持ちを落ち着かせようとしている。「どういうつもり？」

「たまには人の役に立ってみようかと思って」女が言った。「あなたにはお兄ちゃんを、お兄ちゃんにはあなたを返してあげようと」

「いまどこ？」

「美人になったね」女が言った。「わたしのアン……」

　妹の声は震えた。「いまどこなの？」

「二人仲よくね」女は言った。「一つだけお願いがあるとすれば、それよ」

「待て」俺は言ったが、電話は切れた。

アンが電話をかけ直す。しかし留守電サービスの自動音声が聞こえるばかりだった。

「ああ、もう」

そろって辺りを見回した。駐まっている車のなかをのぞき、建物を見上げ、エントランスを出入りする人々を目で追った。だが、それらしき顔は見つからない。とうていさばききれないほどたくさんの感情が一気にあふれ出してきたが、そのうちの一つは、安《あん》堵《ど》だった。母親は俺の電話番号と住所を知っていた。ここ何日かずっと、正体不明の何者かに監視され、尾《つ》け回されているような感覚を振り払えずにいた。あれはきっと、これだけの歳月を経て息子に連絡をしようと思い立った母親が、俺の様子をうかがっていただけのことなのだ。

そのとき、駐車場の反対側からマットブラックのメルセデスが発進して出口に向かうのが見えた。俺はそれを追った。最初は歩いて、次に走って、最後には全力疾走で。あと少しで手を伸ばせば触れられそうな距離まで追いついたが、メルセデスは駐車場を出て車の流れに溶けこんだ。ナンバーは確認できなかった。肩で息をしながら妹のところに戻ったときには、安堵の気持ちは吹き飛んでいた。アンもそれを察知した。

「さっきの車、前にも見たことがある。そうでしょ」アンは言った。「しきりにバックミラーを気にしてたのはそのせい……」

俺はうなずいた。現実から逃げようとしたのに、やはり追いつかれたのだと思った。

「でも、わたしたちが向かってる先はここだって知ってたのに、どうしてマンチェスターからずっと尾行してきたわけ」

「あれは俺たちの母親じゃない」俺は通りのほうに向き直った。「別人だよ。乗っていたのは男一人だけだった」

「誰？」

「わからない。初めて見る男だ」

「顔色が悪いよ、お兄ちゃん。何か思い当たることがあるんでしょ」

救急車が二台、近づいてきていた。サイレンの音が大きく迫ってきて、ゼインが殺人について言った言葉が耳の奥に聞こえた気がした。〝やり方しだいでは、ポケットに手をつっこんで口笛を吹きながら、歩いてその場を離れられる〟

俺は周囲を見回し、それからアンを見た。「一つ提案がある。二手に分かれて、一人は電車で帰るというのはどうだろう」

するとアンはさっさと車に戻って乗りこみ、てこでも動かないからねと宣言するように腕組みをして俺を待った。

9

そんなわけでその日は一日車で移動し続けることになった。話をしている時間もあれば、二人とも黙っている時間もあった。それぞれの考えに没する瞬間には、それが一時間も続くことになるとは思っていないし、どんな一時間になるかも予想できない。親密な沈黙のこともあれば、ぎこちない沈黙が続くこともあった。くつろいだ時間でありながら、同時に気詰まりな時間でもあった。妹とのあいだには、一方が押せば一方は引くような力学が働き、俺はもっと人生の早い段階でこんな関係を経験しておきたかったと悔やんだ。過去に何度か恋愛もしたが、関係が深まって重たく感じ始めると、俺はすっと距離を置いた。逃げ出した。姿を消した。人生には、絶対に手を離せない相手が必要なのだろう。そして、同じようにこちらの手を離せない相手も。

アンの養母は、マンチェスター郊外のムーアランズにある農家を改装した家に住み、そこで小さな園芸店と、温室が四つある種苗場《しゅびょうじょう》を経営していた。しばらく前から病気で体調を崩しており、アンが手伝って、亡《な》くなる前に店と種苗場を売却した。家はカフェとレストランとティールームに改装され、園芸店と種苗場は拡張される予定だという。いまのところ鍵はまだアンが持っていて、今週は何日かかけて荷物の整理をする予定でいた。

　そこに行くのが自然と思われた。

　到着したのは、日曜の夜が更《ふ》けてからだった。八時間から九時間もずっと車に乗っていて疲れきっていたし、この日はいろいろなことがあったから、二人とも早く一杯やりたくてしかたがなかった。

　最後の小道に折れたとき、俺は曲がるところを間違えたのだと思った。

　ものすごい上り坂だった。鬱蒼《うつそう》とした森のなかを二キロ近く続いている。

　道の片側は土の斜面、もう一方はほぼ垂直の崖《がけ》になっていて、崖の下は運河だ。丘のてっぺんに近いブラインドコーナーをおっかなびっくり曲がると、車のヘッドライトに照らし出されて、視野を埋め尽くすほど大きな灰色の煉瓦《れんが》造りの建物が現れた。

　アンの話では、ここで暮らしていたのは基本的に養母とアンだけで、それぞれ専用のスペースを持っていた。ほかに園芸センターの従業員が何人かいて、母屋の一部を改装して造ったやはり専用のスペースで寝起きしていた。妹がこの家を誇りに思っているのが言葉の端々に感じられた。俺にここを見せることが大切な意味を持つらしいと伝わってきた。きっと地図の一角に自分の一部を描くようなものなのだろう――この家に来ていなかったら俺には見えなかったはずの一角に。

　二人ともシャワーを浴びてから、懐中電灯を頼りに森のなかの小道をたどり、運河沿いを一キロ半ほど歩いて地元のパブに向かった。このときもまだ、話をしたり、しばし黙りこんだりを繰り返していた。あいかわらず互いの人生を楽にし、同時にいっそう難しくもしていた。パブはエールと栄養たっぷりの料理と、暖炉で燃えている薪《まき》のにおいがした。バーテンダーは妹に気づき、親しげに挨拶《あいさつ》をした。

「最後にもう一度だけ家を見に来たといったところかね」

「ここのステーキ・アンド・エールパイを食べに通うつもりだから覚悟して」妹は言った。

最高に美味《うま》そうに聞こえたが、肉入りのパイを咀嚼《そしやく》できるほどには口を大きく開けられない。バーガンディ色をしたレッドエールとポテトチップスでよしとした。暖炉の近くのテーブルにいた近所の常連客が食事を終えて帰っていき、俺たちはその席に座って静かにエールを楽しんだ。おかわりをもらいに行ったとき、俺の顎を盗み見ているバーテンダーの視線を感じた。こいつはどこの誰だろうといぶかしんでいるのだろう。俺はせいいっぱいの笑みを作り、二杯分のエールの代金を支払い、暖炉の前に戻った。アンは別の若い女性とそのボーイフレンドと親しげに話し、二人の飼い犬の頭をなでて笑っていた。邪魔をしたくなくて、俺は少し離れたところから見守った。やがて妹が俺に気づいて手招きし、俺の肩に腕を回して痛いほど抱き寄せた。

「ああ、来た来た」アンは言った。「紹介します。わたしの兄です」

10

翌日は朝から荷造りに精を出した。昼飯時に俺の車で町に出かけ、前の晩にアンがパブで話していたカップルからおんぼろのフォード・トランジットを借りて戻った。大型バンは、運転するどころか、乗っただけで崩壊してしまいそうな代物《しろもの》で、アンが運転するその車の後ろについて養母の家に帰る途中もずっと、最後のあの強烈な坂道を登れるのだろうかと俺は心配だった。だから、少し距離を空けてついていった。アンが最後のブラインドコーナーを曲がった瞬間、思わず安堵の息をついた。

午後もずっと、残りの荷物を整理して過ごした。荷物のほとんどは本、骨董《こっとう》品、壁にかかっていた絵画だ。手を動かしながら、俺の知らない子供時代の話、そのころ親しく関わった人たちの話を聞いた。アンが引き取られてこの家に来たとき、養母は結婚していたが、もともと病弱だった夫はそれから二年後に死んだ。アンは彼をほとんど知らず、父親と思ったこともなかった。身近な男性といえば、種苗場の従業員くらいのものだった。じゃじゃ馬なのはそのせいだと本人は言うが、俺に言わせればそれ以前からだ。

小さいころから、騒々しいほど元気いっぱいの子供だった。ものがどんな仕組みでできているのかを知りたがった。分解できるものなら嬉々《きき》として分解した。大型バンを母屋の前に駐めるなりアンはボンネットを開け、手を真っ黒にしながらオイルやフルードの残量を確認した。俺なら道ばたで車が故障したときでもなければあんなことはしない。しばらくそうやって楽しそうにあちこちをいじったあと、アンはようやく顔を上げた。

　俺が見ていることに気づいて、ウィンクをした。

　最後の一室の整理に取りかかり、本棚から本を下ろして箱に詰めていると、くたびれた『罪と罰』が出てきた。手に取ってページをぱらぱらめくると、鉛筆の書き込みがたくさんあった。

「あ、だめ。見ちゃだめ」アンが俺の肩越しにのぞきこんで言った。

「この本、おもしろかったか」

「お兄ちゃんがわたしについて知らないことの一つだね」アンは笑った。「ロシア文学が大好きなの。これ、読んだ？」

　俺は首を振った。

「じゃあ、あげる。ちょっと待って、書き込みを消すから……」

「ついこの前、友達からもらったんだ、この本」俺は言った。アダム。監房で首を吊《つ》ったアダム。看守からは逃れた。売人からも、ゼイン・カーヴァーからも逃れた。だが、誰だって自分からは逃れられない。俺は自分から逃げたくてここに来たのだろうか。避けられない運命に直面する前に、ほんの少しだけ広い監房に移り、ほんの数日だけでものびのびと過ごしたくて。「もらった本を読むよ。部屋の書棚に置いてある。実を言うと、きみからもらった手紙はそこにはさんであるんだ。真ん中あたりのページに」

アンは微笑んだ。それから窓の外を見つめた。地平線を覆《おお》った雲の隙間からピンク色の光が一条だけ伸びていた。そろそろ暗くなる。

「今夜も飲みに行くかい」

「それより荷造りを片づけちゃいたいな。でも、ビールがあったらうれしい。昨日のパブで持ち帰りも売ってるの。行くのが面倒じゃなければ」

俺は行ってこようと言った。散歩はいい気分転換になるだろう。パブで軽く引っかけるウィスキーも楽しみだし、帰り道、袋のなかで瓶がぶつかり合う軽やかな音も楽しみだ。何より、持ち帰ったそれを妹と飲めるのだ。コートを羽織り、小道を下り、運河沿いを歩いて、十五分後にはパブに着いていた。昨日は遠慮がちだったバーテンダーも打ち解けた態度で俺の注文を聞き、瓶ビールを何本か持ち帰り用に袋に詰めたが、俺をさりげなく観察しているのは昨日と変わらなかった。

「アンは最高にすてきな子だ。会えなくなると思うとさみしいよ。お母さんが亡くなったのも残念だ」

俺はうなずいた。バーテンダーは続けた。

「あんた、親戚《しんせき》か何かかい」

「友人です。荷物の整理を手伝いに来ただけで」

バーテンダーはうなずいた。「痛そうだな、その顎……」

「ええ、まあ」俺は笑みらしき表情を作った。

バーテンダーは小銭を渡そうとしてふと手を止め、内緒話でもするように身を乗り出した。「そういえばゆうべ、あんたたちが帰ったあと、あんたのことを訊いてった客がいた……」

「え？」

「大男だった。赤ら顔だが、どちらかっていうと物静かな感じだな。さっきアニーと一緒に来てた、顔を腫らした男を知ってるかと訊かれた」

「アンの名前を知っていたんですか」俺は言った。バーテンダーがうなずく。「その男、自分のことは何か言っていましたか」

「そいつもアニーの友達だって言ってたよ」バーテンダーは意味ありげな視線を俺に向けた。「ただし、友達がいそうな奴には見えなかったね」

俺は通りに出てマットブラックのメルセデスを探したが、車も人影もなかった。電話をかけたい衝動を抑えつけて帰り道を歩き出した。結局、二分と耐えきれずにアンに電話をかけたが、留守電サービスに転送された。

電話を切り、メッセージを送った。深刻にならないよう気をつけた。

〈いまから帰る。そっちは異常なし？〉

返信はなかった。家に着き、俺が出かけたときアンがいた書斎にまっすぐ向かった。いない。名前を呼んだ。俺の声が反響しただけだった。一部屋ずつ確かめていった。耳鳴りを無視し、ドアを開け、次のドアを開ける。残りはキッチンだけだ。妹はシンクの前にいた。


俺が飛びこんでいくとアンは驚いて飛び上がり、手を胸に当てた。

「びっくりした」それから俺の表情を探るように見た。「大丈夫？」

俺はうなずいた。無数のピンや針でつつかれているような感覚が両脚をざわつかせた。

アンは俺が何も持っていないことに目を留めた。「あれ、ビールは？」

11

アンがベッドに入ったあと、一時間ほど待ってから、俺は静かに部屋を出た。物音を立てないよう慎重に階段を下り、荷造りのすんだ箱からスコッチを一本失敬した。それから玄関を出て、夜の闇《やみ》に足を踏み出した。見渡すかぎり明かりらしい明かりはない。目が暗さに慣れるのをしばし待った。

それから母屋の周囲や廃屋も同然の畜舎や温室を納得いくまで点検して回り、出発点の玄関に戻った。見慣れないものはなく、不審な物音も聞こえなかった。バンと並べて駐めておいた自分の車に乗りこんだ。

冷気が肺を刺す。スコッチで体を温めながら私道の入口を見張った。やがて空がほんのりと明るさを帯びた。はかない希望の光。屋内に戻って二時間ほど眠った。アンが動き回る気配で目が覚め、キッチンに下りた。アンはちょうどコーヒーを淹れていて、カップを両手で包みこむようにしながら俺を迎えた。

「夜のあいだに外に出なかった？」アンが言った。

「いくつか確かめておこうと思って」

「ずいぶん長いあいだ外にいたよね。いまでもまだ後部シートで眠るの？」

「そんなところかな」

アンは首をかしげた。「わたしから逃げる気じゃないかと心配しちゃった……」そう言ってカップを差し出す。

俺はもっともらしい顔を装った。逃げようなんて考えは一瞬たりとも頭をよぎらなかったという風に。

12

荷物をバンに積み、母屋の鍵をかけたところで、俺たちは顔を見合わせた。

「俺がこいつを運転したほうがよくないか」俺はおんぼろバンに顎をしゃくった。

アンは茶目っ気たっぷりに言った。「言っとくけど、運河沿いのあの細い道に沿ってクルーズ船を操縦するみたいなものだからね」

「それで腕を磨けばクルーズ船に就職できるかもしれない」

「わたしはもう慣れてるけど、お兄ちゃんの必死の形相を見てみたい気もする」

妹は俺をなかば笑い、なかば挑発していた。

「俺が先に行くほうがいいか」

アンはうなずき、俺はバンに乗りこんで、シートの位置を、次にミラーの角度を調整した。

俺の車に乗った妹が同じようにしているのがミラー越しにちらりと見えた瞬間、強烈な不安にとらわれた。謎《なぞ》の男がマンチェスターから尾行してきたのは俺の車だ。俺たちがここにいると知っているなら、俺の車の動きを監視しているだろう。俺はバンを降り、妹がエンジンをかける前に車に近づいた。

「計画変更」俺は運転席側のドアを開けた。「きみの言うとおりだ。俺がバカだった」バンのキーを渡す。

アンは肩をすくめた。「臆病者《おくびょうもの》」そう言って車を降りてバンに乗りこみ、キーを回した。

エンジンは一度ではかからなかったが、二度目でうなりを上げ、青黒い排気ガスの雲が吐き出された。アンは慎重に発進し、敷地を出て、ブラインドコーナーに向かう短い坂を上った。バンはブレーキランプの赤い光を残して視界から消え、俺も自分の車であとを追った。坂を上り切ると、妹を乗せたバンが見えた。ブレーキランプはまだ点灯しているのに、速度が異様に速い。

俺もブレーキペダルを踏んだ。効かなかった。妹のバンはブラインドコーナーにさしかかろうとしていた。

ブレーキに細工がされている。

妹のバンは左に向きを変え、切り立った斜面側に寄った。が、次の瞬間、唐突に進行方向を右に変えて崖側の木立に突っこんだ。そのままこの世から消えたように見えなくなった。

静寂があった。次に木の幹が裂ける音が三つ連続で聞こえた。ばん、ばん、ばん。三・五トンの鋼鉄の塊が斜面を転げ落ちていく。そこでまた間があって、次に聞こえたのは、バンが何かに衝突する、骨の髄まで震えるような音だった。

妹が急ハンドルを切ったのは、下り坂の途中に横向きに駐まっていたマットブラックのメルセデスを避《よ》けようとしたからだ。

俺はハンドブレーキを引いた。息を殺した。車は横滑りしながらメルセデスの数メートル手前で停まった。

シートベルトをむしり取ったとき、メルセデスから男が降りてきて俺に銃を向けた。大柄で、赤ら顔をして、頭は禿《は》げていた。バーテンダーの言っていたとおりだ。こいつに友達がいるとは思えない。

俺は男に見えるよう両手を挙げた。男はドアを閉めてこちらに歩き出す。奴が二台の車のあいだに来たところで、俺はハンドブレーキを解除し、アクセルペダルを思いきり踏みこんだ。

車は急発進し、不意を突かれた男をメルセデスに押しつけた。

男の上半身は前に投げ出され、俺の車のボンネットに伏せる格好になった。愕然《がくぜん》とした表情で俺をまともに見つめる。握られていた銃が落ちた。

俺はエンジンを切って車を降りた。

男は銃をつかみ直したが、俺はその手をつかみ、関節が折れる手応《てごた》えが伝わってくるまで握り締めた。二度暴発して弾丸が空に放たれたところで銃を男の手から引き剝がし、手の届かないところに放った。

「誰なんだ、おまえは」俺は顎の痛みを忘れて言った。

男は冷めた目を俺に向けた。顔から血の気が引いていく。

「おいで、踊るように、軽やかなステップ《ライト・ファンタスティック》で……」

男はジャケットのポケットに手を入れようとした。俺は掌《てのひら》の付け根を男の鼻に叩きつけ、携帯電話を奪い取った。

男は二台にはさまれてつぶれた自分の脚を見下ろした。「病院に……」

「その前に答えろ」俺は携帯電話を持ち上げた。

「……断る」

「そうか。なら、残りの人生はスケートボードで移動して過ごすんだな」俺は向きを変えて立ち去ろうとした。

「待て」男はあえいだ。「何を知りたい」

「テッサ・クラインを殺したのはおまえか」

男は愉快そうな顔をした。おまえは何一つ知らないんだなと言いたげに。

「聖マリア病院に来たのはおまえだろう」俺はそう訊いたが、言っているそばからこいつは違うという気がした。「ヤンコフスキーを殺したのはおまえだ……」

男は嘔吐《おうと》しているのだととっさに思ったが、違った。肩を揺らし、ひゅうひゅうと喉を鳴らして笑っていた。

胸の悪くなるような光景だった。

「あんた、ほんとに何もわかっちゃいないらしいな」

「何をだ？」

男の口からどっと血があふれて顎を伝った。俺を見てにやりとする。歯が真っ赤に染まっていた。

「俺じゃない」男は言った。「テッサ・クラインを殺したのは俺じゃない。だいたい、聖マリア病院なんか行ったこともねえよ……」

男の頭が揺れ、声は力を失い始めている。

「じゃあ、あれは誰だったんだ」俺は奴の肩を揺すった。「カーヴァーじゃないのはわかっている。誰だったのか言えば、助けてやってもいい」

男の目は焦点を失いかけていた。首を振りながらまたにやりと笑った。「おまえは他人《ひと》を助けてる場合じゃないだろうな。俺はおまえにだけはなりたくない」

俺は向きを変えて木立のほうに歩き出した。

「電話」男がわめいた。

「自分で拾うんだな」俺は男に背を向けたまま携帯電話を道ばたに放った。

道路の端から切り立った斜面に残った破壊の跡を見た瞬間、膝《ひざ》の力が抜けかけた。

妹のバンは途中の木や岩にぶつかって停まっているだろうと期待していた。ところが、バンの行方さえわからない。森は不気味に静まり返っていた。俺はむき出しの木の根をつかんでバランスを取りながら、茂みのあいだを縫って急斜面をすべり下りた。

斜面の下は落差三メートルの垂直な崖になっていた。バンは上下逆さになって運河に落ちていた。荷台のドアは三十度の角度で天を向いている。運転台は――バンの前半分は水中に没しているが、荷台のドアや車体の下側は水面より上にあった。俺は崖を伝い下りようとしたが、踏み外して、運河の岸まで一気にすべり落ちた。

聞こえるのは、水が岸壁を叩く音と、俺の乱れた息遣いだけだ。靴とジャケットを脱ぎ、運河に飛びこんだ。

水は氷のように冷たく、水中の視界はほとんどゼロだ。水面に顔を出し、目に入りかけた砂を払いのけた。運転席側に回り、大きく息を吸って水にもぐり、運転席の窓から車内に目をこらした。丸めた両手をガラスに当て、そこからのぞくと、アンが見えた。シートベルトで逆さに吊られている。運転台に入りこんだ水がアンをいまにものみこもうとしていた。

ドアハンドルをつかんで何度も引いたが、水圧が大きすぎて開かない。

いったん水面に顔を出して息継ぎをし、今度は助手席側に回った。運河の壁が迫っていて、水圧を考慮しなくても、ドアを開ける空間がない。

岸に上がった。途方に暮れた。バンが通った跡をたどって、窓を破るのに使えそうな固い物体を探した。頑丈そうな木の切り株で妥協し、また運河に飛びこんだ。飛びこんだというより、落ちたというほうが近いかもしれない。上下逆さになったバンのフロントガラスは運河の底に接していて、それを割るのは不可能だ。運転席側にはそれなりの隙間があるが、切り株を振り回す空間、振りかぶって勢いをつける空間がない。切り株を叩きつけようにも、水中では動きが遅くて使い物にならなかった。

切り株を放り出し、運河の壁とバンのあいだの隙間に体を押しこみ、両足で運転席側のガラスを力いっぱい蹴った。息が続くかぎり繰り返し、息継ぎをし、また水中にもぐり、両手をひさしのようにしてガラスに押し当てた。

ひびの一つもできていなかった。目の焦点をガラスの奥に動かすと、運転台のアンが見えた。

意識を取り戻していた。両手をガラスに押し当てている。シートベルトをはずしてバンの天井にしゃがみ、どんどん上昇していく水面に顔を出そうとしていた。俺は人差し指を立ててすぐに戻ってくると伝え、岸に上がってバンを観察した。角度がついているおかげで荷台のドアは水面より上に突き出しているが、高いところにあって、手が届かない。

肺と顎さえ許せば、俺は天に向かってわめき散らしていただろう。

また水に飛びこんだ。息が苦しい。バンの前部に回って車体の腹に体を引き上げた。真ん中を通っている排気管をつかんで這《は》い上がった。

自分の体重で車体のバランスが崩れないよう、慎重に動く。

バンの最後部の角度はさらに急だった。荷台のドアも水中に沈んでいたら、水圧が高くてドアは開かず、妹が死ぬのを見ていることしかできなかっただろう。俺はバンの最後部をつかみ、車体の腹側にうつぶせになって手を伸ばした。

ハンドルに手が届いた。握る。引く。

ロックがかかっていた。

体の力が抜けた。そのまま車体の腹側をすべり下りて水中に戻り、ふたたび岸に上がった。重い体を地面に投げ出し、あえいだ。左を見、右を見た。空を見た。耳鳴りがやかましくて、地面に放り出したジャケットのポケットのなかで鳴っている携帯の音を聞き逃すところだった。

這っていってポケットから携帯を引っ張り出し、応答した。

「出られない」アンが言った。

「わかってる」息が切れて、声を出すだけで苦しい。「助けを呼びに行くしかない」

「水がどんどん入ってくる。もう首まで……」

アンの呼吸も苦しげだった。歯がかたかた鳴っているのも聞こえた。

「一人にしないで」アンが言った。

俺の視野の四隅から白点がにじみ出していた。俺は電話を放り出し、それから離れてパニック発作を押し戻そうとした。膝をつき、考えようとした。たとえ通行人をつかまえられたところで、妹は助けられない。消防隊を呼んでも間に合わない。車のトランクにピッキング道具はあるが、この急斜面を上るのは無理だ。妹の養母の家までは歩いて十分はかかる。帰りは急斜面をまた転げ落ちたとしても、十分の遅れは取り戻せない。

白点が視野を埋め尽くそうとしていた。胸が押しつぶされかけている。気を失わないよう、自分の頭を思いきり殴りつけた。脱ぎ捨てたジャケットの前にしゃがみこみ、何か使えるものがないかポケットを探り、出てきたものを地面に放った。

キーホルダーが出てきた。下がっていた鍵をはずし、丸い金属の輪を引き延ばしてまっすぐな針金にした。携帯電話からアンの声が聞こえていたが、俺は岸壁から運河に飛び下り、バンの前部に回って、車体の腹に体を引き上げ、荷台の扉まで這い上がった。端から手を伸ばし、鍵穴に針金の先を押しつけた。太すぎる。俺は放心してバンの下腹に力なくぶら下がった。

岸に放り出されたままの携帯を見る。

体は冷えきり、顎は腫れ上がっている。どのみち話はできそうにない。俺は口に指を突っこんだ。ワイヤを引っこ抜き、せめて伝えたいことを伝えられるようにしようと思った。震えながら指を突っこんで口のなかを探り、顎に縫いこまれた針金を確かめた。

ぴんと張ったワイヤ。細い。俺の目が鍵穴を見る。

ワイヤの下に指をもぐりこませ、試しに引いてみた。頭蓋骨《ずがいこつ》ごと引っ張られる感覚があった。一つ大きく息をし、覚悟を決めて、思いきって引っ張った。ワイヤが指に食いこんだ。

歯を抜こうとするのに似ていた。

さっきピッキング工具の代わりにしようとしたキーホルダーの針金がまだあった。口に入れ、ワイヤに巻きつけて引っ張った。真っ赤な激痛が頭に炸裂《さくれつ》した。それを押しのけ、さらに力を入れて針金を引く。何かが弾《はじ》ける感覚があって、歯茎からワイヤが解放された。もう一度引くと、奥歯が動く感触があった。口を大きく開く。空いたほうの手で車の下腹をつかみ、泣き、わめき、絶叫した。

熱い血がどろりと顎を流れ、その味がした。そのにおいがした。指をその感触が伝い落ちた。

1、2、引く。1、2、引く。

すべてが真っ白な雑音に変わった。バンの下腹を拳で叩き、遠のく意識を引き止める。視界がふたたび晴れたとき、俺の血だらけで震える手にワイヤがあった。赤いぬらつきを服にこすりつけ、半分に折り曲げてから、車体の縁から荷台のドアへと手を伸ばした。

ワイヤを鍵穴にさしてロック解除を試みる。子供のころもぐりこんだ車と同じように、ピンタンブラー錠だった。

世界中の幸運がこの一点に集まったかのようだ。

ワイヤの片方の端を鍵穴に差しこむ。先を曲げて間に合わせのテンションレンチにしてあった。もう一方で鍵穴の内部に並んだ真鍮《しんちゅう》のピンをなぞり、上に押し上げる。作業をしているあいだに、俺の下でバンが動き始めた。後部が少しずつ水中に沈んでいく。俺は息を詰め、気持ちをなだめてワイヤを動かし続けた。やがてかちりと音が鳴った。そろそろと手を伸ばしてドアハンドルを握り、引いた。

ドアが開いた。

それと同時に、かたむいていたバンががくんと動いて水平になり、俺は運河に投げ出された。開いたドアから水が流れこんだ。荷台は箱で満杯だ。ほとんどの箱に本が詰まっている。俺は両手で箱を荷台から出しにかかった。引き寄せ、持ち上げて肩越しにうしろに放る。箱で出口をふさがないように気をつけながら、運転台への道筋を必死で作った。最後の箱をどけると、アンの姿が見えた。運転台に最後に残った五センチから八センチほどの隙間に口を突き出して息をしていた。

荷台と運転台は金属の格子で隔てられていた。箱をどかしたために、そこから運転台に水が流れこみ、俺たちをのみこもうとしていた。

俺は大きく息を吸った。

全体重を使って格子を引っ張った。

一度目はびくともしなかった。もう一度引っ張った。妹を見た。妹も両手で格子をつかんでいた。うなずいてカウントし、１、２、３で一人は押し、一人は引いた。それを繰り返す。格子をつかむ指の先が破れそうだ。

まもなく二人とも水中に没した。

格子の一角がゆるんだ。俺はその一点に効率よく力がかかるようにして引いた。ついにはずれた格子を脇によける。アンはぐったりしていた。俺は運転台に手を伸ばして妹の体をつかみ、小さな隙間から引き寄せた。荷台を這うようにしてバンの外に出て、水面に顔を出す。二人とも激しくあえいだ。大きく息を吸い、空気を求めて悲鳴を上げていた肺に送りこむ。

腕と腕をからめて岸まで行ったが、俺には上る体力が残っていなかった。指から、手から、口からだらだらと血を流し、全身を震わせ、泣き、歯を鳴らし、悪態をついていた。

アンが先に岸に上がり、俺を引き上げた。

抱き合ったまま、しばらく地面にただ横たわっていた。俺は頭に浮かんだ悪態を残らず吐いた。何度も、何度も。頭のなかから追い出すために。体を温めるために。俺たちはまだ生きていると確かめるために。アンの腕に、俺がバンから引っ張り出すときについた手形が二つ、くっきりと残っていた。

何分かが過ぎて、ようやく互いの顔をまともに見た。

アンが俺の目を見るのを待って、俺は言った。「警察に連絡するのをできるかぎり先延ばしにしてくれ」

アンはまだ震えていて、呼吸も乱れていた。「どこに行くの」

俺は立ち上がり、草むらに散らばった自分の持ち物を集めた。鍵や小銭をジャケットのポケットに戻し、携帯を拾って、靴を履く。ワイヤや格子が食いこんで、指はずたずただった。下顎は力なくぶら下がっている。

「戻ってこないつもりね」アンが立ち上がった。「そうでしょ」

俺は黙っていた。アンは体の横に下ろした手を握り締めた。一瞬、殴られるかと思った。だが、そうではなかった。アンは俺を力いっぱい抱き締めた。体がぴたりと押しつけられて、ジャケットの生地越しにアンの鼓動が伝わってきた。

俺はアンの肩越しに遠くを見て、耳もとでささやいた。

「きみは〝事故〟なんかじゃない。絶対に違う。こうしてまた会えたのは、俺の人生で何より幸せなできごとだった」

抱擁を解くなりアンは俺に背中を向け、両手で顔を覆って何かつぶやいた。俺が腕に触れると、アンは涙に濡れた目で俺を見上げ、同じことを繰り返した。

「こう言ったの。お兄ちゃんの人生が終わったみたいな言い方はやめてよって」

Ⅸ
プッシュ・ザ・スカイ・アウェイ
Push the Sky Away

1

運河沿いに歩いて家に戻ることにして、鎮痛剤を探してスコッチでのみ下した。スコッチは瓶ごと頂戴して私道を歩き出した。あれから何も変わっていないとわかってはいたが、おそるおそるブラインドコーナーの先をのぞいた。

男は俺が最後に見た場所にいた。顔は真っ白だ。一目で死んでいるとわかった。

いま思えば、俺はなぜパスポート偽造くらいであれほど怯《おび》えていたのか。道に落ちたままだった携帯を拾い、死んだ男の冷たく湿った親指でロックを解除した。プリペイド携帯だった。写真、メモ、連絡先。データはいっさい保存されていないが、未登録の電話番号から届いたメッセージが一通だけ残っていた。

〈適当な地点《イン・ポジション》は見つかったか〉

二台の車にはさまれてつぶされ、俺の車のボンネットに力なく突っ伏した男を見やってから、俺は返信を入力した。

〈似合いの姿勢《イン・ポジション》を見つけた〉

携帯をきれいに拭《ぬぐ》って男のポケットに戻した。車のキーを取り、道路を半分ふさいで駐《と》まっているメルセデスに乗りこみ、幹線道路方向に向けた。男はずだ袋のように地面に落ちた。バックミラーの角度を調整したとき、ホラー映画の一場面のような光景がちらりと映った。

　血まみれの車、飛び散った木《こ》っ端《ぱ》、真っ二つにちぎれかけた死体。

　いったん降りて銃を拾い、また車に戻って発進した。マンチェスター市街までの道のりを半分くらい走ったところで携帯が鳴った。交差して走る切り傷だらけの手で運転と通話を同時にこなすのは無理だ。道路沿いの待避所に車を停めてから電話に出た。

「エイダン。いまどこ」

「ナオミ」俺は言った。顎《あご》の激痛に、自分の呂律《ろれつ》の回らぬ声に、顔をしかめた。助手席から鎮痛剤を取り、ひとつかみ分をスコッチで流しこんだ。薬のボトルの音が電話越しに聞こえたらしい。

「まだ入院していなくちゃいけないのに……」

「もうだいぶいいんだ」俺は言った。

「あのガールフレンドにわたしと同じくらいこっぴどく殴られたなら、ありえない……」

「ヤンコフスキーとはそういう関係じゃない」

「わかってる。セックスつきの友人だって言うんでしょ……」

「友人じゃないし、セックスつきでもない。あれは嘘《うそ》だ。ヤンコフスキーから脅迫されていた」

電話の向こうはしばし無言だった。だが、好奇心が勝ったらしい。「要求は何だったの」

「自分に不利な証拠を握りつぶせと言われた。自分の電話番号が登録されている携帯電話」

「その要求に応じなかったのはなぜ」

「エスターが殺されるかもしれないと思った」

しばらく沈黙が続いた。俺はその間に顎をマッサージした。

「そう聞いて、あなたをもっと嫌いになるべきか、少しだけ好きになるべきか、わからなくなった」ようやくナオミが言った。

「まあ、ゆっくり迷えよ」

「いまどこにいるのか、教える気はない？」

俺は答えなかった。

「わたしは心配したほうがいいの？」

「俺の心配ならいらない」

「いまの発言を聞かなかったふりをすべき？」

俺はうなり声で同意を示した。

「だったら、代わりに頼みを聞いて」

「推薦状を書けって話なら――」

「フランク・ムーアと話してほしいの」

俺はミラーに自分の顔を映した。化け物じみていた。「それはちょっと難しいかもしれないな」

「電話で話して。それだけでいいの。向こうからあなたと話したいと言ってきた」

「俺はサバイバル・セミナーで救われる段階を過ぎている。用件は何だって？」

「わたしには教えてくれない」

「あの野郎、そこまで意地を張るか」

「それ、どういう意味」

「フランク・ムーアは女性に対して何らかの問題を抱えている。きみと絶対に目を合わせようとしないし、珍しく質問に答えるときは、かならず俺に向かって話した。気づかなかったのか」

「そういうくだらないことは気にしないようにしてるから」

「今後は気にしたほうがいい」

ナオミは笑った。「あなたからアドバイスをもらう日が来るとはね……」

「そんなチャンスは二度とないかもしれないからな」

「わたしたち、もっといい関係を築けたはずなのに」

何か言いたかった。ナオミと同じことを。それ以上のことを。だが、俺はとっさに話題をそらした。「時間はある。フランクのほうから電話をかけてもらってくれないか。待っているから」

「どんな話だったか、あとで教えてくれる？」

「ああ」

「ほかにわたしにできることは？」

「体に気をつけろ」

「そっちもね、エイダン」

電話を切り、ハンドルを指で叩《たた》き、スコッチを飲んで不安をまぎらわしながら、フランクからの連絡を待った。ナオミの言うとおりだ。俺たちはもっといい関係を築けたはずだ。なのに、どうして俺は同じことを言えない？　言葉にする価値のあることはすべて、バールでも使ってほじくり出されないかぎり口にできないのはなぜなのだ？

十分後、電話がかかってきた。

「ウェイツ？」この会話は録音される場合があるという自動音声の警告に続いて、フランクの声が聞こえた。

「そっちの住み心地はどうだ？」俺は言った。

「こじゃれた会話をしたいなら、ほかの――」

「聞けよ、フランク。あんたが逮捕されたあと、俺は顎を折って、ワイヤで固定されて、もう一度折った。こう話すだけで我慢できないくらい痛い。だから、さっさと本題に入ってくれ」

「あれからブライアーズグリーンで起きた事件のことを考えていた。マーガレットや子供たちが死んだ夜のことだ……」

「ようやくか」

「あの夜、私は泥酔《でいすい》していた」

「酔っていて、自分のしたことを覚えていない、か」

「罪を自白しようっていうんじゃない」フランクは言った。「目を覚ますと、眠りこむ前と同じ椅子《いす》に座っていた。レベッカの部屋で。ズボンを足首まで下ろした状態で」

「へえ、それはうらやましい話だな――」

「いいから聞け」フランクは低くうなるような声で言った。「そのあとあんなことになって、当時はレベッカに感謝した。私のアリバイを断固として主張してくれた。だから、私もそれを信じたんだ。あの椅子にずっと座っていたことは確かだ。まともに歩くことさえできない状態だった。だから、朝までずっと一緒にいたというレベッカの証言を疑ったことはなかった。しかし、あれからふと思ったんだ。もしかしたら……」

フランクの息遣いだけが伝わってきた。

「もしかしたら？」

「もしかしたら、私が恩義を感じるだろうと見越して証言したのではないかと思い始めた。彼女がいなければ私が疑われていたと思って、恩義に感じるだろうと。だが、私はだまされたのだとしたら。私が彼女のアリバイにされたのだとしたら……」

「くそ」

フランクは黙っていた。

「レベッカはマーガレットに嫉妬《しっと》していたか、フランク」

「ひどく嫌っていたし、私は……」

「家族の元に帰るつもりでいると話した」

「そんなところだ」

「ナオミ・ブラックに電話しろ。いま俺に話したとおりのことを彼女に話せ。いますぐ」

「いや、それよりきみと――」

「俺はもう警察の人間じゃないんだ、フランク」

「ブレークのようにか。言っただろう、この事件は関わる者を端から壊す」

「子供たちの名前を今度もまたそのリストに載せたくなければ、その偏見だか差別意識だかをかなぐり捨てて、ナオミに電話しろ。あんたが頼りにできる相手はもうナオミ一人しかいない」

「わかった。連絡するよ」フランクは言った。それから笑った。「私は本気で信じていたんだ。自分では人々を救っているつもりでいたんだ」

「信じるべきではないことまで信じていたようだがね」

「そうだな……」フランクは俺の言ったことを噛《か》み締めているようだった。「それでも、きみのようになるくらいなら、間違ったことを信じるほうがましだと思う。だって、きみには信じるものがあるのか？」

俺は虚を突かれた。質問の答えを探した。だが、答えが見つからないうちに、時間切れを告げるビープ音が聞こえた。

「またな」フランクが言って、電話は切れた。俺の耳には発信音だけが残った。

2

支配人とウェイトレスがライト・ファンタスティックを出て戸締まりをし、帰っていくのを待ち、俺は一つだけ明かりの灯《とも》った二階の窓を見つめ、メルセデスのエンジンをかけた。アクセルペダルを踏みこみ、正面エントランスに向けて発進した。両開きのガラスドアを突き破り、テーブルや椅子を跳ね飛ばしながら無人のクラブを走り抜け、奥のカウンターに突っこんだ。

エンジンをかけっぱなしのまま車を降りた。

警報が鳴り出す。靴の下でガラスが砕けた。

奥の事務所に向かうドアを抜け、廊下の奥の鉄の螺《ら》旋《せん》階段を上って、カーヴァーのオフィスのドアを蹴《け》り開けた。

カーヴァーはデスクの向こう側にいて、大きなグラス二つにヘネシーを注いでいた。一方を俺のほうに軽く押しやってから目を上げた。俺が来ることは予期していたのだろうが、銃を見て驚いたようだ。それから俺の傷だらけの手や腕や顔を――俺のめちゃくちゃになった人生を――見て、かすかに眉《まゆ》をひそめた。

俺はにやりと笑った。

カーヴァーもにやりとした。「診てもらったほうがいいんじゃないか」カーヴァーは言った。「だが、見せたらみな逃げていくだろうな……」

俺はデスクに歩み寄り、さっきカーヴァーがこちらに押しやったグラスを取って、乾杯のしぐさをした。カーヴァーも自分のグラスを取り、俺のグラスに軽く打ち合わせてから一口飲んだ。俺は銃を握ったほうの手の甲で奴《やつ》の頬を張った。グラスが奴の顔にぶつかって割れ、カーヴァーは床に倒れこんだ。

顔を上げて俺を見たカーヴァーの唇は血で濡《ぬ》れていた。

「おっと悪い」俺は言った。「新しいのを注いでやろう」

俺は銃を奴に向けたまま、ボトルを取って中身を奴の頭からかけた。カーヴァーはじっと座ってされるがままになっていたが、ボトルが空になるとにやりと笑った。俺はボトルを奴の膝《ひざ》に放った。

「煙草《たばこ》、もらえないか?」カーヴァーは言った。

俺たちはそろって笑った。俺はデスクの角に腰をもたせかけてカーヴァーを見下ろした。部屋の入口が騒がしくなって、大柄な男が二人、現れた。

カーヴァーは二人に首を振った。「警報を止めてくれ」

二人の片方がためらいがちに後ずさりして部屋から出ていき、残ったほうは俺に警戒の視線を向けた。カーヴァーはそいつを無視し、床に座って壁にもたれた姿勢で俺を見上げ、警報が鳴り止《や》むのを待った。

　静かになったとたん、自分の息遣いがやかましいほど聞こえた。

「わざわざ訪ねてきてくれるとは、俺は何をしたんだろうな」カーヴァーが言った。

「あんたの手下が俺を殺しに来た。妹があやうく死ぬところだった」

　カーヴァーは目に入りかけたコニャックの滴《しずく》を手で払った。「なるほど、それはけしからんな」

「何がだ？　そいつがやりそこねたことがか」

「早まったことだよ。俺のポリシーは知ってるだろう……」

「あんたよりそいつのほうが情報通だというだけのことかもな」

「俺が知らないことがあるのか？」

「俺はいま無職の身だ」

　入口で控えていた男が俺のほうに一歩踏み出した。俺は銃を握り直してカーヴァーの頭に狙《ねら》いを定めた。ついにやれそうな気がした。

「そいつは初耳だ」カーヴァーは言った。「しかし、それはポリシーを曲げる言い訳にはならない」まるでホテルのフロント係のような口調だった。俺が泊まっていた部屋にはもう次の客を入れてしまったと告げるような。「この埋め合わせはさせてもらうよ」

「俺にかけた賞金を撤回しろ」俺は言った。

「それは無理だな。俺を撃ったところで何も変わらないぞ。撤回すると言ったところで、耳を貸す連中じゃない」カーヴァーの顔に独りよがりな笑みが浮かんだ。「いい考えがある。おまえが復職すれば解決するのでは」

パーズとチェースのあいだの合意を思い出す。一人の若い女の死を隠蔽《いんぺい》する取り決め。しかも動機は保身だ。俺は首を振った。

「おまえの妹の件は」カーヴァーは立ち上がり、高級ブランドのスーツに染《し》みたコニャックを絞った。「遺憾だ。今後そのようなことは二度と起きないと約束する。こう見えてもいまは家族第一主義だからね」

「そうらしいな」俺は言った。「今朝の一件のあと、次の行き先候補は二つあった。ここか、あんたの屋敷か。あんたの妻子の分の弾は充分残っている……」

カーヴァーは不穏な目を俺に向けた。「脅しのつもりか」

「そういう結果もありえたって話さ。現実にはこっちを選んだ」アドレナリンが俺の手を震わせていた。俺はカーヴァーの手の届かない距離まで後退し、入口の男を一瞥《いちべつ》した。何もかもがイメージの連なりにしか見えなかった。室内でストロボライトが焚《た》かれているようだ。「その判断に報いてくれてもいいだろう」

「俺にできるのは、いくつか電話をかけるくらいだな。手続き上、おまえは今週末まで刑事の身分だと知らせる。それで少なくとも数日は稼げるだろう」カーヴァーは新しいグラスに酒を注ぎ始めた。それから顔を上げて、まだいたのかと驚いたように俺を見た。

「それでよしとするかどうかはおまえの勝手だ」

3

ライト・ファンタスティックに突っこんだ車はそのままにし、すぐ横の床に銃を置いてクラブを出て、自分のフラットがある方角に歩き出した。街を出る前に現金と偽造パスポートが入った鞄《かばん》を取りに行かなくてはならない。夜の街はふだん以上に精彩を放っているように見えた。人々の目、ライト、輝くばかりの笑顔。あらゆる場所にエネルギーが充《み》ち、俺を輝かせている。

ピカデリーを渡ると、誰もが俺をよけた。

誰もが俺の顔や目の下の真っ黒なくま、血のあごひげを見た。運河の生臭い水と酒の染みた服、ぼろぼろの袖《そで》や指や両手を見た。

俺と友達になっていたかもしれない男、俺が愛していたかもしれない女とすれ違う。誰もが目を丸くしてただ人間らしく驚く。俺はくるりと回り、後ろ向きに歩きながら彼らを見る。彼らが示した人間らしさに好意を送る。俺を覚えていてくれるだろうかと考える。

どういうわけか、またシグナルを送られているように感じた。それが届く範囲からはぐれてしまったつもりでいたのに、いままた俺を狙って送られてきている。大きく。明《めい》瞭《りょう》に。俺は〝事故〟じゃない。もうパニック発作を起こしてはいないし、夢のなかを歩き回っているわけでもない。生きているのは奇跡だ。

　理由もなく笑いながら、軽快に走ってフラットを目指す。外の通りに車は駐まっていない。建物の窓はどれも真っ暗だ。新しい人生に向けて階段を上り、壁に立てかけてあった脚立《きゃたつ》を部屋に引きずっていった。なかに入り、足でドアを閉めた。明かりはつけなかった。おおよそ正しい位置に脚立を置き、ふわりと浮かぶようにてっぺんに立ち、天井灯をはずして手を差し入れた。

　かちりと音がして、明かりがついた。

「探し物はこれかな」男の声がした。

　振り向くと、隣の部屋に引っ越してきたばかりのロビーが玄関のすぐ脇《わき》に座り、銃を俺に向けていた。足もとに俺の鞄がある。

「そんな高いところにいないで、下りてきたらどうだね」

　脚立が倒れる音がして、気づくと俺は床に座り、ロビーを見上げていた。

「テッサ・クラインを殺したのはあんたか」俺はわかりきったことを確かめた。

　ロビーはポケットに手を入れ、俺がチャーリー・スローンの住所を書いた封筒を取り出した。それを俺に押しつけ、バスルームに行けと身振りで指示した。俺は大事なものを守るように封筒を胸に抱き、ふらつきながら立ち上がった。

ロビーが鼻を鳴らす。「トイレに流してもらうかな」

俺は封筒を開け、取っておいた三本の歯を掌《てのひら》に空けた。

「紙でくるめ」

俺はおとなしく言われたとおりにして歯をトイレに投げ入れた。手紙も。ロビーが身を乗り出し、レバーを引いた。すべてが水で押し流されるのを、俺たちは並んで見守った。それからロビーは後ろ向きに歩いてリビングルームに戻った。俺も少し遅れて続いた。

「ヤンコフスキーを殺したのもあんただな」俺は言った。

ロビーは拳銃で自分のこめかみを軽くつつき、にやりと笑った。

「ヤンコフスキーに俺を殺させるわけにはいかなかったからか。それでは賞金を取りそこねる」

「投資を無駄にするわけにはいかなかった」

「いつから俺につきまとっていた」

「しばらく前から動向は探っていたよ。賞金がとんでもない額に吊《つ》り上げられて、隣に越す価値はありそうだと思った。越してきてよかったよ。さもなければあのとき、きみは死んでいただろうから……」

「お互いそれは困るな」

「なあ、きみにはよくしてやったほうだぞ」ロビーは言った。「妹と数日過ごさせてやっただろう」

俺はうなずいた。「きっと仲間に俺たちを見張らせていたんだろうな……」

「当然だ」ロビーは肩をすくめた。そのしぐさから察するに、仲間に降りかかった運命をまだ知らないのだろう。「それにしても、どうしてまたそんなことに」ロビーは俺の顔を曖昧《あいまい》に指した。

「聖マリア病院に入院したときの状態は見たよな」俺が訊《き》くと、ロビーはうなずいた。

「ちゃんと縫合してもらう前に病院を抜け出した。で、みごとに全部ばらばらになった」

「そうだな。すべてがばらばらだ。というわけで、筋道をつけようじゃないか。きみに書いてもらいたいものがある」

俺は切り傷だらけの手を見せた。「短いといいが……」

「とても短い」ロビーはそう言って俺のデスクを指さした。

めまいがして、デスクにもたれていないと倒れてしまいそうだった。デスクの上のノートの横に、タイプした遺書があった。

「勘弁してもらえるとありがたいな。あんたがかまわないなら。ついさっきカーヴァーと話してきた。合意が成立した。あと数日、猶予《ゆうよ》をもらえることになった」

ロビーは口もとを歪《ゆが》めた。「あいにくだが、私が話したときはそうは言っていなかった」ロビーはポケットを探り、プライヤーを取り出した。「おっと、これじゃない。あった、これだ」プライヤーと一緒に入っていたらしい封筒を取り出し、デスクに置いた。

「これは？」

「開けてみるといい」

俺は封筒を破った。妹の写真が出てきた。街中で友人と写っている写真、自宅で撮影された写真。ムーアランズの養母の家にいるところを望遠レンズで撮影した写真まで。

「さっきも言ったがね、仲間がその家に張りついている」

「嘘だろうと言ったら？」

ロビーはにやりと笑って携帯を取り出し、スクロールして電話番号を一つ表示させてから俺に渡した。固定電話のものらしき番号だ。ムーアランズのあの家の電話だろう。

俺は〈発信〉を押し、呼び出し音に聞き入った。

「もしもし」アンが出た。

「誰だ？」俺は妹ではない相手が応答したように装《よそお》った。

「エイダン。そうよね？」

「わかった」俺は静かに言った。

電話を切って携帯をロビーに返した。それから遺書を書き写した。前に書きかけてやめた遺書をまだ持っていた。誰に宛《あ》てて書いたらいいか途方に暮れた遺書。便箋《びんせん》の一番上に〈親愛なる〉まで書いてあった。そこに続けて妹の名前を書いた。手がひどく震えていたが、書いた甲斐《かい》があったと思えた。

「テッサ・クラインには何が起きた？」俺は遺書を書き終えて訊いた。「職業上の好奇心から知りたい……」

体をひねってうしろを向くと、ロビーはすぐそばまで近づいてきていた。物音一つ立てずにどうやって――？

「彼の子を妊娠した。彼は悲嘆に暮れた」

「だろうな。で、遺体はどうした」

「よかったら見せてやる」ロビーは言った。「そこまで知りたいなら。ただし、片道旅行だよ。どうしても知らずにすませられないなら……」

俺は遺書にイニシャルを記して立ち上がった。「どうしても知りたい」

ロビーはドアを開けて踊り場に出た。コートのポケットから拳銃《けんじゅう》が俺を狙っている。

俺は続いて部屋を出ようとしてドア口で立ち止まり、部屋を振り返った。

ドア枠に手をかけると指先に静電気がはじけ、一瞬のうちに見えた。すべてが。

ネオン色を映した俺の過去という狂暴な亡霊、俺が扉を叩きつけてあとにしたたくさんの心。むき出しで放置された基礎、次々と空に突き立てられる再開発のクレーン。その下で、解体用の鉄球のようにぶつかり合う人々。掘られる途中の、建設途中の、未完成の。みじめでふぞろいな病室の家具、寝袋をケープのようにまとって車のあいだをひらりひらりと抜けていく路上生活者。靴下に全財産を押しこみ、暗さにまだ慣れない目で闇《やみ》を見つめる少年たち。車の後部シートの妹、エレベーターのＢＧＭバージョンの『マイ・ハート・ウィル・ゴー・オン』。失敗を糧《かて》に上を目指し、手が届きそうで届かない距離を保ち続ける職業政治家たち。眼があるべき場所に黒い穴が空いたあらゆる善良な男たち。二酸化炭素排出量。パニックルーム。人種差別主義のカリスマ、天性の嘘つき。セールスマン。ビジネスマン。サラリーマン。心があるべき場所に黒い穴が空いたあらゆる善良な男たち。あらゆるシャツの襟に跡を残すあらゆる口紅。世界の終末を告げる天気予報、木々のあいだでさえずり、歌い、甲高い声を上げる鳥たち。それから、自分の息遣いが聞こえた。俺の思考の音が聞こえた。自分の手が見える。切り傷と痣《あざ》だらけの、他人のそれのような手、ドア枠をつかんでいる手。その手を離したとき、それはこの世の何より簡単なことと思えた。俺は振り向いてロビーに両腕を回し、手すりを越えてもろとも身を投げた。

X
レッツ・ストップ・ヒア
Let's Stop Here

1

「医者よ、おのれをファックせよ（訳注／聖書「ルカによる福音書」の一節のもじり）」サティは野太い声で言った。車はオクスフォード・ロードへと曲がった。通常勤務に復帰した初日、自分が運転すると言って聞かなかった。頭に浮かんだ考えは遠慮なく端から口に出した。夜勤は平穏無事に終わった。時刻は午前六時。一夜の勤労は、一千種類のピンク色で織られた朝焼けの形で報われた。その空の下、街が生まれ変わっていく。

「ピカデリーあたりで降ろしてもらえます？」ナオミが話題を変えて言った。

サティは〝ねえちゃん〟のほうに顔を向けた。いや、〝女性〟か。ナオミは〝女性〟と言えといちいちサティを正した。彼女は買ったばかりの黒いフード付きジャケットの奥底に埋もれ、片膝《かたひざ》をダッシュボードに押しつけて、チェースの市警本部長就任を報じる記事を読んでいる。その記事ならサティはもう読んだ。チェースの昇任にともない、空いた警視正のポジションにアリステア・パーズが昇格することも書かれていた。彼なりに思うところはあった。

ナオミはその記事を破り取ってくしゃくしゃに丸めた。

彼女は夜のあいだずっと何かに気を取られている様子だったが、サティはその理由を尋ねなかった。観察し、手がかりを待って、自分で答えを見つけるほうがいい。ポートランド・ストリートに停め、ナオミがドアを開けたところで、サティは彼女のほうに顔を向けた。

「明日も同じ時間でいいな」

「了解、サティ」

　ナオミは振り返ることなく車を降り、早朝の冷気に触れて両手をポケットに押しこんだ。サティはしばらく彼女を目で追った。ノーザンクォーター地区の方角へ歩いていく。サティは一人うなずいた。ははあ、そういうことか。なぜ来るのをやめられないのか、ナオミは自分でも説明できなかった。よい予感に呼び寄せられる日もあれば、悪い予感のこともあったが、いずれにせよ当たったことはない。エイダンのフラットがある通りに入って目を見開く。彼の部屋に明かりがついている。一瞬、その場で立ち止まったあと、笑い声を上げて通りを渡り、ブザーを鳴らした。一拍おいてオートロックが解除され、ナオミはこぢんまりとしたロビーから階段を上った。少し開けたままにされていたドアを押し開けると、荷造りの材料があふれていた。段ボール箱、大きなごみ袋。

「言ってくれればよかったのに」ナオミは言った。「そうしたら手伝ったわよ」

アンが振り返って微笑《ほほえ》んだ。

「このところ何度も荷造りして慣れちゃったから平気。それに、兄のことをよく知る機会になりそうだから。今日はどうして？」

「なんとなくこの通りに来ちゃうことがあってね」ナオミは言い、ミニキッチンに立った。「やかんはまだ詰めていないといいけど」

「何でも好きに使って」

ナオミはカップを二つ並べて紅茶の用意をしながら、サティと組んだ初めての夜勤の話をアンに聞かせた。話し終えても反応がないことに気づき、どうかしたのかとアンのほうを振り返った。アンはこちらに背を向けて本棚の前に立ったまま動きを止めていた。ナオミはしばらく見守ったあと、近づいてアンの肩に手を置き、紅茶のカップを差し出した。

「どうかした？」

アンは片手でカップを受け取った。もう一方の手、本棚に置かれたほうの手は、かすかに震えていた。顔には困惑の表情が浮かんでいる。本棚のどの段にも隙間《すきま》なく本が並んでいるのに、アルファベット順でチャールズ・ディケンズとジェフ・ダイヤーのあいだのこの一カ所だけ、煉瓦《れんが》ほどの厚みの本が抜き取られたように空いていた。ナオミがアンの複雑な表情を読み解こうとしていると、驚いたことに、アンの顔にふいに輝くような笑みがはじけた。ナオミはアンから本棚に視線を移し、軽い口調でさりげなく尋ねた。

「何かなくなっているものでもあった？」

解説　暗黒の街に咲く華麗な謎解《なぞと》き

阿津川辰海

○異形にして至高のミステリー

警察小説×ハードボイルド×ノワール×謎解きミステリー。

これこそが、ジョセフ・ノックスの異形にして最強の方程式なのです。

警察組織に身を置く人間の捜査の面白さを、組織と個の相克を絡《から》めて描き、そこに主人公の過去を描き込んで圧倒的な閉塞感《へいそくかん》を演出する。おまけに、そうした構成と端正な謎解きミステリーの構図やトリックが、奇妙に同居しているという充実ぶり。

ここに「謎解きミステリー」が含まれることに、未読の人は驚かれるかもしれません。ですが、本シリーズの本格謎解き度は高い。一作目『堕落刑事』は、血で血を洗う抗争の物語が、一転して犯人当てに変貌《へんぼう》する破格の構成を持っていましたし、二作目『笑う死体』は「なぜか歯を見せて笑っている死体」という謎を前面に押し出し、むしろ古典的とさえ言えるトリックを見事に隠しきって見せます。

では本作『スリープウォーカー』はどうでしょうか。

本作こそは、今まで警察小説やノワールとしてのプロットの陰に隠れていた、謎解きミステリーの構成を前面に押し出した傑作なのです。おまけに終盤には、「名探偵　みなを集めて　さてと言い」を地で行くような、直球にして王道の解決編まで用意されているのですから。その上で、エイダン自身の物語を大きく動かすことで、ノワールとしての魅力や警察小説としての面白さも担保しているのです。

この解説では、複雑で多層的な魅力を持つジョセフ・ノックスの世界を紐解《ひもと》いていきます。

○マンチェスター市警　エイダン・ウェイツの歩み

まずは、三作目にあたる本作『スリープウォーカー』に至るまでの歩みを振り返ってみましょう。致命的なネタバレはないように書いていくので、未読者も読んでもらって大丈夫ですが、一切予断を持たずに楽しみたい場合は次の節まで飛ばしてください。

一作目『堕落刑事』の冒頭において、エイダン・ウェイツは既に「汚れた警官」として現れます。押収品のドラッグをくすねて停職になったウェイツに、上司であるパーズ警視が命じたのは、国会議員の娘、イザベル・ロシターに対する調査。麻薬組織に取り込まれた彼女を追うことは、そのものずばり、組織のボス、ゼイン・カーヴァーへの挑戦でもあった。

と、いうわけで、一作目は「失踪人《しっそうにん》探し」というハードボイルドの王道プロットを用いた導入になっています。対象者が女性とあっては、ますますベタですが、エイダンが持つ陰、イザベルのキャラ、イギリスの麻薬社会の描写の面白さで引き込まれます。

それが中盤を過ぎ、抗争が起き、ギアが掛かって、ギャング小説の雰囲気さえまとわせてくるのがニクいところ。エイダンも絶体絶命の窮地に追い詰められますが、この大量の死体の中から、たった一片の真実を掴《つか》み上げるエイダンの推理が見事なのです。血で血を洗う抗争と謎解きの快感が同居した構成は、古典的名作でいうとダシール・ハメット『血の収穫』を思わせます。

また、一作目の章題はマンチェスター出身のロックバンド、ジョイ・ディヴィジョンの作品名で統一されています。このバンドは日本人のミステリー読者には、法月綸太郎『頼子のために』で取り上げられていたバンドとして記憶されているかもしれません。法月の作品では八〇年代末の閉塞感の象徴として登場していましたが、ジョイ・ディヴィジョンの暗く、重苦しい世界観は、『堕落刑事』の世界にも通底しているように思えます。なお、二作目『笑う死体』、三作目『スリープウォーカー』でも、章題の全《すべ》てをロックバンドの曲やアルバム名から取っていて、ジョセフ・ノックスがかなりのロック好きであるのが窺《うかが》えます。

＊

二作目『笑う死体』では、夜勤の仕事に回されたエイダンが描かれる。一作目でも姿を見せた不愉快な警部補、ピーター・サトクリフ（サティ）が今度は相棒として登場。休業中のホテルで発見された、歯を剝《む》き出しにして笑っている身元不明死体の謎や、連続放火の謎、ある女性が巻き込まれたトラブルなどが続発する。一歩先も読めない状況下で、エイダンは夜の街を駆ける。

二作目は一転して、モジュラー型の警察小説なのです。事件が続発し、ある事件とある事件が繋《つな》がるのか、繋がらないのか、それ自体が興味を引き立てる構成になっています。こうした構成や、サティの下品な言動が相まって、Ｒ・Ｄ・ウィングフィールドの〈フロスト警部〉シリーズの魅力も思わせます。テンポよく仮説の脱構築を繰り返すエイダン＆サティ・コンビの魅力、イギリスらしい、ちょっと意地の悪いユーモアに溢《あふ》れる会話と文章でまたまた一気読みの作品です。

実在の事件「タマム・シュッド事件」をモチーフに「笑う男」の身元不明死体の謎を描いていること、そして実在事件を用いた物語作りがジェイムズ・エルロイ『ブラック・ダリア』をも想起させることは、同作の杉江松恋氏の解説でも詳しく書かれている通り。

そして、この作品では各章の間に「少年」が主人公となる断章が挿入されています。この断章の使い方、この見せ方はあまりにも見事です。

○本作『スリープウォーカー』について

『スリープウォーカー』で扱われるのは、十二年前の一家惨殺《ざんさつ》事件。犯人と目されるマーティン・ウィックはシャツに大量の血をつけ、夢遊病のような状態で発見された。ウィックは終身刑が確定し、凶悪犯として、刑務所内でも憎まれていたが、この度、ガンによって入院が決まった。

エイダンはサティと共に、ウィックを病院で警護することに。十二年前の事件で唯一《ゆいいつ》死体が発見されていない被害者一家の長女の死体のありかをウィックから聞き出すことを、彼らは期待されていた。厳重な警備体制が敷かれた病院内に、緑のトラックスーツを着た怪しい女が現れ、やがてウィックの病室から火の手が上がる。彼は死ぬ直前、エイダンに言った。「俺じゃない」。

つまり、『スリープウォーカー』は十二年前の殺人事件をきっかけに錯綜《さくそう》した人間関係を巡る、王道の捜査小説であり、そして「過去の殺人」を解き明かす本格ミステリーなのです。冒頭でも述べた通り、「名探偵 みなを集めて さてと言い」を地で行くような解決編も用意されていますし、そもそもがイギリスの推理小説が得意とする「半身内サークル内でのフーダニット」の構成を取っています。十二年前の惨劇をキッカケに、繋がってしまった人々。被害者家族と加害者。事件の傷を受け、精神自己啓発セミナーを主宰する被害者の父親。ウィックから自供を引き出し、本を書いた元警部補。ウィックと刑務所で知り合った受刑者たち。こうした、濃密で、しかしイヤな人間関係を丹念に描きつつ、そこに謎解きの鍵《かぎ》を埋めて見せる手際《てぎわ》は、まさに本格ミステリーのそれなのです。これまでジョセフ・ノックスに興味のなかった本格ミステリー・ファンは、ここからでも読み始めるのをオススメします。

シリーズとしては、一作目から続くゼイン・カーヴァーとの因縁や、二作目に登場し、今作では相棒となった警官ナオミ・ブラックとの関係性などが読ませます（彼女との会話が、また良いんです。「たった五分、一人にしただけでこれ……」「建物は救えそうだけど、あなたは救いようがなさそう」とか、思わずクスッと来る皮肉に満ちています）。

サティ警部補の下品でユーモラスな魅力、警視の身でありながら最もあくどいパーズの魅力なども健在です。

同時に、エイダンを巡る物語も、これにてひとまず完結か、と思わせるほど大きく動きます。これまで少しずつ語られてきた母や妹の話も進展し、エイダンはより深く、自分の過去に搦《から》め捕られていきます。エイダンは続発する事件の裏に隠れた構図を読み解きながら、自分の身に襲い掛かる絶体絶命の状況を振り払わねばならないのです。これこそが、本書のノワールとしての強み、そして、一匹狼《いっぴきおおかみ》として街を駆けるハードボイルドの魅力を構成しているのです。

○ノワールと警察小説

ノワール、という言葉の語感が私と同年代の読者にやや伝わりにくい実感があるので、ここで諏訪部浩一『ノワール文学講義』を参照してみましょう。同書では、アメリカン・ノワールの勃興《ぼっこう》を大恐慌《だいきょうこう》時代の閉塞感と重ねるところから分析を始め、最終的に、ダシール・ハメット『ガラスの鍵』を俎上《そじょう》にのせつつ、「ノワールを狭義の「ジャンル」というより作品の「雰囲気」としておくことで話を進めたい。そのような観点からは、ノワールとは「出口のない閉塞した世界において、運命に翻弄《ほんろう》されて虚《むな》しくあがく人間を描く作品」ということになるだろう」(p. 134) と述べられています。

　この「出口のない閉塞した世界」という感覚は、まさしくエイダン・ウェイツがマンチェスターという街、警官という職業、そしていつまでもまとわりつく己の過去に感じているものそのものでしょう。事実、『スリープウォーカー』の序盤で、エイダンはこの街から姿を消すために、現金や偽造パスポートを自宅に隠していたことが明かされます。閉塞した世界から逃げ出したい思いの表れですし、運命に翻弄される主人公というモチーフも見事に描かれています。その孤独感、疎《そ》外感《がいかん》こそが、私がエイダンという男に惹《ひ》かれてしまう要因なのです。

　それにしても、ノワールと警察小説の相性は、なぜこんなにも良いのでしょう。そもそもジェイムズ・エルロイの〈暗黒のＬＡ四部作〉からして、根底にあるのは、暗黒街と警官の物語です。『ホワイト・ジャズ』で核心的に明かされる〈四部作〉の陰の物語は、まさに警察小説とノワールの融合の究極と言えるものでしょう。

　近年も、『極夜 カーモス』をはじめとするジェイムズ・トンプソンの〈カリ・ヴァーラ〉シリーズ、ジョー・ネスボの『ファントム 亡霊の罠《わな》』等の〈ハリー・ホーレ〉シリーズなどが、孤立した状況で捜査する刑事の魅力を見事に演出していました。「悪徳警官」ものまで入れれば、Ｗ・Ｐ・マッギヴァーンや、ドン・ウィンズロウの『ダ・

フォース』などもこの枠に含められるかもしれません。
イギリスのノワール作品では、ニコラス・ブリンコウ『マンチェスター・フラッシュバック』やデイヴィッド・ピースの『１９７４ジョーカー』から始まる〈ヨークシャー四部作〉も、警察小説とノワールの傑作と言えます。スコットランドに目を向ければイアン・ランキンの〈リーバス警部〉シリーズもあります。

都市の表と裏を同時に知ってしまう警官という立場から、都市を描き、「正しく在る」ことを希求しながらそう出来ない苦悩を描く。そうした姿が、ネオ・ハードボイルドや、名探偵の苦悩を主題にした本格ミステリーとも重なるからこそ、私はノワールの中に書かれた警官を愛するのかもしれません。

ジョセフ・ノックスはこの系譜に連なる最新にして最高の作家です。自信を持ってオススメできる、当代トップクラスの犯罪小説家でしょう。

○ジョセフ・ノックスの「これから」

まだまだ全体像が掴めない魅力的な作家、ジョセフ・ノックス。本シリーズはＢＢＣのドラマ制作会社が権利を買い、映像化も待ったなしの状態ですし、どうもこの〈エイダン・ウェイツ〉シリーズも復活が匂《にお》わされている、という話も。

単発ものの新作『*True Crime Story*』は、数年前に失踪し、殺害されたとみられる女性を巡る関係者へのインタビューや、インタビュワーとノックス自身（!?）とのやり取りから成る、虚々実々の構成とのこと。アンソニー・ホロヴィッツの〈ホーソーン＆ホロヴィッツ〉シリーズの虚実入り乱れた設定なども思わせ、ぜひとも読んでみたくなる作品です。

ジョセフ・ノックスの功績を見逃さないためにも、今すぐにでもこの『スリープウォーカー』、そしてエイダン・ウェイツシリーズを読むことをオススメします。警察小説、ノワール、ハードボイルド、そして何よりも謎解きミステリーの魅力に満ちた、贅沢《ぜいたく》な作品なのですから。

（令和三年七月、小説家）

T・R・スミス
田口俊樹訳

チャイルド44（上・下）

CWA賞最優秀スリラー賞受賞

連続殺人の存在を認めない国家。ゆえに自由に凶行を重ねる犯人。それに独り立ち向かう男――。世界を震撼させた戦慄のデビュー作。

P・オースター
柴田元幸訳

ガラスの街

透明感あふれる音楽的な文章と意表をつくストーリー――オースター翻訳の第一人者によるデビュー小説の新訳、待望の文庫化！

P・オースター
柴田元幸訳

幽霊たち

探偵ブルーが、ホワイトから依頼された、ブラックという男の、奇妙な見張り。探偵小説？哲学小説？'80年代アメリカ文学の代表作。

I・マキューアン
小山太一訳

アムステルダム

ブッカー賞受賞

ひとりの妖婦の死。遺された醜聞写真が男たちを翻弄する……。辛辣な知性で現代のモラルを痛打して喝采を浴びた洗練の極みの長篇。

I・マキューアン
小山太一訳

贖罪

全米批評家協会賞・
W・H・スミス賞受賞

少女の嘘が、姉とその恋人の運命を狂わせた。償うことはできるのか――衝撃の展開に言葉を失う現代イギリス文学の金字塔的名作！

ドストエフスキー
工藤精一郎訳

罪と罰（上・下）

独自の犯罪哲学によって、高利貸の老婆を殺し財産を奪った貧しい学生ラスコーリニコフ。良心の呵責に苦しむ彼の魂の遍歴を辿る名作。

Title：THE SLEEPWALKER
Author：Joseph Knox

Japanese translation published by arrangement with Joseph Knobbs
c/o Greene & Heaton Limited through The English Agency (Japan) Ltd.

スリープウォーカー

マンチェスター市警 エイダン・ウェイツ

新潮文庫　ノ－1－3

Published 2021 in Japan
by Shinchosha Company

令和三年九月一日発行

訳者　池《いけ》田《だ》真《ま》紀《き》子《こ》

発行者　佐藤隆信

発行所　株式会社　新潮社

郵便番号　一六二―八七一一
東京都新宿区矢来町七一
電話　編集部（〇三）三二六六―五四四〇
読者係（〇三）三二六六―五一一一
https://www.shinchosha.co.jp

価格はカバーに表示してあります。

乱丁・落丁本は、ご面倒ですが小社読者係宛ご送付ください。送料小社負担にてお取替えいたします。

印刷・株式会社三秀舎　製本・株式会社植木製本所

ISBN978-4-10-240153-8 C0197